Ines Ebert
Zeuglesweber

Ines Ebert

Zeuglesweber

Historischer Roman

Silberburg-Verlag

Ines Ebert, geboren 1949 in Heubach im Ostalbkreis, ist Diplom-Museologin (FH) im Ruhestand und arbeitete freiberuflich für Städte und Gemeinden in den Bereichen Museum und Archiv. Sie lebt mit ihrem Mann und ihrer Katze Lilli in Wangen im Allgäu.

1. Auflage 2014

Umschlaggestaltung: Anette Wenzel, Tübingen,
unter Verwendung des Gemäldes
»Maid sewing a lady into a corset« (1841)
von Constantinus Fidelio Coene.
Druck: Gulde-Druck, Tübingen.
Printed in Germany.

ISBN 978-3-8425-1313-6

Kapitel I

Von Heubach bis Lautern konnte Bernhard auf einem Fuhrwerk mitfahren. Den steilen Weg hinauf nach Lauterburg schien er nun aber zu Fuß zurücklegen zu müssen. Er hoffte inständig, dass ein weiteres Fuhrwerk vorbeikommen und ihn mitnehmen möge, denn die Riemen seines schweren Rucksacks schnitten schon nach kurzer Zeit schmerzhaft in seine Schultermuskulatur ein. Allzu viele Muskeln befanden sich ohnehin nicht dort, denn Bernhard war mit seinen vierzehn Jahren hoch aufgeschossen und viel zu dünn.

Vor ein paar Wochen, nach seiner Konfirmation und kurz vor der Schulentlassung, war er schon einmal zusammen mit seinem Vater in das kleine Dorf auf der Alb hinaufgewandert, um den Lehrvertrag mit Webermeister Andreas Burkhardt unter Dach und Fach zu bringen. Warum er seine Lehre denn ausgerechnet in Lauterburg machen müsse, hatte er den Vater damals auf dem steilen Weg hinauf auf die Alb gefragt. In Heubach gebe es doch auch Lehrstellen und zudem würde er lieber weiterhin zu Hause wohnen.

»Du solltest froh sein, dass ich eine so gute Lehrstelle für dich gefunden habe!«

Jakob Schroths Stimme klang rau, als er seinen Sohn, der ihn bereits um einen halben Kopf überragte, von der Seite anblickte. Sein Hals war wie zugeschnürt und sein Herz war schwer bei dem Gedanken, sein einziges Kind ziehen zu lassen. Immerhin hatte er selbst damals in der Werkstatt seines Vaters gelernt und deshalb auch zuhause gewohnt.

»Du weißt doch, wie es inzwischen ist, dass nicht nur ich, sondern auch viele andere Weber die Gebühren für die Ausstellung des Meisterbriefes längst nicht mehr aufbringen konnten und der damit verbundene Verzicht auf das Meisterrecht eben auch bedeutet, dass man nicht mehr zünftig ausbilden darf«, erklärte Jakob Schroth zum wiederholten Male.

»Ja, schon, aber der Onkel Thomas hätte mich vielleicht doch genommen«, beharrte Bernhard.

»Schlag dir das aus dem Kopf, Bernhard. Die Weberzunft hat meinem Bruder im Meisterprüfungsprotokoll zwar sehr gute Kenntnisse bescheinigt, aber wie ich hat er auf die Mitgliedschaft in der Zunft verzichtet. Dafür hat er die Seidenweberfabrik gegründet, was in meinen Augen eine mehr als unsichere Geschichte ist. Ganz abgesehen davon, dass er ja schon seinen Sohn Johann, der wie du ebenfalls aus der Schule kommt, in die Lehre nehmen wird.«

»Ja, aber vielleicht hätte er uns beide genommen!«, beharrte Bernhard trotzig.

»Die Seidenweberei – ach, ich weiß nicht.« Jakob wischte sich mit dem Taschentuch die Schweißperlen von der Stirn. »Schon vor zwanzig Jahren hat es in Frankreich Aufstände der Seidenweber gegeben, weil sie mit ihren Erzeugnissen immer weniger verdient haben. Und jetzt hat das ganze Weberhandwerk zunehmend mit der Konkurrenz aus England, Schlesien und sogar Sachsen zu kämpfen. In den neuen Manufakturen stellen sie auf mechanischen Webstühlen die Stoffe viel kostengünstiger her als wir Handweber. Und als ob das nicht schon genug wäre, werden neuerdings auch noch in Gefängnissen billige Tuche gewebt, die nicht nur ans Militär, sondern auch an private Abnehmer geliefert werden. Die Strafanstalt Gotteszell in Gmünd ist da ganz vorne mit dabei. Ich weiß nicht, wie wir Handweber noch mithalten können, wenn uns noch etwas zum Leben übrig bleiben soll. Und ob dein Onkel Thomas mit seiner Seidenweberei auch in Zukunft gut über die Runden kommen wird, bleibt abzuwarten. Es ist schon besser, wenn du deine Lehre bei einem Meister der Zunft machst, da weißt du wenigstens, was du hast.«

»Ich würde aber lieber in Heubach bleiben«, wiederholte Bernhard verbissen und starrte während des Gehens stur auf seine festen Lederstiefel, die vom weißen Staub der Kalksteine der Alb bedeckt waren, mit der die Straße geschottert war. Tief in seinem Innersten wusste er genau, dass er den Vater nicht mehr umstimmen konnte. »Lauterburg«, maulte er trotzdem, »das ist doch …« – Bernhard suchte nach den passenden Worten, um seinem Unmut angemessenen Ausdruck zu verleihen – »… das ist doch am Ende der Welt.«

Obwohl Jakob Schroth die Verzweiflung seines Sohnes nicht entging, musste er nun doch lachen. »Am Ende der Welt, du bist gut. Ich glaube, das Ende der Welt liegt schon noch ein Stückchen weiter entfernt als Lauterburg, das man von Heubach aus immerhin bequem in zwei bis drei Stunden zu Fuß erreichen kann.« Und um Bernhards Aufmerksamkeit in eine andere Richtung zu lenken, deutete er mit dem ausgestreckten Arm über die Baumwipfel hinweg. »Da, schau einmal: Man sieht schon die Ruine Lauterburg. Das war einmal das Stammschloss der Herren von Woellwarth, bevor es vor über hundert Jahren einem Brand zum Opfer gefallen ist.«

»Hm«, machte Bernhard und sah nun doch neugierig zu den Resten der Schlossanlage hinüber. Alles schien nicht abgebrannt zu sein, denn er konnte neben der Ruine eine Kirche und ein paar intakte Nebengebäude ausmachen.

Die Sonne schien an diesem strahlenden Samstagmorgen schon kräftig vom Himmel und Bernhard keuchte und schwitzte mittlerweile die Steige hinauf. Außer einem einzigen Fuhrwerk, das hinunter nach Lautern gefahren war, lag die Straße wie ausgestorben da. Nachdem er gut drei Viertel der Strecke zurückgelegt hatte, streifte er in einer Kehre seinen Rucksack ab und rieb sich die schmerzenden Schultern. Es war genau die Stelle, an der sein Vater ihn beim letzten Mal auf die Ruine von Lauterburg aufmerksam gemacht hatte. Bernhard ließ sich erschöpft auf einem Baumstumpf nieder und kramte in seinem Rucksack herum, bis er die Wasserflasche und das Päckchen mit dem Butterbrot fand, das ihm die Mutter am Morgen fürsorglich eingepackt hatte. Bei dem Gedanken an sein Zuhause verspürte er ein schmerzliches Ziehen in der Brust. So viele Erinnerungen stiegen in ihm auf.

Erst im Januar war der Großvater mit dreiundsiebzig Jahren gestorben. Immer weniger war er geworden und eines Morgens einfach nicht mehr aufgewacht. Er hatte seine letzte Ruhestätte neben der Großmutter gefunden, die bereits fünf Jahre vor ihm gestorben war. Als eine der Ersten war sie auf dem neu angelegten Friedhof an der Lauterner Straße beigesetzt worden. Bernhard vermisste seinen Großvater sehr. Auch seinen Vetter und Freund Johann und vor allem seine Mutter. Sie vermisste er schon jetzt am allermeisten, auch wenn er sich damit tröstete, dass er sie ja wiedersehen würde. In ein paar Monaten vielleicht, irgendwann, möglicherweise an Weihnachten.

Die Mutter war, seit er denken konnte, der ruhende Pol in der Familie gewesen. Im Gegensatz zum Vater, einem ernsten und nicht besonders lebenslustigen Mann, der Bernhard allerdings nie im Unklaren darüber gelassen hatte, wie lieb er ihn hatte. Tiefe Melancholie wechselte sich beim Vater ab mit Rebellion und Aufbegehren gegen Lebensumstände, die er seiner Ansicht nach nicht verdient hatte und für die er in erster Linie die Politik verantwortlich machte. Eine Politik, der es einfach nicht gelang, die alten, feudalen Strukturen zugunsten einer Liberalisierung aufzubrechen, von der auch Bürger wie er profitieren konnten. Oder – so schimpfte er oft – war es etwa seine Schuld, dass er in eine Familie von Webern hineingeboren worden war, die seit Generationen eher schlecht als recht von ihrem Handwerk lebten und neuerdings sogar in die Abhängigkeit von Verlegern gerutscht waren, die vor allem ihren eigenen Vorteil suchten. War es etwa seine Schuld, dass die Schroths es nicht zu mehr gebracht hatten als zu einem kleinen Anteil eines Hauses auf dem Bühl, der nur durch die kleine gemeinsame Tenne und einem gemeinsamen Abort vom Nachbarn, dem Schneider Hofele, getrennt war?

Jakob Schroths regelmäßiges persönliches Aufbegehren erschöpfte sich meist in Schimpftiraden im häuslichen Kreis, die Bernhard als Kind ängstlich und mit aufgerissenen Augen verfolgte hatte, ohne wirklich zu verstehen, was den Vater so erzürnte. Mit seinem kindlichen Gemüt suchte er die Schuld am stetigen Zorn seines Vaters bei den bescheidenen Mahlzeiten und dem Hunger, den sie in dieser Zeit litten und der sie abends nicht selten mit knurrenden Mägen ins Bett gehen ließ.

Bernhard hatte erst später verstanden, dass sein Vater in den Umtrieben der 1848er Revolution, als er selbst noch ein Kind von erst neun Jahren war, endlich ein wohltuendes Ventil für seine Hilflosigkeit, die innere Not und den aufgestauten Ärger über all die äußeren Umstände gefunden hatte. Für Umstände, die ihn daran hinderten, seine Familie angemessen zu versorgen. Der Revolution vorangegangen waren nasskalte Sommer mit Missernten. Vor allem die Kraut- und Knollenfäule der Kartoffeln hatte große Ernteeinbußen verursacht. Nicht nur auf dem kleinen Schroth'schen Feld am Fuße des Hochbergs breitete sie sich aus, sondern in ganz Württemberg und darüber hinaus in Europa. In Irland wüte die Kartoffelkrankheit besonders stark, war damals in der Remszeitung zu lesen.

Jakob Schroth hatte seine Familie stets mit Neuigkeiten versorgt, die er der Zeitung entnahm. Wenn der Vater die Zeitung ausgelesen hatte, nahm sie Bernhard zur Hand und verzog sich damit in einen Winkel, wo er ungestört seine Lesekünste erproben und Artikel lesen konnte, von denen der Vater nicht gesprochen hatte. Auf diesem Wege erfuhr er von den Hungerkrisen, die den Missernten folgten und in Berlin zu den berüchtigten Hungerkrawallen führten. Die Zeitungen waren voll mit Anzeigen von Agenten, die Auswanderern »solide und billige Beförderung mit Dampfbooten und Segelschiffen nach New York, New Orleans, Baltimore und Philadelphia« anpriesen. Bernhard war fasziniert von den auffällig umrahmten Anzeigen. Eine riesige Auswanderungswelle schwemmte in diesen Jahren Scharen gleichermaßen braver Bürger wie Abenteurer über den Atlantik hinweg nach Amerika, wo die einen sich ein besseres Auskommen erhofften und die anderen sich von den Goldfunden in Kalifornien und dem Goldgräberfieber mitreißen ließen.

Auch das Aufbegehren der Bauern gegen die Abgabepflichten an die Grundherren und die immer schlechter werdenden Bedingungen im Handwerk waren schwerwiegende Gründe, die den revolutionären Bewegungen Vorschub leisteten und sie bis nach Heubach überschwappen ließen. Das Gerücht, Zigtausende von Franzosen seien über Baden brandschatzend auf dem Weg nach Osten, um sich die 1815 im Zuge der Neuordnung Europas verlorenen Gebiete wieder zurückzuholen, veranlasste die Landesregierung zur Aufstellung von Bürgerwehren. Auch die Ablösung der Lehensherrschaft wurde eilends innerhalb weniger Tage beschlossen, um weiteren Unruhen entgegenzuwirken.

Zum Dienst in den Bürgerwehren wurden alle wehrfähigen Männer unter fünfzig Jahren verpflichtet. Jakob Schroth, zu diesem Zeitpunkt vierundvierzig Jahre alt, war von dem neuen Dienst begeistert und zudem erwärmt von dem Gefühl, endlich auch als Bürger von der Obrigkeit ernst genommen zu werden. Anführer der Heubacher Bürgerwehr war der freiheitlich gesinnte Apotheker Becher. Der ideelle Samen des Freiheitskampfes war in dessen Familie ganz besonders gut aufgegangen. Bechers Bruder August nämlich, ein engagierter Linksliberaler, war sogar ins Stuttgarter Rumpfparlament gewählt worden. Nach dessen Auflösung hielt er sich dann eine Zeitlang in Freiburg auf, von wo er nach dem Scheitern des badischen Aufstandes in die Schweiz floh. Im Juli 1851 wurde gegen August Becher und zahlreiche seiner Genossen in Ludwigsburg ein Hochverratsprozess angestrengt, der für ihn allerdings ganz überrraschend mit einem Freispruch endete, was seinen Bruder in Heubach erleichtert aufatmen ließ.

In Heubach brachten die Umtriebe immerhin eine national gesinnte Turnerbewegung und die Abschaffung des Zehnten der Pfarrei hervor. Die Bürgerwehr löste sich aber schon bald wieder auf, zumal die befürchtete französische Invasion nicht eingetreten war und der Aufwand für Bekleidung, Bewaffnung und Zeit von den Mitgliedern der Bürgerwehr selbst getragen werden musste. Nach nur wenigen Wehrübungen erschienen einige der Männer gar nicht mehr, und wie an anderen Orten löste sich die Bürgerwehr auch in Heubach 1849 sang- und klanglos wieder auf.

Nach der Revolution hatten sich weder die Machtverhältnisse noch das politische System im Land wirklich gewandelt und Reformen kamen nur langsam voran. Trotzdem hatte sich Jakob Schroth in den folgenden Jahren auf unbestimmte Weise als Staatsbürger mit gewissen Rechten begriffen, was ihm letztendlich zu einem besseren Lebensgefühl verhalf. Dass er sich besser fühlte, mag allerdings auch daran gelegen haben, dass die Familie auf ihrem Feld wieder genügend ernten konnte und dass im März 1849 mit dem Tod seiner Mutter, die im Alter von 80 Jahren gestorben war, in dem kleinen Haus am Bühl weniger Platznot und damit auch weniger tägliche Sorgen vorherrschten.

Jakob Schroths Mutter Elisabetha war in den letzten Jahren ihres Lebens trotz ihrer Brustwassersucht zwar kaum bettlägrig gewesen, sie hatte aber ihren elf Jahre jüngeren Mann Jakob, ihren Sohn Jakob, ihren Enkel Bernhard und vor allem ihre Schwiegertochter Sophie durch ihren mit den Jahren zunehmend verwirrten Geisteszustand ständig in Atem gehalten. Man konnte sie praktisch nicht mehr aus den Augen lassen. Entweder schlüpfte sie in unbeobachteten Augenblicken aus dem Haus und irrte orientierungslos im Städtchen herum, wo die Schwiegertochter oder der Enkel sie dann suchen mussten, oder sie zündelte an dem eisernen Ofen in ihrer Wohnschlafstube herum. Einmal hätte sie dabei fast das ganze Haus in Brand gesetzt. Sophie hatte den Brandgeruch Gott sei Dank noch rechtzeitig wahrgenommen und war, ihren Mann lauthals aus der Werkstatt zu Hilfe rufend, in das Zimmer der Schwiegereltern geeilt. Der Raum war bereits vom Rauch erfüllt, der in dicken Schwaden aus dem Ofen quoll. An den Holzscheiten des danebenstehenden Holzkorbes züngelten bereits knisternd die Flammen empor. Sophie hielt sich einen Zipfel ihrer Schürze vor Mund und Nase und riss das Fenster auf, bevor sie ihre hustende Schwiegemutter aus dem Raum zog. Ihr herbeigestürzter Sohn Jakob warf den brennenden Korb kurzerhand zum Fenster hinaus.

Schneider Hofele von nebenan hastete ebenfalls herbei und zeterte lauthals, nachdem er die Situation erfasst hatte. »Eure Großmutter zündet uns noch das ganze Haus an! Nicht auszudenken! Nicht auszudenken!«, rief der schmächtige Schneider ein ums andere Mal mit seiner durchdringenden Fistelstimme, die Sophie einen Schauer über den Rücken jagte. »Das muss ich anzeigen, da hilft alles nichts!«

Er schrie und geiferte und konnte sich schier nicht mehr beruhigen, so dass bei seinem aufgeregten Hin- und Herhüpfen die Fäden in den Nadeln, die an seiner Weste hefteten, graziös an seiner Brust flatterten. Alle Versuche Jakobs und seines Vaters, der inzwischen von seinem kleinen Ackerfeld am Hochberg zurückgekehrt war, Hofele von seinem Vorhaben abzubringen, fruchteten nichts. Der Nachbar zeigte Großmutter Elisabetha Schroth an, was zur Folge hatte, dass sie, Altersverwirrtheit hin oder her, vom Königlichen Oberamt Gmünd wegen feuergefährlichen Benehmens zu einer Geldstrafe von zehn Gulden verurteilt wurde. Da weder sie und ihr Mann noch Jakob und seine Familie diese Summe aufbringen konnten, wandelte das Oberamt die Geldstrafe in eine viertägige Arreststrafe um, die Elisabetha mit ihren 77 Jahren im Heubacher Blockturm absitzen musste.

Die Enge in dem kleinen Haus am Bühl war für die Bewohner auch vorher schon nicht neu gewesen und reichte Generationen zurück, das hatte der Vater Bernhard schon mindestens dreimal erzählt. Bernhard kam bei den Erzählungen seines Vaters anfangs immer durcheinander, weil vom Vater angefangen über den Großvater und den Urgroßvater alle den Namen Jakob Schroth trugen. Auch der Zusatz senior und junior war Bernhard nicht wirklich hilfreich, da sich der Junior im Erwachsenenalter ja verwirrenderweise zum Senior wandelte. Erst der Ururgroßvater mit dem Namen Israel Schroth, am Anfang der langen Ahnenreihe, war für Bernhard leicht zu merken, nicht zuletzt deshalb, weil der Vorname so besonders war.

Bereits als sein Großvater Jakob Schroth seine Frau Elisabetha im Jahre 1803 geheiratet hatte, lebten dessen Eltern zusammen mit den drei jüngsten Geschwistern noch in der Stube neben der Werkstatt. Als der Bruder des Großvaters, der Bernhard hieß, 1810 endlich heiratete und mit seiner Frau ein Haus am Marktplatz bezog, bekam bald darauf eine seiner Schwestern ein uneheliches Kind, was die Enge im Häuschen wieder vergrößerte, denn nun vermischte sich das Geschrei des neuen Erdenbürgers mit dem Geschrei der fünf Kinder des Großvaters.

Aber auch dem alten Ehepaar Schroth war es zuvor nicht besser ergangen. Von dessen Heirat 1779 an lebten selbstverständlich die Schroth'schen Ururgroßeltern Israel und Katharina noch bis zu ihrem Tod mit im Haus.

Israel Schroth war Taglöhner gewesen, aber sein Sohn, der erste Schroth mit dem Namen Jakob, begründete eine neue Tradition, indem er das Weberhandwerk erlernte, die Meisterprüfung ablegte und somit ein ehrenwertes Mitglied der Heubacher Weberzunft wurde. Die ältesten Söhne der nachfolgenden Generationen wurden ebenfalls Webermeister und allesamt auf den Namen Jakob getauft. Zwar brachte keine ihrer Frauen Reichtümer mit in die Ehe, jedoch verhältnismäßig respektable Aussteuern. So hatten die Schroths über ein paar Generationen hinweg ein gutes Auskommen.

Die annehmbaren Verhältnisse änderten sich jedoch allmählich zum Schlechteren. Mechanisierung war zur neuen Parole geworden, deren vielfältige Entwicklungen sich auch nachhaltig im Weberhandwerk auswirkten. Von denen hörte man natürlich auch in Heubach, wo sie ebenfalls Einzug hielten. Doch Jakob Schroth hielt eisern daran fest, dass sein Sohn Bernhard genau wie er und seine Vorväter die Handweberei erlernen sollte – entgegen dem eindringlichen Rat der

Obrigkeit an die Familienväter, ihre Söhne in andere Gewerbe als das Weberhandwerk eintreten zu lassen. Es gab viele gute Gründe dagegen, Weber zu werden: Der mechanische Webstuhl war längst erfunden und wurde in englischen Webereien bereits mit Erfolg eingesetzt, die Erfindung des Schnellschützens hatte aufgrund seiner Schnelligkeit die Webtechnik revolutioniert, und der schlesische Weberaufstand von 1844, bei dem sich die Weber gegen die Konkurrenz von maschinell hergestellten Garnen und Stoffen zu wehren versucht hatten, war, wie andere auch, niedergeschlagen worden.

Jakob Schroths Entscheidung beruhte allerdings weniger auf Ignoranz als auf einer gewissen Ratlosigkeit. Er konnte sich seinen Sohn einfach nicht als Bäcker, Schuhmacher oder Wagner vorstellen.

Auch für Bernhard war es selbstverständlich, dass er die Tradition des Weberhandwerks in der Familie fortsetzen würde. Schon von klein auf hatte er dem Vater in der Werkstatt geholfen. Beim Garnspulen war er bereits so perfekt, dass ihm der Lehrherr in Lauterburg diesbezüglich bestimmt nichts mehr beibringen konnte.

Bernhard faltete das Butterbrotpapier sorgfältig zusammen und verstaute es mit der leeren Wasserflasche wieder in seinem Rucksack. Gestärkt setzte er seinen Weg fort. Als er auf der Höhe angekommen war, teilte sich der Weg in zwei Richtungen. Ein Wegweiser zeigte nach links in Richtung Essingen, ein zweiter nach rechts in Richtung Bartholomä. Die Häuser von Lauterburg zogen sich zur rechten Seite an zwei Straßen entlang. Das Haus von Meister Burkhardt lag ungefähr in der Mitte des Dorfes. Bernhard hatte die Wahl. Er konnte die untere Straße nehmen, die bald nach den Wegweisern noch einmal nach rechts abzweigte und an der massiven Kirche innerhalb der alten Schlossanlage vorbeiführte, und dann die Steige am Ende der Ruine bis zur Hälfte hochgehen oder er konnte die obere Straße nehmen, die in einer scharfen Linkskurve rechts abbog und die Steige nach unten führte.

Bei seinem letzten Besuch hatten sein Vater und er auf dem Hinweg die obere Straße gewählt und auf dem Rückweg die untere. Bernhard beschloss, sich seiner neuen Bleibe dieses Mal von unten zu nähern. Bald passierte er das zweistöckige Pfarrhaus, auf dessen Rückseite sich eine Waschküche mit angebautem Schweinestall befand, und den gegenüberliegenden Pfarrgarten, der sich im ehemaligen Schlossgraben neben der Schlossruine und der massiven Kirche erstreckte. Er reckte den Hals, um einen Blick in den teilweise mit einer Mauer und teilweise mit einem Lattenzaun eingefassten Garten zu erhaschen. Außer den rosa blühenden Baumkronen zweier Apfelbäume konnte er aber nichts erkennen. Im Gegensatz zu den meisten, fast wie neu aussehenden ein- und zweigeschossigen Häusern der Straße sah man dem Pfarrhaus an, dass es sehr alt war. Es hatte den verheerenden Brand von 1842 zwar unbeschadet überstanden, war aber in den nachfolgenden Jahren ziemlich heruntergekommen. Meister Burkhardt hatte Bernhard und seinem Vater bei ihrem letzten Besuch von der schrecklichen Brandkatastrophe erzählt, und dass man nach dem Brand die Häuser auf dem schnellsten Wege wieder neu aufgebaut hatte. Viele davon waren aus Stein und mit Ziegeldächern versehen. Man sah im Dorf nur noch wenige der alten, meist mit Stroh gedeckten Fachwerkhäuser.

Eines von ihnen war das Haus von Meister Burkhardt, das auf halber Höhe an der Steige zur oberen Straße hin stand. Bernhard hatte noch das zufrieden lächelnde Gesicht seines zukünftigen Meisters vor Augen, als er ihm und seinem Vater bei dem Schwätzchen, das sie nach dem Unterschreiben des Lehrvertrages gehalten hatten, auch erzählte, wie froh er und seine Familie damals gewesen waren, dass Gott der Herr ihr Haus vor den Flammen verschont hatte.

»Wir haben jetzt zwar kein neues Haus, aber wir mussten uns auch nicht in Schulden stürzen. Nur das Strohdach haben wir, um die Brandgefahr einzudämmen, durch ein Ziegeldach ersetzen lassen. Einige Familien im Dorf mussten Haus und Hof, oder besser gesagt das, was noch davon übrig geblieben war, billig verkaufen. Die Feuerversicherung hatte sich bei den Auszahlungen an die Brandopfer natürlich an den Wert der alten Häuser gehalten. Das Geld für einen viel teureren Neubau konnten einige einfach nicht aufbringen. Es soll ja Brandstiftung gewesen sein«, hatte Burkhardt leise hinzugefügt, »man hat aber nie herausgefunden, wer es gewesen ist.«

Andreas Burkhardt lebte mit seiner Frau Rosina allein in dem sauber hergerichteten Haus, in dem sich die Weberwerkstatt unten in den beiden Räumen des Hanggeschosses befand. Ihre beiden Töchter waren längst verheiratet, die ältere in Essingen, die jüngere in Lauterburg. Jetzt, im fortgeschrittenen Alter, hatte es sich Andreas Burkhardt zweimal überlegt, ob er sich noch einmal die Mühe machen wollte, einen Lehrling auszubilden. Er hatte geschwankt zwischen einem geruhsamen Lebensabend, an dem er sich nur noch so oft an den Webstuhl setzen würde, wie es nötig war, um den bescheidenen Lebensunterhalt zu verdienen, und der Leidenschaft für seinen Beruf. Noch einmal sein vielfältiges Wissen an einen jungen Menschen weiterzugeben und ihn zudem für das Leben zu ertüchtigen, lockte ihn dann aber doch mehr. Mit dem jungen Bernhard Schroth würde wieder Leben in den beschaulichen Alltag kommen – nun ja, und mit dem Lehrgeld auch ein kleines finanzielles Polster.

Die Lehrzeit betrug laut Vertrag vier Jahre, eingeschlossen das sogenannte Zusatzjahr, das dem Lehrherrn einen selbst herangezogenen Arbeiter bescherte und dem Lehrling die Möglichkeit gab, das Erlernte zu vertiefen und sich seine Wanderschaftsaussteuer im Haus des Lehrherrn selbst zu verdienen.

Kost und Wohnung waren vom Lehrherrn zu übernehmen, ebenso die Wäschepflege und der Ersatz für verbrauchte Kleidung. Zudem verpflichtete sich der Lehrherr, den Lehrling gewissenhaft zu unterrichten und ihn zur Fortübung in den Schulkenntnissen anzuhalten, ihn aber auch gegen Unrecht, Gefahr und Schaden zu beschützen.

Jakob Schroth war froh, dass das Lehrgeld in Höhe von insgesamt 30 Gulden zu zwei Dritteln nach der ersten Hälfte der Lehrzeit und das letzte Drittel erst nach erfolgreich beendeter Lehre zu bezahlen war. Gerade jetzt, zu Beginn von Bernhards Lehre, hätte er sowieso nicht gewusst, wie er das Geld aufbringen sollte. Obwohl er von morgens bis abends am Webstuhl saß, blieb nach Abzug der Kosten nichts übrig, was er zur Seite legen konnte. Der Tod seines Vaters im Januar hatte ihm auf beschämende Weise seine Armut wieder einmal vor Augen geführt. Jakob Schroth senior hatte zwar keine Schulden, aber auch sonst nichts hinterlassen. Sein Bruder Thomas, der Seidenweber, musste die Beerdigungskosten alleine übernehmen, was er ohne großes Aufhebens tat. Auch ihre älteste Schwester Elisabeth, die in Welzheim mit einem Seckler verheiratet war, war so gut wie mittellos und konnte kein Geld beisteuern. Für Jakob war es eine bittere Pille gewesen, nicht den kleinsten finanziellen Beitrag leisten zu können, um den Vater unter die Erde zu bringen. Die Tatsache, dass viele andere Heubacher Weber genauso wie er fast am Hungertuch nagten, vermochte ihn nicht zu trösten.

Jakob webte schon lange überwiegend Barchenttücher, seltener Leinentücher, je nachdem, was der Verleger in Heidenheim eben in Auftrag gab. Er verfluchte seine Abhängigkeit und die Tage, an denen er sich mit seinen Waren auf den weiten Weg über die Alb machen musste, um sie für wenig Geld in Heidenheim abzuliefern und um danach das Garn für neue Aufträge in Empfang nehmen zu können. Nur Hungerlöhne zahlte der sogenannte Fabrikant für die Tücher, die Jakob und viele andere Weber für ihn herstellten. Oft rätselte er herum, wie viel so ein Verleger wohl letztendlich an seinen Webwaren verdienen mochte.

Um die verzweifelte Lage der Weber zu verbessern, hatte der Heubacher Gemeinderat erst im August 1853 in einem Schreiben an das Königliche Ministerium des Inneren gebeten, das Verbot des Hausierhandels für Webwaren, die ja dem Zunftgesetz unterworfen waren, aufzuheben und es den vielen Heubacher Baumwollwebern zu gestatten, ihre Baumwollzeuglen mit einem Hausierpatent und gegen bares Geld selbst zu verkaufen. Leider war der beschwörend formulierten Eingabe des Gemeinderats und des Stadtschultheißen Merz kein Erfolg beschieden gewesen.

Die Not nahm also kein Ende. Gottlob besaßen die Schroths das kleine Ackerfeld am Abhang des Hochbergs, auf dem auch zwei Apfelbäume und ein Zwetschgenbaum wuchsen. Dort bauten sie Kraut und Kartoffeln an. Eigentlich waren es einmal zwei nebeneinanderliegende Äcker gewesen. Aber 1842 hatte Jakob den einen aus akuter Geldnot verkaufen müssen. Der Acker gehörte jetzt Christian Knauß und dessen Geschwistern. Der Garten beim Haus versorgte Jakob und seine Familie mit Zwiebeln, Rüben, Salat und verschiedenen Gewürzpflanzen. In einer eingezäunten Ecke hielten sie drei Hühner. Bei sparsamstem Verbrauch kamen sie so über das Jahr. Und dabei waren sie noch gut dran, denn manche Weber besaßen nicht einmal einen eigenen Acker, sondern mussten ihn für teures Geld pachten. Kein Wunder, dass einige das Geld dafür bald nicht mehr aufbringen konnten und noch mehr ins Elend gerieten.

Die Feldarbeit war seit jeher die Aufgabe der Schroth'schen Ehefrauen und die der Großeltern, soweit sie noch dazu in der Lage waren, gewesen. Auch Bernhard musste nach der Schule und wenn die Arbeit bei seinem Vater in der Werkstatt erledigt war, mit anpacken.

Als Bernhard das Haus der Burkhardts endlich erreichte, war die Meistersfrau gerade dabei, in dem schmalen Gärtchen, das sich an der Hausseite zur Straße hinzog, Kräuter zu schneiden.

»Ja Bernhard, das ist schön, dass du schon da bist. Da kannst du gleich mit uns zu Mittag essen«, begrüßte sie ihn, wie wenn er längst zur Familie gehören würde.

Bernhard freute sich über das herzliche Willkommen, nahm seinen schweren Rucksack von den Schultern und stellte ihn an dem hölzernen Gartenzaun ab. Sogleich besann er sich aber darauf, Rosina Burkhardt mit einem gebührenden »Grüß Gott, Frau Meisterin« zu begrüßen, ihr die Hand zu reichen und »vielen Dank für die Einladung« anzufügen.

»Der Weg war bestimmt recht anstrengend von Heubach bis herauf nach Lauterburg. Musstest du den ganzen Weg zu Fuß gehen?«, fragte Rosina.

Der warme mütterliche Ton, der in ihrer Frage mitschwang, erwärmte Bernhards Herz, denn das Heimweh hatte ihn schon wieder gepackt. Er vermisste seine Mutter, die immer so geduldig mit ihm war und ihn stets spüren ließ, wie lieb sie ihn hatte.

Kapitel II

Sophie hatte Jakob Schroth im März 1835 geheiratet, zweieinhalb Monate vor ihrem vierzigsten Geburtstag. Sie war gebürtig aus Essingen, das wie Lauterburg zum Oberamt Aalen gehörte.

Warum sich Jakob seine neun Jahre ältere Frau gerade dort suchte, hatte jedoch weniger etwas mit der geografischen Lage zu tun als mit dem Umstand, dass sich Jakob in Heubach einfach für keine der jungen Frauen entscheiden konnte. Die Jahre nach seiner Weberlehre, die er bei seinem Vater durchlaufen hatte, verbrachte er länger als üblich auf der Walz. Das Leben als wandernder Geselle kam Jakob mit seinem rebellischen und widerspenstigen Wesen sehr entgegen. Es fiel ihm schwer sich unterzuordnen. Da hatten auch die ermahnenden Worte seines frommen Vaters nichts ausgerichtet. Aber er war in diesen Zeiten nicht der Einzige, der auf diese Art sein Leben fristete und manchmal aus einer Arbeitsstelle sogar einfach weglief. Viele Meister beklagten damals dieses Missverhalten und den Verfall der Handwerksehre.

Das unstete Leben der Wanderschaft führte Jakob im Laufe der Jahre bis nach Thüringen und Sachsen. Dann wieder nach Westen ins Rheinland und nach Süden in den Schwarzwald, von wo er wieder den Weg nach Norden einschlug. Jakob hatte keinen Reiseplan, seine jeweilige Laune trieb ihn hierhin und dahin und von einer Arbeitsstelle zur anderen. Die finanzielle Unterstützung für wandernde Handwerksgesellen durch die Zunft war mangels Mitteln nur noch sehr bescheiden und deren strenge Vorschriften bezüglich der Wanderjahre waren durch den Konflikt zwischen dem traditionellen Handwerk und den neumodischen staatlich geförderten Manufakturen stark aufgeweicht. Die sogenannte »Kundschaft«, die dem Gesellen Wohlverhalten und die ordnungsgemäße Beendigung eines Arbeitsverhältnisses bescheinigte, wurde vielerorts von Wanderbüchern abgelöst, in denen von den Polizeibehörden lediglich noch die Stationen der Wanderreise vermerkt wurden.

Passte Jakob von einem Tag zum anderen eine Stelle oder die Nase seines Meisters nicht mehr, zog er weiter. Geld war bei ihm immer knapp. Einmal, als er sich eine Zeitlang im Oberamt Welzheim aufhielt, wurden er und ein anderer Webergeselle, mit dem er sich kurz zuvor angefreundet hatte, des Felddiebstahls verdächtigt. Tatsächlich hatten die beiden auf einem Acker Kartoffeln gestohlen und nicht weit entfernt an einem Waldrand am offenen Feuer gebraten. Wirklich nachweisen konnte man ihnen die Tat allerdings nicht, da die Kartoffeln bereits in ihren Bäuchen verschwunden waren und sie steif und fest behaupteten, das Feuer an diesem kalten Oktobernachmittag nur entzündet zu haben, um sich daran aufzuwärmen. Aber schon im folgenden Januar wurde Jakob erwischt, als er in einem Metzgerladen eine geräucherte Wurst stahl. Dieses Mal kam er nicht so glimpflich davon, denn der Metzger hatte trotz der zahlreichen Kundschaft, die seinen Laden bevölkerte, den Diebstahl bemerkt und Jakob mit kräftiger Hand am Kragen gepackt.

»Das würde dir so gefallen, Bürschchen! Du stiehlst mir hier keine Wurst!«, rief er mit hochrotem Kopf und schüttelte

Jakob wie einen reifen Apfelbaum im Herbst. »Und spar dir deine Worte!«, schrie er, als Jakob begann sich zu rechtfertigen. »Deine Ausreden kannst du dem Büttel erzählen!«

Wegen Mundraubs wurde Jakob zu einer vierundzwanzigstündigen Arreststrafe verurteilt und zudem zur Bezahlung der Hälfte der Verfahrenskosten. Sein letztes Geld verschwand somit in der Oberamtsgerichtskasse.

Von der Welzheimer Gegend hatte er nun die Nase voll. Ein Übriges tat der kühle und nasse Sommer dazu, der nun in einen ebenso feuchten und kalten Herbst überging und den Aufenthalt im Freien alles andere als zu einem Vergnügen machte. Eigentlich wäre Jakob ganz gerne wieder nach Hause zurückgekehrt. Aber gänzlich ohne Barschaft wollte er seinem Vater in Heubach nicht unter die Augen treten. Bei dem Gedanken an seinen Vater überfiel ihn, wie so oft, wenn er an ihn dachte, ein ungutes Gefühl.

Jakob Schroth senior war, als er in seinem Alter war, bereits ein angesehener Bürger und Meister seiner Zunft gewesen. Er war ein eher wortkarger, nach innen gekehrter Mann, der nie mit seinem Leben haderte, sondern es täglich neu hinnahm, gerade so, wie es der Herrgott für ihn vorsah. Er erfüllte seine täglichen Pflichten, war genügsam und bescheiden und las in der wenigen freien Zeit in der Bibel, aus der er seinen unerschütterlichen evangelischen Glauben schöpfte. Eine seiner Lieblingsstellen war Vers 37 im Matthäus-Evangelium, Kapitel 12, der lautete: »Aus deinen Worten wirst du gerechtfertiget werden, und aus deinen Worten wirst du verdammet werden.«

Von der demütigen Lebenseinstellung seines Vaters und dessen bedachtsamer Rede war Jakob junior weit entfernt. Mit seiner Meinung hinter dem Berg zu halten und die Worte vorher sorgfältig abzuwägen war nicht seine Art. Einen wirklichen Zugang zu einem Glauben, der über das Bibelstudium in der Schule und die sonntäglichen Gottesdienstbesuche hinausging, hatte er bisher nicht gefunden – auch nicht vermisst und schon gar nicht gesucht.

Jakob beschloss trotzdem nun endgültig, in Richtung Heimat zu wandern und sich unterwegs eine Arbeitsstelle zu suchen, um seinen Geldbeutel wieder aufzufüllen. Auf ein paar Monate mehr oder weniger in der Fremde kam es nun auch nicht mehr an. Sein Weg führte ihn nach Essingen im Oberamt Aalen und dort zu Webermeister Christian Bäuerle.

Das Dorf Essingen zog sich an einem Hügel des Albuchs hinauf, einem nordöstlich gelegenen Teil der Schwäbischen Alb. Trotz des Schlosses und der alten Oberburg, die ebenfalls zum Besitz der Herren von Woellwarth gehörte, war der Ort bäuerlich geprägt. Neben den üblichen ortsansässigen Handwerkern gab es vorwiegend Weber. Ohne große Eile durchstreifte Jakob den Ort und spitzte dabei die Ohren. Die typischen Geräusche der hölzernen Tritte und das rhythmische Anschlagen der Schlagbäume verrieten ihm sogleich, in welchem der Häuser an einem oder mehreren Webstühlen gearbeitet wurde.

Das Haus von Christian Bäuerle gefiel ihm auf Anhieb. Es lag ziemlich genau zwischen dem neuen Schloss der Herren von Woellwarth und der Kirche. Ein kleiner Vorgarten trennte das zweistöckige Wohnhaus mit der angebauten einstöckigen Werkstatt von der Straße. Das muntere Geklapper, das an seine Ohren drang, ließ auf mehrere Webstühle schließen. Jakob sehnte sich in diesem Herbst 1832 plötzlich förmlich danach, wieder der geregelten Arbeit am Webstuhl nachzugehen, ein Dach über dem Kopf zu haben und regelmäßige Mahlzeiten einzunehmen. Ja, hier wollte er nach Arbeit fragen.

Jakob hatte Glück. Bäuerle stellte ihn sofort ein. In der hellen Werkstatt befanden sich vier Webstühle, von denen einer seit zwei Tagen stillstand. Der Geselle, der daran gearbeitet hatte, war wieder auf Wanderschaft gegangen. Bäuerle, obwohl kaum älter als Jakob, war bereits seit einigen Jahren Meister. Nachdem der Tod seinen Vater unerbittlich dahingerafft hatte, als er gerade zusammen mit dem Lehrling neue Fäden durch die Litzen des Webstuhls zog, hatte Bäuerle junior die Werkstatt übernommen, bald darauf geheiratet und mit seiner Frau drei Kinder bekommen.

Christian Bäuerle war ein lustiger, manchmal etwas derber und den Freuden des Lebens zugetaner Mann. Seine Frau Christine war elf Jahre jünger als er und jederzeit dazu bereit, über die Späße ihres Mannes zu lachen. Die beiden schienen wie füreinander geschaffen zu sein. Nicht nur dass sie beide fast die gleichen Vornamen trugen und vor Lebenslust geradezu strotzten, auch in der äußerlichen Erscheinung waren sie sich überaus ähnlich – klein, rundlich und dunkelhaarig. Eine Laune der Natur hatte den beiden drei pummelige, rothaarige und sommersprossige Kinder beschert.

»Die kommen ganz nach der Großmutter, die hatte auch kupferfarbenes Haar und ein paar Sommersprossen im Gesicht«, pflegte Christian gerne zu erklären.

Als Unterkunft für die beiden Gesellen und den Lehrling war am Ende der Werkstatt ein Raum abgeteilt, dessen Türöffnung statt mit einer richtigen Tür mit einem Vorhang aus dickem Wollstoff versehen war. An ganz kalten Tagen wurde der Werkstattofen angeheizt, der nicht nur in der Werkstatt, sondern auch im angrenzenden Schlafraum für angenehme Temperaturen sorgte.

Jakob konnte sich nicht erinnern, sich jemals in seinem Leben so wohlgefühlt zu haben. Die Stimmung in der Werkstatt hatte etwas Leichtes und manchmal stimmte der Meister sogar ein Liedchen an, obwohl jeden Tag dreizehn Stunden gearbeitet wurde. Christian Bäuerle achtete streng darauf, dass seine Gesellen nur Tuch von bester Qualität herstellten, das er dann auch gut verkaufen konnte. Gewoben wurden halbwollene Stoffe, die Bäuerle dann über eine der größeren Wollwebereien in Aalen verkaufte. Pünktlich um zwölf Uhr rief die Meisterin zum Mittagessen, das die beiden Gesellen und der Lehrling zusammen mit der Familie in der geräumigen Wohnküche einnahmen. Das Essen, das Christine Bäuerle auf den Tisch brachte, war einfach, aber schmackhaft und immer reichlich. Auch bei Tisch war die Stimmung heiter und selbst die Kinder durften sich manchmal zu Wort melden und wurden angehört. Überhaupt wurden die Kinder, von denen Michael, der Älteste, im ersten Jahr die Schule besuchte, alles andere als streng erzogen. Zwar erwarteten ihre Eltern durchaus Folgsamkeit von ihnen, aber die schien sich ohne große Mühen und ohne Geschrei und Drohungen bei den Kindern wie von selbst einzustellen. Nach dem Mittagessen saß man noch ein Viertelstündchen zusammen und plauderte. Bei diesen Gelegenheiten erzählte der kleine Michael gerne mit Feuereifer, was er im Schulunterricht dazugelernt hatte. Im Hause Bäuerle gab es nie ehrenrührigen Tratsch über Nachbarn oder andere Dorfbewohner, über Meinungsverschiedenheiten wurde so lange offen gesprochen, bis sich eine gemeinsame Linie einstellte, und Neid und Missgunst schienen Fremdwörter zu sein.

Eigentlich ist es hier wie im Paradies, dachte Jakob mehr als einmal fast ungläubig und wunderte sich darüber, wie das sein konnte. Die Bäuerles gingen zwar wie alle guten Christenmenschen jeden Sonntag zur Kirche – wo zu Jakobs Erstaunen das Haupt des Gekreuzigten von echten Haaren, die ihm bis zur Brust herunterfielen, geziert wurde –, fromme Sprüche im Alltagsleben lagen ihnen jedoch völlig fern. Vielleicht sind gute Laune, Lachen, Singen und ein freundlicher Umgang miteinander ja genauso gut wie Bibelsprüche, sinnierte Jakob, dem eine so harmonische und lustige Art des Zusammenlebens völlig fremd und anfangs sogar ein wenig unheimlich war.

In Essingen gab es eine Handvoll Schäfer, die ihre Schafherden an den umliegenden Hängen der Alb weideten. Christine Bäuerle setzte sich abends, wenn die Kinder im Bett waren, an ihr Spinnrad und spann die gute Essinger Schafwolle zu feinen gleichmäßigen Garnfäden. Ihr Ehrgeiz war es, immer eine stattliche Anzahl von Garnspulen auf Vorrat zu haben, die dann später auf den Webstühlen zu Stoffen gewoben werden konnten. Doch ganz reichte Christines Garn zurzeit nicht aus und Christian musste noch einiges dazukaufen, damit er bei der derzeitigen guten Auftragslage stets genug Material zur Verfügung hatte. Auch wenn Leinentuch mittlerweile weniger nachgefragt wurde – die halbwollenen Stoffe liefen sehr gut. Aber Christian war durchaus auch bereit, die billigeren Baumwolltücher herzustellen, die zunehmend auf den Markt kamen. Abgesehen davon, dass er ein Meister seines Faches war, verfügte er auch über ein ausgeprägtes kaufmännisches Gespür, das ihn seine Werkstatt mit Erfolg betreiben ließ. Nicht alle Weber in Essingen waren so erfolgreich wie er. Auch mit seinen Gesellen und Lehrlingen hatte er Glück. Und davongelaufen war ihm auch noch keiner.

Jakob legte sich bei der Arbeit mächtig ins Zeug, denn er wollte zeigen, dass er sein Handwerk verstand. Der andere Geselle hieß Hannes. Er war dreiundzwanzig, blond und schmal und schon fast ein Jahr hier. Ursprünglich kam er aus der Nähe von Biberach, wohin er im Sommer auch wieder zurückkehren wollte. Nach seinen Wanderjahren wollte er sich endlich in seinem Heimatort niederlassen, um dort in einer Werkstatt noch einige Jahre als Geselle zu arbeiten und sich so die von der Zunft vorgeschriebenen Voraussetzungen für die Meisterprüfung zu schaffen.

Jakob beneidete Hannes insgeheim um seinen geradlinigen Lebensweg: Schule, Lehre, Wanderschaft, Gesellenarbeit und die Meisterprüfung im Visier. Hier in dieser angenehmen Umgebung war es für Jakob umso bitterer, sich eingestehen zu müssen, dass er eine derartige Geradlinigkeit nicht mehr schaffen würde. Er war bereits achtundzwanzig Jahre alt und hatte sich ein paar Jahre zu lange in der Weltgeschichte herumgetrieben. Selbst wenn er in der väterlichen oder einer anderen Werkstatt in Heubach noch einige Jahre arbeiten würde, die Meisterprüfung abzulegen schien ihm eine schwierige Angelegenheit zu sein. Seine Kenntnisse und Fertigkeiten waren zwar nicht schlecht und vor der Prüfungskommission ein Meisterstück zu liefern traute er sich durchaus zu. Aber die Prüfung und der Meisterbrief kosteten gut und gerne zehn bis zwölf Gulden. Und einen eigenen Hausstand wollte er ja auch einmal gründen.

Auch hatte er keine Ahnung, was ihn zu Hause erwartete, ob seine Eltern noch bei guter Gesundheit waren. Der letzte

Brief, den er von seinem Vater erhalten hatte, war sechs Monate alt und Jakob fürchtete schlechte Nachrichten – so wie damals, als sein jüngerer Bruder Johann Michael gestorben war und er nicht zur Beerdigung hatte kommen können, weil er sich zu der Zeit in Thüringen aufgehalten hatte. Immer wieder hatte er damals auf den eng beschriebenen Brief seines Vaters gestarrt, weil er nicht glauben konnte, was er da las. Johann Michael sei immer kränklicher geworden und richtiggehend abgemagert. Als Auszehrung habe es der Wundarzt Knauß bezeichnet, der eigentlich nur äußerliche Krankheiten mit Salben, Verbänden und Wickeln kurieren durfte, aber von der Heubacher Bevölkerung auch bei innerlichen Krankheiten oft herbeigerufen wurde. Ungeachtet einer eventuellen Bestrafung, weil er kein ausgebildeter Arzt war, wies Knauß nie einen Hilfesuchenden zurück. Auch die Hochzeit von Jakobs ältester Schwester Elisabeth, die einen Monat vor Johann Michaels Tod nach Welzheim geheiratet hatte, hatte er versäumt.

Kommt Zeit, kommt Rat, sagte sich Jakob und beschloss, zuerst einmal einen Brief nach Hause zu schicken, in dem er sich nach dem Befinden der Eltern, Geschwister und Großeltern erkundigen und seine Rückkehr zumindestens einmal andeuten wollte. Auf jeden Fall wollte er aber noch mindestens bis zum Frühjahr hier in Essingen bleiben.

Der Lehrling Wolfgang war mitten in seinem Zusatzjahr und somit für seinen Meister schon ein vollwertiger Arbeiter. Gebürtig war Wolf, wie ihn alle nannten, aus Bartholomä. Um ein paar Ecken herum war er mit Christian Bäuerle verwandt, was der Grund dafür war, dass Wolfs Vater seinen Sohn zu Bäuerle nach Essingen in die Lehre gegeben hatte. Wolf war groß und kräftig, mit welligem strohblondem Haar und hellblauen Augen. Im näheren Umgang mit ihm merkte man bald, dass er schüchtern war. Lieber schwieg er, als dass er sich in ein Gespräch einmischte, ein Verhalten, das ganz im Gegensatz zu seiner äußeren Erscheinung stand. Wolf schloss sich Hannes und Jakob immer gerne an, wenn sie sich sonntags nach dem Kirchgang im »Löwen« ein Glas Bier genehmigten oder wenn sie einmal im Monat das Badhaus ganz in der Nähe des »Löwen« aufsuchten, um sich ein ausgiebiges Reinigungsbad angedeihen zu lassen. Auch wenn sie an den arbeitsfreien Sonntagen nach einem ausgedehnten Mittagsschläfchen selbst im Winter einfach nur die Gegend um Essingen durchstreiften, um die frische Luft und die Aussicht zu genießen, war er selbstverständlich mit dabei. Die beiden Gesellen gewöhnten sich bald daran, dass Wolf sich kaum an den Gesprächen beteiligte, und manchmal, wenn sie sich über Mädchen und vergangene Liebschaften austauschten, vergaßen sie seine Gegenwart sogar für kurze Zeit. Wolf spitzte dann seine Ohren, die sich bei den Mädchengeschichten immer glühend rot verfärbten.

War das Wetter an manchen Sonntagen allzu schlecht, spielten sie an dem kleinen Tisch in ihrer Schlafkammer Zego. Jakobs Kollegen plagte dabei ein wenig das schlechte Gewissen, da bei guten evangelischen Christen Tugenden wie Arbeit, Ordnung und Pflichterfüllung an oberster Stelle der Lebensführung standen. Kartenspiele hatten keinen Platz in einem gottesfürchtigen Leben und wurden daher abfällig als das »Gebetbuch des Teufels« bezeichnet, das einen vom Einhalten der göttlichen Gebote abhielt. Als Jakob zum ersten Mal das Kartenspiel hervorkramte und auf den Tisch legte, beschwichtigte er die beiden anderen, die ihn überrascht und ein wenig erschreckt ansahen, mit den Worten: »Ach kommt, ich weiß nicht, warum das eine Sünde sein soll. Das ist doch ein schöner Zeitvertreib und wir müssen ja nicht um Geld spielen.« Viel mehr war an Überredungskunst bei Hannes nicht nötig, denn wie sich herausstellte, kannte er das Spiel bereits und hatte es während seiner Wanderschaft schon öfter mit anderen Wandergesellen gespielt. Wolf war hin- und hergerissen. Noch nie hatte er ein Kartenspiel auch nur angerührt.

»Ich habe das Spiel aus dem Schwarzwald mitgebracht. Dort wird es gerne gespielt. Angeblich kommt es ursprünglich aus Frankreich, wo die Soldaten es während der napoleonischen Kriege zwischen den Schlachten leidenschaftlich gerne gespielt haben«, erklärte Jakob, während er die Karten in einem halbrunden Bogen auf dem Tisch auseinanderzog und noch im gleichen Atemzug und mit einem Seitenblick auf den Lehrling fragte: »Na, Wolf, wie sieht es aus? Spielst du mit?«

Wolfs Blick wurde wie magisch angezogen von den bunten Kartenbildern in den Farben Herz, Kreuz, Karo und Pik und selbst die sogenannten leeren Karten mit den einfachen Symbolen der verschiedenen Farben verfehlten nicht die Wirkung auf ihn.

»Hm, ja, ich könnte es ja einmal probieren«, sagte er vorsichtig und seine Stimme zitterte leicht.

»Prima!«, rief Hannes. »Wir erklären dir, wie es geht.«

Jakob zog die Karo Vier, die Pik Sieben und die Kreuz Sieben aus dem Spiel und schob die restlichen Karten mit einer eleganten Bewegung wieder zu einem Häufchen zusammen. »Wenn wir nur zu dritt spielen, brauchen wir statt 54 nur 51 Karten«, sagte Jakob und erklärte Wolf in groben Zügen, um was es ging. »Also, einer spielt gegen die beiden anderen. Derjenige, der alleine spielt, muss versuchen, so viele Stiche wie möglich und am Ende so viele Punkte wie möglich zu machen. Die Karten, auf denen ein Spielmann zu sehen ist, sind die Trümpfe. Sie sind von eins bis 22 durchnummeriert. Der höchste Trumpf heißt Stieß.« Wolf schaute Jakob verständnislos an. »Was ist denn ein Stich und was ein Trumpf?«

»Nur Geduld«, warf Hannes ein. »Wir erklären dir schon alles. Am besten, wir spielen ein paar Mal zur Probe, dann lernst du es am schnellsten.«

Jakob mischte die Karten. »Die ersten zwölf Karten lege ich in den ›Blinden‹ verdeckt auf den Tisch, dann teile ich jedem dreizehn Karten aus. Lasst uns also beginnen!«

Als Wolf das Spiel nach ein paar Runden begriffen hatte, gab es für ihn kein Halten mehr und schon bald wurde er ein ernstzunehmender Mitspieler beim Zego.

Christian Bäuerle zahlte den Lohn der Gesellen alle zwei Wochen aus. Das hatte sich im Laufe der Zeit gut bewährt. Er hatte auch schon andere Zahlungsweisen ausprobiert. Zahlte er jede Woche, bestand die Gefahr, dass das Geld schnell und unbedacht wieder ausgegeben wurde. Zahlte er nur einmal im Monat, ließ der Ansporn bei der Arbeit bei manchen Gesellen nach, wenn sie sich gegen Ende des Monats kein Bier oder andere Annehmlichkeiten mehr leisten konnten.

Als Jakob den ersten Lohn in den Händen hielt, war sein erster Gang hinüber in den Kramladen der Ulrichs. Er brauchte Briefpapier und einen Umschlag.

Der Laden lag schräg über der Straße. Wie bei Christian Bäuerles Haus war auch dort an das Wohnhaus eine Werkstatt angebaut, in der Sigmund Ulrich ursprünglich einmal seine Schreinerei betrieben hatte. Seit seinem Tod im Jahre 1815 stand sie jedoch leer. Der Laden befand sich im Wohnhaus und man betrat ihn vom Hausgang aus. Schon zu Ulrichs Lebzeiten war die Stube in einen Kramladen verwandelt worden, da die Schreinerei für die elfköpfige Familie nicht genug abgeworfen hatte. An den Laden schloss sich eine geräumige Küche an, die sowohl direkt vom Laden als auch vom Hausgang aus betreten werden konnte. Solange noch alle Kinder zu Hause waren, hatte die Küche der Familie die Wohnstube ersetzt.

Sophie war das fünfte von neun Kindern. Drei ihrer Geschwister hatten nur kurz gelebt, fünf waren inzwischen in Ulm, Gaildorf und Schnaitheim verheiratet. Nur sie war zuhause geblieben. Bis vor einem halben Jahr hatte sie das Lädchen zusammen mit ihrer Mutter umgetrieben, als diese von einer Brustwassersucht endgültig ans Bett gefesselt wurde. Die Krankheit ging mit Atemnot einher und führte bei jeder Bewegung zu einer qualvollen Kurzatmigkeit. Ihr Schlafzimmer im Obergeschoss verließ die Kranke so gut wie gar nicht mehr. Sophie hatte dort einen Nachtstuhl aufgestellt und morgens und abends schleppte sie von der Küche in einer Schüssel warmes Wasser für die Körperpflege hinauf. Die Morgen- und Abendmahlzeiten nahm sie zusammen mit der Mutter im Schlafzimmer ein. Mittags aß Sophie in der Küche, nachdem sie den Teller für die Mutter nach oben gebracht hatte. Für den Notfall oder falls die Kranke etwas brauchte, lehnte ein daumendicker Haselnussstecken am Bett, mit dem sie sich durch ein Klopfen auf den Boden bemerkbar machen konnte, denn das Schlafzimmer lag direkt über dem Laden und das Klopfen war gut zu hören.

Vater Ulrich hatte bei der Ausstattung des Ladens sein ganzes handwerkliches Geschick walten lassen. Eine Wand hatte er komplett mit Regalen und Schubladen versehen, die passgenau bis zur Decke reichten. Davor stand eine lange Ladentheke, in die er kunstvoll auf der Vorder- und der Rückseite ebenfalls Regalböden und Schübe eingebaut hatte. Alle Einbauten waren aus Buchenholz, das im Laufe der Zeit zu einem warmen Honigton nachgedunkelt war. Der Fußboden des Raumes bestand aus Eichendielen, über die von der Tür bis zum Ladentisch ein gewebter Flickenteppich in dunklen Farbschattierungen lag. Das hatte sich gut bewährt, denn bei Regenwetter saugte er die Nässe auf, die die Kundschaft mit ihren Schuhen hereintrug.

Jakob fühlte sich sofort wohl, als er den Laden betrat. Ein kleines Glöckchen über der Tür kündigte ihn mit sanftem Klingeln an. Eine ältere Frau mit einem wollenen schwarzen Schultertuch war gerade dabei, ihre Einkäufe in einem Henkelkorb zu verstauen. Sophie stand hinter dem Ladentisch und war über einen Zettel gebeugt, auf dem sie die Preise der Einkäufe notierte und zusammenzählte.

Als die Türglocke erklang, hob sie den Kopf und begrüßte den neuen Kunden mit einem zuvorkommenden »Grüß Gott«. Dann warf sie wieder einen Blick auf ihren Zettel und sagte zu der Frau: »Das macht dann einen Gulden und zehn Kreuzer, Marie.«

Während die Kundin in ihrem Geldbeutel kramte und nebenbei mit Sophie ein paar freundliche Sätze austauschte, blickte sich Jakob neugierig um. Der Laden schien gut ausgestattet und sortiert zu sein. In einer Ecke verströmte ein eiserner Ofen angenehme Wärme. Auf dem Ladentisch stand

eine Waage mit einer tiefen Messingschale und mehreren Gewichten. Neben Kurz- und Schreibwaren gab es Waschmittel, Seife, Petroleum, Tabak und natürlich Lebensmittel wie Mehl, Zucker, Kaffee, Kakao, Tee, Reis, verschiedene Gewürze, Karamellbonbons in einem Glas mit Schraubverschluss und noch vieles mehr. Alles vermischte sich zu einem etwas herben, aber nicht unangenehmen Geruch.

Nachdem Sophie die Kundin mit »Danke und bis zum nächsten Mal« verabschiedet hatte, wandte sie sich Jakob zu. »Bitte schön?«, fragte sie und schaute ihm dabei gerade ins Gesicht.

»Ich bräuchte einen Briefbogen und einen Briefumschlag«, sagte Jakob.

»Ja, gerne, ich habe hier eine gröbere und eine feinere Qualität. Die feinere ist etwas teurer.« Sophie breitete die Papiere mitsamt den Umschlägen vor ihm auf dem Ladentisch aus.

»Ich nehme das grobe und den passenden Umschlag dazu – ich will meinen Eltern in Heubach schreiben«, fügte Jakob etwas zögernd hinzu.

»Sie sind doch der neue Geselle vom Christian Bäuerle?«

Sophie musterte ihr Gegenüber. Der junge Mann sah nicht schlecht aus, stellte sie fest. Mittelgroß, schlank, mit dunkelbraunen Haaren und einem ebenmäßigen Gesicht, das bereits von einigen Falten durchzogen war. Vielleicht war er gar nicht mehr so jung, wie er auf den ersten Blick auf sie gewirkt hatte, überlegte sie. Das Schönste an ihm waren seine hellbraunen Augen …

»Ja, ich bin seit zwei Wochen bei Meister Bäuerle«, antwortete Jakob und riss sie mit seiner Antwort aus ihren Betrachtungen.

»Und gefällt es Ihnen dort?«

»Oh ja, es ist ein angenehmes Schaffen in der Werkstatt. Auch die Unterkunft und das Essen sind gut und die Meistersleute außerordentlich freundlich. Ich bin schon einige Jahre auf Wanderschaft und habe viel gesehen, aber so gut wie hier hat es mir noch nirgends gefallen.«

»Ja, der Christian ist ein guter Meister, das ist allgemein bekannt«, bestätigte Sophie und lächelte Jakob dabei an.

»Betreiben Sie den Laden denn ganz alleine?«, wollte Jakob wissen, dem die Unterhaltung mit Sophie in dem anheimelnden Laden zu gefallen begann.

»Leider ja, meine Mutter ist seit einem halben Jahr krank und seither bin ich mit der ganzen Arbeit auf mich alleine gestellt.«

»Oh, das tut mir leid«, antwortete Jakob und staunte über sich selbst und seine guten Manieren. »Ich heiße übrigens Jakob Schroth«, fügte er an.

»Sophie Ulrich«, entgegnete Sophie und streckte ihm über den Ladentisch hinweg ihre schmale Hand entgegen.

Nun war es an Jakob, Sophie zu mustern. Sie war eine kleine, zierliche Person mit einem angenehm warmen und trockenen Händedruck. Das dunkelblonde Haar trug sie in der Mitte gescheitelt und am Hinterkopf zu einem kleinen geflochtenen Knoten zusammengesteckt. Die Augen waren von einem seltenen dunklen Blau und sehr schön. Das Gesicht war nicht ganz ebenmäßig, der Mund eine Spur zu schmal, aber sie gefiel Jakob, wie sie da in ihrem dunkel- und hellbraun karierten Rock, der hellbraunen Bluse und einer braunen Taftschürze hinter dem Ladentisch stand. Braun stand ihr gut und betonte ihre Haarfarbe, stellte er fest und auch, dass sie einige Jahre älter war als er selbst.

Die Begegnung mit Sophie beschäftigte Jakob noch eine ganze Weile und so brachte er nach dem Mittagessen das Gespräch auf sie und ihren Laden.

»Ja, die Sophie«, erzählte Bäuerle bereitwillig, »das ist eine ganz Fleißige. Mit dem Geld ist es halt trotzdem knapp bei den Ulrichs, das war schon immer so. Der Vater hat früher mit den Waren noch zusätzlich verschiedene Märkte besucht. Als er dann gestorben war, hat seine Witwe diesen Verdienst aufgegeben, sie sei nicht dafür gemacht, in der Gegend herumzuziehen, hat sie gesagt. Dafür hat sie eine kleine Hypothek auf das Haus aufgenommen und das Sortiment im Laden erweitert, um so ihre Kinder halbwegs über die Runden zu bringen. Inzwischen sind alle bis auf Sophie verheiratet. Die Witwe Ulrich kann froh sein, dass sie eine so tüchtige Tochter hat, die sie jetzt in ihrer Krankheit neben der Arbeit im Laden auch noch gut versorgt.«

Obwohl er gerne noch mehr über Sophie erfahren hätte, wollte Jakob nicht weiter nachfragen, um nicht den Anschein zu erwecken, dass er womöglich an der Krämerstochter interessiert sein könnte. So wirklich interessiert war er auch gar nicht. Aber das Leben in Essingen war eben oft eintönig und die Begegnung mit Sophie war ihm eine willkommene Abwechslung gewesen. Zudem wollte er sein Leben gerade jetzt, wo über kurz oder lang seine Rückkehr nach Heubach anstand, nicht noch mehr komplizieren. Irgendwie imponierte ihm sein Mitgeselle Hannes mit seiner Gradlinigkeit, die er gerne nachahmen wollte. Für Jakob bedeutete das, endlich nach Hause zurückzukehren, sich niederzulassen, das Bürgerrecht zu beantragen, vielleicht doch noch den Meister zu machen und sich dann eine Frau zu suchen. Also setzte er sich am Abend an den Tisch im Schlafraum und schrieb einen Brief an seine Eltern.

Die Antwort kam schnell – schon am fünften Tag, nachdem er seinen Brief auf den Weg gebracht hatte. Obwohl Jakob neugierig war, wartete er mit dem Lesen bis zum Feierabend. Es konnten ja auch schlechte Nachrichten sein. Doch dann war die Spannung so groß, dass er den Brief schnell mit dem Zeigefinger aufriss, anstatt ein Messer zu Hilfe zu nehmen, so dass der Briefumschlag jetzt in wilden Zacken offenstand. Ungeduldig fingerte er den Briefbogen heraus und begann zu lesen:

Mein lieber Sohn!

Auch im Namen Deiner Mutter kann ich Dir sagen, dass wir uns über ein Lebenszeichen von Dir sehr gefreut haben. So langsam haben wir uns doch Sorgen gemacht, da wir so lange nichts mehr von Dir gehört haben.

Zu Deiner Frage nach unserem Befinden kann ich Dir sagen, dass es uns allen gut geht. Einzig die Gesundheit Deiner Schwester Christina lässt seit einigen Wochen sehr zu wünschen übrig. Seit Anfang Oktober hat sie eine hartnäckige fiebrige Erkältung, die trotz der von Wundarzt Knauß verordneten und fleißig aufgelegten heißen Schmalzwickel einfach nicht besser werden will.

Dass Du endlich wieder nach Hause zurückkehren willst, kann ich nur begrüßen, denn es ist wichtig für einen Mann zu wissen, wo sein Platz ist. Dass Du in Essingen eine Stelle bei einem guten Meister gefunden hast, freut uns. Dennoch hoffen wir, Dich im nächsten Jahr wieder hier bei uns zu haben. Auch Dein Bruder Thomas wird im Sommer seine Wanderjahre beenden. Auf seinen Wunsch hin habe ich ihn bereits bei der Innung als Anwärter auf die Meisterschaft angemeldet. Für die Zeit bis zur Meisterprüfung wird er wieder bei seinem alten Lehrherrn Christian Beiswanger als Webergeselle arbeiten.

Allzu viel hat sich in Heubach nicht verändert, seit Du weg bist. Nur, dass dieses Jahr eine Fortbildungsschule gegründet wurde und man die hohe Kirchenmauer etwas abgetragen hat, damit die Kirche und die Schule einen größeren Lichteinfall erhalten.

Gott schütze Dich.
Dein Vater Jakob Schroth
Heubach am 17. November 1832

Jakob war zunächst erleichtert, als er den Brief zur Seite legte, wenngleich die Krankheit seiner Schwester ihn doch beunruhigte. Was ihm der Vater mit einem stolzen Unterton über seinen Bruder Thomas berichtete, der mit seinen einundzwanzig Jahren die Wanderschaft nach der vorgeschriebenen Zeit beendete, versetzte Jakob einen Stich, war es doch wohl ein – wenn auch berechtigter – Seitenhieb an seine Adresse. Er gestand sich ein, dass er nichts anderes erwarten konnte.

»Ein Mann muss wissen, wo sein Platz ist«, murmelte er vor sich hin.

»Hast du was gesagt?«, fragte Hannes, der, die Arme im Nacken verschränkt, auf seinem Bett lag.

»Ich sagte, ein Mann muss wissen, wo sein Platz ist«, wiederholte Jakob nun laut und deutlich.

Hannes drehte sich zur Seite, stützte den Kopf mit dem angewinkelten rechten Arm ab und schaute Jakob an. »Hm, ja klar, da hast du völlig Recht.«

Jakob blieb länger bei Meister Bäuerle, als er ursprünglich geplant hatte. Das Frühjahr 1833 war spät angebrochen. Der Winter hatte Essingen und die anderen Orte auf der Alb noch lange in seiner eisigen Zange gehalten. In den niedriger gelegenen Orten, wie zum Beispiel der Oberamtsstadt Aalen, spitzten bereits die ersten Schneeglöckchen aus dem Boden und niemand dort konnte sich recht vorstellen, dass oben auf der Alb noch zwei Handbreit hoch der Schnee lag. Aber es war jedes Jahr dasselbe, jedermann wusste, dass es so war, und doch wurde man nicht müde, auf den Höhen wie im Tal, sich ausführlich darüber auszulassen, wie rau doch das Klima auf der Alb sei und wie schwierig die Lebensbedingungen für Mensch und Tier.

Seinen ursprünglichen Plan, im Frühjahr nach Heubach zurückzukehren, gab Jakob nach und nach auf. Es gefiel ihm einfach zu gut in Essingen. Dass das Leben im Dorf mehr als ruhig und beschaulich war, störte ihn nicht. Von morgens bis abends saß er sowieso am Webstuhl und den freien Sonntag verbrachte er mit Hannes und Wolf in altbewährter Manier.

Gelegentlich schaute er im Kramladen bei Sophie vorbei und hielt in dem gemütlichen warmen Laden ein unverbindliches Schwätzchen mit ihr. Dass er bei seinen kurzen Besuchen meistens nichts kaufte, schien Sophie nicht weiter zu stören. Im Gegenteil, sie freute sich jedesmal, wenn das Glöckchen über der Tür erklang und Jakob zuerst seinen Kopf hereinstreckte, bevor er ganz in den Laden trat. Einmal, als kurz nach ihm hintereinander drei weitere Kunden hereinkamen und er vor ihnen nicht dumm dastehen wollte, weil er nichts kaufte, verlangte er aus Verlegenheit ein Döschen Schnupftabak, das ihm Sophie lächelnd über den Ladentisch schob. Am Abend vor dem Schlafengehen probierte er es aus und bot auch Hannes und Wolf eine Prise an. Da keiner von ihnen im Schnupfen geübt war, ging ein wildes Niesen los und die Nasenlöcher von allen dreien waren unappetitlich schwarz gerändert. Als sie sich so sahen, ging ihr Niesen in hemmungsloses Gelächter über. Hatte sich Jakob anfangs noch ein wenig geärgert, weil er seine Kreuzer für etwas so Unnötiges wie Schnupftabak ausgegeben hatte, war ihm im Nachhinein der Spaß die Ausgabe wert. Ihm fiel ein, wie leichtsinnig er in den vergangenen Jahren mit seinem sauer verdienten Geld umgegangen war. Jetzt dagegen hielt er seinen Verdienst zusammen. Ja, ihn hatte regelrecht der Ehrgeiz gepackt, so viel wie möglich für seinen neuen Anfang in Heubach zur Seite zu legen. Jakob war zufrieden – ein ungewohntes Gefühl für ihn. Um es noch etwas auszukosten, beschloss er, bis zum Sommer in Essingen zu bleiben, dann würde auch Hannes nach Hause zurückkehren. Er rechnete hin und her und setzte sich dann zum Ziel, bis zum Sommer seine Barschaft auf runde zehn Gulden zu erhöhen. Wenn er eisern sparte, könnte er sich sogar noch ein neues Hemd kaufen. Bei genauem Betrachten musste er zugeben, dass seine Kleidung insgesamt recht abgetragen war. Ach was, waschen und bürsten musste ausreichen und ein neues Hemd, das immerhin einen ganzen Gulden kostete, täuschte vielleicht über den Rest hinweg. Wenn er seine Stiefel dann noch auf Hochglanz polierte, würde es für einen ersten guten Eindruck bei den Eltern schon reichen.

Der Einkauf von Lederfett und einem weiteren Bogen Briefpapier mit Umschlag war der letzte, den Jakob im Kramladen tätigte. »Ich will meinem Vater schreiben, dass ich in zwei Wochen nach Hause komme«, erklärte er Sophie, die sich bemühte, bei dieser Neuigkeit nicht allzu betrübt dreinzuschauen.

Jakob fiel die Trennung von Essingen schwer, als er an einem sonnigen Morgen Mitte August zusammen mit Hannes aufbrach. Der Abschied von Meister Bäuerle, seiner Frau und Wolf war herzlich und von vielen guten Wünschen begleitet. Bis Lauterburg wollten Jakob und Hannes den Weg noch zusammen gehen, dann würde Jakob hinunter nach Lautern wandern und von dort weiter nach Heubach. Hannes wollte den Weg über Bartholomä in Richtung Ulm und Oberschwaben nehmen.

Bevor sie sich jedoch in Bewegung setzten, verabschiedete sich Jakob noch von Sophie. Wie üblich streckte er den Kopf in den Laden, bevor er eintrat.

Über den Ladentisch hinweg reichte er ihr die Hand und sagte dann betont munter: »Ich breche jetzt auf, mach's gut, Sophie.«

Längst hatten beide zum vertraulicheren Du gewechselt und so erwiderte Sophie ebenso betont munter: »Ja, komm gut heim und mach's auch gut, Jakob.«

Die nächsten eineinhalb Jahre in Heubach waren für Jakob mit Arbeit angefüllt. Nach wie vor war er fest entschlossen, doch noch etwas aus seinem Leben zu machen. Und tatsächlich stellte ihn Webermeister Johann Bühner schon wenige Tage nach seiner Ankunft in Heubach als Webergeselle mit Unterkunft und Verpflegung ein. Der alte Jakob Schroth war stolz auf seinen Sohn, der nun offensichtlich doch noch einen geordneten Lebensweg einschlug.

Jakob sparte eisern weiter. Im Frühling des darauffolgenden Jahres kleidete er sich neu ein. Die Kosten, die ihm dadurch entstanden, nahm er gerne auf sich, da ihm natürlich bewusst war, dass das äußere Erscheinungsbild die Wirkung auf seine Mitmenschen nicht verfehlte. Inzwischen war Jakob für die Heubacher wieder einer der ihren geworden. Die zu langen Jahre seiner Wanderschaft waren vergessen und von seiner Vorstrafe hatte er weder seinem Vater noch sonst jemandem etwas erzählt.

Im Frühjahr des folgenden Jahres 1834 erreichte Jakob ein Brief von Meister Christian Bäuerle aus Essingen. Er schrieb, es gehe ihnen gut. Auch Wolf habe die Werkstatt inzwischen längst verlassen und derzeit habe er wieder einen neuen Lehrling und zwei neue Gesellen. Ganz begeistert äußerte sich Bäuerle zur Gründung des Deutschen Zollvereins im vergangenen Januar, der nun die verschiedenen Einzelstaaten in der Zoll- und Handelspolitik zusammenschloss und der Zersplitterung im deutschen Wirtschaftsraum ein Ende machte. Der Satz: »Mit einem stabilen nationalen Markt können wir mit unseren Waren sogar mit dem Ausland konkurrieren« war dick unterstrichen. Zudem teilte er mit, dass Sophies Mutter am 25. Oktober gestorben war. Wie sich nach ihrem Tod sehr bald herausgestellt habe, sei das Haus mitsamt dem Laden und der leer stehenden Werkstatt bis unter das Dach mit Schulden beladen gewesen, was Sophie und ihre Geschwister zum sofortigen Verkauf gezwungen habe. Der neue Besitzer, ein Schreiner vom Ort, für den das Anwesen mit der Werkstatt ideal sei, habe nun mit seiner Familie den oberen Stock des Hauses bezogen und dort eine zusätzliche Küche eingebaut. Nach Abzug der Schulden seien für die Geschwister nur noch wenige Gulden übrig geblieben. Im Kaufvertrag habe man festgelegt, dass Sophies Anteil nicht ausbezahlt werde, sondern der Käufer ihr das Recht einräume, dass sie für die nächsten zwei Jahre den Laden auf ihre Kosten weiter betreiben könne und er ihr die Küche als Wohnung zur Verfügung stelle. Nach Ablauf dieser Frist habe sie an den neuen Eigentümer allerdings Pacht zu bezahlen. Für Sophie sei die Situation nicht einfach, was man auch daran erkenne, dass sie das bisherige vielfältige Warenangebot mangels Bargeld sehr eingeschränkt habe. Bäuerle schrieb zum Schluss: »Vielleicht hast Du ja Lust, uns hier in Essingen einmal zu besuchen.«

Dieser letzte Satz arbeitete nachhaltig in Jakob. Immer wieder dachte er über einen Besuch in Essingen nach. Im Herbst des Jahres hatte er sich zur Meisterprüfung angemeldet. Den Zeitpunkt der Meisterprüfung verband er unwillkürlich damit, dass er danach eine eigene Familie gründen wollte. Völlig unverbindlich schaute er sich seit einiger Zeit unter den in Frage kommenden jungen Frauen um. Aber er war unschlüssig. Auch musste er sich eingestehen, dass keine dem Vergleich mit Sophies offenem und freundlichem Wesen wirklich standhalten konnte. Die Erinnerung an sie spukte in seinem Kopf herum, ohne dass er sich darüber wirklich im Klaren war, was es bedeutete. Auf jeden Fall führte es dazu, dass Sophie zum heimlichen Maßstab seiner Brautschau geworden war. Er erinnerte sich an die vielen Gespräche, die sie im Kramladen geführt hatten, und daran, dass er sich in Sophies Gegenwart immer so wohl gefühlt hatte. Vielleicht brachte er aber auch nur alles durcheinander und die schönen Erinnerungen hatten überwiegend mit seinem angenehmen Aufenthalt bei Meister Bäuerle zu tun. Ach, wenn er an die schöne Zeit in Essingen dachte, erfasste ihn fast so etwas wie Heimweh.

Das restliche Frühjahr und den Sommer über bewegte Jakob die Gedanken an Sophie in seinem Herzen und in seinem Kopf hin und her. Schließlich war sie neun Jahre älter als er, so viel hatte er noch in Essingen herausgefunden. Eine große Aussteuer war sicher auch nicht zu erwarten. Andererseits war auch seine Mutter elf Jahre älter als sein Vater. Jakob hatte nie bemerkt, dass das irgendein Problem dargestellt hätte. Und Sophies Aussteuer – nun ja, Genaues darüber wusste er ja nicht und er würde doch als ältester Sohn sowieso das elterliche Haus übernehmen. Ein Heim für seine eigene Familie wäre dann immerhin schon vorhanden.

Jakobs Zweifel, ob Sophie für ihn die richtige Frau sein könnte, wurden immer kleiner, bis sie schließlich ganz verschwanden und ihn eine große Sehnsucht nach ihr erfasste. Er schrieb einen Brief an Meister Bäuerle, in dem er seinen baldigen Besuch ankündigte und ihn bat, auch Sophie davon in Kenntnis zu setzen.

Ende August legte Jakob zwar die Meisterprüfung mit Erfolg ab, die Gebühren für die Ausstellung des Meisterbriefes konnte er aber beim besten Willen nicht mehr aufbringen, nachdem er mit seinem Gesellenlohn laufend seine Familie unterstützt hatte. Er konnte den Meisterbrief ja auch noch später erwerben, tröstete er sich, ohne dass er jedoch so recht daran glaubte.

Zwei Tage nach der Prüfung machte er sich nach Essingen auf. Mit einem Fuhrwerk konnte er bis Lauterburg mitfahren. Den Rest des Weges legte er beschwingt zu Fuß zurück und genoss dabei die vertraute Alblandschaft. Mit jedem Schritt wurde für ihn klarer, dass er Sophie heiraten wollte.

Sophie hatte sich in der Küche neben dem Laden einigermaßen eingerichtet. Den Küchenkasten hatte sie so umgestellt, dass er zusammen mit einem zweitürigen Kleiderschrank eine Nische bildete, die ihr schmales Bett aufnahm. Als Jakob wie früher den Kopf zur Ladentür hereinstreckte, machte sich ein Lächeln auf ihrem Gesicht breit. Mit seinem nur locker geschlungenen blauseidenen Halstuch sah er geradezu verwegen aus.

»Sophie, es ist so schön, dich wiederzusehen!«, rief Jakob, kaum dass er den Laden betreten hatte.

Sophie eilte um den Ladentisch herum und streckte ihm zur Begrüßung beide Hände entgegen, die Jakob freudig ergriff und gar nicht mehr loslassen wollte. Sophie nahm Jakobs Heiratsantrag sofort an und bis spät in die Nacht saßen sie in der Küche und besprachen in allen Einzelheiten ihre Zukunft und vor allem, wie eine Auflösung oder ein Verkauf des Ladens vonstattengehen könnte. Ganz nahe saßen sie am Küchentisch beieinander.

Irgendwann, als alles besprochen war, nahm Jakob Sophie in die Arme. Nach einem innigen Kuss landeten sie wie von selbst vor Sophies Bett, auf das sie eng umschlungen und von ihren Gefühlen völlig überwältigt niedersanken.

Am nächsten Morgen in aller Frühe, noch bevor Sophie den Laden öffnete, gingen sie zusammen zu Meister Bäuerle hinüber, um ihm ihre Verlobung bekannt zu geben. Christina Bäuerle lud sie sogleich ein, am Küchentisch Platz zu nehmen und gemeinsam mit der Familie, den Gesellen und dem Lehrling das Morgenmahl einzunehmen. Es wurde eine lustige Runde, ungeachtet der frühen Stunde. Das Brautpaar nahm lachend die Glückwünsche entgegen und einmal zwinkerte Bäuerle Jakob fast unmerklich zu, weil Jakob nicht wie besprochen in seiner Werkstatt genächtigt hatte.

»Nimmst du die Sophie jetzt mit nach Heubach?«, fragte Bäuerles Ältester neugierig und rieb sich dabei ein wenig verlegen das rechte Ohrläppchen mit Daumen und Zeigefinger.

»Ja, die Sophie kommt mit zu mir nach Heubach, aber noch nicht gleich, erst wenn alle Angelegenheiten geregelt sind – und das kann noch eine Weile dauern«, gab Jakob dem Rotschopf bereitwillig Auskunft.

Es folgte ein reger Briefwechsel zwischen Jakob und Sophie, denn die Verhandlungen bezüglich des Ladens zogen sich zäh in die Länge. Sophie war schwanger, aber ein endgültiger Termin für die Hochzeit konnte nicht festgelegt werden, solange sich kein Käufer für den Laden fand. Der neue Hauseigentümer hatte zwar Interesse an der Weiterführung des Ladens angemeldet, jedoch konnte seine Frau sich nicht recht mit dem Gedanken anfreunden, den ganzen Tag im Laden zu stehen. Außer ihrem Mann hatte sie noch fünf kleine Kinder zu versorgen. Ganz abgeneigt war sie aber auch nicht, zumal ihr Mann ihr den Nebenverdienst in den schönsten Farben schilderte.

Sophie war von dem ewigen Hin und Her inzwischen reichlich entmutigt. Auch war sie nicht sicher, ob es vielleicht nur eine Hinhaltetaktik des Schreiners war, um den Preis zu drücken. Sie verlangte für die Ladeneinrichtung mitsamt dem Warenbestand 150 Gulden – ein angemessener Preis, wie sie fand.

Jakob kam erneut von Heubach herauf, um zu sehen, wie die Dinge standen und um sie mit Hinblick auf Sophies Schwangerschaft möglichst schnell voranzutreiben. Tatsächlich wurden sich aufgrund Jakobs Einmischung der Schreiner und Sophie endlich einig, nachdem sie sich schweren Herzens dazu bereit erklärt hatte, die gebotene Ablösesumme von nur 120 Gulden zu akzeptieren. Zusammen mit dem Rest in der

Ladenkasse verfügte Sophie nun über 121 Gulden und 42 Kreuzer Bargeld, das sie in die Ehe einbringen konnte. Zusammen mit dem Küchenkasten, dem Kleiderschrank, ihrem Bett, einer Truhe, einem Koffer, verschiedenem Küchengeschirr, Bettzeug, Leintüchern und Bettziechen, ihren Kleidern, zwei Gebetbüchern, eines davon mit Silber beschlagen, und ihrem Schmuck, der aus einem goldenen Ring und ein paar goldenen Ohrringen bestand, belief sich Sophies Mitgift insgesamt auf immerhin 294 Gulden und 21 Kreuzer. Die Gebühren für die Erstellung des gemeinsamen Zubringensinventars übernahm Sophie, da Jakob über keinerlei Bargeld mehr verfügte. Von seinen Eltern erhielt er fünfzig Gulden in der Form, dass sie auf die Übergabesumme für das Haus angerechnet wurden. Der Wert für seine Kleider, ein Gesangbuch sowie seinen Webstuhl nebst dem Zubehör belief sich auf die Summe von 34 Gulden und sechs Kreuzer, so dass Jakob – zumindest auf dem Papier – insgesamt 84 Gulden und sechs Kreuzer mit in die Ehe brachte.

Die Übergabe des Hauses, das mit 275 Gulden veranschlagt wurde, war dergestalt im Ehevertrag festgelegt, dass Sophie neben Jakob Miteigentümerin wurde und dafür einhundert Gulden an die Schwiegereltern zu zahlen hatte, denen zudem ein lebenslanges Wohnrecht im unteren Zimmer neben der Werkstatt eingeräumt wurde.

Das Barkapital der Eheleute betrug also noch 21 Gulden und 42 Kreuzer, die Summe, die von Sophies Bargeld übrig geblieben war.

Jakob und Sophie schlossen am 3. März 1835 in der Ulrichskirche in Heubach den Bund der Ehe. Die Hochzeit war schlicht und fand im engsten Familienkreis statt.

Bereits Ende März brachte Sophie zwei Monate zu früh ein winziges Mädchen zur Welt, das sie noch am gleichen Tag auf den Namen Elisabetha Catharina taufen ließen. Noch am Abend desselben Tages hauchte das kleine Wesen, zum großen Schmerz seiner Eltern, sein kurzes Leben aus.

Wenige Wochen später war Sophie wieder guter Hoffnung. Dieses Mal kam, vier Wochen zu früh, zwischen Weihnachten und Neujahr ein Bübchen – Georg Bernhard – zur Welt. Aber auch dieses Kind verließ seine Eltern noch am Tag seiner Geburt wieder.

Sophie war untröstlich. »Ich bin zu alt zum Kinderkriegen«, sagte sie eines Tages mühsam beherrscht und mit Tränen in den Augen zu Jakob.

»Ach was, viele Frauen bekommen noch Kinder, auch wenn sie die Vierzig schon überschritten haben.«

Sophie nickte bereitwillig. Sie wollte Jakob so gerne glauben. Allmählich nahm sie jedoch in Jakobs Wesen eine schleichende Veränderung wahr. Nach dem Tod des kleinen Sohnes wechselten sich bei ihm Niedergeschlagenheit mit Aufbegehren ab. Manchmal haderte er lautstark mit dem Schicksal und dem mehr als bescheidenen Leben, das sie in dem Häuschen auf dem Bühl fristeten.

Die Weberei lief nicht besonders gut und von einem Wirtschaftsaufschwung war in seiner Werkstatt nichts zu spüren. Im Gegenteil, Jakob beobachtete, dass nach der Gründung des Deutschen Zollvereins und dem Wegfall der Zollschranken eher die industrielle Entwicklung zunahm, die aufstrebenden Manufakturen profitierten und das Weberhandwerk langsam, aber sicher ins Hintertreffen geriet.

Einmal, als er während einer seiner Schimpftiraden Sophies Blick auffing, in dem sich Erstaunen mit Entsetzen mischte, verstummte er jäh.

Nach einem Augenblick der Besinnung sagte er fast erschöpft: »Ach, Sophie, es tut mir leid, ich will dich nicht erschrecken mit meiner Schimpferei. Du bist doch das Beste, was ich habe. Du bist doch mein Geschenk aus der guten Essinger Zeit, das ich mit nach Heubach nehmen durfte.«

Endlich und nachdem sie in den folgenden Jahren die Hoffnung schon fast aufgegeben hatten, kam am 4. Dezember 1839 wieder ein Georg Bernhard zur Welt. Das Kind blieb am Leben und machte sich so, etwas verfrüht, zum schönsten Weihnachtsgeschenk seiner Eltern. Von Anfang an wurde er von allen nur Bernhard gerufen.

Bernhard war ein stilles Kind, das aber schnell lächelte, wenn man es ansprach. Er hatte die dunkelbraune Haarfarbe und die ebenmäßigen Gesichtszüge seines Vaters und die tiefblauen Augen seiner Mutter. Sophie und Jakob liebten ihren Sohn über alles und im Leben der Großeltern wurde er zu einem späten Sonnenschein. Jakobs ledig gebliebene und ewig kränkelnde Schwester Christina kümmerte sich bis zu ihrem Tod im Dezember 1841 rührend um den kleinen Neffen. Selbst Thomas, Jakobs jüngster Bruder, der inzwischen verheiratet war und seit Mai selbst einen kleinen Sohn hatte, war ganz angetan von dem hübschen, freundlichen Kind und kitzelte es jedesmal, wenn er auf Besuch nach Hause aufs Bühl kam, worauf der kleine Bernhard jedesmal laut zu lachen und zu juchzen begann.

Kapitel III

Bernhard lebte sich trotz seines anfänglichen Heimwehs rasch bei Andreas und Rosina Burkhardt in Lauterburg ein. Das Mittagessen, das die Meistersfrau an dem Tag von Bernhards Ankunft servierte, aß er mit gutem Appetit. Es gab eine große Pfanne mit in reichlich Butter geschwenkten Spätzle. Rosina hatte zwei Handvoll würziger, kleingehackter Kräuter in den Teig gegeben, die der Speise eine frische grüne Farbe verliehen, die vortrefflich zu dem üppig sprießenden Grün des herrlichen Frühlingstages passte.

Bernhard durfte die ehemalige Kammer der beiden inzwischen verheirateten Töchter unter dem Dach beziehen, die im Winter sogar mit einem kleinen Kanonenofen beheizt werden konnte. Anstelle des zweiten Bettes stand jetzt ein Tisch aus Buchenholz mit einem Stuhl davor unter der Dachschräge links vom Fenster.

»Da kannst du lernen oder auch einmal einen Brief nach Hause schreiben«, erklärte Meister Burkhardt, während sich sein neuer Lehrling beeindruckt in der Kammer umsah.

Seine Unterkunft für die nächsten Jahre war einfach möbliert, aber geräumig und Bernhard konnte noch gar nicht glauben, dass dies ab jetzt sein Zimmer sein sollte, das er mit niemandem teilen musste. Kein Vergleich zu seiner winzigen Kammer zu Hause auf dem Bühl. Die hatte er zwar auch für sich alleine gehabt, aber im Sommer war es dort unerträglich heiß und im Winter so eisig kalt, dass nicht selten eine dünne Eisschicht auf seiner Zudecke lag, wenn er morgens aufwachte. Hier würde das dank des Ofens nicht passieren.

Meister Burkhardt gab ihm Zeit seine Sachen einzuräumen und sagte: »Wenn du mit allem fertig bist, kommst du zu mir in die Werkstatt hinunter.«

Bernhard beeilte sich, seine Habseligkeiten aus dem prallen Rucksack zu zerren und in den blau grundierten, mit zwei Blumengebinden bemalten Schrank einzuräumen. Einen Überrock aus Tuch mit einem passenden Wams und einer Weste hängte er an die Holzhaken, die auf einem Brett im Inneren des Schrankes angebracht waren. Die zwei Paar Hosen, von denen eine extra zum Lehrbeginn noch bei Schneider Hofele in Auftrag gegeben worden war, verteilte er ordentlich zusammengelegt mit drei Paar wollenen, baumwollenen und leinenen Strümpfen, zwei Hemden, einem Nastuch, einem Halstuch und seiner Kappe auf die drei Regalböden des Schrankes. Sein einziges Paar Schuhe trug er an den Füßen. Das Gesangbuch, die Bibel und das Konfirmationsbüchlein stellte er ordentlich nebeneinander auf den Tisch, so dass sie hinten an der Wand anstießen. Bernhard fand, der Raum sehe jetzt viel wohnlicher aus. Als Letztes zog er ein Fadenmesser, ein Weberschiffchen und einen braunen Schurz aus dem Rucksack, der nun leer und schlaff war und ebenfalls im Schrank verstaut wurde.

Das Handwerkszeug war gebraucht und stammte aus der Werkstatt seines Vaters, bis auf den Schurz, den hatte ihm die

Mutter aus grobem Leinen selbst genäht. Bernhard nahm seine Handwerksausstattung gleich mit, als er nach unten ging.

Die Werkstatt war hell. Zwei große Fenster ließen genügend Licht herein, obwohl das Nachbarhaus nicht weit entfernt stand und der Ausblick an einer Fachwerkwand mit zwei Fenstern endete, denn die Häuser der Straße lagen eng beieinander. Zwei Webstühle standen in der Werkstatt. Mehr hatte Meister Burkhardt nie besessen und sie hatten ihm immer ausgereicht. Seit jeher handhabte er es so, dass er entweder einen Lehrling ausbildete oder einen Wandergesellen aufnahm. Bei aller Bodenständigkeit liebte Andreas Burkhardt die Abwechslung. Ein paar Jahre einen jungen Menschen auszubilden, ihn an die Arbeit und das Leben heranzuführen und dann wieder mit einem Gesellen zu arbeiten, der Geschichten von den fremden Orten seiner Wanderschaft und anderen Meistern zu erzählen wusste, gefiel ihm. Schlechte Erfahrungen hatte er dabei noch nie gemacht. Die Lehrlinge und Gesellen schätzten ihn als Meister und als Mensch, denn Andreas Burkhart verfügte nicht nur über große Sachkenntnisse, er war auch ein zufriedener Mann mit viel Geduld. Bernhard bildete da keine Ausnahme, denn schon am ersten Abend, als er müde von seinem langen Marsch und den ersten Stunden in der Werkstatt in sein Bett sank, war er glücklich und wusste, dass er es hier gut getroffen hatte.

Meister Burkhardt verlangte jede Woche einen kurzen schriftlichen Bericht, in dem Bernhard festhalten sollte, was er die Woche über gelernt und welche Arbeit er verrichtet hatte. Bernhard kam dem gewissenhaft nach und machte sich jeden Abend Notizen, die er am Sonntag in der Zeit zwischen dem Ende des Kirchganges und dem Mittagessen zu einem ordentlichen Bericht ausarbeitete. Beim seinem ersten Bericht hatte er sich etwas ganz Besonderes einfallen lassen. Schon in der Schule hatte er gerne gezeichnet – was lag also näher, als dass er einen Webstuhl zeichnete und alle seine Teile sauber beschriftete.

Meister Burkhardt staunte nicht schlecht, als Bernhard ihm die gekonnte Darstellung vorlegte: »Ja, Bernhard, das ist ja ein richtiges Kunstwerk geworden! Da hast du dir aber wirklich viel Mühe gegeben.«

Bei so viel Lob wurde auch die Meistersfrau neugierig und warf nun ebenfalls einen Blick auf das Blatt. »Da sieht man erst einmal, aus wie vielen Teilen so ein Webstuhl besteht«, sagte sie beeindruckt und las laut vor: »Kettbaum, Warenbaum, Schlagbaum, Brustbaum, Streichbaum, Trittbalken, Schäfte, Schafthalter, Kamm, Litzen … und was für eine schöne Schrift du hast!«, rief sie aus und warf Bernhard einen anerkennenden Blick zu. Dann kam sie auf etwas anderes zu sprechen: »Bernhard, hast du Lust, heute Nachmittag mit uns einen Spaziergang zu unserem Feld zu machen? Ich war schon zwei Tage nicht mehr da und würde gerne nachsehen, ob das Saatgut schon durch die Krume kommt.«

»Keine Angst«, schaltete sich nun Meister Burkhardt ein, als er Bernhards erstaunten Blick auffing, »gearbeitet wird heute am Sonntag selbstverständlich nicht, aber ein Gang durchs Dorf und hinaus in die Natur wird uns guttun, nachdem wir die ganze Woche in der Werkstatt verbracht haben.«

»Ja, ja, euch wird ein wenig frische Luft nicht schaden. Ich habe ja unter der Woche genug davon. Bei euch zu Hause wird es auch so sein, dass die Feldarbeit von deiner Mutter erledigt wird«, stellte Rosina mehr fest, als dass sie Bernhard fragte.

Bernhard gab bereitwillig Auskunft. »Ja, vor allem die Mutter erledigt die Feldarbeit. Der Großvater ist ja im Januar gestorben. Bei der Ernte im Herbst war er noch dabei. Und als ich noch daheim war, musste ich auch immer helfen. Die Großmutter ist ja schon fünf Jahre tot. Sie hat in ihren letzten Lebensjahren nicht mehr geholfen. Für die Arbeit war sie schon zu alt und der Weg bis zum Feld war zu weit für sie, das hat sie nicht mehr verschnauft.«

Bernhard wurde ganz nachdenklich, als ihm bewusst wurde, dass ab jetzt, da er auch nicht mehr zu Hause war, die Bestellung des Ackers ganz alleine an der Mutter hängen blieb.

Das Feld der Burkhardts befand sich außerhalb des Dorfs in Richtung Bartholomä. Leichtfüßig ging Bernhard die Steige, die sich in einer Kurve bis hinauf zur oberen Straße zog, voran. Die Meistersleute waren zwar noch beide gut zu Fuß, aber etwas außer Atem, als sie oben ankamen. In gemächlichem Tempo ging es dann auf der Straße weiter. Meister Burkhardt erklärte Bernhard, dass dies früher einmal eine wichtige Handelsstraße gewesen sei, die durch Lauterburg führte.

»Und noch früher ist das sogar eine römische Heerstraße gewesen, die von Straßburg her über das Remstal herauf nach Lauterburg und dann weiter bis nach Augsburg ging. Aber das ist alles lange her«, bedauerte Burkhardt. »Heute sind wir hier oben ziemlich abgeschieden. Von dem alten Glanz ist nichts mehr übrig. Allein für die Strecke von Lauterburg nach Essingen braucht man über eine Stunde, weil die Straße so schlecht ist.«

Inzwischen hatten sie das Dorf und die letzte langgezogene Steigung hinter sich gelassen. Ein mildes Maienlüftchen umwehte sie jetzt auf der freien Flur und machte den Spaziergang überaus angenehm. Sie folgten einem von einer Hecke gesäumten Feldweg, der nach einer Weile rechts von der Straße abzweigte und sie wieder leicht bergab bis zum Feld der Burkhardts führte. Einträchtig lag es neben zwei weiteren ordentlich umgegrabenen Äckern, die den Nachbarn zur Rechten und zur Linken in Lauterburg gehörten. Auf allen dreien zeigte sich in sauberen Reihen der erste zartgrüne Flaum der aufgegangenen Saat.

»Wie herrlich doch bei diesem Wetter alles wächst«, begeisterte sich Rosina und spielte dabei auf den Wechsel von warmen Tagen und Regen in der letzten Woche an. »Alles ist schon viel weiter als noch vor zwei Tagen. Da weiß man wenigstens, wofür man sich schindet.«

Sie stemmte beide Arme in den Rücken, wie wenn sie sich nach dem mühevollen Einlegen der Krautsamen und Kartoffeln in die Furchen des Ackers wieder aufrichten würde.

»Jetzt müssen wir wieder hoffen, dass der Sommer nicht zu heiß und nicht zu nass wird, damit alles gut gedeiht und wir im Herbst reiche Ernte halten können«, sagte Andreas Burkhardt und strich sich nachdenklich übers Kinn. »Wie alles liegt auch dies in Gottes Hand. Regen hat früher in Lauterburg sowieso eine große Rolle gespielt. Viel mehr als heute«, erzählte der Meister. »Wasserknappheit war hier oben, wo es keine Quellen gibt, schon immer ein Thema. In besonders trockenen Jahren mussten wir in Eimern und Fässern das Wasser im Essinger Weiher holen, der eine halbe Stunde entfernt liegt. Aber nachdem das Feuer im Jahr 1842 so verheerend im Dorf gewütet hat, beschloss die Einwohnerschaft einen Brunnen zu graben, aus dem seither das Wasser heraufgepumpt wird und so das ganze Dorf versorgt. Ja, aus Schaden wird man klug.«

Ohne Eile machten sie sich auf den Rückweg. Bevor sie nach Hause zurückkehrten, machte Meister Burkhardt einen kleinen Umweg durchs obere Dorf und zeigte Bernhard, wo sich das Gasthaus zum »Goldenen Lamm« befand.

»Das wird ab jetzt sonntags deine Aufgabe sein, uns hier einen Krug Bier zum Vesper zu holen. Du magst doch Bier?«

Bernhard wusste nicht recht, was er antworten sollte. Nach kurzem Nachdenken entschloss er sich aber, geradeheraus die Wahrheit zu sagen, nämlich dass er Bier wenig schmackhaft und bitter fand.

Burkhardt schmunzelte: »Ab und zu ein Glas Bier erfrischt und gibt Kraft, das wirst du mit der Zeit schon noch merken.«

In den nächsten Wochen und Monaten wurde der Wechsel von Arbeit und den Sonntagen mit Kirchgang, Berichte schreiben und einem Spaziergang mit den Meistersleuten zu einer nicht unangenehmen Gewohnheit. Als das Kartoffelkraut zwei Handbreit aus der Erde schaute, begleitete Meister Burkhardt seine Frau aufs Feld und nahm auch Bernhard mit.

»Heute machen wir die Werkstatt zu und erledigen dafür die Feldarbeit. Schließlich muss ja auch etwas auf den Tisch kommen«, sagte er gut gelaunt, bevor sie sich auf den Weg machten.

Alle drei führten sie eine Hacke mit sich. Zuerst hackten sie damit die Reihen und entfernten das Unkraut. Danach häufelten sie die Kartoffeln an, indem sie den Boden mit der Breitseite der Hacke hochzogen. Dass diese Arbeit für Bernhard absolut nichts Neues war, erkannte man an seiner flinken Vorgehensweise. Meister Burkhardt war sehr zufrieden und lobte Bernhard, während er sich insgeheim zu seinem fleißigen Lehrling beglückwünschte.

Seinem Vetter Johann schrieb Bernhard einen ausführlichen Brief, in dem er über sein neues Leben in Lauterburg berichtete. Bald hatte er auch ein paar junge Leute aus der Nachbarschaft kennen gelernt, die ihn nach dem sonntäglichen Vesper zu ihrem Treffpunkt in einem der verwilderten Innenhöfe der Burgruine mitnahmen. Dort saßen sie zusammen im Gras oder auf den verstreut liegenden Mauersteinen und erzählten sich, was sich die Woche über ereignet hatte. Viel war das in der Regel nicht und so verging auch nie viel Zeit, bis einer von ihnen ein Lied anstimmte. Die Akustik in dem alten Innenhof war so hervorragend, dass sich selbst die einfachste Weise wie ein vollendeter Chorgesang anhörte.

Meister Burkhardt begrüßte es, dass Bernhard schnell Anschluss gefunden hatte, wenngleich er es nicht wirklich gerne sah, dass Jungen und Mädchen dort unten ohne Aufsicht beieinander waren. Aber wie die meisten Dorfbewohner übte er Nachsicht mit der Jugend, denn solange ein Lied nach dem anderen von der Ruine heraufschallte, würde schon nichts Unartiges passieren. Außerdem lag das Pfarrhaus nicht weit entfernt und der Herr Pfarrer hatte sich längst angewöhnt, bei den sonntäglichen Treffen der Dorfjugend ab und zu vorbeizuschauen.

Wie ein Webstuhl funktionierte, wusste Bernhard natürlich längst, bevor er seine Lehre antrat. Nicht umsonst hatte er von klein auf viele Stunden in der väterlichen Werkstatt zugebracht. Beim Weben drehte es sich um nichts anderes, als dass Längs- und Querfäden so lange miteinander verflochten wurden, bis ein Gewebe in der gewünschten Größe entstand, das man dann vom Webstuhl trennte, indem man die Kette, also die Längsfäden, gut zwei Finger breit hinter dem Gewebe abschnitt. Schon als kleinem Buben hatte ihm der Vater gezeigt, wie man einen gerissenen Kettfaden geschickt und möglichst unauffällig wieder zusammenknüpfte. Für Kinder in Weberfamilien war diese knifflige Tätigkeit ganz selbstverständlich, da sich kleine Kinderhände besonders gut dafür eigneten. Selbstverständlich war auch, dass Kinder am Spulrad Garn aufspulten. Bernhard war da keine Ausnahme gewesen und beherrschte diese Arbeit perfekt.

Doch nun lernte er bei Meister Burkhardt das Handwerk mit all seinen verschiedenen Facetten von Grund auf. Das Garn wurde hier nicht mehr selbst aufgespult. Vielmehr erhielt er es vom Verleger in Aalen, der die fertigen Spulen von einer der Spinnereien bezog, an deren Maschinen sich viele junge Frauen einen bescheidenen Lohn verdienten. Doch trotz dieser Neuerung kamen die Garnspulen für die Kette wie von jeher in ein Spulengestell, von dem die Fäden der einzelnen Spulen gleichmäßig auf den Zettelrahmen überführt werden mussten.

In seinen Berichten erklärte Bernhard die höchst komplizierten Abläufe an dem mehr als mannshohen Webstuhl genau und veranschaulichte sie anhand von beschrifteten Zeichnungen aufs Vortrefflichste. Selbst jemand, der vom Weben überhaupt keine Ahnung hatte, hätte sich anhand von Bernhards Berichten einen guten Überblick verschaffen können. Besonders gelungen war ihm die Beschreibung, wie man die Fäden zwischen Daumen und Zeigefinger hielt, wenn man sie vom Spulengestell nahm, und gleichzeitig den kleinen Finger zwischen die Fäden steckte, damit sie sich nicht ineinander verwickelten.

Je nachdem, was für ein Tuch hergestellt werden sollte, waren die Kettfäden aus Leinen und der Schussfaden aus Baumwolle wie beim Barchent, oder die Kettfäden waren aus Baumwolle und der Schussfaden aus Wolle wie bei halbwollenen Stoffen. Reine Leinen- oder Wollstoffe, bei denen sowohl die

Kette als auch der Schuss aus dem gleichen Material waren, wurden aus Kostengründen im Gegensatz zu früher seltener hergestellt. Allerdings gab Burkhardts Verleger gut ein Drittel Wollstoffe in Auftrag, die er anschließend zu feinen Flanellen kardieren ließ.

Der Arbeitsalltag von Meister und Lehrling sah meistens so aus, dass Andreas Burkhardt am einen Webstuhl saß, seine Aufträge webte und er Bernhard nach ausführlichen Erklärungen und praktischen Übungen der einzelnen Arbeitsschritte vom Zetteln bis zum Überführen der Kette auf den Webstuhl bis hin zum Aufbäumen der Kette üben ließ. Bei Letzterem half er ihm. Diese Arbeit musste zu zweit durchgeführt werden und sie war das reinste Tauziehen, da die Kette straff gespannt sein musste, damit sie fest auf den Kettbaum aufgerollt werden konnte. Ganz besondere Sorgfalt zu üben galt es beim Einziehen der Kettfäden durch die Litzenösen und den Kamm. Wurde hier ein Fehler gemacht, bildete sich kein gleichmäßiges Fach im Zusammenspiel mit den Schäften, die wiederum mit den Tritten des Webstuhls verbunden waren. Zog man einen Faden durch die Litzeöse auf einen falschen Schaft, entstand ein Fehler in der Gewebebindung, der allerdings erst beim Anweben zutage trat. Die ganze Arbeit musste dann noch einmal gemacht werden.

Meister Burkhardt war höchst zufrieden mit der Leistung seines Lehrlings, der sich täglich mit großem Fleiß an die Arbeit machte und ihm mit der Zeit das Einrichten des Webstuhls abnahm. Oft genug spitzte bei der Arbeit die Zunge zwischen Bernhards Lippen hervor, wenn er sich bemühte, ja keinen Fehler zu machen.

Eines Tages lag beim Mittagessen ein Brief neben seinem Teller. Bernhard wendete ihn ein paar Mal in den Händen hin und her, um seine Vorfreude aufs Lesen zu steigern.

»Er ist von meinem Vetter Johann aus Heubach!«, rief er hocherfreut aus, als er den Absender gelesen hatte, und strahlte dabei Rosina und Andreas Burkhardt an.

Obwohl das Essen wie immer gut und schmackhaft war, konnte er es vor Aufregung nicht recht genießen. Jetzt, wo der Brief auf dem Tisch lag, überfiel ihn plötzlich neben der Neugierde auch das Heimweh.

Lieber Vetter Bernhard!

Jetzt will ich doch etwas von mir hören lassen. Danke für Deinen Brief. Es freut mich, dass Du es bei Deinem Meister in Lauterburg so gut getroffen hast. Deinen Eltern geht es gut. Seit Du weg bist, habe ich sie zweimal besucht, auch um zu hören, ob es etwas Neues von Dir gibt. Vater, Mutter und ich sind ebenfalls wohlauf. Vaters Seidenweberei geht ganz gut. Er spricht sogar davon, sich mit der Zeit zu vergrößern. Wir haben jetzt drei Gesellen. Vater nennt sie jetzt aber Gehilfen. Das hängt mit der Fabrikkonzession zusammen. Also haben wir zwei neue Gehilfen und den Joseph Egger, den Du ja noch kennst, und mich als Lehrling. Die Arbeit gefällt mir und ich habe auch schon viel gelernt seit dem Frühjahr. Abends treffe ich mich mit anderen jungen Leuten beim Marktbrunnen. Da geht es oft recht lustig zu. Manchmal sprechen wir aber auch von ernsten Themen. Zum Beispiel darüber, dass die Zahl der Auswanderer nach Amerika zunimmt. Auch in Heubach und Umgebung tragen sich immer wieder Leute mit dem Gedanken, weil sie hier kein Auskommen mehr finden. Die Regina Knaus von Buch ist im Sommer nach St. Louis in Missouri ausgewandert. Der Jakob Bader, der Sohn vom Seiler Bader, hat sich ebenfalls auf den Weg nach Amerika gemacht und erst letzte Woche erzählte man sich, dass die Katharina Weiler, die in Gmünd im Dienst war, auch ausgewandert ist. Ihr Vater war anscheindend ganz bestürzt darüber, weil er überhaupt nichts von ihren Plänen wusste. Sie hat sich nicht einmal von ihm persönlich verabschiedet, sondern nur einen kurzen Brief geschickt, in dem sie ihm mitgeteilt hat, dass sie sich das Geld für die Schiffspassage nach New York zusammengespart habe und schon auf dem Weg nach Bremen sei, wenn er diese Zeilen lese. Der Georg Bühr hat sogar behauptet, dass die Obrigkeit schon seit einiger Zeit politischen Häftlingen und armen Familien die Auswanderung bezahlt, um sie auf diesem Wege loszuwerden, damit sich die Gemeinden langfristig das Geld für ihren Unterhalt sparen. Ich konnte das gar nicht glauben.

Ja, jetzt gehöre ich also auch zu denen, die auf dem Marktplatz unter den Kastanienbäumen am Brunnen zusammenstehen und Neuigkeiten austauschen. Als wir noch zur Schule gingen, haben es unsere Eltern ja nicht erlaubt, dass wir dorthin gingen. Manchmal bin ich am Abend aber auch so müde, dass ich zu Hause bleibe und bald nach dem Vesper ins Bett gehe.

Anfang Oktober ist der Brunnenbauer Ziegler gestorben. Seine Kinder sind erst 13, 7 und 5 Jahre alt. Unser ehemaliger Oberlehrer Georg Luz will jetzt den ältesten Sohn Johannes gratis unterrichten, um ihn für die Aufnahme in einem Lehrerseminar vorzubereiten. Die Leute zerreißen sich ein wenig die Mäuler darüber, weil sie sich nicht einig sind, ob der Einfluss von Luz wirklich gut ist für den jungen Johannes. Du weißt ja, dass der Herr Oberlehrer ein kämpferischer Geist ist und sich mit seinen eifrigen Umtrieben nicht bei jedermann beliebt macht. Neuerdings hat er auch noch die Direktion des Liederkranzes übernommen und darüber hinaus schreibt er anscheinend auch noch an der Ortsgeschichte von Heubach und dem Rosenstein. Es sieht so aus, als ob er sich schon zu Lebzeiten ein Denkmal setzen will. Zumindest behaupten das gehässige Zungen. Immerhin hat er in unseren letzten beiden Schuljahren den Unterricht in den Realien als Neuerung eingeführt und uns mit Geschichte, Natur- und Erdkunde eine willkommene Abwechslung zum eintönigen Rechnen, Lesen und Schreiben verschafft. Ach, Du siehst schon, ich traure ein wenig den alten Zeiten nach, als wir in Heubach noch zusammen waren. Weißt Du schon, ob Du an Weihnachten ein paar Tage nach Hause kommen kannst? Ich hoffe doch.

Für heute schickt Dir die allerbesten Wünsche und Grüße
Dein Vetter Johann
Heubach, den 11. Oktober 1854

Nachdem Bernhard den Brief zweimal gelesen hatte, ließ er ihn sinken und sein Blick richtete sich nachdenklich in eine unbestimmte Ferne. Seine Gedanken schweiften zu Johann nach Heubach und er erinnerte sich, dass sie sich, sooft es ihre schmale Freizeit zuließ, getroffen hatten. Oft streunten sie an den von Höhlen durchzogenen verwilderten Hängen unterhalb der Ruine Rosenstein umher, immer in der Hoffnung, vielleicht einen verborgenen Schatz der Ritter zu finden, den diese womöglich in alten Zeiten versteckt hatten. Einmal hatten sie sich sogar durch das Dickicht gekämpft und sich bis zur Ruine hinaufgewagt. Sie waren aber heilfroh gewesen, als sie wohlbehalten wieder zu Hause ankamen, denn dort oben in dem felsigen Gelände lagen die Steine der zusammengestürzten Mauern überwuchert und wild durcheinander. Der Bergrücken des Rosensteins war von zahlreichen Höhlen, tiefen Schluchten und steilen Abhängen geprägt, so dass sie bei jedem Schritt höllisch aufpassen mussten, um nicht abzustürzen.

Bernhard und Johann waren beide 1839 geboren. Johann im Mai und Bernhard im Dezember. Von der ersten bis zur letzten Klasse hatten sie in der Schule nebeneinander gesessen. Beide waren durch den Tod ihrer Geschwister Einzelkinder geblieben, aber aufgrund der engen familiären Bindungen fühlten sie sich fast wie Brüder. Johanns Vater Thomas Schroth hatte nach der Heirat zusammen mit seiner Frau Friederika und mit Hilfe des ansehnlichen Barbetrages, den sie mit in die Ehe brachte, ein geräumiges halbes Haus an der Steige gekauft, in dem er nun seine Seidenweberei betrieb. Die andere Haushälfte gehörte dem Weber Gottfried Spießhofer, der vor einigen Jahren aus Bartholomä zugezogen war. Es war ein stattliches zweistöckiges Haus mit einem Keller, je einem Kamin pro Haushälfte, einer gemeinschaftlichen Tenne, einem Stall und einer Holzlege, die sich die beiden Familien teilten.

Johanns Mutter Friederika starb vier Monate vor seinem fünften Geburtstag. Bald darauf heiratete Thomas Schroth wieder. Aber auch seine zweite Frau Catharina starb nach einer Totgeburt, kaum dass sich Johann an die neue Mutter gewöhnt hatte.

Die dritte Mutter, die Johann bekam, war Christina. Auch sie hatte ein totgeborenes Knäblein zu beklagen. Aber Christina verfügte über eine robuste Gesundheit und blieb selbst am Leben. Johann liebte sie und Christina liebte Johann – umso mehr, da sie und ihr Mann keine weiteren Kinder mehr bekamen.

Thomas Schroth hatte im Gegensatz zu seinem Bruder Jakob das Gottvertrauen ihres Vaters geerbt und so kam er im Laufe der Zeit über die schweren Schicksalsschläge hinweg. Er besaß einen unbedingten Willen zum Erfolg und war überaus tüchtig. Im Meisterprüfungsprotokoll der Weberzunft von 1839 war sogar extra vermerkt worden, dass er über sehr gute Kenntnisse verfügte. Es stand aber auch darin, dass er auf die Aufnahme in den Weberzunftverein verzichtet habe. Thomas Schroth hatte stattdessen eine Fabrikkonzession beantragt, die ihm auf Grund der neuen Gewerbeordnung von 1828 auch als nicht Zünftigem ermöglichte, ein zünftiges Gewerbe fabrikmäßig anstatt handwerksmäßig zu betreiben. Die Webergesellen, die er beschäftigte, wurden nun Arbeiter oder Gehilfen genannt. Auch die Ausbildung von Johann war keine Lehre im herkömmlichen Sinne, da er nicht wie sein Vetter Bernhard in die Zunftliste eingeschrieben wurde. Thomas Schroth versuchte, als Webereifabrikant den Anschluss an die neue Zeit zu schaffen.

Der Brief bewegte Bernhard auch noch in den nächsten Tagen so sehr, dass ihm während der Arbeit regelrecht der Mund überlief. Meister Burkhardt entging natürlich nicht, dass der Brief bei seinem Schützling eine neue Welle von Heimweh ausgelöst hatte. Nachsichtig ging er daher auf alles ein, was Bernhard offensichtlich stark beschäftigte. Zuerst drehte es sich um Weihnachten. Bernhard fragte vorsichtig an, ob er über die Feiertage wohl frei bekommen könnte.

»Ich wüsste nicht, warum das nicht gehen sollte«, anworte-te Burkhardt zu Bernhards großer Erleichterung, »es ist doch unsere Christenpflicht, am Weihnachtsfest die Arbeit ruhen zu lassen.«

»Oh, danke, Meister!«, rief Bernhard überglücklich, »da kann ich gleich heute Abend Johann und meinen Eltern schreiben, dass ich komme.«

Die nächste Sache, die Bernhard zu beschäftigen schien, war der offensichtliche Widerspruch zwischen dem guten Geschäftsgang der einen und dem mangelnden Auskommen der anderen. Wie es denn sein könne, wollte er von Burkhardt wissen, dass sein Onkel Thomas ein gut gehendes Geschäft betrieb und andere Leute ans Auswandern denken mussten.

»Mein Vater verdient mit seiner Weberei wahrhaftig keine Reichtümer, aber vom Auswandern habe ich ihn und Mutter noch nie reden hören«, sagte Bernhard sichtlich aufgewühlt, während er sich für die Berechnung eines Gewebes Papier und Bleistift zurechtlegte.

Andreas Burkhardt strich sich eine Strähne störrischer Haare aus der Stirn. »Ja, Bernhard, da schneidest du ein heikles und vor allem recht vielfältiges Thema an. Tatsache ist, dass wir Weber schwer zu kämpfen haben, seit eine technische Entwicklung nach der anderen unserem althergebrachten Handwerk Konkurrenz macht. Das weißt du ja selbst. Dein Onkel Thomas hat für seine Seidenweberei ja eine Fabrikkonzession und anscheinend fährt er nicht schlecht damit. Wie die Umstellung von der handwerklichen zur fabrikmäßigen Herstellung in seiner Werkstatt aussieht, kann ich dir nicht beantworten. Da müsstest du ihn schon selber fragen. Oder besitzt er neuerdings einen mechanischen Webstuhl?«

Bernhard schüttelte den Kopf. »Nein, er webt, soviel ich weiß, noch immer auf den alten Webstühlen. Aber er hat sich einen Jacquardwebstuhl angeschafft, mit dem man wie von Zauberhand die schönsten Muster in die Stoffe weben kann.«

Burkhardt hob die Augenbrauen und sagte dann: »Mit Zauberei haben die Muster aber nichts zu tun, Bernhard, vielmehr mit der Lochkartentechnik, die mit jedem Schuss die Kettfäden einzeln hochzieht.«

Bernhard blickte verlegen zu Boden. Der Meister hatte anscheinend nicht verstanden, dass er »wie mit Zauberhand« scherzhaft gemeint hatte. Egal, am besten, er ließ das Wort Zauberei auf sich beruhen.

»Vielleicht hat dein Onkel aber auch einen guten Verleger, der ihm besonders einträgliche Aufträge verschafft«, fuhr Andreas Burkhardt fort, der die Verlegenheit seines Lehrlings nicht zu bemerken schien. »Die Konkurrenz aus Frankreich ist dabei aber nicht zu unterschätzen. Kleider aus Seide sind ja wieder sehr in Mode gekommen. Reine Seidenstoffe wie Satin und Atlas sind teuer und nur zahlungskräftige Kunden können sie sich leisten. Es könnte auch sein, er stellt neben der Jacquardware preisgünstigere Halbseidenstoffe mit Leinwand-, Woll- oder Baumwollbindung her wie zum Beispiel Taft, Grenadine oder Barège. Es kann aber auch sein, dass es bei ihm schlichtweg die Menge macht und er überwiegend preisgünstige bunte seidene Tücher für das breite Publikum herstellt. Oder alles miteinander. Wer weiß …«

Obwohl Bernhard während der folgenden Wochen das Gefühl hatte, die Zeit bis Weihnachten würde gar nicht mehr vergehen, verging sie zu seinem eigenen Erstaunen dann doch recht schnell, da sie angefüllt war mit Arbeit und neuem Lehrstoff. Meister Burkhardt war in dieser Zeit vor allem daran gelegen, Bernhard den Unterschied der drei Grundbindungsarten beizubringen und ihn die entsprechenden Gewebeberechnungen so lange üben zu lassen, bis er darin sicher war, und dabei auch den Schwund, der beim Abnehmen des Gewebes vom Webstuhl und später beim Waschen entstand, mitzuberechnen lernte.

Zuerst erklärte er ihm die Leinenbindung. Sie war die einfachste Bindung und wurde mit zwei Schäften gewoben. Die Schäfte wiederum wurden hierbei mittels Schnüren mit zwei

Tritten verbunden, die dann durch Heben und Senken mit den Füßen das sogenannte Fach bildeten, durch das man anschließend mit Schwung das Weberschiffchen mit dem Faden schoss. Vorder- und Rückseite des gewebten Stoffes sahen bei der Leinenbindung gleich aus.

Bernhard machte sich gewissenhaft jeden Abend Notizen für seinen Wochenbericht. Er war manchmal etwas ungeduldig, da er sich inzwischen durchaus zutraute, selbst ein einfaches, einfarbiges Gewebe in Leinenbindung herzustellen. Schließlich hatte er dem Vater oft genug dabei zugesehen. Und dass ein Stoff in Leinenbindung vorne und hinten gleich aussah, war schließlich auch nichts Neues für ihn.

Meister Burkhardt jedoch schien es nicht eilig damit zu haben, seinen Lehrling an den Webstuhl zu lassen, und vertröstete ihn mit den immer gleichen Worten und strenger Stimme auf später: »Wir wollen nichts überstürzen, Bernhard. Immerhin hast du noch nicht einmal dein erstes Lehrjahr hinter dir. Wenn du ein guter Weber werden willst, brauchst du eine gründliche Ausbildung und dazu gehören eben erst einmal die Grundlagen wie die Gewebeberechnungen und das Einrichten des Webstuhls vom Zetteln über das Aufziehen der Kette, dem Litzen- und dem Kammeinzug bis zum Aufbinden der Schäfte und Tritte. Vor der Praxis kommt immer zuerst die Theorie. Zumindest handhabe ich das bei der Ausbildung meiner Lehrlinge so. Wie willst du denn ein gutes, fehlerfreies Stück Stoff weben, wenn du vorher nicht all diese Arbeiten so lange geübt hast, bis du sie bald im Schlaf ausführen könntest?«

Bernhard nickte bei einer solchen Standpauke des Meisters zwar ergeben, insgeheim war er aber felsenfest davon überzeugt, dass er das bisher Gelernte längst auch in die Tat umsetzen konnte.

Als Nächstes standen die Köper- und Atlasbindungen mit mehreren Schäften auf dem Lehrplan. Die komplizierte Vielfalt dieser beiden Bindungsarten ließ Bernhard wieder etwas kleinlauter werden. Beide Bindungen hatten gemeinsam, dass der Schuss unter einem Kettfaden hindurch und danach über mindestens zwei oder mehrere Kettfäden hinweg führte. Mit der Köperbindung erzielte man ein ansprechendes Diagonalmuster, das auch Fischgratmuster genannt wurde. Die Köper- und Leinwandbindung ergaben feste, strapazierfähige Stoffe, wogegen die Atlasbindung schön glänzende, weiche Stoffe hervorbrachte, da auf der Rückseite die Kettfäden überwogen.

»Jede Bindung«, so betonte Meister Burkhardt, »bietet viele Variationsmöglichkeiten in Struktur, Farbe und Muster, je nachdem, welches Garn man verwendet.«

Wichtig bei der Wahl der Bindung war auf jeden Fall, dass sich Bindung und Material gefällig ergänzten, ganz besonders wenn Muster zu weben waren. Bernhard beschrieb und zeichnete in seinen Berichten die ganze Vielfalt, die hierbei in Frage kam. Karos, Streifen, Farbvariationen oder Schattenbildungen in Kett- und Schussrichtung, die einem glatten, einfarbigen Garn somit Leben verliehen.

Gleich im Januar des nächsten Jahres dürfe Bernhard sich dann an einem Webstück in Leinwandbindung versuchen, versicherte ihm der Meister, nicht ohne mit einem kleinen Lächeln hinzuzufügen: »Natürlich darfst du dir den Webstuhl dazu von A bis Z vorher ganz alleine einrichten.«

Schon eine Woche vor Weihnachten hatte sich Bernhard im Dorf umgehört, um herauszufinden, ob vielleicht zufällig am Heiligen Abend jemand mit dem Fuhrwerk in Richtung Heubach fuhr. Tatsächlich plante Bauer Barth vom oberen Dorf, genau an diesem Tag mit seinem Zweispänner nach Heubach zu fahren, um von dort seine verwitwete Schwiegermutter und seine geistig zurückgebliebene Schwägerin auf seinen Hof nach Lauterburg zu holen.

Aufgeregt und voller Vorfreude verabschiedete sich Bernhard um acht Uhr morgens von den Meistersleuten. Gestärkt mit einer gezuckerten Kaffeesuppe, in der die Brocken einer dicken Scheibe Schwarzbrot schwammen, und angetan mit

Weste, Überrock, wollenen Strümpfen, seiner Kappe auf dem Kopf, den Rucksack nachlässig über der rechten Schulter, stand er vor Andreas und Rosina.

Die Meistersfrau hielt ein Paar selbst gestrickte Fäustlinge in der Hand und streckte sie Bernhard entgegen. »Da, Bub, damit du auf der Fahrt keine kalten Hände bekommst«, sagte sie und zog dabei fürsorglich Bernhards Kappe noch ein Stück weiter über seine Ohren.

Bernhard bedankte sich strahlend und zog sogleich die Handschuhe aus guter Schafwolle über. »Jetzt bin ich wirklich gut gerüstet. Vielen Dank noch einmal!«, rief er seinen Meistersleuten über die Schulter zu und stapfte, so schnell es die frische Schneedecke zuließ, die Steige hinauf, um ja nicht zu spät zu kommen.

Als er am Hof ankam, hatte Bauer Barth die Pferde bereits eingespannt. Er war gerade dabei, mit Hilfe seiner Frau und seines Sohnes Wilhelm das Verdeck der Kutsche zu schließen. Barth besaß den größten Bauernhof in Lauterburg. Vor ein paar Jahren hatte er sich dieses luxuriöse, viersitzige Gefährt mit klappbarem Verdeck angeschafft.

»Also, Bernhard, los geht's«, rief er seinem Fahrgast gut gelaunt entgegen. »Du kannst dich mit Wilhelm zusammen in die Kutsche setzen, dann ist sie etwas schwerer und kommt nicht so leicht ins Schlingern.«

Bernhard war noch nie in einer Kutsche gefahren. Wilhelm war ein paar Jahre jünger als Bernhard und nicht minder aufgeregt als er. Es kam nicht oft vor, dass der Vater die Kutsche einspannte und eine längere Fahrt, wie sie nun bevorstand, wollte er sich natürlich nicht entgehen lassen. Ihm als dem Ältesten hatte der Vater den Vorzug gegeben und erlaubt mitzufahren. Seine beiden jüngeren Geschwister drückten sich nun beleidigt die Nasen am Stubenfenster platt und beobachteten, wie die Kutsche vom Hof fuhr.

»Vater sagte, er könne nicht auch noch die Kindsmagd für Anne und Josef machen und außerdem wäre es auf der Rückfahrt auch zu eng geworden. Die Großmutter und die Tante sind beide ziemlich beleibt, da würde es zusammen mit dem Gepäck zu eng werden«, erklärte Wilhelm Bernhard.

Über Nacht hatte es geschneit. Da die Tage zuvor recht mild gewesen waren und es geregnet hatte, hinterließen die großen dünnen Räder der Kutsche auf dem aufgewärmten Untergrund dunkle Spuren im Schnee.

»Gott sei Dank ist es nicht gefroren«, sagte Wilhelm und wiederholte damit altklug die Worte seines Vaters, der sich beim Morgenmahl ausführlich über die bevorstehende Fahrt und die Witterungsbedingungen ausgelassen hatte. »Wäre die Steige nach Lautern hinunter vereist, könnte man die Kutsche nur schwer bremsen. Und wenn sie auf Glatteis erst einmal ins Schlingern gerät, ist alles zu spät. Aber heute können wir mit dem Wetter zufrieden sein.« Wilhelm lehnte sich zurück und schaute Bernhard an, der unbestimmt mit dem Kopf nickte. Eifrig fuhr er fort: »Unser Großvater in Heubach ist vor einem Vierteljahr gestorben. Er hatte eine Schuhmacherwerkstatt am Götzenbach. Seit seinem Tod steht die Großmutter mit unserer Tante ganz alleine da. Die Tante Marie ist nicht ganz richtig im Kopf.«

»Ja, ich weiß«, sagte Bernhard. »Aber dass der Schuhmacher dein Großvater war und gestorben ist, wusste ich nicht. Es tut mir leid. Mein Großvater ist dieses Jahr auch gestorben.«

Wilhelm presste eine Weile die Lippen aufeinander, um die Tränen zurückzuhalten, dann erzählte er bereitwillig weiter. »Wir holen jetzt die Großmutter und die Tante zu uns auf den Hof. Erst einmal bis zum Frühjahr, dann wird man weitersehen, sagt die Mutter. Wahrscheinlich wird das Haus in Heubach aber verkauft. Die Großmutter ist einfach zu alt, um dort weiter alleine mit der Tante zu leben.« Wilhelm kniete sich auf die Sitzbank und rieb mit seinem Ärmel das kleine Rückfenster der Kutsche frei, um hinauszusehen. »Es hat angefangen zu schneien!«, rief er und knuffte Bernhard in die Seite.

»Wir sind ja schon mitten in Lautern«, stellte der mit einem Blick hinaus in die wirbelnden Schneeflocken verwundert fest.

Den Rest des Weges schauten sie abwechselnd zu den Seitenfenstern hinaus. »Wilhelm, sieh mal, da links, das mit der Mauer drum herum, ist der neue Friedhof. Da liegen meine Großeltern begraben. Und dein Großvater …«, sagte Bernhard mit einem unsicheren Seitenblick zu Wilhelm.

»Ja, ich weiß, wir waren ja alle zu seiner Beerdigung dort«, erwiderte Wilhelm tapfer.

Sie passierten die ersten Häuser von Heubach und Bernhards Herz klopfte heftig vor lauter Aufregung und Freude.

Auf dem Marktplatz, neben dem zum Schutz gegen die Kälte mit Brettern verkleideten Marktbrunnen, brachte Bauer Barth die Pferde zum Stehen. »Ich lasse dich hier aussteigen, Bernhard. Wir müssen ja rechts zum Götzenbach hinunter und du musst links hinauf zum Bühl.«

Bernhard schulterte seinen Rucksack, rief Wilhelm ein »Ade« zu und bedankte sich vielmals bei Bauer Barth dafür, dass er ihn mitgenommen hatte. »Ich wünsche auch eine gute Rückfahrt«, fügte Bernhard artig hinzu.

»Kommst halt mal bei uns vorbei, wenn du wieder in Lauterburg bist!«, rief ihm Barth zu, während er wieder auf den Bock kletterte.

»Ja, gerne«, sagte Bernhard erfreut und hob seine behandschuhte Rechte zum Gruß, bevor er sich auf den Heimweg machte.

Als Bernhard die Haustür öffnete, schlug ihm der vertraute, dumpfe Geruch von Kohlsuppe entgegen. Er schwankte einen kurzen Augenblick – sollte er zuerst zum Vater in die Werkstatt gehen oder doch lieber zur Mutter in die Küche? Aber bevor er den Gedanken zu Ende gedacht hatte, drückte er bereits die Klinke zur Küchentür. Die Mutter stand am Herd und rührte in dem hohen Topf, in dem, seit Bernhard denken konnte, die Kohlsuppe gekocht wurde, die fast täglich auf den Tisch kam.

»Ja, Bernhard, du bist schon da!«, rief seine Mutter freudig, als sie ihn eintreten sah. »So früh haben wir gar nicht mit dir gerechnet. Es ist ja erst halb elf!« Sophie eilte um den Küchentisch herum, der mitten im Raum stand, und musterte Bernhard mit einem prüfenden Blick von Kopf bis Fuß. Dann drückte sie ihn an sich. »Du bist noch ein Stück gewachsen«, stellte sie fest. »Ich muss ja richtig zu dir aufsehen! Jetzt bist du nicht nur einen halben, sondern schon einen ganzen Kopf größer als ich. Gut siehst du aus, Bernhard!« Die Worte sprudelten nur so aus Sophies Mund. »Geht es dir gut bei Meister Burkhardt? Wie bist du denn so schnell heute Morgen von Lauterburg hergekommen?«

Bernhard befreite sich etwas linkisch aus der mütterlichen Umarmung. Mit einem Seufzer der Erleichterung stahl sich ihm ein »Ach, ist das schön, wieder zu Hause zu sein« über die Lippen, bevor er all die Fragen seiner Mutter beantwortete. Er stellte seinen Rucksack in die Ecke und begann Handschuhe und Überrock abzulegen.

»Ja, Mutter, mir geht es gut. Ich lerne viel bei Meister Burkhardt und das Essen der Meistersfrau ist gut und reichlich. Ich hatte das Glück, dass mich Bauer Barth in der Kutsche mitgenommen hat, deshalb bin ich schon so zeitig da. Er holt heute seine Schwiegermutter und seine Schwägerin nach Lauterburg.«

»Ach, ist das nicht die Witwe vom Schuhmacher am Götzenbach?«, fragte Sophie nach.

»Ja, genau die. Ich wusste auch nicht, dass die miteinander verwandt sind.«

»Natürlich«, erinnerte sich Sophie, »die Martha hat ja nach Lauterburg geheiratet. Das muss schon mehr als zehn Jahre her sein. Es ist bestimmt gut, wenn sie die Mutter und die Marie zu sich holen. Soviel ich weiß, haben die beiden die letzten Wochen nicht mehr so gut alleine gehaust. Bernhard, aber jetzt sag auch dem Vater grüß Gott«, sagte Sophie zu ihrem Sohn, nachdem die erste Neugier gestillt war. »Der wird auch staunen, dass du schon da bist.«

Jakob Schroth saß am Webstuhl und webte an einem Stück Barchent mit breiten roten und schmalen blauen Streifen.

Beim Anblick seines Sohnes machte sich ein Lächeln auf seinem Gesicht breit.

»Komm, setz dich ein wenig zu mir«, sagte er und machte eine Kopfbewegung zu der alten Holzbank, die an einer Wand stand, ohne seine Tätigkeit zu unterbrechen.

Bernhard lehnte sich auf der Bank zurück und beobachtete den Vater, wie er mit schlafwandlerischer Sicherheit die Tritte bediente, das Schiffchen durch das Fach schoss und den Faden anschlug. Alles ging in rasender Schnelligkeit vor sich und jemand, der nichts vom Weben verstand, hätte überhaupt nicht erkennen können, wie sich die einzelnen Arbeitsschritte aneinanderreihten. Bernhard blickte sich in der Werkstatt um. Wie klein hier alles ist, dachte er. Nur halb so groß wie bei Meister Burkhardt. Das ist mir bisher gar nicht aufgefallen. In der Tat fasste die väterliche Werkstatt gerade den Webstuhl, um den man allerdings bequem herumgehen konnte, das Zettelgestell, ein Regal für Zubehör und Material und einen winzigen Kanonenofen, der dafür sorgte, dass die Raumtemperatur im Winter wenigstens einigermaßen überschlagen war. Ein schmaler Tisch, auf dem kleine Stapel der fertigen Stoffe lagen, schloss sich an die Bank an, auf der Bernhard saß. Zwei Sprossenfenster gaben den Blick in den Garten und auf den Hochberg frei.

»Soll ich dir etwas helfen, Vater?«, fragte Bernhard. »Nein, nein. Geh nur und pack deine Sachen aus. Du kannst in Großvaters Stube nebenan schlafen. Wenn du willst, kannst du dort auch einheizen. Wir dachten, das ist bequemer als in deiner kalten Kammer oben.«

Bernhard überkam ein mulmiges Gefühl. Er sah seinen Großvater plötzlich wieder tot in seinem Bett liegen, den Mund leicht geöffnet, obwohl die Mutter ihm ein zusammengerolltes Handtuch unter den heruntergesunkenen Unterkiefer gelegt hatte.

»Ich weiß nicht recht«, sagte Bernhard zögernd.

»Keine Sorge«, beruhigte ihn sein Vater, der ihm seine Bedenken deutlich ansah, »wir haben das Ehebett der Großeltern abgeschlagen und in die Tenne gestellt und dafür dein Bett von oben heruntergeschafft. Du kannst also ganz beruhigt dort schlafen.«

»Ja, wenn das so ist, dann schlafe ich natürlich unten«, antwortete Bernhard einigermaßen erleichtert.

Um sechs Uhr am Abend war wie jedes Jahr am Heiligen Abend Christvesper in der Ulrichskirche. Sämtliche evangelischen Heubacher – und das war die absolute Mehrzahl –, fanden sich am Heiligen Abend dort ein. Auch Jakob, Sophie und Bernhard machten sich zeitig auf den Weg, da sie Thomas und seine Familie zu Hause abholen und den restlichen Weg gemeinsam zurücklegen wollten. Den kleinen Umweg zu Thomas' Haus an der Steige nahmen sie dabei gerne in Kauf. Bernhard freute sich natürlich, Onkel und Tante wiederzusehen, aber die Wiedersehensfreude mit seinem Vetter Johann war besonders groß. Die beiden jungen Burschen gingen den Weg bis zur Kirche hinter den Erwachsenen her und erzählten und schwatzten, als ob es die letzte Gelegenheit wäre, sich auszutauschen. In der Kirche setzten sie sich nebeneinander, um wenigstens in der Nähe des anderen zu sein, wenn schon nicht gesprochen, sondern nur gelauscht, gebetet und gesungen werden durfte.

Zahlreiche brennende Kerzen tauchten das Kirchenschiff in ein mildes Licht. Nachdem die Gemeinde endlich Platz genommen hatte und das Füßescharren verstummt war, begann Pfarrer Scholl mit dem Lesen der Weissagungen aus dem Alten Testament nach Micha, Kapitel fünf, die von Bethlehem, der Geburtsstadt Jesu, handelten. Nach dem gemeinsam gesungenen Weihnachtslied »Vom Himmel hoch, da komm ich her« las der Pfarrer die Geschichte von Christi Geburt aus dem Evangelium nach Lukas. Bernhard lauschte aufmerksam, denn gerade den Anfang, als zu einer Volkszählung aufgerufen wurde, fand er immer wieder besonders spannend.

»Es begab sich aber zu der Zeit«, hob nun Pfarrer Scholl mit seiner melodischen, tiefen Stimme an, »dass ein Gebot vom Kaiser Augustus ausging, dass alle Welt geschätzt würde. Und diese Schätzung war die allererste, und geschah zu der Zeit, da Cyrenius Landpfleger in Syrien war. Und jedermann ging, dass er sich schätzen ließe, ein jeglicher in seine Stadt.« Bernhards Blick schweifte vom hageren Gesicht des Geistlichen ab, während er weiter aus dem Evangelium las, hin zu dem farbig gefassten Posaunenengel und den Bildnissen der vier Evangelisten, die die Kanzel schmückten.

Nach einer Weile drang die Stimme Pfarrer Scholls wieder an Bernhards Ohr: »Und sie gebar ihren ersten Sohn und wickelte ihn in Windeln, und legte ihn in eine Krippe, denn sie hatten sonst keinen Raum in der Herberge.« Bernhard bemühte sich, seine Gedanken nun ganz und gar auf die Weihnachtsgeschichte zu konzentrieren. »Und es waren Hirten in derselben Gegend auf dem Felde, die hüteten des Nachts ihre Herde. Und siehe, der Engel des Herrn trat zu ihnen, und die Klarheit des Herrn leuchtete um sie; und sie fürchteten sich sehr. Und der Engel sprach zu ihnen: Fürchtet euch nicht, siehe, ich verkündige euch große Freude, die allem Volk widerfahren wird; denn euch ist heute der Heiland geboren, welcher ist Christus der Herr in der Stadt Davids …«

Am Ende des Gottesdienstes vermochte Bernhard nicht zu sagen, was es genau war, das ihn an der Weihnachtsgeschichte jedes Mal so tief berührte. Am ehesten noch erklärte er es sich mit einem Gefühl großer Hoffnung, das sich bis tief in sein Herz hinein ausdehnte.

Wieder zu Hause angekommen, legte Sophie sogleich kräftig Holz im Herd nach und schob die sechs mit gehackten Walnüssen, Zucker und Zimt gefüllten Äpfel, die sie noch vor dem Kirchgang vorbereitet hatte, in das Backrohr. Sie schmückte den Tisch mit einem frischen Tannenzweig und einer Kerze. Bald vermischte sich der herbe Geruch des Tannenreises mit dem süßen Duft der Bratäpfel, ein anheimelnd weihnachtlicher Duft, wie Sophie zufrieden feststellte. Wie schon so oft war es ihr wieder einmal gelungen, aus dem wenigen, das ihr zur Verfügung stand, noch etwas Gutes zu machen.

»Bernhard, bis die Äpfel fertig sind, könntest du mir helfen, die Bettladen der Großeltern von der Tenne in deine Kammer hinaufzutragen.«

Jakob zog eine kleine Grimasse, als er seinem Sohn erklärte, dass Schneider Hofele sich bereits darüber beschwert habe, dass die Tenne mit den Möbeln verstellt sei. Das Verhältnis zu den Nachbarn und Besitzern der anderen Haushälfte konnte man zwar oberflächlich betrachtet als einigermaßen friedlich bezeichnen, jedoch sparte der junge Hofele, der inzwischen die Schneiderwerkstatt seines Vaters übernommen hatte, genauso wenig mit spitzen Bemerkungen wie früher sein Vater, wenn es darum ging, die Schroths darauf hinzuweisen, dass ihnen schließlich nur die kleinere Hälfte des Hauses gehörte und sie daher auch nur entsprechend weniger zu sagen hatten.

Wenn es so etwas wie eine ausgleichende Gerechtigkeit gab, so hatte sie dafür gesorgt, dass der alte Hofele inzwischen genauso senil und schwach im Geist geworden war wie seinerzeit Jakobs Mutter, über deren Verhalten er sich so oft geärgert hatte. Genau wie damals Elisabetha Schroth konnte man den alten Schneider kaum noch aus den Augen lassen. Und falls das doch einmal geschah, schlüpfte er aus dem Haus und streifte mit erstaunlicher Behändigkeit durch die Gegend. Im Gegensatz zu seiner seligen Nachbarin, die früher gerne im Städtchen herumspaziert war, bevorzugte er die freie Natur. War er wieder einmal der häuslichen Aufsicht entkommen, wurden die drei Enkelkinder, ein Bub im Alter von zehn und zwei Mädchen mit elf und zwölf Jahren, ausgeschickt, um den Großvater zu suchen. Einmal, im letzten Herbst, hatten sie ihn aber beim besten Willen nirgends finden können, obwohl sie in einem großen Bogen die Abhänge des Rosensteins, des Hochbergs und des Sands absuchten. Widerwillig, aber auch sehr beunruhigt hatte der junge Hofele seine Arbeit unterbrochen und sich von seinem Schneidertisch erhoben, um in der Stadt Ausschau nach dem Vermissten zu halten. Doch wen er auch fragte, niemand hatte seinen Vater gesehen.

In aller Frühe am nächsten Morgen, noch bevor die Kinder zur Schule mussten, machte sich die ganze Familie erneut auf die Suche. Jedes Familienmitglied rannte in eine andere Richtung. Schließlich war es Hofele, der seinen Vater weit entfernt, Richtung Lautern, an der Bärenhalde entdeckte. Der alte Mann hockte schlotternd und greinend an einem Wiesenrain. Die Herbstnacht war schon empfindlich frisch gewesen und man hätte vermuten können, dass ein alter, dürrer Mann eine ganze Nacht im Freien wohl kaum überleben kann. Aber weit gefehlt, nach einer knappen Woche im Bett war er wieder auf den Beinen und trachtete erneut auf einen unbewachten Augenblick, in dem er das Haus verlassen konnte.

»Wer weiß«, sagte Jakob zu Bernhard, als sie die Bettladen über die steile Stiege nach oben in Bernhards ehemalige Dachkammer schleppten, »vielleicht kannst du die Sachen später wieder brauchen ... vielleicht als Ehebett, schließlich wirst du ja auch einmal heiraten.«

Vor Schreck hielt Bernhard die Luft an. Nichts lag ihm ferner, als sich mit dem Gedanken an eine Heirat zu befassen. Und dass er später einmal tatsächlich mit seiner Frau im Ehebett der Großeltern schlafen sollte, in dem die beiden gestorben waren, konnte er sich beim besten Willen nicht vorstellen. Natürlich wusste er, dass es nichts Ungewöhnliches war, Möbel von einer Generation auf die nächste zu vererben, aber mit dieser Angelegenheit wollte er sich im Augenblick überhaupt nicht befassen, schließlich war er vor drei Wochen erst fünfzehn Jahre alt geworden! Und nicht nur, dass er noch nie ein Mädchen geküsst hatte, er kannte noch nicht einmal eine, die für einen Kuss in Frage käme. Am besten ging er auf das Thema gar nicht ein, dachte er bei sich. Deshalb ließ er statt einer Antwort nur ein »mhh« hören, das sowohl Zustimmung als auch Ablehnung bedeuten konnte.

Die Mutter nahm die dampfenden, köstlich duftenden Bratäpfel gerade aus dem Ofen, als sich Bernhard und sein Vater wieder in der Küche einfanden. Schweigend und jeden Bissen genießend verzehrte jeder zwei Stück. Bernhard hatte darauf verzichtet, den eisernen Ofen in der Stube der Großeltern, wie er sie noch immer nannte, anzuheizen. Er wollte für seine Eltern Brennholz sparen, das wie alles im Schroth'schen Haushalt knapp bemessen war. Dafür hatte er eine der beiden kupfernen Bettflaschen mit kochendem Wasser gefüllt, sie in ein Tuch gewickelt und in sein Bett gelegt. Als er sich nach diesem langen Tag zur Ruhe begab, schob er sie ans Fußende und wärmte genüsslich seine Füße daran.

Am ersten Weihnachtsfeiertag waren sie bei Onkel Thomas zum Mittagessen eingeladen. Die Ähnlichkeit zwischen ihm und seinem Bruder Jakob war unverkennbar. Beide waren mittelgroß und hatten ein ebenmäßiges Gesicht. Lediglich in Haar- und Augenfarbe unterschieden sie sich. Jakob war dunkelbraun und hatte hellbraune Augen, Thomas war blond und hatte blaue Augen. Und noch einen Unterschied gab es außer dem Altersunterschied von sieben Jahren, die Thomas jünger war: Er hatte auch deutlich mehr Fleisch auf den Rippen als der hagere Jakob.

Man nahm in der guten Stube Platz. In der Ecke stand ein mannshoher Tannenbaum, den die blonde rundliche Christina liebevoll mit bunten Engelsköpfchen und allerlei Tierfiguren aus Pappe geschmückt hatte. Es gab Bratwürste mit Kartoffelsalat.

»Die sind vom Stöffelesmetzger«, betonte Christina – so wurde Metzger Schurr im ganzen Ort mit dem alten Hausnamen genannt –, als sie die knusprig gebratenen Würste in einer großen eisernen Pfanne auf einen Untersetzer mitten auf den Esstisch stellte. »Der macht immer noch die besten.«

Alle Anwesenden nickten zustimmend. Bernhard lief das Wasser im Mund zusammen, als die Tante noch zwei große Schüsseln Kartoffelsalat und einen Teller mit Schwarzbrotscheiben dazustellte.

Nach dem Essen blieb man gemütlich am Tisch sitzen und genoss zur Feier des Tages einen Nachtisch, der aus Lebkuchen und mehreren Tassen echten Bohnenkaffees bestand.

Thomas Schroth brachte schon bald das Gespräch auf die Angelegenheit, die ihn derzeit am meisten beschäftigte – nämlich dass er sich mit dem Gedanken trug, das Haus des alten Doktor Straub bei der Unteren Mühle zu kaufen.

»Der Doktor ist zwar noch nicht ganz entschieden, aber er ist die ewigen Diskussionen um seine Person langsam leid, das hat er mir selbst versichert, als ich ihn fragte, was denn an den Gerüchten dran sei, dass er Heubach verlassen wolle.«

»Ja, ein ewiges Hin und Her ist das seit Jahren«, pflichtete ihm Jakob bei.

»Genau, den Stein ins Rollen gebracht hat damals der Antrag von Apotheker Becher beim Gemeinderat, in dem er gefordert hat, einen zweiten Arzt für Heubach einzustellen, da Doktor Straub wegen seines vorgerückten Alters seinen Aufgaben nicht mehr zufriedenstellend nachkomme.«

»Ach, hör mir auf mit dem Becher!«, rief Jakob aufgebracht. »Dem ist doch nur daran gelegen, seine Geschäfte auszuweiten – bei zwei behandelnden Ärzten könnte er in seiner Apotheke doch doppelt so viele Pillen und Pülverchen verkaufen. Ich zolle dem Mann, was seine politische Gesinnung und seinen Beitrag während der Revolution anbetrifft, durchaus Respekt, aber seine übertriebene Geschäftemacherei geht mir auf die Nerven. Als ob er nicht schon genug zusammengerafft hätte!«

Noch während er auf den Apotheker schimpfte, merkte Jakob, wie gut es ihm tat, seiner unterschwellig vorhandenen Verbitterung wieder einmal Luft zu machen.

»Da hast du sicher nicht ganz unrecht. Es war ein ewiges Hin und Her in der Sache«, sagte Thomas beruhigend. »Dass der Gemeinderat den Antrag zunächst ablehnte, hat letztendlich nicht viel gebracht. Die Gemeinden Lautern, Mögglingen, Ober- und Unterböbingen und vor allem Bartholomä oben auf der Alb, die von Doktor Straub mitbetreut werden müssen, haben nicht umsonst darauf gedrängt, dass er freiwillig auf die Ausübung der auswärtigen Behandlungen verzichtet.«

»Zu Recht«, bemerkte Jakob nun etwas ruhiger. »Er ist einfach zu alt, um zu Pferd noch weite Wege zurückzulegen. Ich kann mir nicht vorstellen, dass er den Weg nach Bartholomä hinauf noch schafft.«

»Auf jeden Fall ist der neueste Stand der Dinge so«, fuhr Thomas fort, »dass der Gemeinderat kurz vor Weihnachten Doktor Straub die Pferderation von achtundfünfzig Gulden mit der Begründung gestrichen hat, den Betrag einem weiteren Arzt zuwenden zu wollen. Doktor Straub ist über diese Entscheidung so erbost, dass er bei der württembergischen Regierung Protest einlegen will. Sein Haus wäre für uns halt ideal. Es hat zwei Stockwerke, eine Werkstatt und eine Scheuer. Alles unter einem Dach. Der Doktor hat das Haus anno 1838 vom Glasermeister Schneider erworben. Die Werkstatt hat er überhaupt nicht genutzt und wir könnten dort ohne großen Aufwand bis zu vier Webstühle aufstellen.« Thomas griff nach einem Lebkuchen und lehnte sich auf seinem Stuhl zurück, bevor er hineinbiss.

Bernhard hatte den Ausführungen seines Onkels voller Interesse gelauscht. Johann dagegen begann sich offensichtlich zu langweilen, denn er schob lustlos Lebkuchenkrümel auf dem Tisch hin und her – schließlich kannte sein Vater seit Wochen kaum mehr ein anderes Thema.

Jakob sah seinen Bruder nachdenklich an. »Hast du denn keine Angst, dich mit einer solchen Vergrößerung zu übernehmen? Das Haus vom Doktor kostet doch bestimmt mehr, als du für die Haushälfte hier erlösen kannst.«

»Nein, Angst habe ich nicht. Wenn ich in Zukunft mit meiner Werkstatt überleben will, muss ich mich dem Fortschritt anpassen.« Thomas schluckte den letzten Bissen seines Lebkuchens hinunter. »Ich könnte mir vorstellen, dass mir Straub sogar einen guten Preis für sein Haus macht, wenn er von den Querelen endgültig die Nase voll hat und so schnell wie möglich von Heubach weg will. Und was die Vergrößerung der Werkstatt betrifft, so habe ich gute Aussichten. Ich zähle da auf eine Förderung der Zentralstelle für Gewerbe und Handel in Stuttgart. Wie du weißt, versucht die seit ihrer Gründung vor sechs Jahren die Weberei in Württemberg wieder aufzuwerten. Technische Neuerungen und Fortbildungen in dieser Richtung werden von ihr unterstützt. Mit meinem Jacquardwebstuhl liege ich da vollkommen richtig. Ich könnte womöglich noch einen zweiten anschaffen. Gemusterte Seidenstoffe, vor allem mit Blumenmustern, sind bei meinem Verleger in Gmünd schon länger sehr gefragt.«

»Und die Konkurrenz aus Frankreich?«, gab Jakob zu bedenken. »Kannst du da mithalten?«

»Vater?«, meldete sich Johann zu Wort, den die Unterhaltung zwischen Vater und Onkel mehr und mehr langweilte. »Darf ich mit Bernhard in die Werkstatt gehen? Ich möchte ihm gerne zeigen, an was wir gerade arbeiten.«

Thomas blickte seinen Sohn, der ihm sehr ähnlich sah, leicht irritiert an. Er konnte sich nicht vorstellen, dass Johann ein so wichtiges Gespräch nicht mitverfolgen wollte.

Als er aber sah, dass seine Frau und Sophie sich verständnisvolle Blicke zuwarfen, sagte er gutmütig: »Geht nur.«

Obwohl Bernhard die Werkstatt kannte, war er gespannt, was Johann ihm alles zeigen wollte. Der Jacquardstuhl dominierte den Raum so, dass die drei herkömmlichen Webstühle zunächst kaum in Erscheinung traten. Bernhard besah sich eingehend die Lochkarten dieses technischen Wunders, die fast die ganze Breite des Webstuhls einnahmen.

»Es ist kaum vorstellbar, dass diese Löcher so wundervolle Muster hervorbringen«, sagte er zu Johann und strich mit der Hand leicht über das seidene Webstück mit gelb, blau und grün gemusterten Blüten und Blättern.

»Ja, dabei ist nichts leichter, als auf so einem Jacquardstuhl zu weben. Das Denken übernehmen weitgehend die gestanzten Lochkarten, die für die Muster in Windeseile hunderte von verschiedenen Fächern bilden. Damit die Maschine weiß, was sie zu tun hat, geht eine Nadel über die Lochkarten hinweg. Trifft sie dabei auf Pappe, hebt sich der Faden, trifft sie auf ein Loch, so senkt sich der Faden. Der

Weber muss praktisch nur noch die Tritte bewegen und das Garn durchschießen.«

»Und diese schönen, bunten Seidengarne, wo bekommt ihr die denn her?«, fragte Bernhard, der von dem schimmernden Gewebe noch immer ganz angetan war.

»Die bekommen wir von unserem Verleger – und der wiederum bezieht sie aus Italien. In Deutschland hat es zwar Versuche gegeben, Seidenraupen zu züchten, aber das Klima ist zu rau und die Maulbeerbäume, von deren Blättern sich die Raupen ernähren, gedeihen hier anscheinend nicht. – Hast du eigentlich schon einmal ein Mädchen geküsst?«, fragte Johann unvermittelt.

Bernhard schaute seinen Vetter erstaunt an. »Nein«, antwortete er und erinnerte sich dabei, dass er sich das erst am Tag zuvor, als sein Vater von einem künftigen Ehebett sprach, eingestanden hatte.

»Ich schon«, platzte Johann aufgeregt heraus. »Die Barbara Wiedmann. Du weißt schon, die mit den dunklen Haaren und den großen Brüsten, die in der Oberen Mühle im Dienst ist.« Auf Johanns Wangen zeigten sich rötliche Flecken. »Wir haben uns so richtig mit der Zunge geküsst und nach einer Weile durfte ich sogar ihre Brüste streicheln. Ich habe sie eines Abends heimbegleitet, als wir uns mit einigen anderen jungen Leuten beim Marktbrunnen getroffen haben. Ende November war das, da ist es ja schon früh dunkel und zudem war es an dem Abend auch noch ziemlich neblig. Ungefähr zwischen eurem Haus und der Oberen Mühle hat sie wie zufällig meine Hand gestreift und sich dann an mich gedrängt, wie wenn sie in der nebligen Dunkelheit plötzlich Angst bekommen würde. Ich habe aber gleich bemerkt, dass sie etwas von mir will, und die Gelegenheit sofort beim Schopf gepackt. Inzwischen haben wir uns noch weitere Male getroffen.«

»Mit der Zunge?« Bernhard konnte sich das gar nicht vorstellen, da er einen Kuss mit der Zunge ziemlich eklig fand.

»Ja, ich hätte vorher auch nicht gedacht, dass das so viel Spaß machen könnte – in meiner Hose hat sich dabei allerhand geregt.« Johann grinste verlegen bei seiner freimütigen Schilderung.

Bernhard konnte nur staunen: »Das ist schon komisch, dass die Barbara etwas von dir will, ist die nicht schon über zwanzig?«

»Einundzwanzig, wenn du es genau wissen willst. Und ich werde im Mai immerhin schon sechzehn«, rechtfertigte sich Johann und nahm dabei die Schultern zurück, um zu unterstreichen, dass er schon so gut wie erwachsen war.

»Und wie soll das jetzt mit euch beiden weitergehen?«, wollte Bernhard wissen.

»Ich weiß nicht, wir machen uns nicht so viele Gedanken darüber. Es gefällt uns halt. Natürlich darf niemand etwas davon wissen.«

»Von mir erfährt bestimmt niemand was«, versicherte Bernhard. »Sollten wir nicht wieder zurück in die Stube gehen?«, drängte er, da ihn die Neuigkeiten seines Vetters verunsicherten und er sich plötzlich nach der gemütlichen Stube und den üblichen, manchmal langweiligen, aber vertrauten Gesprächen der Erwachsenen zurücksehnte.

Onkel Thomas und seine Familie waren nicht die einzigen Verwandten. Es gab noch einen weiteren Bernhard Schroth, den Sohn von Bernhards Großonkel, also dem Bruder seines Großvaters. Dieser Onkel Bernhard besaß ein geräumiges zweistöckiges Haus mit Scheuer und Stall direkt auf dem Marktplatz, neben dem Gasthaus zum Rössle auf der einen Seite und dem Küfer Georg Bauder auf der anderen Seite. Er war ebenfalls Weber, aber auch Handelsmann, genauer gesagt betrieb er neben seinem Handwerk den Kramladen seines verstorbenen Vaters weiter. Hinter dem Haus erstreckte sich ein Gras- und Baumgarten, in dessen hinterster Ecke ein neues Gartenhaus stand. Ein Acker unterhalb des Rosensteins gehörte ebenfalls zum Anwesen. Bernhard Schroth war zweiunddreißig Jahre alt und hatte vor vier Jahren geheiratet. Seine Frau Catharina war eine geborene Hüttelmaier aus Göppingen. Ihre Eltern betrieben dort eine gut florierende Bäckerei, was sie in die Lage versetzte, ihre einzige Tochter mit einer mehr als reichlichen Mitgift auszustatten. Im Gegenzug hatten sie sich für ihr späteres Alter allerdings ein Wohnrecht im Schroth'schen Haushalt ausgebeten.

Nachdem das junge Ehepaar innerhalb von zwei Jahren den Tod von zwei Kindern zu beklagen hatte, war nun im vergangenen August ihr Töchterchen Maria Elisabeth auf die Welt gekommen.

Das Verhältnis von Jakob und Thomas Schroth zu diesem entfernteren Vetter war zwar durchaus gut, aber längst nicht so innig wie das der Brüder und ihrer Familien untereinander. Dennoch nahmen Jakob und seine Familie die Einladung von Bernhard und Catharina gerne an, doch auf einen Sprung vorbeizukommen, damit der junge Bernhard das »Butzele« anschauen konnte, bevor er zu seiner Lehrstelle zurückkehrte.

Sein Besuch in Heubach verging zu Bernhards Leidwesen wie im Flug. Am zweiten Weihnachtsfeiertag begleiteten ihn die Eltern nach einem frühen Mittagessen noch bis hinaus zum Friedhof in die Lauterner Straße, wo sie dem Grab der Großeltern gemeinsam einen Besuch abstatteten. Danach ließ sich der Abschied endgültig nicht mehr länger aufschieben und Bernhard schickte sich an zu gehen.

»Hoffentlich kommt ein Fuhrwerk vorbei, das dich mitnimmt«, sagte Sophie.

»Hoffentlich«, gab Bernhard zur Antwort und kämpfte dabei mit einem dicken Kloß im Hals.

»Na ja«, sagte Jakob, »es ist ja noch früh und das Wetter ist mild und trocken. Selbst wenn du die ganze Strecke zu Fuß zurücklegen musst, bist du leicht vor Einbruch der Dunkelheit in Lauterburg.«

Also lenkte Bernhard nach einer letzten Umarmung seiner Mutter und einem letzten kräftigen Händedruck seines Vaters seine Schritte vollends stadtauswärts.

»Grüß Meister Burkhardt und seine Frau von uns«, trug Jakob Bernhard noch auf.

»Ja, das mache ich!«, rief Bernhard über die Schulter zurück und schlug seinen Kragen hoch.

Kein Mensch verspürte an diesem zweiten Weihnachtstag anscheinend das Bedürfnis, nach draußen zu gehen. Bis Lautern war weit und breit kein Fuhrwerk in Sicht und im Dorf selbst sah er keinen Menschen auf der Straße. So wunderte sich Bernhard auch nicht weiter, dass er die Steige nach Lauterburg hinauf ebenfalls zu Fuß zurücklegen musste.

Die Ereignisse der letzten Tage gingen ihm während des langen Weges durch den Kopf – vor allem das Liebesabenteuer seines Vetters beschäftigte ihn eine ganze Weile. Bernhard empfand dabei aber nicht die geringste Lust, es ihm gleichzutun. Die Vorstellung, dass ein Mädchen ihm die Zunge in den Mund steckte, war zu abschreckend.

In den nächsten Tagen hatte das Heimweh Bernhard wieder fest im Griff. Meister Burkhardt gab sein Bestes, um Bernhard wieder bei sich einzugewöhnen. Als nichts wirklich half, die Melancholie seines Lehrlings zu vertreiben, kramte er, einer plötzlichen Eingebung folgend, in seinem Gedächtnis nach der Sage vom Schloss Lauterburg.

»Der Dichter Gustav Schwab hat ein Gedicht darüber verfasst, wie es womöglich dazu gekommen ist, dass das schöne Schloss der Herren von Woellwarth abgebrannt ist«, bemerkte er, ohne seine Arbeit am Webstuhl zu unterbrechen.

Bernhard hob den Kopf und schaute seinen Meister fragend an.

»Ich habe es einmal ganz auswendig gekonnt, vielleicht bringe ich es noch zusammen«, beeilte sich Meister Burkhardt zu sagen, als er Bernhards Interesse wahrnahm.

Dann trug er mit bewegter Stimme vor:

»Sage von Schloss Lauterburg:

›Lass ihn pochen, lass ihn pochen,
Liebchen, wer auch draußen ist;

Sollst mein Leibgericht ja kochen,
Weil du noch allein mir bist!‹
Sprach's der Buhle vor der Küchen
Zu der falschen Edelfrau;
Aber draußen pochts mit Flüchen
Vor dem Schloss im Waldesgau.
An dem Feuer stand die Böse;
Macht sie nur die Glut so rot?
Der herein will mit Getöse
Ist ihr Mann, oder ist der Tod.
Aus dem Wald kommt er gezogen,
Abends, auf die kurze Jagd,
Nach dem Buhlen hergeflogen,
Eh' die Schande wird vollbracht.
Und sie rührt mit beiden Händen,
Gießet Milch und mischet Salz,
Zwischen roten Feuerbränden
Prasselt in dem Topf das Schmalz.
›Weib! Wirst du nicht ein mich lassen,
Haut mein Schwert entzwei das Tor!‹
Und die Falsche muss erblassen,
Und der Buhle fährt empor,
Eilt zum Stall nach seinem Pferde,
Sich zu retten vor der Wut;
Und es läuft die Frau vom Herde,
Steigt hinab im kranken Mut.
Doch die Welle zürnt im Kessel,
Und die Flamme leckt hinein,
Und das Feuer bricht die Fessel,
Lodert auf in wildem Schein.
Herd und Küche stehn in Flammen;
Eh die Hausfrau drunten ist,
Schlägt die Glut um sie zusammen,
Gönnt dem Buhlen keine Frist.
Durch die Wände fährt das Feuer,
Und der heiße Rachegeist

Frisst an Haus und Hof und Scheuer,
Bis die letzte Fuge reißt.
Mit dem Jagdspeer und dem Hunde
Steht der Ritter vor dem Haus,
Und der Brand, der bis zum Grunde
Zehret, löscht allmählich aus.
Da entwandelt er dem Haine
In der letzten Flamme Schein,
Baut sich aus dem Schutt der Steine
Eine Hütte, schwarz und klein,
Birgt sich vor dem Licht der Sonne,
Fristet kaum des Lebens Last,
Jagt im Walde sonder Wonne,
Legt sich nieder ohne Rast.«

Bernhard schwieg eine Weile nachdenklich, als der Meister das Gedicht beendet hatte.

»Es gibt noch schlimmere Dinge als Heimweh«, stellte er dann zögernd fest und lächelte zum ersten Mal seit Tagen wieder.

Das Nachbarhaus, dessen seitliche Fachwerkwand Bernhard tagein, tagaus während seiner Arbeit in der Werkstatt vor Augen hatte, gehörte dem Taglöhner Johannes Geißler. Eigentlich war Geißler Schreiner wie vor ihm schon sein Vater und sein Großvater, aber sein Handwerk ernährte ihn längst nicht mehr. Nach dem großen Brand in Lauterburg hatte er über Arbeitsmangel nicht klagen können. Vielen war mit dem Haus auch das Mobiliar verbrannt – und das wurde dann bei Schreiner Geißler neu in Auftrag gegeben. Betten, Tische, Stühle, Küchen- Stuben- und Kleiderkästen waren eine Zeitlang sehr gefragt und Geißler schreinerte von morgens bis spätabends in seiner Werkstatt. Ein Jahr nach dem Brandunglück starb Geißlers Frau Anna Maria im Kindbett und zehn Tage später folgte ihr das vier Wochen alte Söhnchen Melchior. Anna Maria hatte außer dem Neugeborenen noch drei Töchter hinterlassen. Barbara, Elisabeth und Margret. Barbara war ein lediges Kind, das Anna Maria vierjährig mit in die Ehe gebracht hatte. Beim Tod der Mutter war Barbara dreizehn Jahre alt. Geißler litt sehr unter dem Verlust seiner Frau und des kleinen Sohnes und in seinem Schmerz kam ihm ein wenig das Gespür für die Wirklichkeit abhanden. Wie selbstverständlich verlangte er von seiner Stieftochter Barbara, dass sie neben der Schule auch noch die Versorgung ihrer sieben- und fünfjährigen Schwestern übernahm und den Haushalt führte.

Johannes Geißlers Verhältnis zu Barbara war von Anfang an nicht besonders innig gewesen, schließlich war sie das Kind eines anderen. Barbara mühte sich nach besten Kräften, allen Anforderungen des Stiefvaters gerecht zu werden. Aber schon nach einem Jahr war sie nur noch ein Schatten ihrer selbst. Sie hatte stark abgenommen und unter ihren Augen zeigten sich dunkle Ringe. Jeder im Dorf bemerkte, wie das Mädchen immer weniger wurde.

Rosina Burkhardt unterstützte die Nachbarsfamilie, indem sie mindestens einmal in der Woche einen Topf Suppe, einen Laib Brot oder eine Schüssel gekochte Kartoffeln hinüberbrachte und Barbara bei diesen Gelegenheiten Mut zusprach, während Elisabeth und Margret lebhaft um sie herumhüpften, bevor sie sich schließlich an ihre Schürze hängten und sie umarmten. Das Mädchen bedankte sich dann artig bei der Nachbarin und quälte sich ein mattes Lächeln ab. Ihr Stiefvater schien der Einzige zu sein, dem ihr schlechter Gesundheitszustand entging.

Erst als Barbara eines Morgens zu schwach war, um aufzustehen, konnte er die Augen vor den Tatsachen nicht mehr verschließen. Zu den unglücklichen Familienumständen kam außerdem, dass die Nachfrage nach Möbeln stark nachgelassen hatte, bis sie schließlich ganz versiegte. Außer gelegentlich einem Sarg gab es für Geißler nichts mehr zu schreinern. Er war jetzt darauf angewiesen, sich bei den Bauern des Dorfes als Taglöhner zu verdingen.

Aus dieser Notlage heraus heiratete er im Mai 1845 die ältliche Jungfer Dorothea Sauter aus Gerstetten, deren ansehnliche Mitgift ein Segen für den Geißler'schen Haushalt war. Ganz ihrer Christenpflicht folgend, kümmerte sich Dorothea um die drei Stieftöchter – allein, ein liebevolles Verhältnis vermochte sie zu ihnen nicht aufzubauen. Die beiden jüngeren waren außerdem sehr lebhaft und gingen ihr schnell auf die Nerven, denn was Geißler an Strenge Barbara gegenüber übertrieb, ließ er bei seinen eigenen Töchtern schleifen. Dorothea verlor von Anfang an leicht die Geduld und wurde schnell laut, wenn die jüngeren Kinder ihr nicht aufs Wort gehorchten. Mit Barbara kam sie besser zurecht, da die erschöpft und abgemagert in ihrem Bett lag und nichts von ihr forderte. Geißler zuckte bei Dorotheas Gekeife zwar jedesmal zusammen, war aber dennoch zufrieden, dass alles wieder in halbwegs geordneten Bahnen verlief – tiefgründiges Nachdenken war noch nie seine Sache gewesen. Als Barbara zwei Monate nach seiner zweiten Eheschließung starb, nahm er dies ohne übertriebene Gefühlsregung hin.

Im Mai 1854, als Bernhard seine Lehre bei Meister Burkhardt antrat, war Dorothea bereits mit ihrem sechsten und letzten Kind schwanger. Kurz hintereinander war bisher fast jedes Jahr ein Kind zur Welt gekommen. Bis auf Anna Barbara, ein hübsches, dunkelhaariges Mädchen, und ihre drei Jahre jüngere Schwester Catharina waren sie allerdings auch bald wieder gestorben.

Elisabeth und Margret waren inzwischen achtzehn und sechzehn Jahre alt. Bernhard hatte sie schon bald bei den sonntäglichen Treffen in der Schlossruine kennengelernt. Die Schwestern waren beide blond und lebhaft und hatten ausgesprochen schöne helle Stimmen, die dem zusammengewürfelten Chor ein akustisches Glanzlicht aufsetzten. Beide wohnten noch zu Hause. Elisabeth war in Lauterburg im »Goldenen Lamm« im Dienst, wo sie im Haushalt und in der Küche der Gastwirtschaft arbeitete. Ihre Schwester Margret war bei dem Großbauern Barth Hausmagd. Die Hälfte ihres Verdienstes mussten beide zu Hause abgeben. Die andere Hälfte sollten sie nach den Erwartungen ihres Vaters und Dorotheas für ihre Aussteuer zurücklegen.

»Viel werde ich euch, wenn ihr einmal heiratet, sowieso nicht mitgeben können«, kündigte Geißler mehrmals vorsorglich an.

Beide Schwestern träumten davon, so bald wie möglich in einen vornehmen Haushalt in der Oberamtsstadt Aalen in Dienst zu treten und das »arme Kuhdorf«, wie sie Lauterburg manchmal nannten, ebenso hinter sich zu lassen wie die freudlosen Gesichter des Vaters und der Stiefmutter.

Kapitel IV

Bernhards Lehrzeit war inzwischen zur Hälfte vergangen. Jetzt durfte er auch ganze Stoffe weben. Mit großer Konzentration und Ernsthaftigkeit berechnete er vorher jedesmal die Gewebe und richtete dann den Webstuhl ein. Sein ganzer Ehrgeiz war, nur ja keinen Fehler zu machen. Er konnte sich nichts Schlimmeres vorstellen, als einen Webfehler im Stoff entdecken zu müssen. Seit einiger Zeit ließ ihn Meister Burkhardt die Karostoffe weben, die sein Verleger bei ihm in Auftrag gegeben hatte. Dazu musste er die Kette zweifarbig aufziehen und dann wechselweise auch das Garn in zwei Farben einschießen. Einen solchen Baumwollstoff zu weben war eine reizvolle und abwechslungsreiche Übung – darin waren sich Lehrling und Meister einig.

Die Zeit verging schnell. Nicht zuletzt deshalb, weil Meister Burkhardt neben einer gründlichen handwerklichen Ausbildung auch stets viel Wert auf die Verbesserung der Allgemeinbildung seines Lehrlings legte, was mitunter zu angenehmer Kurzweil in der Werkstatt führte. Andreas Burkhardt bediente sich dazu vor allem gerne der Zeitungslektüre der Amts- und Intelligenzblätter der Oberamtsbezirke Aalen oder derer von Gmünd und Welzheim, wenn ihm diese gelegentlich in die Hände fielen. Als zum Beispiel in Paris von Mai bis November 1855 zwischen den Champs-Élysées und der Seine zum zweiten Mal eine Weltausstellung stattfand, wurden die Zeitungsberichte darüber rege in der Werkstatt diskutiert.

»Dass ein Ausstellungspalast und noch dazu einer mit einem so kolossalen Portal ausschließlich und nur vorübergehend wegen einer Ausstellung errichtet wird, kann ich mir gar nicht vorstellen.« Bernhard schüttelte den Kopf, nachdem er einen Blick auf die Abbildung geworfen hatte, die ihm Meister Burkhardt unter die Nase hielt. Er nahm die Arbeit am Webstuhl wieder auf und fügte dabei nachdenklich hinzu: »Das kostet doch bestimmt ein Vermögen.«

»Ganz bestimmt«, pflichtete ihm Burkhardt bei. »Aber für eine solche Leistungsschau, an der die Nationen der Welt teilnehmen, benötigt man eben auch einen entsprechenden Rahmen. Hier steht sogar noch, dass ein Architekt namens Hector Lefuel speziell für die schönen Künste ein Palais im Renaissancestil errichtet hat.« Burkhardt lehnte sich mit der Zeitung in der Hand an seinen Webstuhl. Nun las er vor: »Über zweitausend Künstler aus achtundzwanzig Nationen stellen dort ihre Werke aus. Man will damit im Gegensatz zur ersten Weltausstellung in London 1851 der zeitgenössischen Kunst einen breiten Rahmen geben. Der Gegensatz zu der Halle, in der lärmende Dampfmaschinen vorgeführt werden, könnte nicht größer sein.« Burkhardt ließ die Zeitung sinken.

Bernhard schüttelte erneut den Kopf. »Wenn ich bedenke, dass mein Vater mit seiner Arbeit kaum seine Kosten decken kann, fällt es schwer mir vorzustellen, wie solche riesigen Summen für eine Ausstellung aufgebracht werden können.«

»Ach, Bernhard, das kannst du doch nicht vergleichen.« In Burkhardts Ton schwangen Nachsicht und Bedauern mit. Die angespannte finanzielle Lage von Bernhards Vater war ihm hinreichend bekannt. »Bei so einer Ausstellung geht es um wirtschaftliche Weiterentwicklung. Da stehen die Interessen der Politik und der Industrie, die ihre neuesten technischen und kunsthandwerklichen Erzeugnisse präsentieren und natürlich verkaufen wollen, im Vordergrund. Frankreich will dabei selbstverständlich nicht hinter England zurückstehen.«

»Wieso zurückstehen?« Bernhard konnte nicht ganz folgen.

»Weil in London 1851 die erste Weltausstellung stattgefunden hat. Die Anregung dazu kam damals von höchster Stelle, nämlich vom englischen Prinzen Albert, dem Ehemann der Königin. Bei der feierlichen Eröffnung waren sogar Königin Viktoria mit ihrer Familie und ein Teil des Hofstaates anwesend. Ausstellungsort war der Hyde Park und das Ausstellungsgebäude wurde auch dort extra für diesen Zweck erbaut. Es war ganz aus Glas und Eisen. Ein bekannter englischer Gartenarchitekt hat es entworfen. Wahrscheinlich hatte es deshalb große Ähnlichkeit mit einem riesigen Gewächshaus. Ein schönes Gebäude, ich habe damals eine Abbildung in der Zeitung gesehen. Die Engländer haben es Crystal Palace getauft.«

Burkhardt hatte sich den Namen gemerkt und sprach die Worte so aus, wie sie geschrieben wurden. Da Bernhard des Englischen ebenso wenig mächtig war wie sein Meister, fiel ihm die falsche Aussprache nicht auf und er war tief beeindruckt von den Erklärungen.

»Nachdem die Weltausstellung in London vorbei war, wurde das Gebäude an anderer Stelle wieder aufgebaut und als Museum und für Ausstellungen genutzt«, erinnerte sich Burkhardt. »Auf den Weltausstellungen werden auch Auszeichnungen in Form von Medaillen an Firmen vergeben«, ließ er Bernhard wissen, nachdem er den Bericht nochmals überflogen hatte. »Diesmal hat zum Beispiel Franz Stollwerck, ein Kölner Produzent von Hustenbonbons, eine Medaille erhalten.«

Burkhardt faltete die Zeitung fein säuberlich zusammen und setzte sich wieder an seinen Webstuhl. Eine Weile herrschte Stille in der Werkstatt, die nur vom Geräusch der hin und her gleitenden Weberschiffchen und dem schnellen

Wechsel der Tritte unterbrochen wurde. Dann ergriff Burkhardt, dem die Weltausstellungen noch immer im Kopf herumgingen, erneut das Wort. »Die Zentralstelle für Handel und Gewerbe in Stuttgart schickt übrigens immer eine Abordnung Gewerbetreibender zu den Weltausstellungen, damit sie sich dort über die neuesten technischen Entwicklungen informieren. Der Leiter der Zentralstelle, Ferdinand von Steinbeis, der sogar schon Mitglied im Preisrichtergremium war, hat sogar veranlasst, dass neue Produkte, die für die württembergische Wirtschaftsentwicklung interessant sein könnten, angekauft werden. Anscheinend gibt es in Stuttgart bereits ein umfangreiches Musterlager.«

Bernhard schaute interessiert hoch, als sein Meister die Zentralstelle für Handel und Gewerbe erwähnte. »Mein Onkel Thomas hat von dieser Stelle in Stuttgart eine Förderung für seine Seidenweberei erhalten«, berichtete er. »Letzten Sommer hat er sein Haus an der Steige in Heubach verkauft und dafür das Haus von Doktor Straub bei der Unteren Mühle erworben, um sich zu vergrößern. Der Doktor ist nach sich ewig hinziehenden Streitereien um seine Besoldung mit dem Gemeinderat von Heubach weggezogen.«

Die Weltausstellungen in London und Paris kamen Bernhard mit einem Male gar nicht mehr so wirklichkeitsfern vor – schließlich gab es, beschäftigte man sich nur lange genug damit, sogar einen Bezug, der bis nach Heubach in die Werkstatt seines Onkels Thomas reichte.

Sonntagmorgens schrieb Bernhard noch immer seine Berichte und noch immer traf er sich mit der Dorfjugend am Sonntagabend in der Schlossruine. Auch die Mitarbeit auf dem Feld der Meistersleute, die gemeinsamen sonntäglichen Spaziergänge und das Bier zum Vesper waren beibehalten worden. Der einzige Unterschied zum Beginn seiner Lehrzeit war nur, dass Bernhard sich an den bitteren Geschmack des Biers gewöhnt hatte und es ihm inzwischen sogar schmeckte. Gelegentlich kamen auch die beiden Töchter der Burkhardts mit ihren Familien zu einem kurzen Besuch vorbei. Bernhard saß dann mit der ganzen Familie am Kaffeetisch zusammen und lauschte aufmerksam den Neuigkeiten, die ihm eine willkommene Abwechslung waren.

Seine Besuche zu Hause in Heubach beschränkten sich auf die Weihnachtsfeiertage, die für ihn bisher beide Male viel zu schnell vergangen waren. Der einzige Vorteil, nur einmal im Jahr nach Hause zu kommen, war, dass sich das Heimweh ebenfalls nur einmal im Jahr schmerzhaft zurückmeldete.

Gelegentlich schaute Bernhard auch auf dem Hof von Bauer Barth vorbei. Wilhelm freute sich jedesmal besonders. Er führte Bernhard dann stolz auf dem Hof und im Stall herum, um ihm ein neugeborenes Kälbchen, ein Fohlen oder sonstige Neuigkeiten zu zeigen. Am meisten aber freute sich die Heubacher Oma, die mit der einfältigen Marie zusammen seit Weihnachten 1854 ganz auf dem Hof ihrer Tochter Martha und ihres Schwiegersohnes lebte. Wie Bernhard in seinen schlimmsten Zeiten war sie von einem ständigen Heimweh geplagt. Sie konnte sich so gar nicht damit abfinden, dass sie ihren Lebensabend in Lauterburg beschließen sollte.

»Weißt, Lauterburg ist schon ein arges Nest«, sagte sie mehr als einmal zu Bernhard, der sich bei seinen Besuchen immer eine Weile zu ihr in das Stübchen setzte, das sie mit ihrer Tochter Marie zusammen bewohnte. »Ich kenne hier doch die Leute gar nicht richtig. Martha hat bei all der Arbeit auf dem Hof auch kaum Zeit, sich einmal zu mir zu setzen. In Heubach kamen immer genug Leute bei uns am Haus am Götzenbach vorbei, mit denen ich ein Schwätzchen halten konnte. Und als mein Mann, Gott hab ihn selig, noch lebte, kam jeden Tag Kundschaft, mit der man sich über die neuesten Ereignisse unterhalten konnte.« Und wie jedes Mal fragte sie Bernhard hoffnungsvoll: »Hast du wieder einmal einen Brief von deinem Vetter erhalten?«

Bernhard berichtete ihr bei diesen Gelegenheiten, was Johann an Unverfänglichem in seinen Briefen schrieb. Schließlich konnte er der alten Frau nichts über Johanns Liebschaft mit Barbara Wiedmann erzählen. Das Verhältnis der beiden war während der letzten eineinhalb Jahre weit über einen Kuss hinausgegangen. Sie nahmen jetzt jede Gelegenheit wahr, um sich an verschwiegenen Orten in der Natur zu treffen und um »einander beizuwohnen«, wie Johann geschrieben hatte. Also erzählte Bernhard nur, dass der alte Doktor Straub, obwohl seinem Protest bei der württembergischen Regierung stattgegeben wurde, die ewigen Streitereien leid gewesen war und er Thomas Schroth sein Haus verkauft hatte. Onkel Thomas habe mit finanzieller Unterstützung der Zentralstelle für Handel und Gewerbe in Stuttgart einen zweiten Jacquardwebstuhl anschaffen können. Und der Nachfolger von Doktor Straub sei ein gewisser Doktor Jakob Friedrich Märklin.

Elisabeth und Margret Geißler verließen im Februar 1856 Lauterburg tatsächlich. Elisabeth hatte eine Stelle als Dienstmädchen in einem Apothekerhaushalt gefunden. Die Frau des Apothekers Winter, eine leutselige Person, hatte sich danach bei ihrer Freundin, der Gattin des Oberamtsarztes Doktor Hartmann, dafür eingesetzt, dass Elisabeths Schwester Margret in deren Haushalt, ebenfalls als Dienstmädchen, unterkam. Die beiden Schwestern waren hocherfreut und bei ihrem letzten Treffen in der Schlossruine erzählten sie aufgeregt von ihren neuen Stellungen. Jede wollte zuerst erzählen. Mehrmals fielen sie sich gegenseitig ins Wort, wenn die andere gar zu ausführlich erzählte. Den Heimweg nahmen sie wie immer zusammen mit Bernhard, der ja nur ein Haus weiter wohnte.

»Bernhard, du musst uns unbedingt einmal in Aalen besuchen«, sagte Margret.

»An einem Sonntag vielleicht, das wäre doch für dich auch einmal ein schöner Ausflug. Du brauchst nur nach der Apotheke am Marktplatz zu fragen, dann findest du mich schon«, schlug Elisabeth vor.

»Ja, mal sehen. Ich war ja noch nie in Aalen.« Bernhard zögerte. »Vielleicht ergibt sich tatsächlich einmal die Gelegenheit.«

Vor dem Geißler'schen Haus angekommen, schüttelte Margret aufgewühlt und von plötzlichem Abschiedsschmerz überwältigt, Bernhards Hand gerade so, als ob sie einen Pumpenschwengel bediente. Auch Elisabeth ergriff ganz gerührt seine Hand und ehe er sich versah, drückte sie ihm einen Kuss mitten auf den Mund.

Bernhard stand sprachlos und nun ebenfalls aufgewühlt da und starrte zuerst Elisabeth und dann Margret an.

»Also dann …«, sagte Margret betont munter und bemüht, die heikle Situation zu retten. »Leb wohl, Bernhard.«

Nur wenige Wochen später flatterte ein Brief von Elisabeth ins Haus. Bernhard riss ihn, kaum dass er beim Mittagessen den letzten Bissen hinuntergeschluckt hatte, voller Neugierde auf.

Bereits bei der Anrede »Lieber Bernhard« schoss ihm das Blut in den Kopf, so dass sich sein Gesicht mitsamt den Ohren leuchtend rot verfärbte. Die Meistersleute warfen sich belustigte Blicke zu, sagten aber nichts und taten so, als ob sie nichts bemerkten. Bernhard war so vertieft in Elisabeths Zeilen, dass er alles um sich herum vergaß.

Die Oberamtsstadt Aalen, schrieb Elisabeth, sei wirklich ganz besonders und überhaupt nicht zu vergleichen mit Lauterburg.

Du glaubst nicht, was hier für ein geschäftiges Treiben herrscht. Vor allem natürlich mittwochs, wenn hier auf dem Marktplatz direkt vor der Apotheke die Bauern und Händler ihre Stände aufbauen und die Käufer von Nah und Fern in die Stadt strömen. Auch Fabriken für Drahtstifte gibt es hier, eine Wollspinnerei und sogar eine Klavierfabrik. Und erst die Häuser – eine Höhe von zwei bis drei Stockwerken sind keine Seltenheit. Du musst mich unbedingt einmal besuchen, um Dir selbst ein Bild zu machen. Es wird hier auch eine lustige Geschichte erzählt. Nämlich vom Spion von Aalen, einem jungen Mann, der sich ins Lager des kaiserlichen Heeres, das früher einmal die Stadt einnehmen wollte, eingeschlichen hat, um dort alles auszukundschaften. Dabei wurde er erwischt und vor den Kaiser geführt, dem er brühwarm erzählte, dass er nur einmal sehen wollte, wie viele Kanonen sein Heer mit sich führte. Der Kaiser war angeblich so belustigt von so viel Einfalt und Dreistigkeit, dass er ihn ungeschoren davonkommen ließ und seine Truppen bald darauf abzog. Am alten Rathaus gibt es einen extra Spionturm, in dem sich für alle gut sichtbar der Spion und noch weitere Figuren von einem Spielwerk angetrieben bewegen. Du siehst, Aalen ist schon ganz besonders. Ansonsten habe ich es mit meiner Herrschaft gut getroffen. Wie ich erfahren habe, hat der Herr Apotheker Winter die Apotheke erst letztes Jahr übernommen. Die Geschäfte seines Vorgängers Apotheker Cloß liefen anscheinend so gut, dass der sich bereits nach sieben Jahren, noch als junger Mensch, zur Ruhe setzen konnte. Außer mir gibt es noch eine Köchin. Magda ist eine ältere Witwe, die aber nur zum Einkaufen und zum Kochen kommt. Alle anderen Aufgaben muss ich erledigen, was nicht gerade wenig ist. Immerhin haben die Winters drei kleine Kinder, da gibt es viel zu waschen und zu putzen. Am Sonntagnachmittag habe ich frei. Da treffe ich mich immer mit meiner Schwester Margret. Wir spazieren dann durch die Stadt und einmal sind wir sogar in eine Wirtschaft gegangen und haben einen Kaffee getrunken. Margret ist mit ihrer Stelle auch zufrieden.

Es grüßt Dich Deine Nachbarin Elisabeth.

Aalen, 17. März 1856

Bernhard war aufgewühlt und sein Herz klopfte. Sorgfältig faltete er den Briefbogen zusammen und steckte ihn in den Umschlag zurück. Dann strich er mit der Hand nachdenklich darüber. Dass Elisabeth ihm so einen langen und ausführlichen Brief schickte, konnte doch nur bedeuten, dass er ihr wichtig war!

Mit dem Verstreichen der ersten Hälfte von Bernhards Lehrzeit, in die das Zusatzjahr bereits mit eingerechnet war, wurden nun auch zwei Drittel des Lehrgeldes fällig. So erreichte Bernhard im Frühjahr des Jahres 1856 ein Brief seines Vaters:

Mein lieber Bernhard,

übernächste Woche werde ich nach Lauterburg kommen, um deinem Meister das Lehrgeld zu überbringen. Beim besten Willen ist es mir nicht gelungen, den erforderlichen Betrag von zwanzig Gulden in Gänze zur Seite zu legen. Deine Mutter und ich haben deshalb den Acker am Hochberg an den Weber Michael Clement verkauft. Du kennst ihn nicht. Er ist aus Bargau und hat erst letzten Herbst nach Heubach geheiratet. Damit am Ende Deiner Lehrzeit nicht wieder das Geld knapp ist, haben wir beschlossen, das gesamte Lehrgeld von fünfunddreißig Gulden schon jetzt an Deinen Meister zu bezahlen. Die Gesundheit Deiner Mutter hat seit Deinem Besuch letzte Weihnachten nachgelassen. Ich habe bei Apotheker Becher auf Anraten von Doktor Märklin ein Blutreinigungspulver für sie gekauft, das sie jetzt täglich einnimmt. Ihre Beine sind stark geschwollen und das Gehen fällt ihr immer schwerer. Leider hat die Arznei noch keine Wirkung gezeigt. Den Acker auch in diesem Frühjahr wieder zu bestellen hätte Deine Mutter nicht mehr geschafft, auch wenn ich ihr dabei geholfen hätte. Aber wir sind ja auch nur noch zu zweit und brauchen nicht mehr so viele Kartoffeln und Kraut und die Hühner und der Garten beim Haus werden uns in Zukunft schon ernähren. Manchmal kann ich gar nicht glauben, wie leer das Haus ist, hat es doch Zeiten gegeben, wo hier drei Generationen auf einmal zusammen gewohnt haben und das Haus fast aus allen Nähten geplatzt ist. Wir haben unser Schlafzimmer jetzt in die Stube neben der Werkstatt verlegt, das ist für Deine Mutter bequemer, weil sie dann keine Treppen mehr steigen muss. Wenn Du also das nächste Mal auf Besuch kommst, musst Du halt wieder in Deiner alten Kammer schlafen.

Für heute grüßen Dich Dein Vater und Deine Mutter
Heubach, am 16. Mai 1856

Bernhard strich mit dem Zeigefinger liebevoll über die gleichmäßigen Buchstaben der Unterschrift seiner Mutter. Es betrübte ihn sehr zu hören, dass es ihr nicht gut ging.

Jakob Schroth machte den Weg nach Lauterburg an einem Sonntag, so verlor er keinen Arbeitstag.

Nach dem gemeinsamen Mittagessen, das Rosina Burkhardt liebevoll und reichlich bereitet hatte, verzichtete man auf den sonst üblichen Spaziergang hinaus zum Feld, der Gast hatte schließlich schon eine weite Strecke zu Fuß zurückgelegt. Also blieb man gemütlich am Tisch in der Stube sitzen. Jakob Schroth übergab Meister Burkhardt das gesamte Lehrgeld – sehr zufrieden, dass er letztendlich doch dazu in der Lage war. Bernhard führte seinen Vater in sein Zimmer unter dem Dach und zeigte ihm stolz seine Berichtshefte. Danach servierte Rosina einen mit Zucker bestäubten goldgelben Butterkuchen und eine Kanne echten Bohnenkaffee.

Jakob Schroth machte sich mit einem guten Gefühl auf den Rückweg. Auch wenn seine eigene Situation nicht einfach und seine Frau zu allem Überfluss jetzt auch noch krank war, sein Sohn war auf jeden Fall gut untergebracht und genoss ganz offensichtlich eine sehr gute Ausbildung. So vorbildlich wie Bernhards Berichtshefte waren seine eigenen nie gewesen.

Der Besuch seines Vaters löste in Bernhard wieder einmal einen starken Anflug von Heimweh aus. Allerdings versuchte er sich, im Gegensatz zu früheren derartigen Anfällen, den Meistersleuten gegenüber nichts anmerken zu lassen. Auch Elisabeth und Margret fehlten ihm. Obwohl das Zusammentreffen in der Schlossruine mit den anderen jungen Leuten jedesmal auch ohne sie recht lustig war, fehlten ihre guten Stimmen im Chor.

In einem Brief an seinen Vetter Johann brachte Bernhard wieder einmal ausführlich alles über seine Arbeit und was sich darüber hinaus noch so ereignet hatte, zu Papier. Er merkte, wie gut es ihm tat, seinem Herzen auf diesem Wege Luft zu machen – vor allem als er über den Kuss berichtete, den Elisabeth ihm so überraschend aufgedrückt hatte.

Er musste nicht allzu lange auf die Antwort warten. An einem regnerischen Donnerstag lag, als er sich zum Mittagessen niedersetzte, ein Brief neben seinem Teller.

»Oh, der ist von Johann!«, rief Bernhard erfreut aus, als er den Absender sah.

»Ihr hängt wohl sehr aneinander? Wenn man bedenkt, wie oft ihr euch schreibt«, bemerkte Rosina Burkhardt, während sie Bernhard nach einem kurzen Tischgebet die Nudelsuppe in den Teller schöpfte.

»Ja, wir waren, bis wir aus der Schule gekommen sind, fast immer zusammen. Eigentlich ist er mehr wie ein Bruder als nur ein Vetter für mich.«

Nachdem die Mahlzeit beendet war, nutzte Bernhard die kurze Zeit, die ihm blieb, bis er sich wieder in der Werkstatt einfinden musste, um den zweiseitigen Brief wenigstens zu überfliegen. Nach dem Abendessen verzog er sich unverzüglich in seine Kammer, um noch einmal in Ruhe zu lesen, was Johann geschrieben hatte.

Lieber Vetter Bernhard,

vielen Dank für Deinen Brief. Deine Lehrzeit scheint ja recht fruchtbar zu sein, nach allem, was du mir über Deine Fortschritte berichtest. Am aufregendsten finde ich aber deinen ersten Kuss – auch wenn Dich das Mädchen zuerst geküsst hat und nicht Du sie. Das wurde ja auch höchste Zeit. Immerhin wirst Du im Dezember schon siebzehn. Wirst Du die Elisabeth in Aalen besuchen? Jetzt, wo sie Dir auch noch einen Brief geschrieben hat, würde ich an Deiner Stelle nicht zögern, denn es gibt nichts Schöneres, als mit einem Mädchen zusammen zu sein. Ich kann mir schon gar nicht mehr vorstellen, wie es ohne Barbara und die körperlichen Wonnen, die sie mir bereitet, wäre. Allerdings ist es recht anstrengend, sich immer nur im Geheimen treffen zu können. Bisher hatten wir Glück, auch wenn bei den Treffen am Marktbrunnen der Georg Bihner schon einmal eine anzügliche Bemerkung gemacht hat. Wir müssen halt weiterhin aufpassen. Nicht nur, dass wir nicht entdeckt werden, sondern auch, dass Barbara nicht in andere Umstände kommt. Ich weiß nicht, wie Vater darauf reagieren würde. Aber Du weißt ja, Schwarzsehen ist nicht meine Sache und so hoffe ich, dass auch weiterhin alles gut verläuft.

Letzten Sonntagabend hat der Bauer Klotzbücher den ersten Erntewagen eingeführt. Er war mit hundertzwanzig Garben Wintergerste gehörig beladen. Sechs Kühe haben den rundum mit Kränzen und frischem Buchenlaub geschmückten Wagen gezogen. Ein imposanter Anblick. Pfarrer Scholl und die Pfarrgemeinderäte, die Lehrer und die Schuljugend und viele Heubacher haben den Wagen schon vor der Stadt mit Gesang und Gebeten empfangen. Sogar ein paar Ausflügler aus Reutlingen, ein Lehrer aus Frankfurt und ein Preuße, die Heubach an diesem Tag einen Besuch abstatteten, haben dem Festzug voller Interesse zugesehen. Die Eltern und ich mussten ja nur ein paar Schritte aus dem Haus gehen, um den Zug auf dem Weg zur Kirche zu bewundern. Der Altar war mit vier kleinen Garben geschmückt, die mit Girlanden aus Kornblumen umwunden waren. Pfarrer Scholl hat eine wortgewaltige Rede gehalten. Vom Samenkorn, das sterben muss, um neue Frucht zu bringen, und vom gnädigen Gott, der die Früchte des Feldes in diesem Jahr vor Unwetter verschont hat und uns in seiner übergroßen Güte eine reichte Ernte beschert.

Für heute will ich nun schließen. Und denke daran, recht bald einmal nach Aalen zu reisen.

Es grüßt Dich Dein ergebener Vetter Johann

Heubach, am 17. Juli 1856

Am folgenden Wochenende machte Bernhard nach dem Sonntagsspaziergang einen Abstecher auf den Barth'schen Hof und schilderte der Heubacher Oma in den blumigsten Farben, wie der Erntewagen von Bauer Klotzbücher ausgesehen hatte und wie er in einem langen Festzug in die Kirche eingezogen war. Andächtig lauschend saß die alte Frau in ihrem Sessel. Beide Hände auf ihren Stock gestützt, den Kopf mit der ausladenden schwarzen Haube leicht zur Seite geneigt, folgte sie Bernhards Ausführungen. Selbst Marie, die meist in sich gekehrt war und wenig Anteilnahme an dem Geschehen um sie herum zeigte, verzog den Mund zu einem breiten Lächeln.

»Ich sag's ja immer, Bernhard, Heubach ist halt schön!« Die Wangen der Heubacher Oma röteten sich. »So schön, dass sogar Fremde von weit her zu Besuch kommen, um sich unser Städtchen am Fuß des Rosensteins anzusehen.«

Zwei Wochen später, am Dienstag, den 5. August, einem ungewöhnlich heißen Sommertag, stürzte am frühen Nachmittag Rosina Burkhardt in die Werkstatt und mit ihr Bernhards Vetter Johann. Meister und Lehrling schauten gleichermaßen erstaunt von ihren Webstühlen auf, denn Rosina kam normalerweise nur höchst selten in die Werkstatt.

Dass etwas Schlimmes passiert sein musste, war beiden klar, noch bevor Rosina schwer atmend und sich mit dem Schürzenzipfel über das Gesicht wischend hervorstieß: »Bernhard, dein Vetter Johann …«

Johann stand mit hochrotem Kopf, seinen Strohhut in den Händen drehend, da und sah Bernhard mit einem gequälten Blick an. Das helle Hemd, das er zu einer leichten, hellgrün karierten Leinenhose trug, klebte ihm nassgeschwitzt am Leib. Die in der Mitte gescheitelten blonden Haare ringelten sich dunkel vom Schweiß an den Ohren.

Bernhard sprang auf, packte Johann an beiden Oberarmen und rief: »Die Mutter!?«

Johann senkte den Kopf – unfähig, Bernhards bestürztem Blick standzuhalten. Er hatte den Weg von Heubach so schnell er konnte zum Teil zu Fuß, zum Teil auf Fuhrwerken zurückgelegt. Zwei Fuhrleute hatten ihn – einer kurz vor Lautern und einer auf halber Strecke der Steige nach Lauterburg – mitgenommen. Das schnelle Gehen unter der erbarmungslos stechenden Sonne hatte Johann, noch bevor er Heubach recht verlassen hatte, den Schweiß aus allen Poren getrieben. Hellhäutig wie er war, rötete sich seine Haut schnell und der Strohhut bot nur einen mangelhaften Schutz, da sich trotz der eingeflochtenen Löcher die Hitze unangenehm darunter staute.

»Es tut mir so leid, Bernhard …« Johann schluckte schwer, bevor er weitersprach. »Tante Sophie … deine Mutter … sie ist heute Nacht gestorben.«

Aus Bernhard schien alle Lebensenergie zu weichen. Er wurde weiß wie die Wand und in einem langen Seufzer schien alle Luft, die in ihm war, herauszuströmen. Er begann zu taumeln und Johann konnte ihn gerade noch unter den Armen fassen, bevor er in sich zusammensackte.

Meister Burkhardt war sofort zur Stelle und noch während er Johann half, den halb Bewusstlosen zu einem Stuhl zu schleppen, rief er: »Rosina, schnell bring ein Glas Wasser und einen nassen Lappen.«

Bald darauf saßen alle in der kühlen Stube. Rosina hatte einen Krug mit Wasser verdünntem Holunderblütensaft und Gläser auf den Tisch gestellt.

»Trink nur, Bub, du musst ja halb verdurstet sein, bei der Hitze heute«, ermunterte sie Johann, der bereits das zweite Glas des gesüßten Saftes hinunterstürzte. »Komm, du musst auch was trinken«, sagte sie mit einem besorgten Blick auf Bernhard, der sein Glas noch nicht angerührt hatte und apathisch vor sich hinstarrte.

Wie aus weiter Ferne schaute Bernhard Rosina an, nahm aber dann einen tiefen Schluck.

Er wischte sich mit dem Handrücken über den Mund und fragte dann Johann: »Wann genau ist sie denn gestorben?«

Alle waren froh, dass Bernhard endlich wieder ein Lebenszeichen von sich gab.

Johann berichtete, was er wusste. »Anscheinend ist sie heute Nacht um ein Uhr gestorben. Dein Vater kam heute Morgen in aller Frühe zu uns und erzählte, dass deine Mutter kurz vor Mitternacht wohl so eine starke Atemnot bekommen hat, dass er den Doktor geholt hat. Viel machen konnte der anscheinend nicht mehr. Er hat ihr Tropfen gegeben und sie mit dem Oberkörper hochgelagert, damit sie besser Luft bekommen sollte, aber … es hat nichts mehr geholfen.« Johann zuckte hilflos mit den Schultern. »Vater hat mich gleich auf den Weg zu dir geschickt und meine Eltern sind dann mit deinem Vater zu euch nach Hause gegangen.«

Bernhard versuchte den Kloß, der sich in seinem Hals bildete, hinunterzuschlucken. Es gelang ihm nicht. Er schluckte und schluckte, während sich seine Augen mit Tränen füllten, die ihm bald unaufhaltsam über die Wangen liefen.

Sophie Schroth war einundsechzig Jahre alt geworden. Wie ihre Mutter war sie an den Folgen einer Brustwassersucht gestorben. Der Sarg wurde am übernächsten Morgen von einem Nachbarn, Bauer Weiler, mit dem Fuhrwerk zum Friedhof gefahren. Der Weg zum Friedhof am anderen Ende des Ortes wäre selbst für kräftige Männerschultern zu weit gewesen, um den Sarg durch die ganze Stadt bis dorthin zu tragen. Das silberweiße Fell des schweren Kaltblutpferdes stand in einem seltsamen Gegensatz zu dem schwarzen Bahrtuch. Weiß und schwarz. Lebendig und tot.

Bernhard war verzweifelt wie noch nie in seinem Leben. Die Mutter konnte doch nicht einfach so aus seinem Leben verschwinden! Eingesperrt in diese Holzkiste. Die Endgültigkeit, mit der der Deckel geschlossen und zugenagelt worden war, war für ihn schier unerträglich. In Bernhards Herz und Kopf herrschte Chaos. Was sollten denn diese lächerlichen, silberfarbigen Sargbeschläge aus Pappmaché?

Der Trauerzug mit Pfarrer Scholl an der Spitze setzte sich in Bewegung. Jakob und Bernhard gingen hinter dem Sarg. Ebenso Onkel Thomas mit Familie und Onkel Bernhard mit seiner Frau. Nachbarn. Einige Mitglieder der Weberzunft mit ihren Frauen. Immer mehr Menschen schlossen sich auf dem Weg durch die Stadt dem Zug an. Einige unterbrachen ihre Besorgungen, blieben am Straßenrand stehen und bekreuzigten sich. Bernhard wusste nicht, wie er vor die ausgehobene Grube gelangt war, auf der nun der Sag auf zwei quergelegten Brettern stand. Ein Reihengrab. Drei Reihen oberhalb des Grabes der Großeltern. Rechts vom breiten Hauptweg, der sich mitten durch den Friedhof sanft den Hang hinaufzog.

Mutter war nicht tot, er würde sie in seinem Herzen bewahren. Bernhard bemühte sich krampfhaft, nicht zu weinen und den Schluchzern nicht zu gestatten zu entweichen. Sein

Blick heftete sich auf ein Grabmal links vom Hauptweg. Eine in Stein gehauene Frauengestalt, die sich trauernd an den Grabstein mit einer Inschrift schmiegte, die Bernhard auf diese Entfernung nicht entziffern konnte. Wer lag hier begraben? Er wusste es nicht. Er war schon so lange weg von Heubach. Tränen schossen ihm in die Augen.

Der Sarg wurde in die Grube gesenkt und in Bernhards Brust dehnte sich eine eisige Verzweiflung aus.

Am Nachmittag machte er sich auf den Weg zurück nach Lauterburg.

»Bernhard, du kannst doch nicht jetzt schon zurückgehen«, hatte Jakob Schroth seinen Sohn angefleht, als er sah, wie der seinen Rucksack schulterte.

Aber Bernhard hatte sich nicht beirren lassen. Er ertrug es einfach nicht mehr hierzubleiben. Hier, wo ihn alles an seine Mutter erinnerte. Wo ihm sein Schmerz vorgaukelte, sie würde gleich wieder zur Tür hereinkommen. Er ertrug auch die gutgemeinten und Anteil nehmenden Bemerkungen der Verwandten und Nachbarn nicht mehr. Nicht einmal die Gegenwart seines Vetters Johann konnte er ertragen. Am allerwenigsten aber ertrug er den erbarmungswürdigen Anblick seines Vaters, der seinen Kummer im Most zu ertränken suchte.

Rosina Burkhardt erschrak, als Bernhard am Abend mit unnatürlich glänzenden Augen und gerötetem Gesicht die Küche betrat. Sie war gerade dabei, die Teller des Abendessens abzuwaschen, während ihr Mann in der Zeitung blätternd am Tisch saß. Er hatte die Werkstatt heute früher als sonst verlassen – ohne seinen Lehrling war ihm die Arbeit plötzlich nicht mehr recht von der Hand gegangen –, vielleicht war es aber auch nur die Sorge um ihn, die ihn so unruhig machte.

Ein heller Blitz begleitete Bernhards Ankunft, gefolgt von einem krachenden Donnerschlag. Die Hitze des Tages entlud sich in einem heftigen Gewitter.

»Mein Gott, Bub, du bist ja ganz heiß!«, rief Rosina erschrocken, als sie den vor Schwäche schwankenden Bernhard um die Schultern fasste und ihn zu einem Stuhl am Küchentisch führte.

Bernhard hatte hohes Fieber. Andreas Burkhardt erfasste schnell, dass das Fieber ein Ausdruck von Bernhards völlig zerrütteten Nerven war.

»Am besten, wir stecken ihn für ein paar Tage ins Bett, damit er den größten Kummer wegschlafen kann«, flüsterte er seiner Frau ins Ohr, deren Arm noch immer um Bernhards Schultern lag.

Drei Tage lang lag Bernhard fiebernd im Bett. Mehrmals am Tag machte Rosina ihm kalte Wadenwickel und gab ihm Fleischbrühe zu trinken. Jegliches Essen verweigerte er. Das Fieber war gnädig, denn es umnebelte den Schmerz und schmolz nach und nach den Eisblock in seiner Brust zu Tränen. Bernhard weinte danach tagelang. Rosina versuchte nicht ihn zu trösten und sie stellte auch keine Fragen. Sie strich ihm nur sanft über den Kopf, sooft sie in seine Kammer kam.

Nachdem die letzten Tränen versiegt waren und er einen weiteren Tag lang auf dem Rücken liegend an die weiß gekalkte Zimmerdecke gestarrt hatte, stand Bernhard auf.

In den nächsten Wochen und Monaten zeigten sich auf Meister Burkhardts Stirn oft Sorgenfalten. Bernhard verwand den Tod seiner Mutter offensichtlich nur schwer. Eine Zeitlang wollte er nicht einmal mehr sonntags zu den abendlichen Treffen der Dorfjugend gehen. Erst als Andreas und Rosina ihn immer wieder drängten, machte er sich eines Sonntagabends mit hängenden Schultern auf den Weg zur Schlossruine hinunter.

Danach schien es ihm besser zu gehen, auf jeden Fall wurde er wieder gesprächiger und seine Miene hellte sich auf. Auch die Besuche bei der Heubacher Oma nahm er wieder auf und so kehrte, zumindest äußerlich, wieder eine gewisse Normalität in Bernhards Leben ein.

Wenn er allerdings allein in seiner Kammer war, wog der Schmerz über den Verlust der Mutter noch immer schwer. Manchmal ängstigte ihn auf erschreckende Weise die Vorstellung, dass womöglich auch noch sein Vater sterben könnte und er dann völlig alleine und auf sich gestellt wäre. Wenn sich die Gedanken derart quälend in seinem Gehirn verbissen, versuchte er sich zusammenzureißen, indem er sich vor Augen hielt, dass er doch im Dezember schon siebzehn Jahre alt werden würde, also eigentlich schon ein Mann war, und dass er ja auch noch Onkel Thomas und Onkel Bernhard und seine Tanten hatte, nicht zu vergessen seinen Vetter Johann. Und überhaupt war sein Vater ja viel jünger, als die Mutter gewesen war, und krank war er auch nicht. Darüber hinaus hatte er hier bei Meister Burkhardt und seiner Frau noch bis zum Ende seiner Lehrzeit ein gutes Zuhause – kein Grund also, sich in derartigen Schwarzmalereien zu ergehen.

Eine Ablenkung bot auch der Brief seines Vetters, der eines Tages beim Mittagessen neben seinem Teller lag. Bernhard vergrößerte seine Vorfreude, indem er den Brief erst am Abend las und sich dazu gemütlich auf sein Bett legte.

Mein lieber Vetter Bernhard,

jetzt sind schon bald drei Monate vergangen, dass wir Deine liebe Mutter zu Grabe getragen haben. Ich kann Dir gar nicht sagen, wie leid es mir tut. Ich hoffe, es geht Dir trotzdem gut. Mit Deinem Vater ist es so eine Sache. Vater und Mutter machen sich große Sorgen um ihn, weil er jetzt so ganz alleine ist. Leider ist er auch oft betrunken. Manchmal kommt er am Abend in diesem Zustand noch zu uns und bekommt dann das heulende Elend. Es ist schwierig, die richtigen Worte für ihn zu finden, da er nichts von dem, was Vater zu ihm sagt, gelten lassen will. Immerhin setzt er sich täglich an seinen Webstuhl.

Doch nun will ich auch von mir berichten. Gestern habe ich mich mit Barbara getroffen. Am Abend schlichen wir uns beide, wie schon so oft, aus dem Haus, um uns in einem unserer Verstecke, einem dichten Gebüsch am Beurener Bächle, zu treffen. Noch bevor ich sie wie sonst an mich ziehen konnte, erklärte sie mir aus heiterem Himmel, mit unserer Freundschaft sei es nun zu Ende. Ich konnte das gar nicht glauben und dachte, sie mache nur einen Spaß. Als ich sie deshalb um die Taille fasste, stieß sie mich zurück und zischte: »Das ist mein voller Ernst.« Ach, was soll ich lange drum herumreden. Sie sagte, sie sei jetzt dreiundzwanzig und sie wolle nicht ewig Magd in der Oberen Mühle bleiben, sondern heiraten. Und sie hätte große Zweifel daran, ob ich sie jemals heiraten würde – ganz abgesehen davon, dass ich mit meinen noch nicht einmal achtzehn Jahren sowieso zu jung sei. Wenn ich ehrlich sein soll, so habe ich an eine Heirat überhaupt noch nie gedacht. Ich kann mir auch nicht vorstellen, dass meine Eltern von Barbara sehr begeistert wären. Als mir das noch alles durch den Kopf ging, sagte sie mir doch tatsächlich, sie hätte auch schon einen Bewerber. Kannst Du Dir das vorstellen! Einen Bewerber – ohne dass ich irgendetwas davon bemerkt habe. Er heiße Vinzenz Gold und sei als Fuhrknecht in Mögglingen im Dienst.

Ich muss sie wohl völlig entgeistert angesehen haben, denn sie sagte: »Du brauchst gar nicht so zu schauen. Den kenne ich schon länger, er kommt öfter in die Mühle. Mal bringt er Korn, mal holt er Mehl, da lernt man sich eben kennen. Und damit du es ganz genau weißt, gestern hat er mir einen Antrag gemacht.« »Einfach so?«, habe ich dummerweise gefragt. »Natürlich nicht einfach so. Wir haben uns schon ein paar Mal vorher getroffen und ausprobiert, ob wir zueinander passen.« Genauso gut hätte sie mir ein Messer in die Brust stoßen können. Ich habe mich einfach umgedreht und bin gegangen, aber nicht ohne vorher vor ihr auszuspucken. Ausprobiert, ob sie zueinander passen! Ich kann mir schon vorstellen, wie begeistert der von ihren Liebeskünsten war. Schließlich hat sie zwei Jahre lang mit mir die ganze Palette der körperlichen Freuden ausgiebig geübt. Ich bin wie vor den Kopf geschlagen. Dass Barbara mich so hintergeht, hätte ich niemals gedacht. Du bist der Einzige, dem ich meine schmerzvolle Niederlage mitteilen kann. Gott sei Dank weiß in Heubach niemand etwas von der heimlichen Liebschaft – auch wenn hinter vorgehaltener Hand so manches darüber gemunkelt wird. Eine Schande ist es trotzdem für mich.

In sechs Wochen ist ja schon wieder Weihnachten. Du kommst doch?

Es grüßt Dich
Dein aufrichtiger Freund und Vetter Johann
Heubach, am 17. November 1856

Bernhard erfüllte großes Mitgefühl mit Johann, wenngleich ihm auch Frauengeschichten noch immer fern lagen. Das ungute Gefühl, von einem nahestehenden Menschen hintergangen zu werden, konnte er dennoch nachvollziehen. Dem Weihnachtsfest allerdings sah er mit sehr gemischten Gefühlen entgegen. Am liebsten wäre er in Lauterburg geblieben. Hier fühlte er sich noch am sichersten vor den inneren Turbulenzen, die das zarte Häutchen, das sich über seinen Schmerz zu legen begann, so leicht wieder aufreißen konnten.

Aber als Weihnachten dann vor der Tür stand, brachte Bernhard es nicht übers Herz, seinen Vater zu enttäuschen. Wie sollte er es ihm auch begreiflich machen können, wenn er nicht wie bisher an den Festtagen nach Hause kommen würde?

Kapitel V

Was Meister Burkhardt neben der Sorge um seinen Lehrling zusätzlich beunruhigte, war die schwankende Wirtschaftslage. Die schwierige Zeit nach der 1848er Revolution hatte ja bald gute Jahre mit einer wahren Welle von Firmengründungen nach sich gezogen. In Stuttgart hatte der rührige Präsident der Zentralstelle für Gewerbe und Handel, Dr. Ferdinand von Steinbeis, erste Schritte zum Aufbau einer württembergischen Korsettindustrie unternommen. Ein mutiger Schritt, der das von Landwirtschaft und Handwerk geprägte Königreich Württemberg wirtschaftlich voranbringen sollte. Mit Hilfe eines speziellen, von Jean Werly bereits Anfang des 19. Jahrhunderts konstruierten Webstuhls war die nahtlose Herstellung von Korsetts möglich geworden. Steinbeis' Ziel war es zunächst, dem sinkenden Absatz von württembergischen Woll- und Leinenwaren entgegenzuwirken. Leider war Steinbeis und dem Franzosen Charles d'Ambly, der die Idee als Fabrikant realisieren sollte, zunächst kein Erfolg beschieden. Bereits 1848, ein Jahr nach der Gründung, musste die erste deutsche Korsettfabrik in Stuttgart-Berg wegen mangelnder Absatzmöglichkeiten wieder schließen. So einfach es war, in Frankreich elegante Korsetts zu verkaufen, als so schwierig erwies es sich zu dieser Zeit noch in Württemberg. Die einfachen Frauen trugen höchstens am Sonntag das Leibchen oder Schnürmieder der Tracht und bei der täglichen Arbeit war an ein Korsett nicht zu denken, das hätte sie viel zu sehr eingeschränkt. Da waren die herkömmlichen selbstgenähten Hemden weit bequemer.

Doch d'Ambly ließ sich nicht so schnell entmutigen. 1856 gründete er in Stuttgart in der Rotebühlstraße wieder eine Korsettfabrik. Auch in Göppingen war mit Unterstützung der Zentralstelle für Gewerbe und Handel eine Korsettfabrik mit mehreren Gesellschaftern entstanden. Amerika war dank der Kontakte zu deutschen Auswanderern als neuer Absatzmarkt entdeckt worden und versprach gute Geschäfte.

Auch Meister Burkhardt hatte den Aufschwung seit 1848 zu spüren bekommen. Von seinem Verleger in Aalen wurde er reichlich mit Aufträgen eingedeckt. Doch dann gingen die Aufträge wieder zurück. Der Krimkrieg, in dem sich von 1853 an Russland mit den europäischen Westmächten um die heiligen Stätten in Jerusalem gestritten hatte, sei schuld, wurde in der Zeitung berichtet. Während der Kriegsjahre war die Wirtschaft durch Exporte an die kriegführenden Länder außerordentlich belebt worden. Aber nach Kriegsende und dem Frieden von Paris 1856 verlor Russland seine Vorherrschaft an Frankreich. Die Warenpreise sanken und die Börsen reagierten auf die Geschehnisse äußerst nervös mit sinkenden Kursen.

»Wo das noch alles hinführen soll«, stöhnte Burkhardt nach solcher Zeitungslektüre, und wenn Rosina in der Nähe war, sah er sie mit besorgter Miene an. »Manchmal bin ich froh, dass wir schon so alt sind und der größte Teil unseres Lebens hinter uns liegt«, hatte er einmal zu ihr gesagt. »Diese neue Zeit mit ihren vielfältigen Entwicklungen … seelenlose Technik und Industrie statt gutem altem Handwerk! Bald wird es nur noch Arbeiter statt Gesellen und Meister geben. Und dazu noch das Dampf speiende Ungetüm Eisenbahn. Du wirst sehen, auch bei uns werden sie bald überall Schienen verlegen und die Landschaft verschandeln, nicht nur in den Weiten Amerikas! In Stuttgart hat König Wilhelm ja bereits vor zehn Jahren mit dem Bau der Zentralbahn im wahrsten Sinne des Wortes die Weichen für die neue Zeit gestellt. Immer schneller soll alles gehen. Und immer mehr Profit soll alles abwerfen. Wie wird das nur für die Jungen werden, die, wie Bernhard, gerade erst am Anfang stehen? Sich in solchen Zeiten und bei diesem ständigen Auf und Ab der Wirtschaftslage das Leben einzurichten, ist wahrhaftig nicht leicht.«

Tatsächlich fand der nächste Konjunkturabschwung auch schon im Sommer 1857 statt. Ein Überangebot an Weizen führte im fernen Amerika einen Preissturz an der New Yorker Börse herbei, und da neuerdings alles weltweit miteinander zusammenzuhängen schien, strahlte die anschließende Bankenpanik bald bis nach Europa aus. Ein Preisverfall folgte und die Gründerwelle der letzten Jahre fand damit ihr jähes Ende.

In diesem Sommer, nachdem Bernhards Zusatzjahr begonnen hatte, nahm Meister Burkhardt seinen Lehrling das erste Mal mit nach Aalen zu seinem Verleger. Bisher hatte er diese Wege immer allein gemacht und Bernhard währenddessen in der Werkstatt zurückgelassen. Er hatte es immer so eingerichtet, dass er Bernhard am Tag zuvor ein Webstück mit einem neuen Muster beginnen ließ, damit sein Lehrling gehalten war, sich während seiner Abwesenheit gehörig zu konzentrieren, und nicht etwa auf dumme Gedanken kam. Obwohl – das musste

Burkhardt zugeben –, Bernhard war noch nie auf dumme Gedanken gekommen, seit er sich bei ihm in der Lehre befand. Jetzt aber, da das Zusatzjahr begann, befand er es an der Zeit, Bernhard mit in die Stadt zu nehmen. Zum einen, damit er sah, wo die Aufträge herkamen und wo die von ihnen hergestellten Webwaren wieder hingingen. Zum anderen brauchte Bernhard dringend zwei Paar neue Hosen, denn in den letzten drei Jahren war er noch ein tüchtiges Stück in die Höhe geschossen und die mitgebrachten Hosen waren nicht nur abgetragen, sondern auch unübersehbar zu kurz geworden.

»Und ein neues Hemd für den Sonntag würde auch nicht schaden«, hatte Rosina ihrem Mann noch ans Herz gelegt.

»Du hast recht, das Lehrgeld ist schließlich längst bezahlt. Abgesehen davon, dass ich sowieso laut Lehrvertrag für die Ergänzung von zerschlissener Kleidung zuständig bin, will ich mich bei der Ausstattung des Buben nicht lumpen lassen«, pflichtete Burkhardt seiner Frau bei.

Jeder mit einem Rucksack voller Baumwoll- und Leinentücher schwer bepackt machten sich Meister und Lehrling an einem wolkenverhangenen Mittwoch auf den Weg.

»Ab Essingen können wir auf dem Fuhrwerk vom Löwenwirt mitfahren, der fährt alle zwei Wochen in die Oberamtsstadt auf den Markt, um dort seine Geschäfte zu erledigen«, ermutigte Burkhard seinen Gesellen, der unter der Last auf seinem Rücken leise seufzte.

Von Lauterburg nach Essingen brauchten sie auf der schlecht ausgebauten holprigen Straße eine gute Stunde.

Als sie etwa auf halber Strecke den Essinger Weiher passierten, blieb Burkhardt stehen und zeigte in Richtung des Gewässers: »Das ist der Weiher, von dem ich dir schon erzählt habe. Bevor wir in Lauterburg unseren Pumpbrunnen gegraben haben, mussten wir bei längerer Trockenheit von hier das Wasser holen. Gott sei Dank sind diese Zeiten vorbei.«

Als sie beim »Löwen« in Essingen ankamen, waren die Pferde bereits eingeschirrt. Obwohl er sich nichts anmerken ließ, war Bernhard mehr als froh, dass er den schweren Rucksack absetzen und im Fuhrwerk verstauen konnte. Meister Burkhardt schien es nicht anders zu ergehen, denn er schnaufte hörbar erleichtert auf, als er sich seiner Last entledigte.

Während Burkhardt zum Löwenwirt auf den Bock stieg, machte Bernhard es sich hinten auf dem Wagen bequem, indem er sich aus ein paar alten Decken einen Sitz baute. Und obwohl der Wagen mit seinen eisenbeschlagenen Rädern arg rumpelte und Bernhard tüchtig durchgeschüttelt wurde, genoss er die Fahrt durch Wald und Wiesen mit freien Ausblicken in die wellige Landschaft, die sich bis zur Oberamtsstadt hinzog, in vollen Zügen. Außer Heubach, Lautern und Lauterburg hatte Bernhard noch nichts von der Welt gesehen und so war er schon sehr gespannt, das von Elisabeth so begeistert beschriebene Aalen kennenzulernen. Von Essingen aus ging es beständig bergab und das kreischende Geräusch der Bremse begleitete sie, bis sie endlich in der Ebene und bald darauf in der Stadt ankamen.

Der Löwenwirt umfuhr den mit Verkaufsständen und jeder Menge Kauflustiger versperrten Marktplatz rechter Hand und bog dann in die Lammgasse ein, an deren Ende sich das »Goldene Lamm« befand. Dort stellte er wie immer, wenn er in der Stadt zu tun hatte, sein Fuhrwerk unter. »Also, Andreas«, sagte er, »dann treffen wir uns hier um zwölf Uhr wieder. Reicht dir die Zeit für deine Erledigungen?«

Meister Burkhardt überlegte kurz und antwortete dann: »Ja, das ist genügend Zeit. Wir treffen uns also wieder hier zum Mittagessen.«

Das Haus des Verlegers Bruker war gleich schräg gegenüber an der Hauptstraße Ecke Rossgasse. Bernhard legte den Kopf ein wenig in den Nacken, um das zweistöckige, mit einem Anbau versehene Haus gründlich zu mustern. Es war ein Fachwerkbau auf einem massiven steinernen Sockel, das mit der Giebelseite zur Hauptstraße hin zeigte. Bernhard war froh, dass er den schweren Rucksack nicht weit tragen musste. Johann Bruker war, wie schon sein Vater vor ihm, Tuchmacher, ein Weber, der ausschließlich feine gewalkte und geraute Wollgewebe, die sogenannten Tuche, herstellte. Bereits vor Jahren hatte er sich hauptsächlich auf die lukrativere Verlegertätigkeit spezialisiert, die er ebenfalls in seiner Werkstatt betrieb. Der geräumige Anbau enthielt neben einem Webstuhl einen Wassertrog und eine Walkeinrichtung, mit der die Webwaren durch Stoßen und Pressen zu strapazierfähigen Stoffen verdichtet wurden.

»Mit den Füßen werden die Stoffe längst nicht mehr gewalkt«, erklärte Bruker, als er sah, wie Bernhard die Walke und die Einrichtung der Werkstatt bestaunte.

Auf waagrechten langen Stangen hingen feuchte, bereits durchgewalkte Stoffbahnen. In einem hohen Regal stapelten sich ordentlich sortiert Stoffe aus Leinen, Halbleinen, Wolle, Halbwolle und Baumwolle in verschiedenen Farben und Mustern. Im Regal daneben lagen ebenso ordentlich verschiedene Garnspulen – Material, das Bruker seinen Webern für den nächsten Auftrag vorschoss.

Meister Burkhardt setzte seinen Rucksack auf dem langen Tisch, der unter den beiden Fenstern stand, ab und bedeutete Bernhard, es ihm gleichzutun. Nachdem der Verleger die Ware geprüft und für einwandfrei befunden hatte, holte er aus der Tischschublade eine eiserne Geldkassette und zählte Gulden und Kreuzer auf den Tisch.

»Das Garn holen wir nachher ab«, sagte Burkhardt. »Wir müssen zuerst noch zum Schneider, um für Bernhard zwei Hosen und ein Hemd anmessen zu lassen.«

»Selbstverständlich«, stimmte Bruker zu, »es ist ja nicht nötig, dass ihr die schweren Rucksäcke durch die halbe Stadt tragt. Lasst sie einfach da, ich fülle sie euch derweilen auf.«

Die Werkstatt von Schneider Koch befand sich im nördlichen Teil der Stadt. Meister Burkhardt und Bernhard machten sich auf den Weg. Bernhard konnte sich nicht sattsehen an den vielen Gassen mit den dicht an dicht stehenden Häusern. Das gab es in diesem Ausmaß im Städtchen Heubach nicht. Sie spazierten die Rossgasse hinauf, bogen links in die Kreuzgasse ein und danach gleich wieder in die Mittelgasse, die an ihrem nördlichen Ende direkt in die Beingasse mündete. Dort war Christian Kochs Haus das zweite auf der linken Seite.

Andreas Burkhardt kannte den Schneider Koch seit langem. Wurden neue Kleider fällig, verband er die Bestellung und den Kauf praktischerweise gleich mit seinen Besuchen beim Verleger. Seine Frau Rosina dagegen bevorzugte für die wenigen Male, die sie sich inzwischen noch ein neues Kleidungsstück anfertigen ließ, einen Schneider in Essingen, das war nicht so weit und sie ersparte sich so den Trubel in der Stadt. Früher hatte sie ihren Mann gelegentlich begleitet, aber nun, im Alter, war ihr der Weg zu weit und zu mühsam geworden.

Die Behausung des Schneiders war winzig und nahm nur einen schmalen Teil des eineinhalbstöckigen Hauses ein. Von der Straße aus betrat man gleich die Werkstatt, die – recht spärlich ausgestattet – einen kleinen eisernen Ofen, an dem sich ein Gestell für mehrere verschieden große Bügeleisen befand, ein Regal für Stoffe und Zubehör und einen großen Tisch in der Mitte des Raumes enthielt. Dort auf der Tischplatte saß Koch im Schneidersitz und stichelte an einem dunklen Herrenrock. Auf dem bereits ergrauten Kopf trug er eine bunt bestickte Kappe, an der seitlich eine Quaste baumelte.

»Ah, Meister Burkhardt, auch wieder einmal im Lande und diesmal in Begleitung eines Lehrlings?«, begrüßte Koch die Eintretenden.

»Grüß Gott, Meister Koch! Ja, das ist Bernhard, mein Lehrling. Er ist jetzt im Zusatzjahr und braucht dringend zwei Paar neue Hosen und ein Hemd«, erklärte Burkhardt.

»Dem ist leicht abzuhelfen.« Koch legte seine Arbeit zur Seite und schwang sich mit fast jugendlichem Schwung vom Tisch. Der Schneider war einen halben Kopf kleiner als Bernhard und sehr schlank. »Ja, dann nehmen wir am besten gleich einmal Maß für die Hosen.«

Koch zückte sein Maßband, das ihm um den Hals hing, und legte Zettel und Bleistift auf dem Tisch bereit, damit er die abgenommenen Maße sogleich notieren konnte. Flink, aber mit großer Sorgfalt nahm Koch nacheinander die Maße vom Bund bis zum Knie, die Seitenlänge vom Bund bis zum Absatz und vom Schritt bis zur Schuhsohle.

Nachdem er die Bundweite genommen hatte, maß er die Gesäßweite und bemerkte dabei: »Für so einen wohlgewachsenen jungen Menschen eine Hose zu schneidern, ist für mich natürlich ein Leichtes. Anders verhält es sich da bei weniger perfekten Figuren. Bei abweichenden Bein- und Beckenformationen zum Beispiel oder einem schwachen Gesäß. Da ist mein ganzes handwerkliches Können gefragt, wenn am Ende die Hose sitzen und keine unschönen Falten werfen soll.«

Als Koch auch noch die Knie- und Fußweite Bernhards gemessen und notiert hatte, richtete er sich mit einem leisen zufriedenen Brummen auf und musterte Bernhards Oberkörper. Er steckte Bernhards Weste am Rücken in den Hosenbund, damit sie seine Messungen für das Hemd nicht beeinträchtigte. Dann wies er seinen jungen Kunden an, eine ganz normale Haltung einzunehmen. Bernhard musste dabei die Arme leicht anheben, während der Schneider hinter ihm stand und das Maßband über Brust und Schulterblätter führte. Danach wurden noch Taille, Rücken- und Ärmellänge gemessen und ebenfalls notiert.

Andreas Burkhardt hatte derweilen die Stoffe im Regal in Augenschein genommen. Eine allzu große Auswahl lag dort allerdings nicht bereit – wollte die Kundschaft etwas anderes, als der Schneider auf Lager hatte, musste es bestellt oder selbst beschafft werden. Burkhardt selbst hatte sich bisher immer aus dem vorhandenen Angebot bedient und so ging er davon aus, dass auch in Bernhards Fall so verfahren werden konnte.

Bernhard fiel sogleich ein veilchenblauer, leichter, halbwollener karierter Stoff ins Auge, den er sich gut für eine neue Hose vorstellen konnte.

»Keine schlechte Wahl, junger Mann«, bestärkte ihn der Schneidermeister. »Und der Stoff ist auch günstig im Preis.«

Burkhardt runzelte wenig überzeugt die Stirn. »Bist du sicher, Bernhard? Bei den neuen Stoffen herrschen doch jetzt vor allem Farben wie Grau, Braun oder Dunkelblau vor.«

»Ja, schon«, sagte Bernhard unbeirrt, »aber dieses kräftige Veilchenblau gefällt mir ganz besonders gut. Ich kann ja für die zweite Hose diesen dunkelblauen Wollstoff nehmen.«

Burkhardt seufzte angesichts Bernhards Vorliebe für die Farbe blau. »Und der Stoff für das Hemd? Was stellst du dir da vor?«, fragte er Bernhard dann gutmütig.

»Hm …« Bernhards Augen schweiften aufmerksam über die Stoffe im Regal und blieben dann an einem weißen Mischgewebe aus Baumwolle und Leinen hängen. »Weiß ist neutral und passt zu allem«, stellte er sachlich fest.

»Wäre die Anprobe nächsten Mittwoch recht?«, wollte Koch wissen.

»Lieber erst in zwei Wochen«, antwortete Burkhardt. »Bis dahin haben wir so viel Ware fertiggestellt, dass wir sie beim Verleger wieder abliefern können, dann lohnt sich der Gang in die Stadt.«

»Das soll mir auch recht sein.«

Koch war insgeheim froh, dass er bei dem neuen Auftrag nicht hetzen musste, schließlich war er nicht mehr der Jüngste und seine Augen waren trotz Brille am Ende eines langen Arbeitstages gerötet und tränten. Ungeachtet seines fortgeschrittenen Alters liebäugelte er noch mit der Anschaffung einer der neuartigen Nähmaschinen, die seit ein paar Jahren auch in Deutschland auf dem Markt waren.

In kleinen Werkstätten waren sie zunächst einzeln und von Hand angefertigt worden. Seit 1853 stellte sie der Fabrikant Christian Hoffmann in Leipzig in größerem Umfang her. Mit Interesse hatte Koch die Berichte im Amts- und Intelligenzblatt verfolgt, wonach schon im Jahr 1834 ein amerikanischer Mechaniker namens Elias Howe eine Doppelsteppstich-Nähmaschine hergestellt hatte und 1851 von einem Isaac Merrit Singer in Amerika die Firma I. M. Singer & Co. gegründet worden war. Der Sohn jüdischer Einwanderer aus Deutschland hatte Howes Maschine als vielversprechend und gewinnbringend erkannt und in ihrer Funktion noch verbessert. Die ersten Haushaltsnähmaschinen der Firma fanden so großen

Anklang, dass Singer sie sogar in Schaubuden vorstellte und dafür Eintritt verlangte. Kein Wunder also, dass Hoffmann in Leipzig die Idee aufgegriffen hatte.

Schneider Koch träumte davon, mit Hilfe einer Nähmaschine sein Handwerk auf bequemere Art noch auf Jahre hinaus weiter ausüben zu können. Im Geiste sah er sich schon komfortabel auf einem Stuhl vor der Maschine sitzen und mit der Handkurbel die Nadel durch den Stoff lenken, anstatt mit schmerzenden Knöcheln und Hüften im Schneidersitz auf dem Tisch die Näharbeiten auszuführen. Nun ja, so eine Maschine war nicht billig und bei aller Begeisterung für die neue Technik war ihm klar, dass er eine solche Anschaffung nur durch fortgesetztes äußerstes Sparen in frühestens ein bis zwei Jahren tätigen konnte.

»Also, dann bis in zwei Wochen, Meister Koch«, sagte Burkhardt, während er die Tür öffnete.

»Adieu«, verabschiedete sich Bernhard beschwingt und voller Vorfreude auf seine neuen Kleider.

Als sie wieder auf der Straße standen, platzte Bernhard heraus: »Jetzt gehen wir aber noch bei der Elisabeth vorbei!« Er freute sich schon so lange auf ein Wiedersehen mit ihr.

»Ja, das machen wir.« Andreas Burkhardt lächelte breit, als er die unverhohlene Aufregung seines Lehrlings sah.

Über Mittel-, Kreuz- und Hirschgasse machten sie sich auf den Weg. Bernhard bestaunte den Spionturm am alten Rathaus, der mit seinen Figuren genauso aussah, wie ihn Elisabeth in ihrem Brief beschrieben hatte. Sie passierten den Stadtbrunnen, von dem aus sie dann geradewegs zum Marktplatz gelangten, wo die Apotheke von Christian Gustav Winter lag, bei dem Elisabeth im Haushalt im Dienst war.

Der Apotheker, ein schlanker Mann mit wohlgeformtem Kopf und schmalen Händen, begrüßte sie freundlich. Ja, freilich würde er die Elisabeth herunterrufen. Wenngleich sie natürlich jetzt, kurz bevor das Mittagessen auf den Tisch zu bringen sei, nicht allzu viel Zeit auf den Besuch verwenden könne, schränkte Winter ein.

Er schickte seinen Gehilfen in die Wohnung hinauf: »Sag der Elisabeth, es sei Besuch aus Lauterburg da.«

Nach einer kurzen Weile hörten sie eilige Schritte auf der Treppe. Elisabeth streckte neugierig den Kopf zur Tür herein, die das Treppenhaus vom Apothekenraum trennte, bevor sie hinter dem Gehilfen ganz eintrat. Als sie sah, wer der Besuch aus Lauterburg war, geriet sie ganz aus dem Häuschen.

»Bernhard! Wie schön, dass du mich endlich einmal besuchst!«, rief sie freudestrahlend und streckte ihm zur Begrüßung die Hand hin. »Grüß Gott, Meister Burkhardt«, fügte sie dann schnell hinzu, denn eigentlich hätte es der Anstand geboten, den Älteren zuerst zu begrüßen. Mit einem kleinen Knicks versuchte sie das Versäumnis wieder wettzumachen.

Bernhard war erstaunt, wie gut Elisabeth aussah. Abgesehen von ihrer frischen Gesichtsfarbe und den sorgfältig geflochtenen blonden Zöpfen, die ihr auf den Rücken fielen, trug sie eine gestärkte blütenweiße Schürze, unter der ein leuchtend roter Rock hervorblitzte.

»Grüß Gott, Elisabeth, wir wollten dich überraschen und einmal sehen, wie es dir geht«, erklärte Meister Burkhardt. »Wir kommen gerade vom Verleger und vom Schneider.«

Bernhard war froh, dass sein Meister die Unterhaltung bestritt, denn ihm wollte plötzlich gar nichts mehr einfallen, das er zu Elisabeth sagen könnte.

»Mir geht es gut«, ließ Elisabeth sie munter wissen und strich dabei mit der rechten Hand über ihre makellose Schürze, wie um das Gesagte noch zu bekräftigen.

»In zwei Wochen kommen wir wieder, da muss ich zur Anprobe zum Schneidermeister Koch«, meldete sich endlich auch Bernhard zu Wort, und mit einem fragenden Seitenblick auf seinen Meister sagte er: »Da können wir doch bestimmt wieder hier vorbeischauen.«

Burkhardt sah zu Winter hinüber, der sich an einem Regal hinter seinem Ladentisch zu schaffen machte. »Ja, wenn es dem Herrn Apotheker recht ist, kommen wir gerne wieder vorbei.«

Winter nickte großmütig und schlug dann vor, sie sollten das nächste Mal doch ein wenig früher kommen, vielleicht so gegen elf Uhr, dann könne Elisabeth gerne auch ein Viertelstündchen mit ihnen plaudern.

Elisabeth verstand den Wink ihres Dienstherrn und schickte sich sogleich an, wieder nach oben zu gehen. Nach neuerlichem Händeschütteln und der Aussicht auf ein baldiges Wiedersehen verabschiedete man sich voneinander.

»Grüß die Margret von mir!«, rief Bernhard Elisabeth nach, als sie bereits das Treppenhaus betrat.

Das Wiedersehen mit Elisabeth wühlte Bernhard ziemlich auf. Den Kuss, den sie ihm damals beim Abschied so überraschend auf den Mund gedrückt hatte, hatte er nie vergessen, wenngleich auch die Erinnerung daran über den Tod der Mutter eine Zeitlang in den Hintergrund getreten war. Jetzt, nachdem er Elisabeth so gesund und munter wiedergesehen hatte, glaubte er fast, ihre Lippen wieder auf den seinen zu spüren. Noch ganz überwältigt von den Eindrücken des Wiedersehens ging er stumm neben seinem Meister her, der ohne weitere Umwege das Haus des Verlegers Bruker ansteuerte, wo sie ihre prall mit Garn gefüllten Rucksäcke abholten.

Von dort war es dann nur noch ein Katzensprung ins »Goldene Lamm«. Der Löwenwirt winkte, sowie er sie eintreten sah, mit erhobenem Arm von einem der hinteren Tische, wo er ihnen zwei Plätze frei gehalten hatte. Die Gaststube war voll, denn viele der Marktbesucher wollten sich wie sie selbst vor dem Heimweg noch mit einem guten Mittagessen stärken.

Für Bernhard verstrichen die kommenden beiden Wochen viel zu langsam. Mit Eifer stürzte er sich tagsüber in die Arbeit. Abends setzte er sich in seiner Kammer an den Tisch und ging seine Berichtshefte durch, um sich schon jetzt auf seine Gesellenprüfung im nächsten Sommer vorzubereiten. Danach hakte er in Gedanken jeden Tag ab, der ihn einem Wiedersehen mit Elisabeth wieder ein Stück näher gebracht hatte.

Noch am gleichen Tag, als sie von Aalen zurückgekommen waren, hatte er die Geißlers im Nachbarhaus besucht. Elisabeths Vater nahm die Nachricht, dass es seiner Tochter gut gehe, gleichmütig hin und auch Bernhards überschwängliche Schilderung von Elisabeths gutem Aussehen und der schönen Apotheke, deren Wohnung im oberen Stock er mindestens genauso schön, wenn nicht noch viel schöner wähnte als den Apothekenraum, entlockte Johannes Geißler nicht mehr als ein unbestimmtes Brummen. Seine Frau Dorothea stand mit verkniffenem Mund am Küchentisch und räumte die Reste der abendlichen Mahlzeit ab. Das Nesthäkchen, die dreijährige Anna Maria saß auf dem Boden und versuchte sich weinerlich und mit wenig Erfolg am Rock ihrer Mutter hochzuziehen. Sie war ein schwächliches Kind mit dünnen Armen und Beinen. Als es ihr nicht gelang sich aufzurichten, brach sie in lautes Geschrei aus.

»Barbara!«, rief Dorothea ungeduldig. »Bring den Quälgeist ins Bett – man versteht ja sein eigenes Wort nicht mehr.«

Elisabeths und Margrets Halbschwester, die zehnjährige Anna Barbara, die nur kurz Barbara gerufen wurde, nahm die Hände aus der Spülschüssel und trocknete sie an ihrer Schürze ab. Dann nahm sie Anna Maria auf den Arm und ging mit dem schreienden Kind hinaus.

Bernhard stach der Unterschied von Barbaras dunkler, fleckiger Schürze zu der makellos weißen, die er heute an Elisabeth gesehen hatte, unwillkürlich ins Auge. Er fühlte sich plötzlich unwohl in der Geißler'schen Küche, wo sich offensichtlich niemand für seine Neuigkeiten interessierte.

»Also ich geh dann wieder«, sagte er deshalb.

»Danke, dass du vorbeigekommen bist, Bernhard«, brummelte Geißler immerhin noch zum Abschied.

»Ich verstehe gar nicht, dass sich die Geißlers überhaupt nicht dafür interessieren, wie es Elisabeth geht!«, empörte sich Bernhard bei seinen Meistersleuten, kaum dass er von seinem Besuch zurückgekommen war.

»Ach«, seufzte Rosina Burkhardt, »der Geißler ist unglücklich und verbittert, weil er nicht mehr als Schreiner arbeiten kann, sondern sein Geld als Taglöhner verdienen muss und dabei auch nur das Nötigste für sich und seine Familie herbeischaffen kann. Die Geißlerin ist darüber nicht weniger verbittert. Das Geld, das sie in die Ehe mitgebracht hat, ist mit den Jahren im täglichen Lebensunterhalt aufgegangen. Und dass vier ihrer sechs Kinder so früh gestorben sind, macht ihr ebenfalls zu schaffen. Zu allem Überfluss kränkelt die kleine Anna Maria jetzt auch seit einiger Zeit und wird immer weniger. So habe sie sich ihr Leben nicht vorgestellt, als sie geheiratet habe, klagt die Geißlerin bald jedesmal, wenn ich sie sehe. Viele Gedanken um das Wohlergehen ihrer Stieftöchter haben in ihrem Leben keinen Platz.«

»Aber dass sich nicht einmal der Vater dafür interessiert, wie es seinen Töchtern geht …!« Bernhard schüttelte den Kopf.

»Das ist ein gebrochener Mann«, mischte sich nun Burkhardt ein. »Daran lässt sich nichts ändern. Du solltest dir nicht allzu viele Gedanken darüber machen, Bernhard. Die beiden Mädchen haben das einzig Richtige getan, als sie in Aalen in Dienst gegangen sind. Und wie wir heute gesehen haben, geht es zumindest Elisabeth gut.«

Endlich waren die beiden Wochen um. Wie schon das letzte Mal gingen Meister und Lehrling zu Fuß nach Essingen, von wo aus sie der Löwenwirt wieder mit dem Fuhrwerk mitnahm.

Bernhards Anprobe bei Schneider Koch zeigte, dass der Schneidermeister sein Handwerk vorzüglich beherrschte, denn es waren fast keine Änderungen nötig – nur hier und dort steckte er an den Hosen ein paar Nadeln etwas enger.

»Du bist ja ein richtiges Leichtgewicht«, sagte der Schneider zu Bernhard, während der mit angewinkelten Armen dastehen musste, damit der Meister die Ärmel des Hemdes mit Nadeln feststecken konnte. »Ein gut sitzender Ärmel darf auf gar keinen Fall faltenlos sein«, kommentierte er seine Arbeit. »Hinten unter dem Arm müssen Bewegungsfalten eingearbeitet werden, damit mühelos auch größere Armbewegungen möglich sind.«

Bernhard war ein wenig ungeduldig, denn so sehr er sich über seine neuen Kleider freute – vor allem die karierte veilchenblaue Hose, deren leichter Stoff seine Beine angenehm umschmeichelte, hatte es ihm angetan –, so sehr drängte es ihn, die Anprobe schnell hinter sich zu bringen, damit er sich endlich auf den Weg zu Elisabeth machen konnte. Aber die Anprobe schien kein Ende zu nehmen, bis Schneider Koch endlich zufrieden war und sie seine Werkstatt verlassen konnten.

Meister Burkhardt begleitete Bernhard bis zur Apotheke. Nachdem er Elisabeth begrüßt hatte, verabschiedete er sich jedoch, weil er, wie er sagte, noch eine Besorgung für seine Frau zu machen habe. »Wir treffen uns dann zum Mittagessen im ›Goldenen Lamm‹«, sagte er zu Bernhard.

Bernhard war angenehm überrascht, dass er nun eine Viertelstunde mit Elisabeth alleine sein konnte. Sie trug wieder eine blütenweiße Schürze, von denen sie sage und schreibe drei Stück besaß, wie sie Bernhard erklärte, als sie zusammen über den Markt schlenderten.

»Die Frau Apothekerin legt großen Wert darauf, dass die Köchin Magda und ich immer adrett aussehen«, sagte sie nicht ohne Stolz.

Bernhard war so aufgeregt, dass er die Auslagen der Marktstände, an denen sie vorbeikamen, gar nicht wahrnahm. Er war von Elisabeths Geplauder ganz gefangen.

»Dann gefällt es dir hier in Aalen?«, fragte er schließlich, als Elisabeth eine längere Atempause einlegte.

»Oh ja, Margret und ich sind wirklich froh, dass wir diesen Schritt getan haben. Wir haben auch beide schon etwas gespart. Willst du nicht einmal an einem Sonntag kommen? Dann könnten wir uns zu dritt treffen, durch die Stadt spazieren und danach gemütlich einkehren.«

Bernhard zögerte. »In zwei Wochen komme ich auf jeden Fall wieder, da müssen wir zum Verleger und ich kann beim Schneider meine Kleider abholen. Glaubst du, der Apotheker gibt dir dann wieder eine Viertelstunde frei?«

»Ich glaube schon. Aber es wäre halt schön, wenn wir ein bisschen mehr Zeit miteinander hätten. Du siehst ja, wie kurz eine Viertelstunde ist. Jetzt müssen wir schon wieder zurück.«

Bernhard überlegte kurz. Der Weg zu Fuß von Lauterburg nach Aalen und wieder zurück war weit; und ob sich sonntags eine Mitfahrgelegenheit bieten würde, war ungewiss. Dennoch drängte es ihn, Elisabeth wiederzusehen. Und dass Margret auch dabei sein würde, nun ja, das könnte vielleicht ganz lustig werden.

»Also gut«, sagte er dann. »Vielleicht können wir das nächste Mal etwas Genaueres ausmachen.«

Elisabeth drückte ihm zum Abschied lange die Hand und lächelte ihn dabei so innig an, dass Bernhard ganz warm ums Herz wurde.

Meister Burkhardt bemerkte sogleich deutliche Anzeichen von Verliebtheit, als Bernhard mit erhitztem Gesicht und glänzenden Augen ungewohnt fröhlich die Gaststube des »Goldenen Lamms« betrat.

Kapitel VI

Bernhard arbeitete in seinem letzten Lehrjahr völlig selbständig. Meister Burkhardt betrachtete seinen Lehrling mit Wohlgefallen. Ja, er hatte Bernhard gut ausgebildet und ganz in seinem Sinne unterrichtet. Nun war es ihm als Meister vergönnt, die Früchte seiner Bemühungen zu ernten, denn Bernhard war zu einer vollwertigen Arbeitskraft geworden.

Je näher das Ende der Lehrzeit herannahte, umso mehr Gedanken machte sich Burkhardt um Bernhards Zukunft. Die anhaltend schlechte Wirtschaftslage war beunruhigend. Immer wieder wurden Stimmen laut, die den Fortbestand des Handwerks in der althergebrachten Form in Frage stellten und die forderten, das Zunftwesen mit seinen strengen Regeln ganz abzuschaffen.

Burkhardt war Weber mit Leib und Seele. Dass es einmal keine Zünfte mehr geben sollte, war für ihn eine ungeheuerliche Vorstellung. Andererseits war er aufgeschlossen genug, um die neuen Entwicklungen, bei denen Maschinen eine größere Rolle zu spielen schienen als die Menschen, die sie bedienten, nicht zu unterschätzen. Für sich selbst hatte er nach reiflicher Überlegung entschieden, keinen neuen Lehrling mehr auszubilden. Aber Bernhard – der so fleißig und gewissenhaft war –, wie würde es mit ihm weitergehen? Was konnte er seinem Lehrling noch mit auf den Weg geben? Er nahm sich vor, die verbleibende Zeit zu nutzen, um sich mit ihm immer wieder ausführlich über diese Dinge zu unterhalten. Vielleicht würde sich mit der Zeit dadurch etwas herauskristallisieren.

Zunächst waren da natürlich die Wanderjahre. Üblicherweise gingen Webergesellen zwei Jahre auf Wanderschaft, um ihre Fertigkeiten in der Fremde bei verschiedenen Meistern zu vervollkommnen. Danach bestand nach mehrjähriger Arbeitszeit die Möglichkeit, die Meisterschaft anzustreben. So war es bisher gewesen. Doch durch das Entstehen von Manufakturen, die auch nicht zünftige Meister und Gesellen beschäftigten, wurden die strengen Vorschriften immer mehr aufgeweicht. Bernhards Onkel Thomas mit seiner Seidenweberei war dafür das beste Beispiel.

Bernhard machte sich währenddessen kaum Gedanken über seine Zukunft. Vielmehr dachte er jeden Tag an Elisabeth.

Als Bernhard endlich in Aalen seine neuen Kleider bei Schneider Koch abholen konnte, eilte er danach schnurstracks zur Winter'schen Apotheke am Markt, um Elisabeth zu treffen. Sie vereinbarten, dass Bernhard am nächsten schönen Sonntag zu einem längeren Besuch nach Aalen kommen würde.

»Das Wetter sollte mindestens trocken sein«, sagte er zu Elisabeth, »damit ich nicht nass werde auf dem weiten Weg.«

Elisabeth strahlte. »Ab ein Uhr habe ich sonntags frei, du kannst mich dann bei den Winters abholen.«

Unglücklicherweise regnete es an den nächsten drei Sonntagen.

An einem warmen Sommertag Ende August konnte sich Bernhard endlich auf den Weg machen. Die Vorfreude auf das Wiedersehen mit Elisabeth ließ ihn flott ausschreiten. Aus voller Kehle sang er alle Lieder, die er von den Treffen in der Burgruine kannte, was dazu führte, dass ihm die drei Wegstunden gar nicht mehr so weit vorkamen.

In Aalen angekommen, nahm er eine kurze Stärkung im »Goldenen Lamm« zu sich. Danach holte er Elisabeth kurz nach ein Uhr in der Apotheke ab. Sie sah entzückend aus in ihrem weiten roten Rock und der weißen Bluse. Was ihm aber besonders gefiel, waren die roten Bänder, die sie in ihre blonden Zöpfe eingeflochten hatte.

»Du siehst richtig gut aus!«, stieß er etwas atemlos hervor.

»Du aber auch«, erwiderte Elisabeth. »Das ist bestimmt deine neue Hose. Das Veilchenblau passt gut zu meinem roten Rock. Komm, wir gehen jetzt Margret abholen, die wartet bestimmt schon.«

Das Haus von Oberamtsarzt Dr. Hartmann lag im Nordosten, fast am anderen Ende der Stadt. Als sie dort anlangten, ging Margret bereits vor dem ansehnlichen, weiß verputzten Haus ihrer Herrschaft auf und ab.

»Bernhard, das ist schön, dass wir uns wieder einmal sehen!«, platzte Margret heraus und schüttelte ihm dabei wie schon einmal so heftig die Hand, dass sich sein Arm wie ein Pumpenschwengel auf und ab bewegte.

Auch Margret hatte sich passend zum blauen Rock blaue Bänder in die Zöpfe geflochten. Sie war rundlich geworden. Bernhard fand, dass es gut zu ihrem lebhaften Wesen passte. Trotz seiner Befürchtungen, dass Margret vielleicht bei seinem Wiedersehen mit Elisabeth stören könnte, wurde es ein lustiger Nachmittag. Zuerst streiften sie durch die Gassen der Stadt, bewunderten noch einmal ausgiebig die Figuren auf dem Spionturm des alten Rathauses und kehrten dann im »Löwen« in der Stadelgasse ein.

Sage und schreibe zwei Stunden plauderten sie bei Kaffee und Zwetschgenkuchen mit Schlagrahm.

Margret erzählte, dass ihre gnädige Frau jeden Donnerstagnachmittag von halb drei bis um fünf einen »jour fixe« abhielt: »Da kommen dann die bessergestellten Damen von Aalen zum Kaffeetrinken und tauschen den neuesten Klatsch aus. Elisabeths Gnädige, die Frau Apotheker Winter, ist auch meistens dabei. Manchmal kommen auch ein paar Herren, aber das ist eher selten.«

»Was ist denn ein Schurfix?«, fragte Bernhard, der den Ausdruck noch nie vorher gehört hatte.

»Das ist ein fester Tag in der Woche, an dem jeder, der der Frau Oberamtsarzt einen Besuch abstatten möchte, kommen kann, ohne sich vorher groß anzumelden. Ich muss dann in einer weißen Schürze und mit einem weißen Häubchen auf dem Kopf bereitstehen und den Besuchern die Garderobe abnehmen und Kaffee und Kuchen servieren.« Margret richtete sich auf ihrem Stuhl auf und straffte die Schultern, wie um die außergewöhnlichen Bräuche ihrer Herrschaft und die wichtige Rolle, die sie dabei spielte, zu unterstreichen. »Das ist ein sehr vornehmer Haushalt, in dem ich da gelandet bin«, fügte sie nicht ohne Stolz hinzu.

»Ja, da hast du recht«, stimmte Elisabeth ihr zu. »Aber wir haben beide großes Glück mit unseren Herrschaften.«

»Wie geht es denn eigentlich bei uns zu Hause?«, wollte Margret wissen, nachdem Bernhard genügend über die Gepflogenheiten ihrer vornehmen Dienstherrschaft gestaunt hatte. »Wir hören gar nichts vom Vater und der Stiefmutter, obwohl wir beide gleich nach unserem Dienstantritt nach Hause geschrieben haben.«

»Na ja …« Bernhard zögerte, seinen unerfreulichen Besuch bei den Geißlers in ganzer Breite zu schildern. »Ich glaube, es geht ihnen ganz gut«, sagte er dann. »Euer Vater ist halt sehr wortkarg und eure Stiefmutter wird schnell ungeduldig mit euren beiden Schwestern und schreit dann herum, so dass wir es bis zu uns herüber hören. Aber ich glaube, das ist nicht neu für euch.«

Elisabeth seufzte: »Die beiden können einem richtig leidtun.«

»Die kleine Anna Maria ist schon länger kränklich«, erzählte Bernhard, »das macht eurer Stiefmutter zu schaffen, sagt meine Meisterin.«

»Du kannst froh sein, dass du bei den Burkhardts in der Lehre bist, die haben beide ein so gutes Herz.«

Elisabeth erinnerte sich versonnen an die lange zurückliegenden Besuche der Nachbarin, die sie nach dem Tod der Mutter oft mit Essen und guten Worten versorgt hatte. Nie war sie gegangen, ohne ihnen beiden vorher liebevoll über den Kopf zu streicheln.

»Ja, ich bin wirklich froh.« Bernhard schob seine leere Kaffeetasse auf dem Tisch hin und her. »Seit dem Tod meiner Mutter letztes Jahr umso mehr.«

»Ach kommt, lasst uns jetzt nicht anfangen, Trübsal zu blasen!«, rief Margret, die den Nachmittag nicht mit schweren Gedanken ausklingen lassen wollte.

Nachdem sie Margret nach Hause begleitet hatten, machten sich Bernhard und Elisabeth langsam auf den Weg zur Apotheke.

»Kommst du bald wieder einmal, Bernhard?« Elisabeth schaute ihn von der Seite an.

»Wenn es sich machen lässt.« Bernhard machte eine unbestimmte Handbewegung. »Es ist halt weit von Lauterburg nach Aalen und im feuchtkalten Herbst und im Winter, wenn fußhoher Schnee liegt, ist es ein beschwerlicher Weg. Vielleicht kann ich Meister Burkhardt ab und zu zum Verleger begleiten, das wären zwar nur kurze Wiedersehen, aber immerhin besser als gar keine.«

Elisabeth drängte sich mit ihrer Schulter an seine Seite, nahm für einen kurzen Augenblick seine Hand fest in die ihre und schmeichelte: »Im Herbst gibt es auch oft noch schöne Tage, da könntest du mich doch wieder besuchen – Margret muss ja dann nicht unbedingt mit dabei sein.«

Bernhard fuhren die Berührungen und Elisabeths Worte wie Feuer durch den ganzen Körper und eine große Sehnsucht nach einem baldigen Wiedersehen erfüllte ihn. Er versuchte seiner Erregung Herr zu werden, indem er ein paarmal schluckte. Aber außer einem kurzen »Ja«, mit dem sich Elisabeth schweren Herzens zufriedengeben musste, brachte er nichts heraus.

Im Oktober 1857 blieb Meister Burkhardt eines Tages beim Zeitunglesen an einer kleinen Meldung hängen.

»Bernhard, hör mal, was da steht.« Burkhardt stand mit ausgebreiteter Zeitung mitten in der Werkstatt und las vor: »Der Fabrikant d'Ambly, dem das Verdienst zukommt, einen neuen Industriezweig eingeführt zu haben, der Hunderten von Arbeitern einen Verdienst und dem Lande nicht unerhebliche Vorteile gewährt, und bei der Ausdehnung und dem Aufschwung, den sein Geschäft in neuerer Zeit genommen hat und in noch höherem Maße zu gewähren verspricht, sucht um landesherrliche Genehmigung nach, die Firma in eine Aktiengesellschaft umzuwandeln.«

Bernhard schaute von seinem Webstuhl auf. »D'Ambly? Ist das nicht der Franzose mit der Korsettfabrik in Stuttgart?«

»Ja, ja, genau der!« Burkhardt fuhr fort: »›Dem Rechtskonsulenten Kaulla soll namens von sieben Unternehmern der künftigen Firma d'Ambly'sche Aktiengesellschaft für Fabrikation und Verarbeitung von Baumwoll-, Woll- und Leinengeweben, insbesondere für Erzeugung von Korsetten und deren Bestandteilen in Stuttgart die juristische Persönlichkeit erteilt werden. Die d'Ambly'sche Aktiengesellschaft soll mit einem Grundkapital von 400 000 Gulden, zerfallend in 1600 Aktien à 250 Gulden, ausgestattet sein, wobei übrigens eine Erhöhung – zum Zweck weiterer Ausdehnung des Geschäfts – vorbehalten ist. Mit der landesherrlichen Genehmigung wird in Bälde gerechnet.‹«

»Mir ist gar nicht ganz klar, wie man auf einem Webstuhl ein Korsett weben kann.« Bernhard schaute seinen Meister fragend an.

»Das ist auch eine Wissenschaft für sich.«

Burkhardt setzte sich nun ebenfalls an seinen Webstuhl. Während er seine Arbeit aufnahm, bewegte er noch eine ganze Weile das Gelesene in seinem Kopf hin und her.

»So ein Korsettwebstuhl muss ein wahres Ungetüm sein«, sagte er nach einer Weile mit erhobener Stimme, um die Geräusche der klappernden Tritte, der hin- und hersausenden Weberschiffchen und dem Anschlagen der Schussfäden mit dem Schlagbaum zu übertönen. »In der Zeitung war vor einigen Jahren einmal eine Abbildung. Ein Webstuhl, weit mehr als mannshoch mit 36 bis 40 Garnspulen. Kein Wunder, dass man ganze Fabrikhallen braucht, um mehrere solcher Ungetüme aufzustellen.« Burkhardt hielt mit seiner Arbeit inne und gab Bernhard ein Zeichen, es ihm gleichzutun. »Korsetts wurden ursprünglich von Schneidern hergestellt«, erklärte er Bernhard. »Vor allem in Frankreich war das ein Spezialgebiet der Schneiderei. Die vornehmen Damen, sogar auch aus Deutschland, bestellten dort. So schnell und so viele und vor allem billige Korsetts, wie heutzutage auf Webstühlen hergestellt werden, könnten die Schneider gar nicht fertigen. Ein vom Schneider genähtes Korsett wird allerdings immer eine Maßanfertigung bleiben. Ich kann mir gut vorstellen, dass die gewebten Korsetts keine so gute Passform haben. Da wird man sich bei den großen Stückzahlen an durchschnittliche weibliche Körpermaße halten müssen.«

Bernhard räusperte sich und sagte dann etwas verschämt: »Ich habe noch nie ein Korsett gesehen.«

Meister Burkhardt stutzte. Er hatte ganz vergessen, dass Bernhard zwar ein fast fertiger Weber war, mit dem man fachsimpeln konnte, aber auch ein junger Kerl ohne große Erfahrungen mit dem weiblichen Geschlecht beziehungsweise mit der Unterwäsche desselben.

»Nun ja«, sagte Burkhardt etwas vorsichtiger, »von gewöhnlichen Frauen werden Korsetts auch nicht unbedingt getragen. Das wäre bei der Arbeit viel zu unbequem und hinderlich. Aber die bessergestellten Damen mit Dienstpersonal legen nicht nur Wert auf ihre sichtbare Garderobe, sondern auch auf die, die darunter getragen wird. Ein Korsett musst du dir so vorstellen, dass es die weiblichen Formen vorteilhaft von der Brust bis zu den Hüften betont. Vor allem soll es aber eine schlanke Taille machen. Hinten wird es deshalb stramm geschnürt, damit der Leib fest zusammengepresst wird. Deshalb nennt man das Korsett auch Schnürleibchen. Gesund scheint das Tragen eines Korsetts aber nicht zu sein, denn Mediziner warnen immer wieder vor der Verformung der inneren Organe durch enges Einschnüren.«

Bernhard hatte aufmerksam gelauscht. »Das hört sich ja schrecklich an«, sagte er dann. »Wer will denn freiwillig so etwas tragen?«

»Die Frauen wollen halt schön sein!« Meister Burkhardt lächelte. »Und sie wollen mit der Mode gehen. Den Spruch ›Hoffart muss leiden‹ gibt es schließlich nicht umsonst. Aber abgesehen davon ist es ein vielversprechender Geschäftszweig, der von der Zentralstelle für Handel und Gewerbe gefördert wird. Und je mehr Frauen sich so ein Korsett kaufen, umso besser floriert natürlich auch der neue württembergische Industriezweig.«

»Und wie wird nun so ein Korsett gewoben?« Bernhard war nun wirklich neugierig geworden.

»So ganz genau weiß ich es nicht. Auf jeden Fall wird in Köperbindung meist ein festes Baumwollgewebe in einem Stück gewoben. Durch besonderes Auf- und Abnehmen der Kettfäden entstehen Zwickel, die die Ausformung der Büste, Taille und Hüfte ermöglichen. Zudem werden schlauchartige Hohlräume für Stäbchen aus Fischbein oder Metall zur Verstärkung eingearbeitet. Wie das alles genau bewerkstelligt wird, kann ich dir leider auch nicht sagen.«

»Es ist schon merkwürdig, dass es Weber gibt, die Damenunterwäsche weben«, fand Bernhard.

»Ja, die werden in den Fabriken in speziellen Kursen extra dafür geschult. Der Herr d'Ambly soll einige Korsettweber aus

Frankreich eingestellt haben, die ihre Kenntnisse weitergeben. Aber gewaschen, gestärkt und gebügelt werden die Korsetts in der Fabrik dann von Frauen. Zuletzt werden die Korsetts von Heimarbeiterinnen bestickt und ausgeziert. Auch die Fischbeinstäbchen werden von ihnen in die eingewebten Hohlräume eingeschoben.«

»Da werden viele Frauen froh sein, wenn sie eine solche Heimarbeit ergattern können, um sich damit etwas dazuzuverdienen«, stellte Bernhard fest.

Er dachte dabei an seine Mutter, die wahrscheinlich froh gewesen wäre, hätte sie mit einer derartigen Arbeit die Haushaltskasse aufbessern können.

An einem klaren, freundlichen Sonntagmorgen Ende Oktober machte sich Bernhard gleich nach dem Gottesdienst auf den Weg nach Aalen. Einmal noch hatte er Meister Burkhardt zum Verleger begleitet und Elisabeth dabei einen kurzen Besuch abgestattet. Burkhardt machte Bernhard allerdings klar, dass er seinen Lehrling lieber bei der Arbeit in der Werkstatt sähe, als dass er ihn weiterhin begleite.

»Noch bin ich rüstig genug, um die Webwaren alleine zum Verleger zu bringen«, teilte er Bernhard kurz und bündig mit, als dieser ihn wieder einmal fragte, ob er nach Aalen mitkommen könne. »Zudem ist mir an dieser Abwechslung auch immer sehr gelegen – wer weiß, wie lange ich noch in der Lage bin, den Weg nach Aalen zu machen. Und dass der Lehrling anstatt des Meisters zum Verleger geht, mit dem Gedanken kann ich mich ganz und gar nicht anfreunden.«

Die Worte seines Meisters trafen Bernhard sehr. Er senkte den Kopf und presste die Lippen zusammen.

Burkhardt bemerkte es wohl und überlegte, wie er Bernhard am besten begreiflich machen könnte, warum er so rigoros gegen seine Begleitung war.

»Ich sehe schon«, sagte er deshalb väterlich, »es fällt dir schwer, meine Entscheidung zu akzeptieren. Aber du musst einsehen, dass ich einen Verdienstausfall erleide, wenn du mich jedesmal nach Aalen begleitest, anstatt am Webstuhl zu sitzen. Schließlich will das Geld für deine Wanderaussteuer als Geselle zuerst verdient werden. Abgesehen davon ist mir natürlich nicht entgangen, wie gerne du dich mit Elisabeth triffst. Du bist noch jung, Bernhard, und solange du bei mir in der Lehre bist, bin ich für dich verantwortlich.«

»Aber ich werde im Dezember doch schon achtzehn«, warf Bernhard trotzig und mit einem verzweifelten Unterton in der Stimme ein.

Er befürchtete schon, der Meister würde ihm den Umgang mit Elisabeth ganz verbieten.

»Natürlich wirst du bald achtzehn. Und ich bestreite nicht, dass du ein überaus fleißiger und vernünftiger Bursche bist«, entgegnete Burkhardt. »Elisabeth ist ein hübsches Mädchen, das weiß, was es will. Aber sie ist auch drei Jahre älter als du und möchte sicher bald heiraten und eine Familie gründen. Du solltest bedenken, dass du ihr in dieser Hinsicht noch gar nichts bieten kannst.«

Bernhard sah seinen Meister erschrocken an. »So habe ich das noch gar nicht gesehen.« Seine Schultern sanken nach unten und ihm fiel ganz und gar nichts ein, was er angesichts solcher Überlegungen erwidern konnte.

»Bernhard, wir könnten es doch so machen, dass du Elisabeth noch einmal besuchst, bevor das Wetter zu schlecht wird. Dann konzentrierst du dich auf deine Arbeit, damit du nächstes Jahr eine gute Gesellenprüfung ablegst. Im Frühjahr kannst du Elisabeth wieder einmal besuchen. Vielleicht kommt sie ja auch einmal auf Besuch zu ihren Eltern.«

Bernhard presste erneut die Lippen zusammen und nickte. Auf keinen Fall wollte er sich den Unmut seines Meisters zuziehen.

Das Gespräch ging Bernhard auf dem Weg nach Aalen durch den Kopf. Meister Burkhardt hatte ja recht. Er war noch nicht einmal Geselle und seine berufliche Zukunft lag noch in unklarer Ferne. Nun gut, er würde auf Wanderschaft gehen, aber die würde ihn nicht nur von zu Hause, sondern auch von Elisabeth wegführen. Würde sie so lange auf ihn warten? Sein Herz begann schneller zu schlagen, wenn er an sie dachte. Er nahm sich vor, mit Elisabeth über ihre Zukunftsvorstellungen zu reden.

Elisabeth wippte vor Freude auf ihren Füßen auf und ab, als sie sah, dass Bernhard vor der Tür stand. Wie jeden Sonntag hatte sie auch heute wieder auf ihn gewartet.

»Ich hole nur noch meine warme Jacke!«, rief sie Bernhard zu, der inzwischen artig die Frau Apothekerin begrüßte, die es sich nicht nehmen ließ, den Besuch ihres Dienstmädchens in Augenschein zu nehmen.

Mit einer wollenen kurzen schwarzen Jacke zum weiten roten Rock erschien Elisabeth gleich wieder, sie wollte keine Minute der kostbaren Zeit verlieren, die ihr mit Bernhard blieb. Sie schlenderten zunächst durch die Gassen und Gässchen von Aalen und kehrten, als einige Wolken aufzogen, im »Löwen« ein. Dieses Mal bestellten sie zum Kaffee einen saftigen Apfelkuchen mit Schlagrahm. Sie hatten einen kleinen Tisch nur für sich alleine in der gut besuchten Wirtschaft ergattert. Immer wieder berührten sich ihre Knie unter dem Tisch und einmal legte Elisabeth für einen Augenblick ihre Hand auf Bernhards. Elisabeth war genauso verliebt wie er, da bestand für Bernhard nun überhaupt kein Zweifel mehr.

»Ich werde wohl erst im Frühjahr wieder kommen können«, leitete Bernhard vorsichtig den ernsten Teil der Unterhaltung ein.

»Oh!« Elisabeths Mundwinkel sanken nach unten. »Das ist aber schade.«

»Du könntest doch auch einmal deine Eltern besuchen«, schlug Bernhard vor, als er die Enttäuschung auf Elisabeths Gesicht sah.

»Hm, Margret und ich haben uns erst kürzlich überlegt, ob wir Weihnachten nicht in Lauterburg verbringen sollen.«

»Weihnachten in Lauterburg?« Bernhard war bestürzt. »An Weihnachten besuche ich meinen Vater in Heubach! Das kann ich nicht ausfallen lassen. Und dann würden wir uns gar nicht sehen!«

Beide überlegten eine Weile.

»Ich berate mich noch einmal mit Margret«, sagte Elisabeth dann. »Wenn dir etwas eingefallen ist, kannst du es mir ja schreiben.«

Bernhard lächelte Elisabeth aufmunternd zu, obwohl er selbst eine Aufmunterung dringend nötig gehabt hätte.

Tapfer schlug er vor: »Wir könnten uns doch überhaupt öfter schreiben.«

»Ja, das könnten wir tatsächlich«, pflichtete ihm Elisabeth bei.

Beide atmeten erst einmal erleichtert auf.

Dann tastete sich Bernhard vorsichtig weiter vor: »Wenn ich erst einmal auf Wanderschaft bin, wird uns sowieso nichts anderes übrig bleiben, als über Briefe den Kontakt zu halten.« Er holte tief Luft, nahm seinen ganzen Mut zusammen und stellte die Frage, die ihm gar so sehr auf der Seele brannte: »Kannst du dir denn vorstellen, ein paar Jahre auf mich zu warten?«

Elisabeth sah ihn überrascht an. »Ach«, sagte sie dann obenhin, »das hat doch alles noch eine Weile Zeit. Noch bist du ja nicht auf Wanderschaft.«

Irgendwo in seinem Inneren vernahm Bernhard einen Misston, als Elisabeth seine Frage so leichtherzig abwiegelte.

Seine Enttäuschung war jedoch augenblicklich vergessen, als sie ihn zum Abschied in einer verschwiegenen Ecke kurz vor der Apotheke herzhaft küsste und ihre Zungenspitze in seinen Mund drängte. Ohne nachzudenken und wie von selbst fand auch Bernhards Zunge den Weg in Elisabeths Mund.

Lieber Vetter Johann,

es ist Zeit, dass ich Dir endlich wieder schreibe. Gestern habe ich wie schon öfter in letzter Zeit Elisabeth in Aalen besucht. Dieses Mal war Margret nicht dabei. Elisabeth war eine wahre Augenweide, mit ihren blonden Zöpfen und ihrem roten Rock.

Zum Abschied haben wir uns richtig geküsst. Ich habe mir das nach Deiner Beschreibung ehrlich gesagt ziemlich eklig vorgestellt, was es aber gar nicht war. Im Gegenteil, es war wundervoll und mir wurde heiß und kalt dabei. Ich weiß jetzt, was Du mit körperlichen Freuden meintest. Natürlich ist es noch nicht zum Äußersten gekommen, aber auch das kann ich mir jetzt vorstellen. Ich habe große Sehnsucht nach Elisabeth. Allerdings sieht mein Meister unsere Treffen nicht gerne. Er hat mich angehalten, den Winter über zu lernen und mich auf die Gesellenprüfung vorzubereiten und Elisabeth erst im Frühjahr wieder zu besuchen. Ich glaube, er macht sich Sorgen um meine Zukunft, da die Handweberei ja seit einiger Zeit große Konkurrenz von den Fabriken bekommt, wo auf mechanischen Webstühlen gewoben wird. Kürzlich hat er mir einen Bericht aus der Zeitung vorgelesen, in dem es um eine Korsettfabrik in Stuttgart ging. Das scheint ein Industriezweig der Zukunft zu sein, der immerhin, wie die Seidenfabrik deines Vaters, von der Zentralstelle für Gewerbe und Handel in Stuttgart gefördert wird. Hast Du schon davon gehört? Anscheinend lernen sie Weber auf den neuen Korsettwebstühlen an. Ich überlege nämlich, wie es mit mir nach der Gesellenprüfung nächstes Jahr weitergehen soll. So wie mein Vater als Zeuglesweber gerade nur das Nötigste zum Leben zu verdienen, erscheint mir wenig reizvoll.

Wie geht es Dir, wie sind Deine Pläne für die Zukunft und was gibt es in Heubach Neues? An Weihnachten komme ich heim, dann haben wir hoffentlich Gelegenheit, uns wieder einmal ausführlich zu unterhalten.

Es grüßt Dich und Deine Eltern
Dein Freund und Vetter Bernhard
Heubach, am 27. Oktober 1857

Mit gemischten Gefühlen schrieb Bernhard auch gleich noch einen kurzen Brief an seinen Vater, in dem er ihm jetzt schon pflichtbewusst mitteilte, dass er sich gleich am Morgen des Heiligen Abends auf den Weg nach Heubach machen würde, um die Weihnachtsfeiertage mit ihm zu verbringen. Bei der

Vorstellung, dass Elisabeth während seines Besuches in Heubach womöglich in Lauterburg weilte, wurde ihm das Herz ganz schwer.

Die Antwort seines Vetters ließ nicht lange auf sich warten. Schon am Mittwoch der darauffolgenden Woche lag der Brief neben seinem Teller, als er sich mit seinem Meister zum Mittagessen setzte. Bernhard hob sich die Freude des Lesens wieder einmal bis zum Abend auf, wo er sich dann gemütlich auf sein Bett legte, um die beiden dicht beschriebenen Seiten zu lesen.

Mein lieber Bernhard,

Du kannst Dir nicht vorstellen, wie sehr ich mich freue, endlich wieder einmal von Dir zu hören und dass Du auf dem Wege bist ein Mann zu werden. Es wurde ja auch höchste Zeit, dass Du endlich einmal ein Mädchen küsst. Das andere kommt dann wie von selbst – Du wirst schon sehen. Elisabeth scheint ja eine schmucke Person zu sein. Da musst Du Dich ranhalten. Dass Dein Meister eure Treffen nicht gerne sieht, ist dabei natürlich ein Hindernis. Viel machen kannst Du wohl nicht. Aber unsere Lehrzeit geht ja dem Ende zu. Noch ein gutes halbes Jahr, dann kann uns niemand mehr Vorschriften machen. Ich überlege auch, wie es dann mit mir weitergehen soll. Weil die Geschäfte dieses Jahr nicht so gut waren, hat Vater einen Gehilfen entlassen. Wenn sich die Lage wieder verbessert, was er sehr hofft, will er, dass ich hierbleibe. Ich verrichte meine Arbeit inzwischen schon so gut wie ein Geselle. Für mich wäre es natürlich bequem, zu Hause zu arbeiten und zu wohnen. Aber es zieht mich auch in die Welt hinaus. Überhaupt wird es mir in Heubach langsam zu eng. Die Treffen am Marktbrunnen gehen mir manchmal geradezu auf die Nerven, vor allem der ewig gleiche Klatsch und Tratsch und besonders das dumme Geschwätz von Georg Bihner. Der wartet nur darauf, dass ich mich verrate, damit er mich bei der Obrigkeit wegen Unzucht anschwärzen kann und als Denunziat auch noch finanziell belohnt werden würde. Im-

mer wieder fängt er von Barbara an und dass sie jetzt in Möggingen glücklich verheiratet sei und auch schon ein Kind habe. Und dass so ein kräftiger Kerl wie ihr Mann ihr sicher jedes Jahr ein weiteres machen wird. Dabei grinst er mich immer recht anzüglich an, so dass ich ihm am liebsten eine aufs Maul hauen würde, was ich natürlich nicht mache. Den Triumph gönne ich dem blöden Kerl nicht. Die Enttäuschung mit Barbara sitzt mir auch nach einem Jahr noch schwer in den Knochen. Mein Interesse am weiblichen Geschlecht ist ziemlich erlahmt. Aber so soll es ja nicht bleiben. Das ist auch ein Grund, warum ich Heubach gerne den Rücken kehren möchte. Vielleicht könnten wir zusammen auf Wanderschaft gehen. Was hältst Du davon? Die Korsettweberei interessiert mich allerdings nicht besonders. Auch wenn man sich da täglich von Berufs wegen mit den weiblichen Formen beschäftigen kann. Die Seidenweberei und die vielfältigen Gewebearten und die Fülle von Mustern, die man auf einem Jacquardwebstuhl herstellen kann, gefallen mir da schon besser. Nichts fühlt sich für mich besser an als ein Seidentuch. In Heubach ist die Korsett- und Miederindustrie, die sich in Göppingen und Stuttgart angesiedelt hat, natürlich auch im Gespräch. Inzwischen gibt es auch hier ein paar Weber, die sich innerhalb von drei Monaten als Korsettweber anlernen ließen und jetzt auf ihren Handwebstühlen Korsetts weben. Der Webermeister Leonhard Schneider – Du weißt schon, der, der jetzt in der sogenannten alten Kapelle am Hundsgraben wohnt – ist neuerdings nebenher als Faktor für Göppinger Korsettfabriken tätig. Das heißt, er macht sich – zu Fuß – auf den sechsstündigen Weg nach Göppingen und holt dort mit dem Rucksack Garne, die er im Erdgeschoss des alten Schlosses an die Korsettweber verteilt. Dort nimmt er auch die fertig gewebten Korsetts in Empfang, prüft sie und zahlt die Weber aus. Dann schleppt er die fertige Ware im Rucksack und in einem großen Bündel auf dem Kopf wieder nach Göppingen in die Fabriken. Na ja, meine Sache wäre das nicht. Aber anscheinend lohnt sich die Plackerei. Sein Sohn Gottfried hat in Göppingen übrigens auch mit der fabrikmäßigen Korsettherstellung zu tun. Ich glaube, er vermittelt zwischen den dortigen Firmen und den Heubacher Lohnwebern. Ganz genau weiß ich es aber nicht.

Ich freue mich schon, wenn wir uns an Weihnachten wieder sehen und uns dann ausführlich über alles unterhalten können.

Viele Grüße sendet Dir
Dein Freund und Vetter Johann
Heubach, am 4. November 1857

Der Heilige Abend war ziemlich trostlos. Nach der Christvesper saß Bernhard mit seinem Vater in der Küche, die die liebevoll ordnende Hand der Mutter schwer vermissen ließ. Während Jakob Schroth über sein unerfreuliches Leben lamentierte, aßen sie die zu dunkel gewordenen Bratäpfel. Der Vater klagte in einem fort. Wie schwer es ihm falle, neben seiner Arbeit am Webstuhl auch noch das Haus und den Garten in Ordnung zu halten und dass die Mutter hinten und vorne fehle. Er war so mit seiner eigenen misslichen Lage beschäftigt, dass er darüber ganz vergaß, Bernhard zu fragen, wie es ihm denn gehe.

Der erste Weihnachtsfeiertag bei Onkel Thomas in seinem neuen Haus am Kirchplatz bei der Unteren Mühle war da schon wesentlich erfreulicher. Bernhard genoss es, im Kreise der Familie in der gemütlichen Stube zu sitzen und wie jedes Jahr die leckeren Bratwürste von Metzger Schurr mit dem schmackhaften Kartoffelsalat zu verspeisen. Seine Tante Christina hatte den Christbaum wieder liebevoll mit Figuren aus buntem Pappmaché geschmückt und das ganze Zimmer strahlte eine Wärme aus, die nicht nur von dem hohen eisernen Ofen herrührte. Dieses Jahr diskutierten Vater und Onkel ausgiebig die schlechte wirtschaftliche Lage.

Jakob Schroth schimpfte über seinen Heidenheimer Verleger: » Der hat natürlich gleich die Gelegenheit beim Schopf gepackt und uns Webern jedesmal, wenn wie unsere Waren abgeliefert haben, ein paar Kreuzer abgezogen – ›wegen der schlechten Konjunktur‹, hat er dann immer in seinen Bart gemurmelt.«

»Mein Meister hat mich ja dieses Jahr ein paar Mal mit nach Aalen zu seinem Verleger mitgenommen«, warf Bernhard ein. Er genoss es, jetzt richtig mitreden zu können. »Der hat aber wie üblich bezahlt und nichts abgezogen.«

»Vielleicht sollte ich den Verleger wechseln.« Bernhards Vater zog die Augenbrauen hoch und nahm noch einmal eine große Portion Kartoffelsalat zu seiner zweiten Bratwurst. »Der Weg nach Heidenheim hinauf wird für mich sowieso immer beschwerlicher. Gmünd wäre da wesentlich näher und bis kurz vor die Stadt ist der Weg eben.«

»Vielleicht solltest du dich wirklich einmal darum kümmern«, ermunterte Thomas seinen Bruder. »Meine Seidenweberei ist bei der Wirtschaftskrise auch nicht ungeschoren geblieben. Es hat mir sehr leidgetan, dass ich den Georg Beißwanger entlassen musste. Aber er ist immerhin ledig und muss nur für sich selber sorgen – die beiden anderen Gehilfen dagegen haben beide Familie und zahlreiche Mäuler zu stopfen. Trotzdem hat der Adolf Schickhardt an der Steige jetzt eine Seidenfabrikation angefangen. Er scheint die Zukunft in helleren Farben zu sehen als ich. Ich hoffe nur, dass er nicht billiger arbeitet. Eine solche Konkurrenz könnte ich überhaupt nicht gebrauchen. Die Seidenweberfabrikanten Eberhard Burkhardt und David Rommel werden sicher auch ein Auge auf Schickhardt haben.« Thomas fuhr sich mit der Hand in den Nacken und stöhnte: »Es ist nicht immer leicht, ein selbständiger Unternehmer zu sein.«

»Wenn die Lage sich nächstes Jahr nicht bessert, wäre es doch gar nicht so verkehrt, wenn ich auf Wanderschaft ginge«, warf Johann ein und brachte das Gespräch geschickt in die Richtung, in der er es haben wollte. Hier, im Beisein von Onkel und Vetter, könnte er seinen Vater bestimmt um einiges leichter von seinem Vorhaben, auf Wanderschaft zu gehen, überzeugen, da war er sich sicher.

»Ja, ziehst du es denn in Betracht, den Johann bei dir in der Werkstatt zu behalten?« Jakob schaute seinen Bruder ganz überrascht an.

»Ich habe schon daran gedacht«, gestand Thomas ein. »Schließlich wird Johann die Seidenweberei später einmal übernehmen. Wanderjahre sind für seine Zukunft nicht mehr so wichtig, denn Meister braucht er als Seidenweberfabrikant nicht zu werden. Natürlich wäre es bestimmt nicht schlecht, Johann, wenn du Erfahrungen in anderen Betrieben sammeln und etwas von der Welt sehen würdest«, sagte er dann an seinen Sohn gewandt, der eifrig nickte.

»Ich werde auf jeden Fall nach der Gesellenprüfung im Juni nächstes Jahr auf Wanderschaft gehen«, sagte Bernhard bestimmt. »Was sollte ich auch sonst tun? Ob ich danach die Meisterprüfung anstreben soll, steht noch in den Sternen. Meister Burkhardt hat große Zweifel, ob man in Zukunft mit dem bisher üblichen Werdegang noch seine Existenz bestreiten kann. Ich würde mich ganz gerne in den neuen Korsettfabriken in Stuttgart oder in Göppingen umschauen. Vielleicht wäre das etwas für mich.«

Jakob betrachtete seinen Sohn nachdenklich. Das war nicht mehr sein kleiner Bernhard, der da sprach und den er vor dreieinhalb Jahren in die Lehre nach Lauterburg gebracht hatte, sondern ein junger Mann, auf dem besten Weg erwachsen zu werden.

»Die technischen Neuerungen sind wahrhaftig nicht zu unterschätzen«, stimmte Thomas Schroth zu. »Ich fürchte, dass die Zünfte mit den Entwicklungen der neuen Zeit sowieso bald nicht mehr mithalten können. Ich selbst habe ja schon damals nach meiner Meisterprüfung darauf verzichtet dem Weberzunftverein beizutreten.«

»Ja, so habe ich es auch gemacht.« Jakob legte Messer und Gabel sorgfältig nebeneinander auf seinen leeren Teller. »Ich hatte kein Geld dafür. Schlimm war das aber auch nicht. Zu einem besseren Leben hätte mir der zünftige Meisterbrief auch nicht verholfen – das hat sich im Laufe der Zeit leider erwiesen.«

Zwischen Mittagessen und Kaffeetrinken nutzten Johann und Bernhard die Zeit, um sich ungestört unter vier Augen zu unterhalten. Da draußen ein eisiger Wind pfiff, zogen sie sich in die Werkstatt zurück. Haarklein musste Bernhard seinem Vetter erzählen, wie seine Treffen mit Elisabeth verlaufen waren.

»Einen kleinen Stich hat sie mir mit ihren Ausflüchten, was die Zeit nach meiner Lehrzeit anbetrifft, schon versetzt«, gestand Bernhard am Ende seines Berichts.

»Die Frauen sind schwer zu durchschauen, das habe ich, wie du weißt, am eigenen Leib erfahren müssen. Barbara war so eine treulose Seele«, sagte Johann bitter.

»Ich hoffe schon, dass ich die Verbindung mit Elisabeth aufrechterhalten kann.« Bernhard versuchte zuversichtlich auszusehen. »Wir können uns ja schreiben.«

»Ist es abgemacht, dass wir zusammen auf die Walz gehen?«, fragte Johann, der nun genug über Frauen gesprochen hatte.

»Von mir aus gern.« Die Aussicht, mit seinem Freund und Vetter in die Welt hinauszuziehen, lenkte Bernhard schließlich von seinen Gedanken an Elisabeth ab.

Der Winter war lang. Und auf der Alb in Lauterburg war er besonders lang. Erst Mitte Mai, als es langsam wärmer wurde, konnten Rosina und Andreas Burkhard darangehen, ihr kleines Feld zu bestellen. Bernhard half dabei tüchtig mit. Er empfand es als Wohltat, sich nach den kalten dunklen Wintertagen, dem kühlen Frühlingsanfang und dem launischen April mit seinen nicht enden wollenden Schneeschauern endlich körperlich an der frischen Luft betätigen zu können. Meister Burkhardt sah mit Wohlgefallen, wie sich Bernhard ins Zeug legte. Innerhalb von drei Tagen waren der Boden bereitet, die Kartoffeln eingelegt und Kraut und Bohnen ausgesät.

»Ach, Bernhard«, sagte die Meisterin wehmütig, »was sollen wir nur machen, wenn du nicht mehr bei uns bist!?«

Bernhard schaute zuerst verlegen auf seine klobigen Lederstiefel, dann sah er die Meisterin ratlos an und hob leicht die Schultern.

»Ach, irgendwie wird es schon weitergehen, Rosina, das haben wir in unserem langen Leben doch immer wieder erfahren«, tröstete Burkhardt seine Frau.

Rosina seufzte, es war ja nicht nur wegen der Arbeit – Bernhard würde ihr fehlen, das wusste sie bereits heute.

Nachdem das Feld bestellt war und die Tage endlich wärmer wurden, fragte Bernhard bei seinem Meister vorsichtig an, ob er am kommenden Sonntag Elisabeth in Aalen besuchen dürfe.

»So kurz vor der Gesellenprüfung?« Andreas Burkhardt sah Bernhard mit hochgezogenen Augenbrauen an, ohne sein Weberschiffchen anzuhalten.

»Ich habe mich in allem gut auf die Prüfung vorbereitet«, entgegnete Bernhard, »und es sind ja auch noch vier Wochen bis dahin. Ich würde vorher schon noch sehr gerne einen Besuch in Aalen machen.«

»Wenn du mir versprichst, dass du dich anständig benimmst und du und Elisabeth keine Dummheiten macht, habe ich nichts dagegen.« Burkhardt hatte seine Webarbeit nun doch unterbrochen und schaute seinen Lehrling eindringlich an.

Bernhards Gesicht überzog sich bis zu den Ohren hin mit einer hellen Röte. Einerseits kränkte es ihn, dass sein Meister ihm schlechte Absichten unterstellte, andererseits fühlte er sich ertappt, denn er hatte sich tatsächlich in letzter Zeit öfter überlegt, wie er Elisabeth noch näher kommen könnte als beim letzten Mal.

»Bernhard, auch wenn deine Lehrzeit bei mir nun bald zu Ende ist, liegt mir dein weiteres Wohl sehr am Herzen«, erklärte Burkhardt nachdrücklich, ohne auf Bernhards Erröten einzugehen. »Du wärst nicht der erste junge Mann, der sich aus Leidenschaft zu einer Dummheit hinreißen lässt. Und Unzucht wird immerhin mit mehreren Tagen Gefängnis bestraft.«

Bernhard zuckte zusammen. »Gefängnis?«, fragte er bestürzt. »Ich dachte, ein solches Delikt wird nur mit einer Geldstrafe geahndet.«

»Das kommt ganz darauf an.« Burkhardt schoss das Schiffchen wieder durch das Fach. »Die Obrigkeit achtet streng darauf, dass unsittliches Verhalten empfindlich bestraft wird. Lose Sitten werden jedenfalls nicht geduldet. Und das ist auch richtig so. Wo kämen wir hin, wenn jeder ungestraft ein Lotterleben führen könnte. Das Leben eines Christenmenschen sollte vor allem von Wahrheitsliebe, Gehorsam und Arbeitsfleiß geprägt sein. Ich hoffe, dass ich dir in den letzten Jahren nicht nur die Weberei, sondern auch diese Tugenden vermitteln konnte und du dich künftig nicht unnötigen weltlichen Genüssen hingibst, die du hinterher bereuen müsstest.«

Eine so tiefgründige Antwort auf seine Frage, ob er Elisabeth besuchen dürfe, hatte Bernhard nun wirklich nicht erwartet. Fast hätte er glauben können, Meister Burkhardt habe seine geheimsten Gedanken gelesen.

Meister Burkhardts Ermahnungen indessen waren von nichts anderem als von Sorge um Bernhard geleitet, dem er von Herzen ein gutes Fortkommen in seinem weiteren Leben wünschte.

Die eindringlichen Worte seines Meisters hatte Bernhard sorgsam in Kopf und Herz verwahrt und so verlief das Treffen mit Elisabeth trotz aufgewühlter Gefühle dementsprechend sittsam. Dass sie sich während der Einkehr im »Löwen« verstohlen unter dem Tisch an den Händen hielten und sich zum Abschied innig küssten, schien Bernhard aber noch vertretbar zu sein.

»Ach Elisabeth, ich weiß gar nicht, wie das gehen soll, wenn ich auf Wanderschaft gehe und noch weiter von dir weg bin.«

»Kannst du mich nicht vorher noch einmal besuchen?«

Inzwischen waren sie vor der Apotheke angekommen und Elisabeths Stimme hatte einen weichen verlockenden Klang.

»Ich glaube nicht.« Bernhard drückte ihre Hand. »Ich habe mit meinem Vetter ausgemacht, dass ich ihn in Heubach abhole und wir uns dann zusammen auf den Weg machen. Vorher nach Aalen zu kommen wäre ein großer Umweg.«

Elisabeth wollte gerade widersprechen, als sich plötzlich die Haustür öffnete und die Frau Apotheker Winter erschien, einen breiten wollenen Schal fest um die Schultern gezogen.

»Habe ich doch recht gehört«, sagte sie nicht unfreundlich, musterte die beiden jungen Leute jedoch eingehend. »Jetzt darfst du den jungen Mann aber nicht länger aufhalten, Elisabeth, er hat noch einen weiten Weg vor sich bis nach Lauterburg hinauf.«

Bernhard blieb nichts anderes übrig, als sich mit einem artigen Diener zu verabschieden.

Kapitel VII

Anfang Juni 1858 legte Bernhard die Gesellenprüfung vor der Prüfungskommision mit bestem Erfolg ab. Eine Woche später packte er seine Habseligkeiten in den Rucksack, mit dem er vor vier Jahren in Lauterburg angekommen war.

Rosina Burkhardt liefen beim Abschied dicke Tränen über die Wangen, die sie unablässig mit dem Zipfel ihrer Schürze abtupfte. Auch Meister Burkhardt wurde der Abschied von Bernhard schwer.

»Dein Rucksack ist zwar noch der gleiche«, versuchte er zu scherzen, »aber du hast dich sehr verändert. Als du gekommen bist, warst du ein Bub und jetzt gehst du als ein junger Mann.«

Burkhardt betrachtete Bernhard mit seinen seitlich gescheitelten braunen Haaren, die knapp die Ohren bedeckten und in einen kleinen Backenbart übergingen. Für einen ordentlichen Bart, wie er jetzt Mode war, sprossen seine Barthaare noch zu spärlich. In Bernhards Gesicht und seinen dunkelblauen Augen spiegelten sich gleichzeitig Abschiedsschmerz und Vorfreude auf sein neues Leben.

»Du bist uns immer willkommen, Bernhard, und über einen Brief ab und zu würden wir uns freuen.« Burkhardt klopfte Bernhard auf die Schulter und reichte ihm die Hand.

»Vielen Dank für alles, Meister – und schreiben werde ich bestimmt.«

Nachdem Bernhard endlich auch Rosina lange die Hand geschüttelt hatte, blieb nichts anderes mehr als adieu zu sagen.

Vorbei am Geißler'schen Haus ging er den Weg hinunter zum Schloss. An der Kurve drehte er sich noch einmal um. Andreas und Rosina Burkhardt standen vor ihrem Haus auf der Straße und winkten, und auch Bernhard schwenkte seinen Arm noch einmal zum Abschied. Dann ging er vorbei am Pfarrhaus und am Pfarrgarten die Steige nach Lautern hinunter und schließlich zurück nach Heubach.

Sein Vater erwartete ihn bereits. Zwei Tage wollte Bernhard zu Hause verbringen, bevor er sich mit Johann auf die Wanderschaft begab. Das anfängliche Glück, endlich wieder zu Hause zu sein, machte bald einem bedrückenden Unbehagen Platz. Obwohl es schon fast Sommer und entsprechend warm war, herrschte im Schroth'schen Häuschen eine Kühle, die nichts mit dem Wetter zu tun hatte. Sein Vater hielt sich inzwischen nur noch im unteren Stock auf. Sein Leben spielte sich zwischen der kleinen Werkstatt, dem danebenliegenden Schlafraum und der Küche ab. Überall war es unaufgeräumt und staubig. In der muffigen Küche stapelte sich das schmutzige Geschirr im Spülstein. Jakob Schroth hatte sich angewöhnt, nachlässig gekleidet und mit hängenden Schultern herumzuschlurfen. Und auch seine Körperpflege ließ zu wünschen übrig – er roch nach Schweiß und ungewaschenen Kleidern. Zu Bernhards Heimkehr hatte er immerhin dessen alte Kammer im Obergeschoss gelüftet und das Bett bezogen. Über die dicke Staubschicht auf den restlichen Möbeln sah Bernhard großzügig hinweg – es war ja nur für zwei Tage, tröstete er sich.

Am Abend saßen beide auf der Bank vor dem Haus. Während sein Vater Bier aus einem Krug in zwei Gläser schenkte, sprach Bernhard von seinen Plänen, sich in der Korsettweberei weiterzubilden. Seit Johann ihm geschrieben hatte, dass der Webermeister Leonhard Schneider Faktor für einige Korsettfabriken in Göppingen war, ließ der Gedanke ihn nicht mehr los. Irgendwie musste es ihm gelingen, gutes Geld zu verdienen und möglichst etwas zurückzulegen. Nach einiger Zeit könnte er sich dann in Heubach im elterlichen Haus niederlassen, dort Korsetts weben und – er könnte Elisabeth heiraten. Elisabeth war ständig in seinen Gedanken und in seinem Herzen. Für seinen Vater wäre das ganz bestimmt auch eine gute Lösung. Er wäre wieder gut versorgt und nicht mehr einsam und auf sich alleine gestellt.

»Korsettweber«, sagte Jakob Schroth mitten in die Gedanken seines Sohnes hinein. »Glaubst du denn, dass du damit mehr verdienen kannst als ein normaler Weber? Soviel ich weiß, sind Korsettweber auch nicht gerade gut bezahlt.«

»Lass es mich einfach selbst herausfinden, Vater. Ich will mir ein eigenes Bild davon machen, wie in einer Korsettfabrik gearbeitet wird und ob das für mich wirklich in Frage kommt.«

Jakob klopfte Bernhard gutmütig auf den Schenkel. »Find es heraus, mein Sohn, aber vergiss darüber deinen alten Vater nicht. Das hier ist dein Elternhaus und es wartet wie ich darauf, dass du hier einmal lebst, so wie alle Schroths es vor uns auch getan haben.«

Bernhard entging nicht, dass die Zunge seines Vaters bereits ein wenig schwer wurde, wahrscheinlich hatte er sich vorher bereits ein paar Schlückchen aus der Flasche mit Zwetschgenwasser einverleibt, die Bernhard am Morgen im Küchenschrank entdeckt hatte.

Am Sonntagmorgen nach dem Kirchgang, zu dem Bernhard und Johann bereits ihre prall gefüllten Rucksäcke mitgebracht hatten, ging es los. Es hatte sich in Heubach natürlich bereits herumgesprochen, dass die beiden jungen Schroths an diesem Tag ihre Wanderschaft antreten wollten. Pfarrer Scholl, der seine Gemeindemitglieder nach dem Gottesdienst mit einem Handschlag verabschiedete, wünschte den beiden jungen Gesellen alles Gute, ermahnte sie, stets auf einen untadeligen Lebenswandel zu achten, und gab ihnen Gottes Segen mit auf den Weg. Johanns Eltern Thomas und Christine Schroth, Bernhards Vater Jakob und beider Onkel Bernhard und seine Frau Catharina mit ihrem inzwischen fast vierjährigen Töchterchen Maria Elisabeth sowie die jungen Leute, die sich abends immer zu den Treffen am Marktbrunnen einfanden, begleiteten Bernhard und Johann zur Stadt hinaus. Auf der Höhe des »Ochsen« an der Straße nach Oberböbingen stimmten ein paar der jungen Leute das Lied »Muss i denn, muss i denn zum Städtele hinaus …« an. Es folgte »Im schönsten Wiesengrunde …«, und bevor sich die muntere Gesellschaft am Stadtrand in Richtung Gmünd vollends verabschiedete, sangen sie zuvor noch alle aus voller Kehle »Am Brunnen vor dem Tore …«.

Bis zu dem kleinen Weiler Buch marschierten Bernhard und Johann schweigend nebeneinanderher. Beide hatten sich dem Anlass entsprechend herausgeputzt. Bernhard trug zu seiner geliebten veilchenblau karierten Hose ein helles Hemd und ein blauweiß getupftes Halstuch. Johann hatte eine nagelneue dunkelgraue Hose an, die von einem glänzenden schwarzen Ledergürtel mit einer großen neusilbernen Schnalle gehalten wurde. Ihre Strohhüte hatten sie am Rucksack festgemacht, da sich die Sonne hinter einer Wolkendecke versteckte.

»Das ideale Wetter für einen langen Fußmarsch«, stellte Johann fest, als sie den letzten Bauernhof von Buch hinter sich ließen.

»Ja, und schöner hätte der Abschied von zuhause auch nicht sein können«, sagte Johann versonnen und ein kleines bisschen wehmütig.

»Mmh.«

Johann blickte Bernhard von der Seite an. »Du willst also jetzt auf dem direkten Weg nach Stuttgart gehen?«

»Hatten wir es nicht so besprochen?«, fragte Bernhard erstaunt. »Ich kann nicht genau sagen, warum, aber es drängt mich einfach, baldmöglichst in der d'Ambly'schen Korsettfabrik vorzusprechen. Zwar passieren wir vorher die Göppinger Fabriken, wo Leonhard Schneider und sein Sohn ihre Geschäfte machen, aber der Franzose d'Ambly hat immerhin die erste derartige Fabrik in Stuttgart gegründet. Ich habe mich ein wenig schlaugemacht. D'Ambly ist ein ehemaliger Offizier und kommt aus dem kleinen französischen Städtchen Bar-le-Duc, wo es eine lange Tradition der Korsettschneiderei gibt. Die eleganten und reichen Damen ließen sich dort nach Maß ihre Korsetts anfertigen. Und die französische Mode ist ja bekanntermaßen wesentlich eleganter als die deutsche. Ich denke mir, dass die Eleganz der Modelle in der Fabrik eines Franzosen mehr gegeben ist als in einer der Göppinger Fabriken.«

Johann blieb bei den Ausführungen seines Vetters vor Staunen der Mund offen stehen. »Bernhard, jetzt verblüffst du mich aber. Für jemanden, der noch kaum Erfahrungen mit Frauen hat, sprichst du von deren Unterwäsche wie von ihren baumwollenen Schultertüchern.«

»Ich glaube, das muss man ganz ohne Leidenschaft betrachten«, erklärte Bernhard ruhig. »Ich habe mir ja auch noch nie Gedanken darüber gemacht, ob aus den Tuchen, die ich bisher gewoben habe, männliche oder weibliche Hemden oder Unterhosen geschneidert werden. Nein, ich will einfach die besten Voraussetzungen für mein weiteres Leben schaffen. Mein Meister Burkhardt hat mehr als einmal an der Zukunft der Handweberei gezweifelt. Warum sollte ich also nicht die Korsettweberei erlernen? Die soll zwar sehr kompliziert sein, aber wenn andere das schaffen, warum nicht auch ich?«

»Bestimmt hast du recht, auch wenn es meine Sache nicht wäre. Aber auch ich habe so meine Pläne«, sagte Johann und machte dabei ein verschmitztes Gesicht.

Bernhard wurde augenblicklich hellhörig. »Hast du mir etwas verheimlicht?«, fragte er neugierig.

»Nein, nicht verheimlicht, nur noch nicht gesagt. Ich musste zuerst einmal gründlich über alles nachdenken. Zuerst hatte ich mir überlegt, nach Frankreich zu wandern. Ha, da staunst du, was?«, fragte er, als er sah, wie Bernhard ungläubig die Augen aufriss. »Aber es ist nun einmal so, dass in Lyon noch immer das Zentrum der Seidenweberei ist. Allerdings habe ich den Gedanken wieder verworfen, als ich gelesen habe, dass sie dort streng darauf achten, dass das Wissen nicht über die Landesgrenzen hinausgelangt. Als Ausländer wären demzufolge meine Aussichten auf eine erfolgreiche Weiterbildung von wenig Erfolg gekrönt. Aber so schnell lasse ich mich natürlich nicht entmutigen. Also habe ich mich weiter erkundigt. Jetzt begleite ich dich erst einmal bis Stuttgart und dann mache ich mich auf den Weg nach Krefeld.«

»Krefeld«, das liegt doch … ja, wo liegt das überhaupt?« Bernhard kratzte sich am Kopf.

»Von Stuttgart aus ziemlich weit nordwestlich.« Johann blieb stehen. »Ich werde viele Tagesmärsche brauchen, bis ich dort oben anlange. Vielleicht mache ich den Weg dorthin auch in mehreren Etappen und arbeite erst einmal eine Weile irgendwo anders.«

»Krefeld«, sagte Bernhard gedehnt und blieb nun ebenfalls stehen. »Was gibt es denn dort so Besonderes?«

Johann setzte sich wieder in Bewegung, Bernhard folgte und sah ihn neugierig an.

»Also: Krefeld ist eine regelrechte Samt- und Seidenstadt«, begann Johann fast feierlich seine Ausführungen. »Im vorigen Jahrhundert war die Stadt berühmt für ihre Samt- und Seidenwaren und vor allem für Seidenbrokate. Inzwischen gibt es natürlich auch dort Fabriken. Und seit ein paar Jahren auch eine Gewerbeschule. Wenn ich also dort keine Arbeit finde, dann weiß ich auch nicht. Weißt du, Seide ist einfach ein wundervolles Material, das schmeichelt in den Händen wie kein anderer Stoff.«

Sie wanderten das Remstal entlang.

Zwischen Gmünd und Lorch zeigte Bernhard auf den hoch aufragenden Hohenstaufen. »Dort stand die Stammburg der Staufer, bevor sie 1525 von aufständischen Bauern zerstört wurde.« Das hatte er noch von der Schule in Erinnerung.

Johann stöhnte: »Mensch, Bernhard, du hörst dich an wie Lehrer Luz. Was hat der uns nicht alles eingetrichtert in seiner Begeisterung für die Geschichte unseres Vaterlandes!«

Bernhard grinste. »Dann weißt du ja bestimmt noch, dass der Hohenstaufen zusammen mit dem Rechberg und dem Stuifen die ›Drei Kaiserberge‹ genannt werden!?«

»Oh je, wie könnte ich das vergessen haben. Aber ich gebe zu, die Berge leibhaftig vor sich zu sehen, ist beeindruckend.«

Bernhard richtete den Blick auf die Abhänge des kegelförmigen Hohenstaufen. »Das war keine schlechte Leistung der Bauern, den steilen Berg hinaufzusteigen und die Burg einzunehmen. Ich sehe sie regelrecht vor mir, wie sie voller Wut wegen der Frondienste und aller anderen Lasten, die ihnen der gierige Adel auferlegt hat, mit Dreschflegeln und Spießen bewaffnet den Berg hinaufgerannt sind.«

»So langsam könnte ich eine Pause vertragen«, sagte Johann unvermittelt. Ihm behagten die Erinnerungen an die Schulzeit mit dem vielen Auswendiglernen so gar nicht.

»Bis Lorch sollten wir aber schon noch gehen«, schlug Bernhard vor, »dann sind wir ungefähr vier Stunden unterwegs und haben uns ein Vesper wirklich verdient.«

Schon bald sahen sie von weitem auf einem Bergvorsprung über der Rems das Kloster Lorch liegen. Kurz vor dem Ort setzten sie sich etwas abseits der Straße an den Rand einer frisch gemähten Wiese und packten ihr Vesper aus. Bernhard hatte seinen Reiseproviant schon am Abend zuvor hergerichtet und im Rucksack verstaut. Drei hartgekochte Eier, einen halben Laib Brot, ein Stück Käse und ein Stück Speck.

Mit großen Augen sah er, wie Johann ein riesiges belegtes Brot in beide Hände nahm und genüsslich davon abbiss. »Was ist denn das für ein Belag?«, wollte er von seinem Vetter wissen.

»Mmh«, mampfte Johann, »das ist ein Eierpfannkuchen, den hat mir meine Mutter heute Morgen noch extra gebacken.«

»Einen Eierpfannkuchen als Brotbelag? Das habe ich ja noch nie gesehen.« Bernhard staunte nicht schlecht.

»Mit Schnittlauch oben drauf – einfach köstlich. Willst du mal probieren?«

Johann hielt Bernhard einladend sein Brot hin. Der zögerte nicht lange und tat einen ordentlichen Bissen.

»Wirklich gut«, stellte er dann mit vollen Backen fest.

Sie ließen den Ort Lorch, der fast nur aus Fachwerkhäusern zu bestehen schien, hinter sich. Die dichte Wolkendecke war inzwischen aufgerissen und die Sonne begleitete sie nun weiter auf ihrem Weg durchs Remstal. Die Landschaft war abwechslungsreich und spätestens, als sie Winterbach und Remshalden mit ihren ausgedehnten Weinbergen und Obstgärten passierten, wurde ihnen bewusst, dass sie jetzt wirklich in der Fremde waren. Hier sah alles ganz anders aus als zu Hause. Sie übernachteten in einer Feldscheune, da sie nicht bei Dunkelheit in Stuttgart, wo sie sich überhaupt nicht auskannten, ankommen wollten.

Kurz vor Untertürkheim trafen sie am nächsten Tag auf einen fröhlich vor sich hinpfeifenden Wandergesellen der Zimmermannszunft, mit dem sie ins Gespräch kamen. Er wolle in Untertürkheim die Eisenbahn nach Stuttgart nehmen. Ein Erlebnis, das er sich nicht entgehen lassen wolle, auch wenn sich das mit den Vorschriften für die Wanderschaft nicht so ganz vereinbaren ließe. Schließlich solle man ja wandern und nicht fahren, sagte er augenzwinkernd.

Johann und Bernhard sahen sich vielsagend an.

»Kommt doch einfach mit«, forderte der Zimmerergeselle sie auf.

Die beiden waren unschlüssig.

»Das kostet doch sicher einen Haufen Geld?« Bernhard sorgte sich um seine Ersparnisse.

»Ach was, die paar Kreuzer für die dritte Klasse werdet ihr schon aufbringen können«, wiegelte ihr neuer Weggenosse ab.

Und so kam es, dass Bernhard in Begleitung seines Vetters sein heiß ersehntes Ziel auf ganz unerwartete Weise erreichte. Als sie in Stuttgart den Bahnhof verließen, standen beide noch ganz unter dem Eindruck der ersten Eisenbahnfahrt ihres Lebens.

»Die Lokomotive war ja riesig … und die Brücke über den Neckar … und als der Zug dann in den Tunnel fuhr … und hast du das Schloss mit den Säulen hoch über dem Tunnel gesehen?« Johann war ganz aus dem Häuschen.

»Ich muss schon sagen, mit einer Eisenbahnfahrt habe ich ganz bestimmt nicht gerechnet, als wir gestern von Heubach weggegangen sind!« Bernhard war nicht minder aufgekratzt als Johann, während er sich im Bahnhof umblickte. Fast andächtig und ein wenig eingeschüchtert stellte er mit gesenkter Stimme fest: »Die Bahnhofshalle ist ja noch viel höher und größer als unsere Ulrichskirche. – Ich habe keine Ahnung, in welcher Richtung die Korsettfabrik liegt«, sagte er nach einer Weile unschlüssig.

Sie durchschritten das imposante, von Säulen und Rundbögen gezierte Eingangsportal und traten auf die belebte Schlossstraße hinaus.

»Du wirst doch bestimmt den Namen der Straße wissen!« Auch Johanns Blick schweifte nun suchend umher. »Wir fragen einen der Kutscher dort drüben«, sagte er dann entschieden.

Sie näherten sich einer Reihe von Pferdekutschen, die wartend auf der anderen Straßenseite bereitstanden, um Bahnreisende schnell und bequem zu ihren weiteren Zielen zu transportieren.

»Die Korsettfabrik in der Rotebühlstraße?«, fragte der von Bernhard angesprochene Kutscher, ein Mann in mittleren Jahren, wenig begeistert, als ihm klar wurde, dass die beiden jungen Burschen nur eine Auskunft und nicht seine Fahrdienste in Anspruch nehmen wollten. Er betrachtete Bernhard und Johann von oben bis unten, während er ein Stück Kautabak im Mund hin und her bewegte. Schließlich spuckte er mit einem zischenden Geräusch eine unappetitliche braune Brühe vor ihnen aufs Pflaster und wies mit dem Arm die Richtung.

»Zuerst geht ihr dort hinüber zur Friedrichstraße, die geht ihr rechter Hand entlang und dann immer geradeaus. Dann kommt irgendwann die Rotebühlstraße, die Kaserne und der Feuersee. An dem geht ihr noch ein gutes Stück vorbei und dann steht ihr praktisch vor der Korsettfabrik. Wie gesagt, auf der Friedrichstraße immer geradeaus.«

Bernhard und Johann bedankten sich und machten, dass sie wegkamen.

»Der war vielleicht unfreundlich«, regte sich Johann auf.

»Immerhin wissen wir jetzt, wo wir hinmüssen.« Bernhard blieb stehen. »Willst du denn bis zur Fabrik mitgehen, Johann?«

»Hättest du was dagegen?«

»Nein, nein, überhaupt nicht«, beeilte sich Bernhard zu sagen.

Ihm war es bei der Vorstellung, in der großen Stadt plötzlich auf sich alleine gestellt zu sein, sowieso recht mulmig.

»Jetzt gehen wir erst mal dahin. Dann fragst du nach Arbeit und dann sehen wir weiter.«

Johann war neugierig und wollte die Fabrik selbst in Augenschein nehmen. Zudem bedrückte ihn die Vorstellung, ohne Bernhard weiterziehen zu müssen.

Der Weg, der durch hohe, dicht mit Bäumen besetzte Häuserzeilen führte, zog sich, begleitet vom Lärm der belebten Straße, hin. Als Bernhard und Johann endlich den eindrucksvollen dreiflügeligen Bau der Kaserne und den Feuersee passierten, waren sie beruhigt, denn sie hatten schon befürchtet, falsch gegangen zu sein. Tatsächlich war es von dort nicht mehr weit bis zur Fabrik, einem dreistöckigen massiven Eckgebäude mit geschwungenen Giebelfronten. Trotz der Geräusche der belebten Straße war der Lärm aus dem Inneren bis nach draußen zu hören.

»Das hört sich an wie das Anschlagen vom Schlagbaum – aber irgendwie auch wieder nicht. So laut kann das doch nicht sein«, rätselte Bernhard.

»Das hört sich an wie das Anschlagen von vielen Schlagbäumen«, mutmaßte Johann. »Schließlich ist das eine Fabrik.«

Neben der Eingangstür war ein Anschlag, auf dem stand: »Tüchtiger Korsettweber, auch zum Anlernen, gesucht.«

Bernhards Herzschlag beschleunigte sich. »Die Aussicht, dass ich hier Arbeit finde, ist nicht schlecht, oder was meinst du?« Er stupfte Johann in die Seite.

»Du scheinst gerade zum richtigen Zeitpunkt zu kommen«, antwortete Johann mit einer Kopfbewegung zu dem Anschlag hin.

Dennoch standen sie noch eine Weile zögernd vor der Eingangstür und schauten am Gebäude hoch, an dessen Erkern einzelne Fensterflügel geöffnet waren. Dann lugten sie neugierig um die Ecke, an der sich unter einem Gebäudevorsprung ein kurzer Bogengang befand.

»Also, ich gehe jetzt hinein und frage, ob sie Arbeit für mich haben.« Bernhard straffte die Schultern.

»Gut, ich warte so lange.« Johann schaute sich suchend nach einer Sitzgelegenheit um, konnte jedoch keine entdecken.

Bernhard drückte die Klinke der hohen Tür, die mit Schmuckornamenten aus Stein umrahmt war, atmete tief durch und betrat den in trübes Licht getauchten Eingangsbereich. Gleich links befand sich eine weitere Tür mit einem ovalen Emailleschild mit der Aufschrift »Kontor«, daneben war ein verglaster Schalter. Dort saß an einem Schreibtisch ein älterer Mann mit Ärmelschonern, der unverzüglich aufblickte, als er Bernhard eintreten hörte. Die Geräusche waren hier drinnen noch eine Spur lauter.

Bernhard wartete ab, bis der Mann die eine Hälfte der Glasscheibe beiseitegeschoben hatte, bevor er freundlich grüßte.

»So, ja grüß Gott, was kann ich denn für dich tun?«, erwiderte der Mann ebenso freundlich.

»Ich bin Webergeselle und suche Arbeit.« Bernhard versuchte, sich seine Aufregung nicht anmerken zu lassen. »Ich habe den Anschlag draußen gelesen«, fügte er dann hinzu, als der Mann sich mit seiner Antwort Zeit ließ und ihn erst einmal von oben bis unten eingehend musterte.

»Verstehst du denn etwas von der Korsettweberei?«

»Bisher noch nicht, aber draußen steht ja ›auch zum Anlernen‹.«

»Das ist schon richtig. Leicht zu erlernen ist das aber nicht, das sage ich dir gleich. Da musst du dich schon anstrengen.«

»Das will ich ganz bestimmt«, beeilte sich Bernhard zu sagen, der schon befürchtete, keinen guten Eindruck gemacht zu haben.

»Also gut. Du gehst jetzt dahinten die Treppe hinauf.« Der Mann wies mit dem Arm auf das dämmrige Ende des Ganges. »Auf der rechten Seite, gleich hinter der ersten Tür, findest du den Werkführer, dem trägst du dein Anliegen noch einmal vor – und vergiss ja nicht, vorher anzuklopfen!«

Johann ging derweil vor der Fabrik auf und ab. Dass es so lange dauerte, wertete er als ein gutes Zeichen.

Endlich trat Bernhard wieder aus der Tür. Seine Wangen waren vor Aufregung gerötet und er war ein wenig kurzatmig, als er mit der freudigen Nachricht herausplatzte: »Sie haben mich eingestellt! Stell dir vor, der Werkführer hat mich gleich genommen! Er scheint so etwas wie ein Meister zu sein und heißt Bullinger, und er hat mir gleich meinen neuen Arbeitsplatz gezeigt. Einen großen, ellenlangen Raum im Erdgeschoss, den wir durch eine Tür in der Mitte betreten haben und in dem sich links und rechts zwei schier endlos lange Reihen der neuartigen Korsettwebstühle befinden. Es seien auf jeder Seite vierundzwanzig Stück, hat Bullinger gesagt. Ich konnte so schnell gar nicht nachzählen. Auf jeden Fall werde ich ab morgen früh um drei Viertel sechs Uhr an einem von ihnen angelernt.«

»Morgen früh schon?« Johann sah Bernhard überrascht an. »Und wo wirst du so schnell eine Unterkunft finden?«

»Gleich ein paar Häuser weiter, auf der gegenüberliegenden Straßenseite. Dort vermietet das ältere Ehepaar Heim im dritten Stock Zimmer ihrer Wohnung an einige Arbeiter der Fabrik, hat man mir gesagt. Wir gehen gleich mal dahin«, sagte Bernhard, während er mehrmals nach links und rechts blickte, bevor sie die stark befahrene Straße endlich überqueren konnten.

»Dann trennen sich wohl unsere Wege hier?« Johann befiel ein mulmiges Gefühl in der Magengegend, denn damit, dass der Abschied so schnell kommen würde, hatte er nicht gerechnet.

»Du könntest mich doch wenigstens noch begleiten und dir das Zimmer mit ansehen, damit du weißt, wo ich die nächste Zeit wohnen werde.«

»Ja, das mache ich.« Johann war dankbar für den kleinen Aufschub.

Der eine Flügel der Doppeltür des großen Hauses war nur angelehnt, und so stiegen Bernhard und Johann die drei Stockwerke hinauf. Auf jeder Etage befanden sich drei Wohnungstüren. Oben angekommen, war das Schild an der mittleren Tür nicht zu übersehen: »Pension Xaver Heim« stand dort in schwarzen Buchstaben auf ovalem weißem Emaillegrund.

Eine ältere, große hagere Frau mit einer grauen Schürze über dem schwarzen Kleid öffnete auf ihr Klopfen. »Von der d'Amblyschen Korsettfabrik sind Sie hergeschickt worden?«, fragte die Frau erfreut, nachdem Bernhard sein Sprüchlein aufgesagt hatte. »Dann nichts wie herein in die gute Stube. Erst gestern habe ich gemeldet, dass bei mir wieder eine Schlafstelle frei geworden ist.«

Sie sei nämlich die Pensionswirtin Frau Heim, ihr Mann sei im Augenblick leider nicht zugegen, aber sie könne Bernhard selbstverständlich auch seine Unterkunft zeigen.

Ein wenig enttäuscht stellte Bernhard fest, dass er das Zimmer mit zwei weiteren Männern teilen musste. Während er wehmütig an seine schöne Kammer in Lauterburg dachte, versuchte er, sich die Enttäuschung nicht anmerken zu lassen. Wenigstens war der Raum groß genug, um außer drei Betten und drei schmalen Schränken auch einen langen Tisch mit drei Waschschüsseln und den dazugehörigen Wasserkrügen aufzunehmen. Die Schränke waren so gestellt, dass sich an jedem Bett am Kopfteil eine kleine Nische bildete und dem Bewohner dadurch das Gefühl gab, wenigstens einen eigenen winzigen Bereich für sich zu haben. An den Fußenden der Betten stand jeweils ein schlichter Holzstuhl.

Die Pensionswirtin pries Bernhard seine neue Unterkunft an, indem sie ihn wissen ließ, dass die Bettwäsche selbstverständlich alle vier Wochen gewechselt würde und im wöchentlich zu entrichtenden Mietpreis von zehn Kreuzern auch eine Morgensuppe aus Milch und Kaffee mit einer dicken Scheibe Schwarzbrot enthalten sei. Das Wort »dick« betonte sie besonders. Die Miete sei immer im Voraus zu entrichten, sagte Frau Heim mit einem schlecht verborgenen gierigen Glitzern in den grauen Augen. Was bedeute, dass er jetzt gleich den Betrag an sie zu zahlen habe. Bernhard kramte ein Zehn-Kreuzer-Stück aus seinem Geldbeutel und überreichte es der Frau.

Nachdem Bernhard seinen Rucksack neben seinem Bett abgestellt hatte, begleitete er Johann nach unten.

»Ich glaube, ich fahre ein Stück mit der Zentralbahn weiter. Ohne dich weiterzuwandern, kann ich mir im Augenblick nicht recht vorstellen«, sagte Johann traurig.

»Weißt du was, ich komme mit zum Bahnhof, dann können wir uns erkundigen, wann ein Zug fährt.« Auch Bernhard wollte den Abschied, so lange es ging, hinauszögern.

»Macht es dir nichts aus, den Weg noch zweimal zu machen?«

»Überhaupt nicht, vielleicht sollten wir uns auch erst einmal eine Wirtschaft suchen und ein verspätetes Mittagessen einnehmen, Hunger hätte ich schon«, schlug Bernhard vor.

»So machen wir es, mein Magen hängt mir auch schon bis zu den Knien hinunter. – Einen besonders freundlichen Eindruck macht deine neue Zimmerwirtin nicht gerade auf mich«, stellte Johann fest.«

»Ich weiß auch nicht, ob ich dort lange bleiben werde.« Bernhard fühlte sich plötzlich sehr fremd in der großen Stadt angesichts der bevorstehenden Trennung von seinem alten Vertrauten.

»Zehn Kreuzer pro Woche für eine Schlafstelle ist auch nicht gerade billig«, bemerkte Johann. »Was verdienst du denn überhaupt in der Fabrik?«

»Drei Gulden pro Woche – bis ich eingearbeitet bin. Danach könne es ein halber Gulden mehr sein, hat mir der Werkführer in Aussicht gestellt, vorausgesetzt, ich stelle mich geschickt an. Dreizehn Korsetts in der Woche sollte ich dann schon fertigbringen, hat er gesagt. Das hört sich nach ganz schön viel an. Aber das wird sich ja noch herausstellen. Jetzt kann man dazu noch nicht viel sagen.«

»Komm, Bernhard, jetzt genießen wir erst einmal die kurze Zeit, die uns noch zusammen bleibt«, schlug Johann vor und lenkte seine Schritte auf die recht einladend aussehende Wirtschaft »zum Herzog von Württemberg« gleich neben der Kaserne zu. Sie leisteten sich ein deftiges Stück Schweinebraten mit Spätzle und ein Glas Bier aus der hauseigenen Brauerei und erörterten während des Essens die Vor- und Nachteile einer Bahnfahrt für Johann.

»Willst du dein Geld ab jetzt nicht ein bisschen zusammenhalten?«, fragte Bernhard.

»Wenn die Fahrt nicht gerade ein Vermögen kostet, werde ich den Zug nehmen«, entgegnete Johann, der sich insgeheim längst entschieden hatte. »Die Fahrt von Untertürkheim nach Stuttgart war doch ein Erlebnis, das musst du zugeben.«

»Das war sie sicher, ich denke halt nur, du weißt ja nicht, wann du Arbeit finden wirst, und wenn dein Geld vorher schon weg ist, von was willst du dann leben?«

Johann verzog das Gesicht zu einem gequälten Lächeln und meinte dann: »Irgendwie wird schon alles gutgehen.«

Sie legten wieder den ganzen langen Weg zum Bahnhof zurück und erkundigten sich dort am Schalter in der Bahnhofshalle nach den Zugverbindungen.

Der Mann hinter dem Schalter fuhr mit dem Finger über den Fahrplan. »In einer Stunde um Viertel nach vier gibt es eine Verbindung von Stuttgart nach Heilbronn. Wenn ihr allerdings bis ins Badische weiterfahren wollt, müsstet ihr dort umsteigen.«

»Dann nach Heilbronn – und ich fahre alleine«, erklärte Johann, während er die Kreuzer auf den Tresen vor dem Schalter zählte, »mein Vetter bleibt hier in Stuttgart.«

Bernhard fühlte sich schrecklich verlassen, während er dem Zug, der Johann mit sich fortnahm, nachwinkte.

Ziellos schlenderte er in der Gegend um den Bahnhof herum. Staunend stand er vor dem prächtigen Neuen Schloss, immer darauf bedacht, die Orientierung nicht zu verlieren. Ein wirklicher Sinn für die Schönheiten der Stadt wollte jedoch nicht in ihm aufkommen. Ebensowenig wie das Interesse dafür, dass hier der König residierte und sich die schon so oft erwähnte Zentralstelle für Gewerbe und Handel ebenfalls in Stuttgart befand. Heiße Wellen von Heimweh überfluteten ihn. Heimweh nach Lauterburg, nach Meister Burkhardt und seiner Frau, nach der vertrauten Werkstatt und vor allem nach seiner Kammer, in der er sich so geborgen gefühlt hatte. Dass Gedanken an seinen Vater und an Heubach gar nicht in ihm aufkamen, bemerkte er erst nach einer Weile, als er sich schon wieder in Richtung Feuersee bewegte. An seinen Vater zu denken, der seit dem Tod der Mutter nur noch ein Schatten seiner selbst war, schmerzte – und ihn alleine inmitten seines heruntergekommenen Hausstandes zu wissen, machte die Sache nicht eben besser.

Schweren Herzens drückte er die Haustür seiner neuen Bleibe auf und stieg die Treppen hinauf. Oben angekommen machte er die Bekanntschaft mit seinem Pensionswirt. Herr Heim, grauhaarig und ebenso groß und hager wie seine Frau, streckte Bernhard mit einem schmallippigen Lächeln die Hand zum Gruß entgegen. Es sei nicht nötig, dass er einen Haustürschlüssel bekomme, eröffnete er Bernhard nach einem kurzen Willkommen – schließlich seien entweder er oder seine Frau oder sie beide immer zuhause. Ab zehn Uhr am Abend sei die Haustür unten geschlossen.

»Wir sehen es nicht gerne, wenn unsere Schlafgäste später kommen«, sagte er mit strengem Blick. »Sollte es aber dennoch einmal vorkommen, so müssen Sie eben klingeln. Immer hören wir die Glocke allerdings nicht – meine Frau und ich haben einen festen Schlaf.«

Bernhard nickte und zog sich in sein Zimmer zurück. Heimweh und Unbehagen ließen erst gar kein Hungergefühl in ihm aufkommen. In Gedanken versunken räumte er seine Habseligkeiten in den schmalen Schrank und legte sich danach aufs Bett.

Er musste wohl schon eine ganze Weile vor sich hingedöst haben, als kurz hintereinander seine beiden Mitbewohner ins Zimmer traten. Der kleinere von beiden, ein rotbackiger, kräftiger junger Mann, stellte sich als Michael vor.

»Und das ist Thomas.« Michael zeigte mit einer lebhaften Geste auf den anderen jungen Mann. »Wir arbeiten beide in der d'Ambly'schen Korsettfabrik – so wie du auch ab morgen. Die Frau Heim hat es uns gleich erzählt, kaum dass wir den Fuß über die Schwelle gesetzt hatten. Sie ist ziemlich geschwätzig. Bei der musst du immer aufpassen, was du sagst.«

Thomas war das schiere Gegenteil von Michael. Er war ziemlich schlank, und sein blasses, mit Sommersprossen gesprenkeltes Gesicht wurde von einem rötlichen Backenbart und einem roten Haarschopf umrahmt. Aus einer festen braunen Papiertüte zog er zwei Scheiben Brot und einen streng riechenden Backsteinkäse hervor.

»Unser Abendessen«, klärte er Bernhard auf. »Zum Mittagessen gehen wir in der Mittagspause immer in den ›Roten Hahn‹, das ist eine einfache kleine Speisewirtschaft, nur eine Querstraße von der Fabrik entfernt, dort kann man gut und günstig essen. Viele Fabrikarbeiter essen dort.«

Bernhard stellte sich vor. »Um genau zu sein, muss ich als Korsettweber erst noch angelernt werden.«

»Da bist du nicht alleine.« Thomas lachte, während er am Waschtisch stehend mit einem Messer die rötliche Schmiere vom Käse schabte und sie mit einem Stück Zeitungspapier vom Messer wischte. »Michael und ich wurden auch angelernt. In der Fabrik sind ein paar französische Korsettweber beschäftigt, die den einfachen Webern beibringen, wie man ein nahtloses Korsett webt.«

»Ach komm, Thomas, lass uns jetzt nicht von der Fabrik reden, da müssen wir morgen früh wieder bald genug hin!«

Michael zog ein Taschenmesser aus seiner Hosentasche und schnitt damit den Käse in zwei gleich große Stücke. Dann zog er den Stuhl vom unteren Ende des Bettes an den Tisch herüber und setzte sich mit einem erleichterten Seufzen nieder. Thomas tat es ihm gleich. Angeregt von den beiden kramte Bernhard die Reste seiner gestrigen Wegzehrung, ein Stück Brot und ein hart gekochtes Ei hervor, schob seinen Stuhl ebenfalls an den Tisch und vergaß bei einem unterhaltsamen Vesper mit seinen Zimmergenossen sein Heimweh für eine Weile.

Am nächsten Morgen um fünf Uhr war die Nacht zu Ende. Nach einer kurzen Morgentoilette brockten Bernhard, Michael und Thomas in der Heim'schen Wohnküche ihre Brotscheiben in die dampfende Kaffeesuppe. Das Brot war wirklich dick geschnitten, da hatte die Pensionswirtin nicht zu viel versprochen.

Bernhards mulmiges Gefühl wurde nicht besser, als sie die Straße überquerten und kurz vor drei Viertel sechs Uhr die Fabrik betraten. Mit ihnen strömten Männer und Frauen, junge und ältere, frisch und verschlafen aussehende, durch das Eingangstor.

Werkführer Bullinger zeigte Bernhard seinen Arbeitsplatz, einen riesigen Webstuhl.

In den ersten Tagen brummte Bernhard der Kopf, wenn er abends um sieben Uhr die Fabrik verließ. Noch des Nachts begleitete der ohrenbetäubende Lärm der Webstühle seine Träume.

»Du gewöhnst dich schon noch an die Lautstärke«, machten ihm Michael und Thomas Mut.

Bernhard wollte es gerne glauben. Er war fest entschlossen, die neue Technik perfekt zu erlernen, und gestattete sich nicht einmal den kleinsten Gedanken daran, sein Vorhaben aufzugeben. Hoch konzentriert folgte er den Anweisungen des Webers Frieder Mayer, der ihn einlernte und der selbst erst vor einem guten Jahr von einem der Franzosen angelernt worden war. Mayer war um einiges älter als Bernhard und konnte nicht nur die einzelnen Arbeitsschritte gut erklären, sondern auch die Zusammenhänge, die letztendlich für die Entstehung eines fehlerfrei gearbeiteten nahtlosen Korsetts unerlässlich waren. Bernhard wusste das sehr zu schätzen. Nicht alle konnten so gut erklären – und manche wollten es auch gar nicht. Bernhards Zimmergenossen wussten darüber haarsträubende Geschichten zu erzählen.

»Manche legen es geradezu darauf an, einen neuen Arbeiter wieder hinauszuekeln, indem sie ihn nicht richtig einarbeiten. Ich hatte leider das Pech, an so einen zu geraten. Aber ich habe mich gleich beim Bullinger beschwert, als mir klar wurde, dass ich unter so einer schlechten Einarbeitung im Leben kein Korsett zustande bringe«, berichtete Michael.

»Aber warum hat der dich denn nicht richtig eingelernt?«, wollte Bernhard wissen.

»Wahrscheinlich aus Konkurrenzneid. Das war einer von denen, die als selbständige Weber beschäftigt werden. Die sind zwar einerseits Fabrikarbeiter, müssen aber Gewerbesteuer zahlen, weil sie praktisch als Kleinunternehmer auf eigene Rechnung arbeiten. Denen kann es dann passieren, dass sie morgens in die Fabrik kommen und gleich wieder heimgeschickt werden, weil gerade keine Arbeit da ist.«

Bernhard war froh, dass die Woche für ihn nur noch aus fünf Arbeitstagen bestand, da er ja erst dienstags in der Fabrik angefangen hatte. Schon am zweiten Tag sehnte er den freien Sonntag herbei. Als er dann endlich da war, schlief er vor lauter Erschöpfung bis um acht Uhr morgens. Und er wäre auch da noch nicht aufgewacht, hätte ihn Michael nicht an der Schulter gerüttelt, um ihn aufzuwecken.

»Sonntags gibt es um halb neun Frühstück«, erinnerte er Bernhard, der ihn verschlafen anstarrte. »Heute gibt es statt Schwarzbrot zwei Scheiben Zopfbrot, das willst du dir doch sicher nicht entgehen lassen?«

Es war ein schöner Sommertag. Das Blau des Himmels mischte sich mit dem Weiß fedriger Wolken und tauchte die

Stadt in ein zartes, helles Licht. Bernhard besuchte mit Michael und Thomas den Sonntagsgottesdienst in der Stiftskirche beim alten Schloss. Danach nahmen sie im nahegelegenen »Goldenen Ochsen« ein frühes Mittagessen ein. In dem großen mehrgeschossigen Fachwerkbau befand sich, in Erinnerung an den Dichter, der von Mai bis Juli 1782 hier logiert hatte, eine holzvertäfelte »Schillerstube«.

Gleich nach dem Essen entschuldigte sich Bernhard bei seinen Zimmergenossen, die noch in der Stadt bleiben wollten, und ging zurück in die Pension. Er beabsichtigte Briefe zu schreiben.

Frau Heim machte kein besonders begeistertes Gesicht, als sie Bernhard eintreten sah. »Ja, wollen Sie denn nicht mit Ihren Kollegen das schöne Wetter genießen?«, fragte sie. »Wir sind es eigentlich nicht gewohnt, dass sich unsere Logiergäste tagsüber im Zimmer aufhalten. Außer bei schlechtem Wetter natürlich.«

Bernhard erklärte betreten, dass er gerne nach Hause schreiben wolle. Danach würde er dann einen Spaziergang machen und erst wieder gegen Abend zurückkommen.

»Wie Sie wollen«, sagte Frau Heim kurz angebunden.

Bernhard schrieb zuerst an Elisabeth.

Meine liebe Elisabeth!

Jetzt bin ich schon den siebten Tag hier in Stuttgart. Das letzte Stück von Untertürkheim haben mein Vetter Johann, der mich bis nach Stuttgart begleitet hat, und ich mit der Eisenbahn zurückgelegt. Der Zug hat zuerst auf einer Brücke den Neckar überquert und danach ist er noch durch einen Tunnel gefahren, bevor wir auf dem Bahnhof angekommen sind. Das war vielleicht ein Erlebnis, kann ich Dir sagen. Stuttgart ist wirklich groß – kein Vergleich zu Aalen, das einem ja auch groß erscheint, wenn man aus Lauterburg oder aus Heubach kommt. Gleich in der Nähe des Bahnhofs stehen das alte und auch das riesengroße neue Schloss, in dem unser König Wilhelm residiert. Stuttgart liegt in einem Talkessel. In den letzten Jahren wurde viel gebaut und die Häuser ziehen sich bis zu den Hängen hinauf. Ich habe gleich am ersten Tag eine Stelle in einer Korsettfabrik, die in westlicher Richtung stadtauswärts liegt, gefunden und glücklicherweise auch eine Unterkunft, schräg gegenüber in der gleichen Straße. Die Schlafstelle mit Frühstück kostet zehn Kreuzer in der Woche, das ist nicht übermäßig teuer, allerdings habe ich noch zwei Mitbewohner. Michael und Thomas sind nett, sie arbeiten in der gleichen Fabrik wie ich und das Zimmer ist geräumig, so dass es sich schon aushalten lässt. Meine Arbeitszeit ist von morgens drei Viertel sechs Uhr bis abends sieben Uhr. Die Mittagspause ist eine Dreiviertelstunde lang, wird aber nicht bezahlt. Ich gehe dann mit meinen beiden Zimmergenossen in eine Wirtschaft in der Nähe, wo wir billig und reichhaltig essen können. Die Korsettweberei zu erlernen ist nicht einfach, aber ich glaube, ich stelle mich gar nicht schlecht an, denn immerhin habe ich schon fünf Korsetts fast selbständig gewebt. Das sei für den Anfang nicht schlecht, hat mir Frieder Mayer versichert, der mich an einem der Korsettwebstühle einlernt. Dreizehn Stück in der Woche sollen es werden, wenn ich die Technik vollends beherrsche.

Aber jetzt habe ich genug von mir geschrieben. Wie geht es Dir? Ich hoffe, gut, und die Arbeit im Apothekerhaushalt ist nicht zu viel für Dich. Leider konnte ich vor meiner Abreise nicht mehr nach Aalen kommen, um Dich zu sehen. Ich hoffe, in Zukunft vom Lohn meiner Arbeit ordentlich etwas zur Seite legen zu können. Grüße auch Deine Schwester Margret von mir. Bitte schreibe mir doch bald einmal.

Es grüßt Dich von Herzen
Bernhard Schroth
Stuttgart, am 27. Juni 1858

Bernhard faltete den Brief zusammen und steckte ihn in ein Kuvert mit eingedruckter Briefmarke. Ganz zufrieden war er nicht mit dem, was er geschrieben hatte. Aber er konnte Elisabeth doch nicht so einfach schreiben, wie sehr er sie vermisste und dass er sich durch die Korsettweberei ein Sparguthaben erwerben wollte, das es ihm ermöglichte, mit ihr eine Familie zu gründen. Das schien ihm dann doch zu vertraulich und auch noch zu früh zu sein, auch wenn sie sich schon geküsst hatten.

Er nahm einen neuen Briefbogen zur Hand.

Lieber Meister Burkhardt,

seit fünf Tagen arbeite ich jetzt in der d'Ambly'schen Korsettfabrik in der Rotebühlstraße hier in Stuttgart. Achtundvierzig Korsettwebstühle stehen dort in einem riesigen Raum im Erdgeschoss, in dem ein unglaublicher Lärm herrscht. Die Webstühle sind bald zweimal so hoch wie ich und anstelle des Kettbaums befinden sich dort sechsunddreißig Spulen, über die das Garn läuft, gerade so, wie Sie es mir einmal beschrieben haben. In den oberen Räumen des dreigeschossigen Gebäudes sind Arbeiterinnen damit beschäftigt, die gewobenen Korsetts zu waschen, zu stärken und zu bügeln. So hat man mir erzählt, denn selbst war ich noch nicht dort oben. Danach werden die Korsetts anscheinend zum Fertigmachen im Stücklohn an Heimarbeiterinnen gegeben, die sie noch besticken, die Stäbe einschieben und die Verschlüsse befestigen.

Ganz im Gegensatz zur Weberei, wie wir sie kennen, besteht ein Korsett nicht aus einem gerade gewobenen Stück, sondern es muss – wie man hier sagt – auf Fasson und ohne Naht gearbeitet werden. Man beginnt dazu in Drellbindung, also Köperbindung, mit einem breiten Stück für die Hüften und webt dann für die Taille schmäler. Die Büste wird in Form von Zwickeln gearbeitet, was sehr kompliziert ist. Zudem müssen Hohlräume für die Stäbchen eingewoben werden, die sich durch eine bestimmte Anordnung der Bindungspunkte ergeben. Das fertige Korsett wird dann mit Ösen und Haken oder einer Schnürung versehen, damit es zusammenhält. Ich werde von einem Korsettweber eingelernt, der mir alles gut erklären kann, und so habe ich immerhin schon fünf Korsetts fast eigenständig gewebt. Bis ich das Ziel von dreizehn Stück in der Woche erreiche, wird es aber noch eine Weile dauern. Es ist eine Einarbeitungszeit von vier bis sechs Wochen vorgesehen. Mein Verdienst liegt während dieser Zeit bei drei Gulden pro Woche. Wenn ich gut eingearbeitet bin, soll ich dreieinhalb Gulden bekommen. Ich habe eine Schlafstelle ganz in der Nähe der Fabrik und bin damit zufrieden. Mit meiner schönen Kammer bei Ihnen in Lauterburg lässt sich die hiesige Unterkunft, die ich mit zwei Mitbewohnern teile, aber nicht vergleichen. Wenn ich abends ins Bett gehe, schließe ich die Augen und stelle mir vor, ich würde wieder in Lauterburg in meinem Bett liegen. Von Stuttgart, wo der König in seinem schönen neuen Schloss residiert, habe ich bisher noch nicht allzu viel gesehen. Heute am Sonntag habe ich aber etwas Zeit, um die Stadt ein wenig zu erkunden.

Es grüßt Sie und Ihre liebe Frau
herzlichst Ihr ehemaliger Lehrling
Bernhard Schroth
Stuttgart, am 27. Juni 1858

Bernhard machte sich mit den beiden Briefen wieder auf den Weg. Das Postamt lag, wie alle anderen wichtigen Gebäude, in der Stadtmitte. Er ließ sich Zeit, damit er auch ja nicht zu früh zurück war und Frau Heims Unwillen erneut auf sich zog. Als er die Briefe eingeworfen hatte, schlenderte er zum Bahnhof und beobachtete einen einfahrenden und einen ausfahrenden Zug. Er umkreiste das Alte Schloss, das einer trutzigen Burg glich, und setzte sich dann eine Weile auf eine Bank am Rande des Schlossplatzes, wo er das zahlreiche Publikum beim Flanieren beobachtete. Der Platz war an zwei Seiten mit Bäumen bestanden, in der Mitte ragte eine viele Fuß hohe steinerne Säule in den Himmel, zu deren Seiten zwei Brunnen Wasser spendeten. Auf dem Rückweg legte er am mit Büschen und Bäumen gesäumten Feuersee noch einmal eine Pause ein und betrachtete, wie sich das Sonnenlicht im Wasser brach. Es war nach sechs, als er wieder »zuhause« eintraf. Es war das erste Mal, dass er die Pension in Gedanken so nannte. Zuhause, nein, sein Zuhause war das nicht, und er ahnte bereits, dass er sich hier auch nie zuhause fühlen würde.

Die d'Ambly'sche Aktiengesellschaft, wie die korrekte Bezeichnung der Korsettfabrik lautete, hatte für das Fabrikpersonal für den Krankheits- und Sterbefall eine Unterstützungskasse eingerichtet. Bernhard war sehr erstaunt, als ihm dies nach der ersten Arbeitswoche eröffnet wurde. Er wurde dazu eigens ins Kontor bestellt. Die zu entrichtenden Beiträge staffelten sich in drei Klassen, die sich nach dem Verdienst richteten. Für Bernhard bedeutete dies, dass ihm jeweils beim vierzehntägigen Zahltag zwölf Kreuzer für die Unterstützungskasse von seinem Lohn abgezogen werden würden. Bei einem Unfall in der Fabrik bekäme er dann 42 Kreuzer pro Tag und bei unverschuldeter Krankheit 24 Kreuzer pro Tag sowie eine kostenlose Behandlung durch den von der Firma angestellten Fabrikarzt. Bei der Unterstützung gab es aber bestimmte Regelungen. Bei einer Krankheit, die nicht länger als acht Tage dauerte, würde erst ab dem vierten Tag ausbezahlt. Bei längerer Krankheit ab dem ersten Tag. Eine Entschädigung für geleistete Einzahlungen beim Ausscheiden aus der Fabrik, egal aus welchem Grund, war nicht vorgesehen.

Aber mit der Unterstützungskasse ende die Sorge der d'Ambly'schen Korsettfabrik für ihre Arbeiter noch lange nicht, erklärte der Kontorist Bernhard ausführlich. Um den Sinn für die Sparsamkeit ihres Fabrikpersonals zu unterstützen und um deren Gespartes möglichst sinnvoll nutzbar zu machen, habe die Firma eine Sparkasse unter folgenden Bedingungen errichtet: Eingezahlt werden könnten beliebige Beträge. Sobald ein Gulden erreicht sei, würde eine Verzinsung von fünf Prozent pro Jahr vom Ersten des folgenden Monats an gezahlt. Dies gelte bis zu einer Einlage von fünfhundert Gulden. Wenn Bernhard also seine Ersparnisse einlegen wolle, würde ihm hier im Kontor ein Sparkassenbogen mit fortlaufender Nummer, der mit seinem Namen, dem Geburtsjahr und seinem Heimatort versehen war, überreicht. Diesen Bogen habe er dann jeweils bei allen Ein- und Auszahlungen vorzulegen.

»Und«, fügte der Kontorist fast triumphierend hinzu, »für alle eingelegten Beträge haftet die d'Ambly'sche Korsettfabrik mit ihrem ganzen Vermögen.«

Bernhard wusste nicht recht, was er davon halten sollte. Er schnitt das Thema am Abend bei Michael und Thomas an.

»Ja, das mit der Unterstützungskasse ist ein recht zweischneidiges Schwert«, ereiferte sich Michael sogleich. »Einerseits ist es für uns Arbeiter eine Absicherung im Krankheitsfall, andererseits kostet es uns unser sauer verdientes Geld. Die machen doch ein gutes Geschäft mit unseren Beiträgen, denn so oft ist niemand krank und Arbeitsunfälle gab es bisher kaum einmal, zumindest nicht, seit ich in der Fabrik arbeite. Und die, die nie krank sind, zahlen ihre Beiträge praktisch umsonst. Erst vor einem Vierteljahr haben wir Arbeiter uns alle geweigert, die Beiträge zu leisten. Leider ohne Erfolg. Alle vierzehn Tage werden uns die Beiträge nun weiterhin vom Lohn abgezogen. Die Geschäftsleitung sitzt einfach am längeren Hebel. Wem es nicht passe, der könne ja gehen, hat der Bullinger damals lautstark verkündet.

»Dann kann man gegen die Abzüge für die Unterstützungskasse wohl nichts machen?«

Bernhard sah seinen Lohn im Geiste schon zusammenschmelzen. Für die Beiträge und die Pensionskosten würden bereits mehr als ein Gulden pro Monat von seinem Lohn abgehen. Dazu kamen die Ausgaben für das tägliche Mittag- und Abendessen. Das Abendessen hielt er sowieso schon so billig wie möglich. Alle paar Tage ein Laib Brot und etwas fette Leberwurst oder Backsteinkäse, damit er für die Arbeit entsprechend gestärkt war. Am Essen konnte er nichts mehr einsparen. Auch das Briefpapier und das Briefporto mit neun Kreuzern pro Brief schlug natürlich zu Buche – er würde sich mit Briefeschreiben zurückhalten müssen. Wenn keine unvorhergesehenen Ausgaben auf ihn zukamen, würde er mit viel Glück einen Gulden im Monat zurücklegen können.

»Die Sparkasse dagegen scheint mir keine schlechte Einrichtung zu sein«, sagte er laut. »Fünf Prozent Zinsen im Jahr sind ja nicht zu verachten. Jedenfalls ist das besser, als das Ersparte im Sparstrumpf unter die Matratze zu legen.«

Thomas und Michael nickten beide zustimmend und Thomas sagte: »Ich habe meinen ersten Gulden, den ich erübrigen konnte, auch gleich eingezahlt.«

Auf einen Brief von Elisabeth wartete Bernhard lange vergeblich. Lediglich Meister Burkhardt hatte geschrieben. Bei ihnen in Lauterburg gehe alles seinen Gang. Man sei zufrieden und erfreue sich einigermaßen guter Gesundheit. Allerdings sei es im Haus sehr ruhig geworden, seit Bernhard nicht mehr da sei, was er und seine Frau sehr bedauerten. Letzte Woche sei die Schwiegermutter von Bauer Barth ganz überraschend gestorben. Ihre Tochter Marie habe es in ihrer Einfalt gar nicht begreifen können und tagelang geschrien. Schließlich habe man sie im Stübchen einsperren müssen, nachdem sie den aufgebahrten Leichnam mehrmals geschüttelt habe, um die Mutter zum Aufstehen zu bewegen. Was Bernhard über die Korsettweberei berichte, fände er hochinteressant und er begrüße es, dass sein ehemaliger Lehrling diesen vielversprechenden und hoffentlich auch lukrativen Weg eingeschlagen habe. Am wichtigsten sei allerdings, so ermahnte Burkhardt zum Schluss, ein gottgefälliger Lebenswandel, denn eine große Stadt wie Stuttgart biete sicherlich allerhand Verführungen für einen jungen Mann.

Wenig später traf auch ein Brief von Johann ein. In Heilbronn sei er aus dem Zug gestiegen und habe sich in der Stadt umgesehen, schrieb er. Tatsächlich habe er bald eine Seidenweberei ausfindig gemacht, die gerade einen tüchtigen Arbeiter suchte und ihn sogleich eingestellt habe. Es gefiele ihm so gut dort, dass er sich vorstellen könne, bis ins nächste Frühjahr hinein zu bleiben, bevor er dann seine Wanderschaft nach Krefeld fortsetzen würde. Denn nach Krefeld wolle er natürlich immer noch. Er habe ein hübsches, lustiges Mädchen kennengelernt, das ihn die Enttäuschung mit Barbara schon fast vergessen ließe. Bernhard solle ihm doch bald einmal schreiben, da er schon sehr gespannt sei, wie es ihm mit der Arbeit in der Fabrik und dem Leben in Stuttgart so erginge.

Die Briefe konnten Bernhard kaum über die Enttäuschung hinweghelfen, die er über Elisabeths Schweigen empfand. Die Wochen vergingen – angefüllt mit Arbeit – schnell.

Kapitel VIII

Im Herbst machte Michael den Vorschlag, an einem der freien Sonntage doch einmal das Wirtshaus vom »Affenwerner« aufzusuchen. Schon ein paarmal waren sie an den freien Sonntagen an dem privaten Zoo, den der Gastwirt in seinem Wirtschaftsgarten in der Sophienstraße 35 betrieb, vorbeigeschlendert. Im begrünten Hinterhof, wo sich auch ein überdachter Biergarten befand, tummelte sich allerhand exotisches Federvieh wie Pfauen, Kakadus und Papageien. An den Seiten des Hofes befanden sich Tiergehege mit Affen, Löwen, einem Bären, Leoparden, Hirschen, Wildschweinen, Schildkröten und Schlangen. Manchmal führte der tierliebe Gustav Werner, ein großer kräftiger Mann mit Vollbart, zur Freude der Gäste seinen Bären an der Kette im Hof herum. Eine ganz besondere Attraktion aber war ein Affe namens »Prinz Schmudi von Java«, den Jung und Alt gleichermaßen bestaunten. Wenn der »Affenwerner« mit ihm nicht gerade besondere Dressurstückchen vorführte, stolzierte das Tier an einer langen Kette im Biergarten umher und unterhielt die Zuschauer mit seinem possierlichen Verhalten. Bernhard hätte dem Affen stundenlang zusehen können, wie er die Zuschauer mit klugem Blick und schräg gehaltenem Kopf musterte, sich ausgiebig kratzte und lauste oder seine Leckerbissen verzehrte. Wollte man allerdings die Dressurvorführungen vom »Affenwerner« mit seinen Tieren sehen, musste eine Schaugebühr in Höhe von stattlichen sechs Kreuzern bezahlt werden. Bernhard, Michael und Thomas leisteten sich dieses Vergnügen, nachdem sie sich vorher ein schönes Sonntagsessen in der weithin bekannten Gartenwirtschaft genehmigt hatten. Bernhard war so begeistert von diesem einmaligen Erlebnis, dass er noch am Abend in einem ausführlichen Brief an Johann die außergewöhnlichen Erlebnisse und Eindrücke des Tages lebhaft beschrieb.

Zum ersten Mal in seinem Leben verbrachte Bernhard Weihnachten nicht zu Hause. Auch Michael und Thomas blieben an den Feiertagen in Stuttgart. Der eine kam aus Crailsheim im Hohenlohischen und der andere aus einem kleinen Dorf im Schwarzwald. Beide fanden, genau wie Bernhard, dass die Ausgaben für eine Reise nach Hause zu hoch wären. Am Heiligen Abend wurde in der Fabrik bis um fünf Uhr nachmittags gearbeitet. Nach Feierabend saßen sie dann in ihrem Zimmer zusammen und vesperten wie jeden Tag. Danach zündeten sie eine Kerze an und sangen Weihnachtslieder, was sich recht feierlich anhörte, da die der anderen beiden Bernhards schöner Stimme in nichts nachstanden.

Am ersten Weihnachtstag stellte Frau Heim beim Frühstück einen Teller mit Weihnachtsgebäck auf den Tisch und sagte, ganz angetan von ihrer eigenen Großzügigkeit: »Damit es für Sie auch ein bisschen wie zuhause ist.«

Sie nahmen den Teller mit in ihr Zimmer und machten sich gleich darauf auf den Weg in die Stadt, wo sie trotz des eisigen Winterwetters in der Stiftskirche den Gottesdienst besuchen wollten. Am Heiligen Abend noch die Christvesper zu besuchen, dazu waren sie zu müde gewesen. Bernhard war tief beeindruckt von dem hohen Kirchenschiff mit seinen spitzbogigen Fenstern und den bemalten und vergoldeten Deckengewölben. Andächtig saß er da. Klein und verlassen kam er sich mit einem Mal vor in der riesigen Kirche, die so ganz anders war als die Ulrichskirche in Heubach. Und unter all den vielen Menschen, die er nicht kannte, fühlte er sich sehr allein.

Bis in den Januar hinein war es beißend kalt und der Schnee blieb in einer dünnen Schicht über der Stadt liegen. Bernhard erinnerte sich an die winterlichen Schneeberge in Lauterburg. Er war hin- und hergerissen zwischen seinem Heimweh nach der rauen Alb und der Freude über seine Fortschritte in der Korsettweberei im viel milderen Klima Stuttgarts. Inzwischen erfüllte er zwar das Soll von dreizehn Korsetts pro Woche, aber es verlangte ihm täglich eine hohe Konzentration ab, die am Ende eines jeden Arbeitstages einer großen Erschöpfung wich. Der einzige Trost für ihn war, dass sich sein Verdienst jetzt auf dreieinhalb Gulden erhöht hatte.

Unter der Woche spielte sich sein Leben zwischen Fabrik und Pension ab. Nach dem abendlichen Vesper legte sich Bernhard müde aufs Bett und schlief dabei oft genug in kürzester Zeit ein. Seinen Mitbewohnern ging es nicht viel anders. Manchmal, am Anfang der Woche, wenn sie vom Sonntag noch etwas ausgeruht waren, unterhielten sie sich. Die Gespräche drehten sich dann meistens um die Fabrik und den Arbeitsalltag, denn außer den spärlichen Ablenkungen am freien Sonntag war nicht viel geboten. Ob Bernhard nun seinen ersten ersparten Gulden in die betriebliche Sparkasse einzahlen sollte, war ausgiebig erörtert worden. Er hatte sich letztendlich zu diesem Schritt entschlossen, weil Michael und Thomas ebenfalls ihr Erspartes dort anlegten und er die Aussicht auf eine Verzinsung und somit schnellere Vermehrung seines Guthabens reizvoll fand.

Die Korsetts waren ihnen durch die Arbeit zu etwas so Alltäglichem geworden, dass sie gar nicht mehr wahrnahmen, um welch delikates Kleidungsstück es sich hierbei eigentlich handelte. Über die feinen Mädchen und Frauen, die die Erzeugnisse ihrer Arbeit trugen, machten sie sich überhaupt keine Gedanken. Vielmehr galt das Interesse von Thomas und Michael den Fabrikmädchen, die im Obergeschoss die gewebten Miederwaren weiterbearbeiteten. Sie reckten die Hälse, wenn die Mädchen und Frauen morgens mit ihnen in die Fabrik strömten und sie abends wieder verließen. Die eine oder andere hielt es zwar genauso und wäre einer Bekanntschaft sicherlich nicht abgeneigt gewesen, aber irgendwie ergab es sich einfach nicht. So beschränkten sich die drei jungen Männer auf äußerst sachliche Unterhaltungen beim Vesper. Sie sprachen über alle möglichen Aspekte der Korsetts, ohne dass Frauen dabei ein Thema waren. Fabrikarbeiterinnen und die meisten anderen Frauen, die körperlich arbeiteten, trugen ohnehin kein Korsett.

Ein Thema waren Neuentwicklungen. Um bequeme Korsetts ohne Stäbchen herzustellen, hatte man eine Zeit lang elastische Kautschukfäden eingewoben, um Festigkeit und Dehnbarkeit miteinander zu vereinbaren – allerdings nur, bis sich herausstellte, dass der Gummi durch die Körperwärme der Trägerin das Korsett schon bald ausleierte und unbrauchbar machte. Also kehrte man zu den formgebenden Stäbchen aus Metall und Fischbein zurück. Auch Gesundheitsaspekte besprachen die drei jungen Korsettweber. Viele Mediziner kritisierten ja »die Sucht, den Körper einzuschnüren, um ihm eine schlanke Gestalt zu geben«. Verformungen der inneren Organe seien das Resultat. Vor allem die Oberbauchgegend sei durch das Einschnüren besonders gefährdet, da sie Magen, Milz und Leber einzwängten. Doch damit nicht genug, Unfruchtbarkeit, Ohnmachtsanfälle, eine Schwächung der Rücken- und Bauchmuskulatur wie auch Schwindsucht seien die Folgen vom Tragen dieser Folterinstrumente.

Bernhard wurde es bei solchen Argumenten selbst ganz flau in der Magengegend. Was, wenn durch solch kritische Stimmen die Korsettweberei rückläufig oder gar ganz eingestellt werden würde? Was sollte dann aus ihm und seinen schönen Plänen werden!

»Ich glaube nicht«, wiegelte Thomas Bernhards Bedenken ab, »dass ein paar Wichtigtuer mit ihren Unkenrufen eine ganze Industrie zu Fall bringen können. Frauen sind eitel und die Mode mit weiten Röcken über den Gestellen der Krinolinen verlangt nun einmal eine schlanke Taille.«

»Ich glaube, dass die Korsettweberei auf jeden Fall ein wichtiger Wirtschaftszweig ist und bleibt«, sagte Michael überzeugt.

»Nicht umsonst wird sie durch die Zentralstelle für Gewerbe und Handel von höchster Stelle gefördert. Der König möchte in seinem von Bauern und Handwerkern geprägten Württemberg eine blühende Korsettindustrie etablieren und damit neue Märkte erschließen.«

»Du kannst ja ganz schön geschwollen daherreden«, sagte Bernhard grinsend.

»Ich rede gar nicht geschwollen«, verteidigte sich Michael, »das habe ich so in der Zeitung gelesen.«

»Nichts für ungut, ich lese die Berichte in der Zeitung ja auch«, lenkte Bernhard ein. »Mich interessiert auch alles, was mit der Korsettweberei zu tun hat. Schon allein aus dem Grund, weil ich manchmal nicht weiß, ob ich den richtigen Weg eingeschlagen habe oder ob ich nicht doch besser bei der herkömmlichen Handweberei geblieben wäre. Ein schöneres Arbeiten war es in der Werkstatt meines Meisters auf jeden Fall. Ich befürchte, an den Lärm in der Fabrikhalle werde ich mich nie gewöhnen können.«

»Ich glaube, der Erfolg der Korsettfabriken hängt vor allem davon ab, ob es künftig genügend Abnehmer für die Waren gibt.« Thomas setzte sich bequem auf seinem Bett zurecht. »Vor allem der amerikanische Markt ist wichtig für den Absatz unserer württembergischen Korsetts. Die Kontakte der württembergischen Korsettfabrikanten zu den deutschen Auswanderern sollen dabei ja recht hilfreich sein, wie man hört.«

»Ich finde es jedenfalls sehr weitsichtig von unserem Fabrikanten d'Ambly, dass er letztes Jahr ein Patent auf die Herstellung von Hornstäben anstelle der rar gewordenen Fischbeinstäbchen erwirken konnte«, warf Michael ein.

»Mir ist aufgefallen, dass man oftmals immer noch von Fischbein spricht, wenngleich Hornstäbchen verwendet werden«, stellte Bernhard fest, der sich über die Vermischung der beiden Begriffe schon des Öfteren gewundert hatte.

»So viele Wale gibt es gar nicht, wie man für die Fischbeinstäbchen der Korsetts heutzutage benötigt«, sagte Michael. »Zudem sind die Preise immer weiter gestiegen, weil Fischbein inzwischen zur Mangelware geworden ist. D'Ambly ist daher mit einem Franzosen namens Raux aus Paris in Verbindung geteten. Der hat es geschafft, mittels einer Reihe von Vorrichtungen und Werkzeugen und durch eine besondere Präparation die Hornstäbe, die die Fischbeinstäbe nicht nur imitieren, sondern auch ersetzen können, herzustellen. Wie man hört, hat auch der Stuttgarter Kammmacher Burnitz bereits zwei Jahre zuvor schon darauf aufmerksam gemacht, dass das Horn der Büffel sich als Ersatz für das Fischbein eigne. Das Beste an der ganzen Sache ist, dass der Preis deutlich geringer ist als der für Fischbein und die Korsetts daher billiger hergestellt werden können.«

»Das habe ich jetzt noch nicht gewusst«, sagte Bernhard beeindruckt.

»So oft, wie letztes Jahr nach der Patentübernahme in der Fabrik darüber gesprochen wurde, weiß inzwischen jeder Arbeiter, der damals schon da war, darüber bestens Bescheid«, erklärte Thomas. »Auch darüber, dass d'Ambly auf die Dauer von zehn Jahren jährlich eine Patentabgabe von fünfzehn Gulden leisten muss.«

Bernhard taten die Fachsimpeleien mit seinen beiden Zimmergenossen gut, da sie ihn von seinem Heimweh und seinem heimlichen Liebeskummer ablenkten.

Natürlich sprachen sie manchmal auch über Mädchen. Jedoch ging das Thema nie besonders in die Tiefe, da sowohl Michael als auch Thomas offensichtlich über genauso wenig Erfahrungen mit dem anderen Geschlecht verfügten wie Bernhard.

Anfang April schrieb Bernhard einen Brief an Meister Burkhardt, in dem er beiläufig erwähnte, dass er gar nichts von Elisabeth höre und ob er vielleicht wisse, wie es ihr inzwischen ginge. Er litt sehr unter Elisabeths Schweigen. Sehnsucht und

Kummer wollten nicht weichen – auch wenn nun schon ein gutes Dreivierteljahr seit ihrem letzten Zusammentreffen in Aalen vergangen war. Die anstrengende Arbeit in der Fabrik rückte seine Gefühle zwar in den Hintergrund, aber in seiner freien Zeit dachte er oft an Elisabeth. War die Arbeit in der Fabrik also ein Segen für ihn?

Was seinen Sparkassenbogen anging, konnte er diese Frage für sich bejahen. Er sparte eisern, wenngleich sein Ziel, eine Ehe mit Elisabeth, sich mehr und mehr vernebelte. Jeden Monat konnte er nun doch zwei bis drei Gulden einzahlen, je nachdem, wie hoch seine Ausgaben waren. Miete und Essen beliefen sich ungefähr auf fünf Gulden. Dazu kamen gelegentliche Besuche in der Badeanstalt, hin und wieder ein neues Kleidungsstück und im Herbst war ein neues Paar Stiefel fällig geworden. Bernhard legte bei aller Sparsamkeit großen Wert darauf, dass seine Garderobe sich in gutem Zustand befand, denn er wollte, wenn es endlich so weit war, Elisabeth und seiner Familie gut gekleidet und nicht als abgerissener Handwerksbursche gegenübertreten.

Die Antwort von Meister Burkhardt ließ eine Weile auf sich warten. Und auch von Johann hörte er nichts. Dafür erreichte ihn ein kurzer Brief seines Vaters:

Mein lieber Sohn!

In Heubach gibt es Neuigkeiten, die ich Dir nicht vorenthalten will. Am 1. März hat der Weber Gottfried Schneider im »Lammkeller« an der Bartholomäer Steige eine Korsettmanufaktur eingerichtet. Dreißig Webstühle hat er dort aufgestellt. Die Räumlichkeiten hat er vom Lammwirt gemietet. Schneider hat die Korsettherstellung in Göppingen erlernt, wohin sein Vater Leonhard Schneider, der neben seiner Tätigkeit als zünftiger Webermeister auch für Göppinger Korsettfabriken als Faktor arbeitet, schon länger gute Beziehungen pflegt. Ich schreibe Dir dies, weil ich mir gut vorstellen kann, dass es dort auch für Dich Arbeit gäbe. Alle Webstühle waren in kürzester Zeit allerdings von den Heubacher Heimwebern besetzt, die bisher für die Göppinger Fabriken Korsetts gewebt haben. Man munkelt aber, das Geschäft ginge trotz der allgemein eher schlechten Wirtschaftslage so gut, dass mit einer Erweiterung der Manufaktur durchaus gerechnet werde. Soll ich einmal bei Gottfried Schneider wegen einem Arbeitsplatz für Dich vorsprechen? Auch wäre es mir eine große Erleichterung, wenn Du bald wieder nach Hause kämest. Bitte schreibe bald.

Es grüßt Dich Dein Dich liebender Vater
Heubach, am 8. März 1859

Der Brief seines Vaters stürzte Bernhard in ein wahres Wechselbad der Gefühle. Die Vorstellung, nach Heubach zurückkehren und sein Brot dort verdienen zu können, löste zwar ein Glücksgefühl in ihm aus, es wurde jedoch stark getrübt von der Vorstellung, mit seinem Vater und dessen niedergeschlagener Stimmung im heruntergekommenen elterlichen Haus zu leben.

Thomas und Michael betrachteten die Angelegenheit nüchtern.

»Du solltest zuerst einmal nachfragen, was du dort verdienen kannst«, schlug Michael vor, »dann kannst du abwägen, ob eine Rückkehr für dich in Frage kommt. Wir verdienen immerhin nicht schlecht bei d'Ambly.«

»Wir verdienen nicht schlecht, da hast du durchaus recht«, pflichtete Bernhard bei. »Aber das Leben, das wir führen, ist nicht gerade so, dass ich mir das für immer vorstellen könnte. Oder hast du außer mir und Thomas Freunde? Oder ein Mädchen, das du heiraten könntest? Und deine Familie – wie lange hast du die schon nicht mehr gesehen?«

Michael wusste nichts darauf zu sagen und biss seine Zähne zusammen.

»Bernhard hat recht.« Thomas' Stimme war belegt. »Wenn ich diese Gelegenheit hätte, würde ich sie beim Schopf packen und nach Hause gehen. Der Mut nach Amerika auszuwandern, um in Colorado, wo sie kürzlich wieder eine Goldader gefunden haben, Gold zu schürfen, fehlt mir ja«, fügte er mit einem schiefen Grinsen hinzu.

Also schrieb Bernhard gleich am nächsten Tag seinem Vater, dass er an einer Stelle in der neuen Manufaktur durchaus interessiert sei und er nachfragen solle, was man bei Gottfried Schneider als Korsettweber verdiene.

Mitte Mai traf – endlich! – der lang ersehnte Brief von Meister Burkhardt ein. Mit heftig klopfendem Herzen begann Bernhard zu lesen:

Mein lieber Bernhard!

Es ist nicht leicht für mich, diesen Brief an Dich zu schreiben, denn was ich Dir zu berichten habe, wird Dich sehr betrüben. Letzte Weihnachten ist Elisabeth zu ihren Eltern nach Lauterburg gekommen. Da auch Margret die Feiertage hier verbrachte, ist uns zuerst gar nichts aufgefallen, und wir dachten, es sei ein ganz normaler Weihnhachtsbesuch. Erst als Margret allein nach Aalen zurückgegangen ist, kam uns das seltsam vor. Lange Rede, kurzer Sinn: Elisabeth war in anderen Umständen. Sie hat am 19. April einen Buben namens Jakob zur Welt gebracht, der allerdings nicht lange lebte und schon am 6. Mai an heftigen Gichtern gestorben ist. Durch ihr unsittliches Verhalten hat sie ihre Stelle im Haushalt des Apothekers Winter natürlich sofort verloren, als sie kurz vor Weihnachten nicht mehr verheimlichen konnte, dass sie sich in anderen Umständen befand. Der Vater des Kindes ist ein Christian Weiler von Degenfeld, mit dem sich Elisabeth wohl bald nach Deiner Abreise eingelassen hat. Der Weiler hat zwar seine Namensführung für das Kind gestattet, will aber jetzt nach dem Tod seines Sohnes nichts mehr von Elisabeth wissen. Elisabeth arbeitet jetzt wieder in Lauterburg, im »Goldenen Lamm« in der Küche und im Haus. Wie sie Rosina anvertraut hat, will sie sich aber bemühen, in Aalen in einer Wollspinnerei als Arbeiterin unterzukommen, weil sie in Lauterburg von den meisten Dorfbewohnern, vor allem aber von der Stiefmutter, die nach dem Tod der kleinen Anna Maria im letzten Jahr noch verbittert ist, verächtlich angesehen würde.

Es tut mir sehr leid, dass ich Dir keinen günstigeren Bescheid geben kann. Uns geht es gut. Lass bald einmal wieder etwas von Dir hören.

Es grüßt Dich von Herzen
Dein Meister Burkhardt mit Frau Rosina
Lauterburg, am 16. Mai 1859

Bernhards Welt zerbrach.

Anders als beim Tod seiner Mutter, der ihn mit Fieber aufs Krankenlager geworfen hatte, fühlte er nur eine dumpfe Leere in seinem Inneren. So mechanisch wie der Webstuhl, an dem er arbeitete, funktionierte er fortan selbst. Sein Ziel und Lebensinhalt, zu sparen, um so bald wie möglich Elisabeth heiraten zu können, war zerplatzt wie eine Seifenblase.

Der Brief seines Vaters, der ihn im Sommer erreichte, drückte seine Stimmung noch weiter nach unten. Die Arbeitsplätze in der neuen Korsettmanufaktur von Gottfried Schneider seien alle nach wie vor besetzt, schrieb Jakob Schroth. Und als wenige Monate später weitere zehn Webstühle aufgestellt wurden, sei er zu spät gekommen, um einen Arbeitsplatz für Bernhard zu ergattern. Bernhard verstand seinen Vater nicht. Ihm war es anscheinend doch so wichtig, dass er wieder nach Hause kam. Wie konnte er da nicht schnell genug reagieren?

Erst ein Brief seines Onkels Thomas, der im November 1859 eintraf, lieferte eine Erklärung für das säumige Verhalten seines Vaters.

Lieber Neffe!

In Heubach hat sich dieses Jahr einiges ereignet, so dass ich jetzt, nach reiflicher Überlegung, die Gelegenheit ergreifen will, Dich darüber zu informieren. Ob und inwieweit Dein Vater das bereits getan hat, vermag ich nicht zu sagen, denn der Umgang mit ihm ist nach wie vor schwierig und in Gesprächen ist er auch mir gegenüber nicht mehr aufgeschlossen. Deine Tante und ich machen uns große Sorgen um ihn. Im Januar hat er seinen Heimatschein gefälscht und wurde prompt in Heidenheim damit erwischt. Er wurde infolgedessen zu einer achttägigen Gefängnisstrafe verurteilt. Warum er nicht wie jeder andere Mensch aufs Rathaus gegangen ist, um sich das Dokument ausstellen zu lassen, vermag ich Dir beim besten Willen nicht zu sagen. Aber nicht genug. Vor zwei Wochen ist er die Franziska Schurr mitten auf der Straße so unflätig angegangen – ich vermute stark, er war betrunken –, dass er deshalb umgehend zu einer zwölfstündigen Arreststrafe im Blockturm verurteilt wurde. Ich weiß nicht, wie es mit ihm noch weitergehen soll. Glaube mir, Dein Onkel Bernhard und ich bemühen uns wirklich um Deinen Vater, aber seit dem Tod Deiner Mutter ist er völlig aus dem Tritt geraten.

Das Leben ist auch sonst nicht leicht, denn mit der Seidenweberei könnte es auch besser gehen. Johann geht es, wie er schreibt, nicht schlecht. Das ist wenigstens ein kleiner Trost. Er ist inzwischen in Krefeld in einer Seidenwebermanufaktur beschäftigt. Dort scheint die Auftragslage besser zu sein als in Heubach, das halt doch ein wenig abgeschieden ist. Immerhin wurde im Mai dieses Jahres eine Postexpedition zwischen Heubach und Gmünd eingerichtet. Amtliche Sendungen werden, soweit sie seither durch den Amtsboten unentgeltlich besorgt wurden, jetzt gegen eine Universalentschädigung aus der Gemeindekasse portofrei zugestellt. Die Kutsche kann neben den Postsendungen auch noch jeweils zwei Reisende befördern.

Ich hoffe, dass es Dir in Stuttgart gutgeht und wünsche Dir, auch von Deiner Tante Christine, alles Gute und eine frohe Weihnachtszeit.

Es grüßt Dich
Dein Onkel Thomas Schroth
Heubach, am 17. November 1859

Der Brief seines Onkels rief in Bernhard großes Bedauern und gleichzeitig Unverständnis über das Verhalten seines Vaters hervor. So sehr er sich gewünscht hatte, wieder nach Hause gehen zu können, so abschreckend wirkte der Bericht seines Onkels auf ihn. Er fühlte keinerlei Kraft in sich. So könnte er weder seinen Vater noch sich selbst aufrichten.

Die Zeit verstrich. Frühling, Sommer, Herbst und Winter kamen und vergingen. Bernhards Leben spielte sich tagein, tagaus zwischen der Fabrik und seiner Unterkunft ab. Eine der wenigen Abwechslungen waren ihre abendlichen, nach wie vor lebhaften Diskussionen über Gott und die Welt – und die Wirtschaftslage. Die befand sich wieder einmal – diesmal durch den Ausbruch des amerikanischen Bürgerkrieges 1861 – in einem gewaltigen Abschwung. Die württembergische Korsettproduktion kam durch diesen Krieg, bei dem es um die hierzulande unvorstellbare Sklaverei und den damit eng verknüpften Rückgang der in den Südstaaten von Sklaven billig produzierten Baumwolle ging, fast völlig zum Erliegen. Die Einfuhr der amerikanischen Baumwolle, die zum größten Teil das Rohmaterial für die Korsetts war, stockte und damit auch die Ausfuhr der in Deutschland hergestellten Miederwaren. Bernhard und seine Kollegen fürchteten ständig, entlassen zu werden.

Es wurden tatsächlich zehn Korsettweber entlassen, aber Bernhard, Michael und Thomas waren Gott sei Dank nicht darunter. Allerdings wurde das wöchentliche Soll von dreizehn auf zehn Korsetts heruntergesetzt und der Lohn entsprechend gekürzt.

»Wir können froh sein, wenn wir mit einem blauen Auge davonkommen«, sagte Michael, der dem Frieden nicht traute. »Wer weiß, wie lange sich der Krieg in Amerika noch hinzieht, und wer weiß, was da sonst noch dahintersteckt.«

Bernhard machte sich ebenfalls große Sorgen. Doch irgendwie gelang es der Geschäftsleitung, genügend Material zu beschaffen und die fertigen Waren abzusetzen. Weitere Entlassungen folgten nicht.

Bei der Weltausstellung 1862 in London fand die weiterentwickelte mechanische Nähmaschine von Isaac Merrit Singer große Beachtung. Bernhard dachte dabei an Schneidermeister Koch in Aalen, dem er seine vielgeliebte veilchenblau karierte Hose verdankte, die mittlerweile abgewetzt und nicht mehr modern war. Er trug sie nun bei der Arbeit auf. Das Schneiderhandwerk würde durch die Nähmaschine, mit der Stoffe viel schneller zusammengenäht werden konnten, als es einem Schneider jemals mit seinen feinen Sticheleien gelingen würde, vielleicht bald genauso revolutioniert werden wie die Handweberei durch den mechanischen Webstuhl.

1862 wurden in Württemberg die Gewerbefreiheit eingeführt und die traditionellen Zünfte aufgelöst. Der Zunftzwang gehörte somit endgültig der Vergangenheit an. Eine längst überfällige Entwicklung, wie Bernhard fand. Er dachte dabei an seinen Vater und viele andere, die das Geld für die Ausstellung des Meisterbriefes schon lange nicht mehr aufbringen konnten.

»Mein Onkel Thomas hat sich schon vor Jahren von der Zunft losgesagt und in Heubach eine Seidenmanufaktur gegründet. Sein Sohn, mein Vetter Johann, hat dort gelernt und er ist auch ein ordentlicher Weber geworden. Wenngleich es mit der Seidenweberei auch nicht so gut zu gehen scheint, wie anfangs von der Zentralstelle für Gewerbe und Handel propagiert und von den Seidenfabrikanten angenommen wurde.«

»Nimm doch nur uns als Beispiel«, erinnerte Michael, »wir haben als Korsettweber doch auch längst nichts mehr mit der Zunft am Hut.«

Michael hatte sich inzwischen mit einem Mädchen aus der oberen Fabriketage befreundet, die dort Korsetts bügelte, und verbrachte seine freien Sonntage nun mit ihr. Bernhard und Thomas waren dann zu zweit unterwegs. Manchmal verbrachten sie den Sonntagnachmittag aber auch zu viert. Nach dem Gottesdienst nahmen die drei Männer das Mittagessen in einer der Wirtschaften in der Stadt ein. Michael holte seine Freundin danach an einem der spitzgiebeligen Häuser am

Marktplatz ab, wo sie mit ihren Eltern und drei Geschwistern wohnte, während Bernhard und Thomas etwas entfernt auf die beiden warteten. Drei junge Männer, die ihre Tochter abholten, das wäre den Eltern sehr wahrscheinlich dann doch zu bedenklich erschienen. Den Nachmittag verbrachten die jungen Leute, indem sie am liebsten rund um den Schlossplatz spazierten, wo sie sich dann auf einer der Ruhebänke niederließen.

Michaels Freundin Annemie, die seit deren Eröffnung 1856 in der d'Ambly'schen Korsettfabrik arbeitete, war eine hübsche rundliche, dunkelhaarige Person, die schon vom Äußeren her gut zu Michael passte. Sie lachte gerne und viel und kommentierte die Garderobe der flanierenden Damen und Herren mit einer Mischung aus Sachverstand und Witz, die ihre drei Begleiter oft zum Lachen brachte.

»Ich möchte nicht wissen, wie viele Korsetts heute wieder an mir vorbeigegangen sind, die ich in Form gebügelt habe«, war ein beliebter Spruch von Annemie.

In Bernhard riefen die gemeinsamen Sonntagsspaziergänge wehmütige Gefühle hervor, erinnerten sie ihn doch an seine Besuche bei Elisabeth in Aalen. Aber er schöpfte an solch zwanglosen und unbeschwerten Sonntagen auch wieder Kraft für die kommende Arbeitswoche.

Ein Brief seines Vaters, der ihn zu Weihnachten des Jahres 1862 erreichte, rüttelte Bernhard aus dem täglichen Einerlei auf. Eine Entscheidung stand an. Gottfried Schneider habe, schrieb sein Vater, seine Manufaktur nun handelsgerichtlich eintragen lassen und sei dabei, die Heubacher Zehntscheuer zu erwerben. Nach einem Umbau solle die Korsettfabrikation dort in größerem Umfang stattfinden. Gleich nachdem ihm diese Neuigkeit zu Ohren gekommen sei, habe er bei Schneider vorgesprochen und ihm von Bernhards langjähriger Tätigkeit als Korsettweber in der d'Ambly'schen Fabrik in Stuttgart berichtet. Schneider sei bereit Bernhard einzustellen. Der wöchentliche Lohn liege bei zweieinhalb Gulden pro Woche. Bernhard solle sich den Wechsel doch überlegen, da er ja auch noch das Geld für die Unterkunft einspare, wenn er wieder zu Hause wohne.

Lieber Sohn, schrieb Jakob Schroth eindringlich, *zögere nicht allzu lange. Gleich im neuen Jahr muss ich Schneider Bescheid geben, ob Du kommst, denn die Weber stehen Schlange, um bei ihm zu arbeiten, bis von Lautern, Bartholomä, Bargau und anderen Dörfern kommen sie nach Heubach.*

Der Vater, der es diesmal offensichtlich ernst meinte, rannte mit seinen Neuigkeiten bei Bernhard offene Türen ein. Auch wenn Bernhard sich in seinem Leben in Stuttgart eingerichtet hatte, war die innere Leere, die ihn erfüllte, seit ihn Meister Burkhardt über Elisabeths Fehltritt aufgeklärt hatte, nicht mehr von ihm gewichen. Zum ersten Mal seit langer Zeit spürte er ein Gefühl der Freude in sich aufsteigen. Nach Hause! Er würde nach Hause zurückkehren!

Sein Sparkassenbogen wies mit Zinsen den stattlichen Betrag von 121 Gulden und 40 Kreuzern auf, den er sich im Kontor bar auszahlen ließ. Von der Fabrik und der Pension Heim trennte er sich leicht. Der Abschied von Michael und Thomas hingegen fiel ihm ebenso schwer wie seinen Zimmergenossen. Fast fünf Jahre war er in Stuttgart gewesen!

Kapitel IX

Mit prall gefülltem Rucksack machte Bernhard sich im Mai 1863 auf den Weg das Remstal hinauf. So sehr ihn eine bequeme Eisenbahnfahrt reizte und er eine Weile überlegte, ob er die neue Remsbahn, die seit 1861 von Cannstatt über Waiblingen und Schorndorf bis nach Gmünd fuhr, nehmen sollte – er widerstand der Versuchung, da er nicht unnötig Geld ausgeben wollte. Also legte er die Strecke zu Fuß zurück.

Je näher er Heubach kam, desto leichter wurde ihm ums Herz. Der Schmerz um Elisabeth trat mit einem Mal in den Hintergrund – er freute sich auf zu Hause.

Bernhard durchschritt Heubach bis zum Bühl hinaus mit Genuss. Er grüßte und wurde gegrüßt und er saugte den Anblick der altvertrauten Häuser, des Stadtbrunnens, des Pfarrhauses, des Rathauses und den Blick auf den Rosenstein in sich auf. Es war, wie wenn eine große Last von ihm abfiele. Jeder Schritt, mit dem er sich demSchroth'schen Häuschen näherte, machte ihn freier.

Als er endlich seinem Vater gegenüberstand, erschrak er jedoch zutiefst. Jakob Schroth war hager geworden, darüber konnten auch der Bart und die schlotternden Kleider nicht hinwegtäuschen. Jakob drückte seinen Sohn zur Begrüßung fest an sich. Als Bernhard die knochigen Schultern seines Vaters umfasste, versetzte es ihm einen schmerzhaften Stich.

Das Haus befand sich in einem äußerst verwahrlosten Zustand. Die Küche war schmutzverkrustet. Lebensmittel, gebrauchtes Geschirr und Abfall lagen durcheinander auf dem Tisch und auf jedem freien Ablageplätzchen. Viel besser sah es auch in der Werkstatt nicht aus. Garnrollen und fertige Webstücke boten ein buntes Durcheinander. Im danebenliegenden Wohn- und Schlafraum lagen Kleidungsstücke herum. Jakob hatte anscheinend beide Betten benutzt. Beide waren ungemacht und durchgelegen. Wahrscheinlich waren die Strohsäcke schon lange nicht mehr erneuert worden. Die Bettwäsche sah grau und speckig aus. Der Garten lag brach, obwohl es höchste Zeit war ihn zu bestellen.

»Ich habe halt nicht mehr viel im Haushalt gemacht«, versuchte Jakob verlegen zu erklären, als er die entsetzten Blicke seines Sohnes sah.

Dann setzte er sich aufs Bett. Die Kraft schien ihn mit einem Mal zu verlassen. Tränen liefen ihm über das Gesicht und nach einer Weile ging sein lautloses Weinen in lautes Schluchzen über. Vor seinem Sohn die Haltung zu bewahren gelang ihm nicht mehr.

»Ach, Bernhard, das Leben ist für mich schon lange nicht mehr schön und ich schäme mich so, dass du statt eines gemütlichen Heimes so einen Saustall vorfindest.«

Bernhard war sprachlos. Er setzte sich hilflos neben seinen weinenden Vater und versuchte zu verstehen, was in der Zeit seiner Abwesenheit hier geschehen war.

»Hast du denn überhaupt noch Arbeit?«, fragte er schließlich und betrachtete durch die offene Tür zur Werkstatt das angefangene Stück Barchent auf dem Webstuhl.

»Arbeit? Ja, aber nicht mehr so viel.« Jakob fuhr sich mit dem Handrücken über die Augen. »Die Weberei bringt nur noch wenig ein. Besser gesagt, ich bringe nicht mehr viel fertig. Und der Weg nach Gmünd zum Verleger ist weit. Ich schaffe es einfach nicht mehr. Und Geld, um die Waren mit der Postkutsche nach Gmünd zu schicken, habe ich nicht.«

Das Elend und die Offenheit seines Vaters rührten Bernhard zutiefst. Das schlechte Gewissen regte sich in ihm, weil er die ganze Zeit die Augen verschlossen hatte und nicht wirklich wissen wollte, wie es zu Hause stand.

»Vater«, sagte er endlich und versuchte Zuversicht in seine Worte zu legen. »Jetzt bin ich ja da, gemeinsam können wir bestimmt alles wieder zum Guten wenden.«

Jakob seufzte erleichtert und auf seinem faltigen Gesicht zeigte sich ein unsicheres Lächeln.

Noch am Abend des Tages seiner Rückkehr besuchte Bernhard seinen Onkel Bernhard und dessen Familie in seinem Haus am Marktplatz. Das »Butzele« Maria Elisabeth war inzwischen ein hübsches dunkelhaariges Mädchen von fast neun Jahren geworden, und nun gab es noch einen kleinen Bruder, der nach seinem Vater ebenfalls Bernhard hieß. Das Bübchen war fünf Jahre alt und hatte die hellen Haare seiner Mutter Catharina.

»Ich kann dir gar nicht sagen, wie froh ich bin, dass du wieder da bist«, sagte Bernhard Schroth und die Erleichterung klang unüberhörbar in seiner Stimme mit. »Thomas und ich wissen wirklich nicht, was wir noch tun könnten, um deinem

Vater zu helfen. Er hat sich uns gegenüber ganz verschlossen. Überhaupt spricht er kaum noch mit jemandem. Und wenn, artet es gleich in einen Streit aus. Er will sich einfach nichts sagen lassen. Wir haben ihn, seit du weg warst, sonntags immer zum Mittagessen eingeladen. Da kommt er dann auch, wenngleich er, wie gesagt, recht wortkarg geworden ist. Was er unter der Woche isst, weiß niemand so genau. Ich fürchte, wenn er ein paar Kreuzer hat, kauft er sich lieber Schnaps als Brot. Genau wissen wir es nicht, er lässt schon lange niemanden mehr ins Haus.«

Bernhard sah zu Boden. »Ja, da muss sich etwas ändern«, sagte er und sah seinem Onkel fest in die Augen, als er sich verabschiedete.

Was ihm Onkel Thomas und Tante Christine erzählten, als sie bei seinem Besuch zusammen in der Stube am Tisch Platz genommen hatten, war im Grunde genommen das Gleiche. Sie habe ihm schon öfter etwas zum Essen vorbeigebracht, erzählte seine Tante, aber jedes Mal habe er ihr die Speisen vor dem Haus abgenommen und sie nicht hineingelassen.

»So, wie es dort inzwischen aussieht, kannst du froh sein, dass dir der Anblick erspart geblieben ist«, sagte Bernhard betrübt, »aber ich werde das Haus schon wieder in Ordnung bringen. Morgen gehe ich gleich bei Gottfried Schneider vorbei und frage, wann ich mit der Arbeit anfangen kann. Ich hoffe sehr, dass dann auch mit Vater wieder alles in Ordnung kommt. Er sieht so schlecht und krank aus.«

»Ja, wir haben alle unser Päckchen zu tragen«, sagte Thomas Schroth und zeichnete mit dem Zeigefinger unsichtbare Kreise auf die Tischplatte. »Die Seidenweberei läuft schlecht. Ich habe nur noch einen Arbeiter und wie lange ich den noch halten kann, steht in den Sternen. Die Verdienste für Seidenerzeugnisse sind in den letzten Jahren ständig gefallen. Zumindest zahlt der Verleger erheblich weniger. Es bleibt fast nichts mehr hängen. Wenn ich gewusst hätte, dass die Rechnung langfristig gesehen gar nicht aufgeht, hätte ich doch nicht mein Haus an der Steige verkauft und mich hier vergrößert. Das hat einen Haufen Geld gekostet, das nun nicht mehr hereinkommt.

»Aber wer hätte das denn wissen können?«, warf Bernhard ein, »wenn sogar die Zentralstelle für Gewerbe und Handel in Stuttgart den Ausbau der Seidenweberei gefördert hat.«

»Ja, wer hätte das wissen können!« Thomas Schroth machte eine müde Handbewegung. »Ich werde in den nächsten Tagen Johann nach Krefeld schreiben und ihn fragen, ob er nicht auch wieder nach Hause kommen will. Vielleicht könnten wir zusammen das Geschäft wieder in die Höhe bringen.«

»Mach das, Onkel Thomas. Abgesehen davon, dass ich mich unbändig freuen würde, wenn Johann wieder hier wäre, hat er in Krefeld bestimmt einige neue Erkenntnisse gewonnen, die auch dir und deiner Fabrik hier hilfreich sein könnten.«

Das Gespräch mit seinem neuen Arbeitgeber, dem Korsettfabrikanten Gottfried Schneider, verlief für Bernhard sehr zufriedenstellend. Er traf Schneider, einen gut aussehenden, schlanken Mann mit Bart, den er bisher nur flüchtig gekannt hatte, in der ehemaligen Zehntscheuer an der Straße nach Lautern an, wo er sich um die Umbauarbeiten und den geräumigen Anbau seines neuen Hauses, in dem neben seinen Wohnräumen auch ein Kontor entstand, kümmerte. Schneider, der mit seinen vierunddreißig Jahren genau zehn Jahre älter war als Bernhard, teilte ihm mit, dass der Umbau der Zehntscheuer voraussichtlich in den nächsten drei Wochen beendet sei und Bernhard dann beim Umzug der Webstühle vom »Lammkeller« in die neuen Räume helfen könne.

»Dann bist du sozusagen gleich von der ersten Stunde an dabei«, lachte Schneider. »Wie ich höre, hast du in der d'Ambly'schen Korsettfabrik in Stuttgart gearbeitet.«

»Ja, über vier Jahre war ich dort beschäftigt«, antwortete Bernhard. »Aber jetzt bin ich wirklich froh, dass Sie mir eine Anstellung geben und ich wieder in Heubach sein kann. Stuttgart wäre auf die Dauer nicht das Richtige für mich gewesen.«

»Oh, das verstehe ich gut.« Schneider nickte zustimmend. »Ich habe die Korsettherstellung in Göppingen erlernt. Das ist zwar nicht so groß wie Stuttgart, aber es hat mich trotzdem wieder nach Heubach zurückgezogen, obwohl ich dort meine liebe Frau kennengelernt und geheiratet habe. Der Abschied von Göppingen ist ihr nicht leicht gefallen, aber inzwischen hat sie sich in Heubach schon ganz gut eingelebt.«

Bernhard verabschiedete sich mit einem guten Gefühl und hocherfreut, dass sein zukünftiger Arbeitgeber sich die Zeit für ein Gespräch mit ihm genommen hatte.

In der Zeit, bis er in der Fabrik anfangen konnte, krempelte Bernhard die Ärmel hoch. Er wollte sein Elternhaus wieder auf Hochglanz bringen.

Als Jakob Schroth merkte, wie ernst es Bernhard war, Haus und Garten wieder in Ordnung zu bringen, sprang der Funke der Geschäftigkeit auch auf ihn über. »Ich werde den Garten umgraben«, verkündete er, als er sah, dass sich Bernhard mit einem Besen bewaffnet anschickte, die Treppe hinaufzusteigen. »Es ist höchste Zeit, ihn zu bestellen.«

Bernhard strahlte. »Eine wirklich gute Idee, Vater.«

Bernhard hatte sich vorgenommen, systematisch vorzugehen und die Räume von oben nach unten nacheinander zu reinigen. Die Schlafzimmermöbel der Großeltern standen noch genau so da, wie sie Bernhard damals mit seinem Vater zusammen in seiner ehemaligen Kammer abgestellt hatte. Alles war mit einer dicken Staubschicht bedeckt, was dem Raum noch eine besondere Trostlosigkeit verlieh.

Bernhard riss sich zusammen. Also begann er Decke und Wände abzukehren. In kürzester Zeit war der Besen mit dicken Spinnweben bedeckt. Er zupfte das klebrige, staubdunkle Zeug ab und warf es auf das mitgebrachte Kehrblech. Bevor er den Staub der letzten Jahre vom Boden aufkehrte, befreite er die Möbel vom größten Staub und wischte alles mit einem feuchten Lappen ab. Nachdem er fertig war, lehnte er sich nachdenklich an die Wand neben dem geöffneten Fenster. Es war nicht zu übersehen, dass die Räume im gesamten

Haus nicht nur einer Reinigung, sondern auch dringend eines frischen Kalkanstriches bedurften. Er überlegte hin und her. Sollte er nur das Nötigste machen oder das Haus einer richtigen Renovierung unterziehen? Jetzt hatte er noch Zeit. Und auch das nötige Geld. Wenn er erst wieder den ganzen Tag am Webstuhl saß, würde er am Abend so müde sein, dass er bestimmt keine Lust mehr verspürte, das Haus zu weißeln. Nein, jetzt war der richtige Zeitpunkt. Jedes Zimmer musste ausgeräumt oder zumindest mussten die Möbel in die Mitte gerückt werden, damit Wände und Decken gestrichen werden konnten. Sein Blick fiel auf die abgeblätterte Farbe des Fensterrahmens. Er seufzte.

»Wenn ich alles richtig machen will, muss ich auch die Fensterrahmen streichen. Und das ganze Haus muss anschließend mit Seifenlauge gründlich geputzt werden«, sagte er nachdenklich zu sich selbst.

Für einen kurzen Augenblick verließ ihn der Mut angesichts des Berges von Arbeit, der ihm bevorstand. Doch dann regte sich der Schaffensdrang in ihm.

Nachdem er auch die andere Kammer und die Treppe gekehrt hatte, ging er in den Garten, wo sein Vater bereits die Hälfte der Beete umgegraben hatte. Jakob richtete sich auf, wischte sich mit dem Handrücken den Schweiß von der Stirn und stützte sich auf seinen Spaten. Die drei weißen Hühner und der Hahn flatterten aufgeregt in dem eingezäunten Garten umher und scharrten emsig in den frischen Schollen.

»Vater, ich habe mir überlegt, dass wir das Haus wieder ordentlich herrichten. Mit Farbe und allem Drum und Dran.«

Jakob kratzte sich am Kopf, auf dem sich die grauen Haare schon stark lichteten. »Das wird einen Haufen Geld kosten.«

»Ich werde es von meinen Ersparnissen nehmen. Wenn Du mir hilfst und wir alles selber machen, wird es schon nicht so teuer werden.«

Jakob Schroth blühte bei der ungewohnten Arbeit regelrecht auf. Und auch Bernhard fühlte sich so gut wie lange nicht mehr. Jeden Abend betrachteten sie zufrieden den Fortschritt ihrer Anstrengungen. Nachdem Jakob im Garten Kartoffeln gesetzt, Kraut, Bohnen, Erbsen, Zwiebeln und rote und gelbe Rüben gesät hatte, half er Bernhard im Haus. Sie deckten die Möbel ab und weißelten, was das Zeug hielt. Die Fensterrahmen strich Bernhard mit weißer Ölfarbe alleine, da die Hand seines Vaters nicht mehr ruhig genug war, um mit dem Pinsel sorgfältige, gerade Striche zu ziehen. Dafür hatte Jakob die losen Farbreste zuvor gründlich von den Rahmen gekratzt und sie anschließen abgeschliffen.

Das Wetter hätte in diesen beiden Wochen nicht besser sein können. Es war frühlingshaft warm und weiße Wölkchen verhinderten, dass die Sonne bereits allzu heiß vom Himmel schien.

Schneider Hofele kam ein paarmal herüber und streckte einmal den Kopf zum geöffneten Küchenfenster und ein anderes Mal zur geöffneten Haustür herein oder wo sich gerade sonst die Gelegenheit bot.

»Man erkennt ja euer Haus bald nicht mehr, wenn ihr so weitermacht!«, sagte er dann zu Jakob und Bernhard, wobei er einen kleinen neidischen Unterton nicht ganz verbergen konnte.

Schon bald erstrahlte ein Raum nach dem anderen in neuem Glanz. Selbst Jakobs Werkstatt und sein nebenan liegender Wohn- und Schlafraum strömten eine ganz neue Frische und den Geruch von Sauberkeit aus. Am allerschlimmsten war es in der Küche gewesen. Bernhard hatte zuerst einmal das verkrustete Geschirr eingeweicht. Es sah so aus, als ob sein Vater das schmutzige Geschirr mehrmals verwendet und sich gar nicht mehr die Mühe gemacht hatte, es nach den Mahlzeiten abzuwaschen.

»Was hast du denn eigentlich immer so gegessen?«, fragte Bernhard.

Jakob sah betreten an Bernhard vorbei. »Wenn die Hühner gelegt haben – ein paar gebratene Eier und …« Er zuckte mit den Schultern.

»Und wenn sie nicht gelegt haben?«, hakte Bernhard nach.

»Eigentlich habe ich nicht besonders viel gegessen – ein Mehlmus mit Zwiebeln abgeschmälzt, ein paar Kartoffeln oder Brot – und manchmal hat mir auch Christine etwas vorbeigebracht.«

Bernhard fragte nicht weiter nach. Kein Wunder, dass sein Vater nur noch Haut und Knochen war. Was den Schnaps anbetraf, den seine beiden Onkel erwähnt hatten – darüber wollte Bernhard gar nichts wissen. Seit er hier war, hatte er seinen Vater nicht trinken sehen. Beim Aufräumen hatte er allerdings eine leere Schnapsflasche entdeckt.

Bernhard holte sich bei Tante Christine Rat. Beim Putzen war er sich unsicher und beim Kochen fehlte ihm jegliche Erfahrung.

»Am besten«, hatte Christine geraten, »du kochst einmal in der Woche einen großen Topf mit Kraut oder Kartoffeln und Gemüse, davon könnt ihr dann jeden Tag etwas warm machen. Dazu eine Scheibe Brot, das sättigt. Gut wären natürlich auch ein paar Suppenknochen oder ein Stück Siedfleisch, um daraus eine kräftige Fleischbrühe zu kochen.«

Sie erklärte genau, wie die empfohlenen Speisen zuzubereiten waren, und Bernhard schrieb sich die Rezepte gewissenhaft auf.

»Du kannst auch Bratkartoffeln mit Rühr- oder Spiegeleiern machen oder etwas Süßes«, schlug Christine vor.

Sie suchte alle möglichen Speisen zusammen, von denen sie dachte, dass sie für Bernhard nicht allzu schwer zuzubereiten seien.

»Ich glaube, das reicht erst einmal für den Anfang«, bremste Bernhard den Eifer seiner Tante. »Ich muss ja erst einmal ausprobieren, ob ich das überhaupt alles richtig zubereiten kann.«

Christine sagte: »Auf die Dauer ist es natürlich kein Zustand, dass du neben deiner Arbeit auch noch kochst und den Haushalt führst. Du solltest dich bald nach einer fleißigen Frau umsehen.«

Damit hatte die Tante, ohne es zu wissen, den Finger in die alte Wunde gelegt. Bernhard musste sofort wieder an Elisabeth denken, und der damit verbundene Schmerz drängte erneut mit Macht an die Oberfläche.

Bernhard begegnete seinem Kummer, indem er sich in die Renovierungsarbeiten stürzte. Als endlich der letzte Tropfen Farbe verstrichen war, polierte er sämtliche Möbel mit Bienenwachs, schrubbte und bürstete die Böden des Hauses von oben bis unten mit heißer Seifenlauge und bedachte sie, bis auf den Steinboden in der Küche, nach dem Trocknen mit einer Schicht Bohnerwachs.

Bernhard war stolz auf sich. Aber irgendetwas fehlte noch. Genau! Er würde eine Wasserleitung vom Brunnen vor dem Haus in die Küche legen und eine Pumpe mit einem Schwengel installieren. Und dann: ein eigener Abort! Seit er denken konnte, teilten sie sich dieses mehr oder weniger stille Örtchen in der Tenne mit den Nachbarn Hofele. Bernhard ließ über der Grube neben dem alten einen zweiten Abort auf seine Kosten einbauen. Schneider Hofele hatte sich standhaft geweigert, so einen Luxus mitzufinanzieren.

»Zum Dank könntest du Vater wenigstens eine neue Hose nähen, schließlich profitieren du und deine Familie auch von einem eigenen Abort«, forderte Bernhard seinen Nachbarn auf.

Hofele zierte sich eine Weile, stimmte dann aber zu.

Jakob betrachtete den Arbeitseifer seines Sohnes mit einer Mischung aus Bewunderung und Erstaunen. Aber es sollte ihm recht sein, denn er war unendlich erleichtert, dass Bernhard wieder zu Hause war und Einsamkeit und Kummer ein Ende hatten. Der angenehme, anhaltende Geruch von Bienenwachs und Seifenlauge erinnerte ihn täglich daran, dass er nicht nur träumte. Was war dieser Sohn, den ihm seine Sophie geschenkt hatte, doch für ein großer Segen!

Der Umzug der Webstühle vom »Lammkeller«, einem einstöckigen Kellergebäude an der Bartholomäer Steige, das zum

Gasthaus »Lamm« unten in der Stadt gehörte, in die umgebaute Zehntscheuer an der Straße nach Lautern war eine anstrengende und zeitraubende Angelegenheit. Der Lammwirt Johannes Mayer hatte zwei Fuhrwerke zur Verfügung gestellt. Zwei weitere kamen vom Rössleswirt Dölker und eins von Bauer Weiler. Alle fünfunddreißig Weber, die bei Gottfried Schneider in Lohn und Brot standen, waren damit beschäftigt, die Webstühle zuerst auseinanderzubauen, die Teile sorgfältig zu kennzeichnen, auf die Fuhrwerke zu verladen und sie dann in den beiden neuen Fabriksälen wieder abzuladen, um sie dort später wieder aufzubauen. Einen ganzen Tag lang machten die vollbeladenen Fuhrwerke den weiten Weg hin und zurück von der Steige bis zur Zehntscheuer, die ab sofort nur noch die »Schneider'sche Korsettfabrik« genannt wurde. Wer Zeit fand, beobachtete das außergewöhnliche Ereignis vom Straßenrand aus und die älteren Kinder machten sich einen Spaß daraus, neben den Wagen herzurennen.

Das Zusammensetzen der Webstühle dauerte mehrere Tage. Bernhard war glücklich. Obwohl die Umzugsarbeiten schwer waren und abends seine Knochen schmerzten, überrollten ihn Wellen der Zufriedenheit. Er war wieder zu Hause, hatte Arbeit und ein schönes Heim. Sein Vater hatte zugenommen, trug saubere Kleider und einen gestutzten Bart. Zudem war er umgänglicher geworden. Er saß jetzt jeden Tag mehrere Stunden am Webstuhl, verrichtete die Gartenarbeit, hielt zwischendurch ein Mittagsschläfchen und wärmte abends, wenn Bernhard von der Arbeit kam, das vorgekochte Essen auf. Auch Jakob Schroth war zufrieden mit seinem neuen Leben.

Bernhards Arbeit in der Fabrik ließ sich gut an. Viele seiner Arbeitskollegen kannte er noch aus der Schulzeit oder von den abendlichen Treffen beim Marktbrunnen. Georg Bihner, der seinen Vetter Johann früher öfter dumm angeredet hatte, war nicht dabei. Er sei einige Jahre auf Wanderschaft gewesen und habe dann nach Gmünd geheiratet. Neun Weber kamen von weiter her. Die aus Lautern legten morgens und abends jeweils die Dreiviertelstunde Fußmarsch zurück, um zu Hause übernachten und somit Geld sparen zu können. Manche aus Bargau, Mögglingen, Bartholomä oder noch weiter entfernten Orten suchten sich in Heubach Schlafstellen, was Bernhard darauf brachte, das ehemalige Schlafzimmer seiner Eltern zu vermieten. Als er den Vorschlag seinem Vater unterbreitete, war der nach kurzem Zögern einverstanden. Schließlich war das eine gute Nebeneinkunft, und da beide Untermieter das Haus zusammen mit Bernhard in aller Frühe verlassen würden und erst abends wieder mit ihm zurückkehrten, hätte er den ganzen Tag über seine Ruhe.

Conrad Maier aus Weiler und Georg Kuhn aus Bartholomä nahmen Bernhards Angebot sogleich an. Obwohl sich die beiden jungen Männer vorher nicht kannten, hätten sie vom Aussehen her Brüder sein können. Beide waren klein und schmächtig, scheitelten das helle Haar auf der linken Seite und trugen einen an den Enden aufgezwirbelten Schnurrbart. Nur Conrads Haar war eine Nuance dunkler als Georgs.

Dass er selbst einmal unter die Pensionswirte gehen würde, hätte sich Bernhard während seiner Stuttgarter Zeit nicht im Traum vorstellen können. Nun aber war er für die Erfahrung dankbar. Statt zehn Kreuzern pro Woche verlangte er fünfzehn pro Schlafplatz, die morgendliche Kaffeesuppe mit Brot inbegriffen. Bernhard war über seine Geschäftstüchtigkeit überrascht, aber schließlich war das Leben in den letzten fünf Jahren nicht billiger geworden und das Zimmer war frisch gestrichen und die Möbel aufpoliert.

Die Schlafgäste waren mit dem Preis sofort einverstanden. Beide waren froh, eine so gute Unterkunft gefunden zu haben, denn das war nicht selbstverständlich in Heubach, wo die meisten Familien auf engem Raum zusammenlebten und das Angebot an Unterkünften daher begrenzt war.

Bernhard kamen die gute Einarbeitung in der d'Ambly'schen Fabrik in Stuttgart und seine nachfolgende jahrelange Erfahrung im Korsettweben sehr zugute. In seinen Fertigkeiten stand er keinem seiner Kollegen nach. Gearbeitet wurde von sechs Uhr morgens bis halb sieben Uhr abends, unterbrochen von einer Dreiviertelstunde für die Mittagspause, die in der Schneider'schen Fabrik ebenso wenig bezahlt wurde wie in Stuttgart. Eine Unterstützungskasse oder eine Sparkasse gab es in der Fabrik von Gottfried Schneider nicht. Bernhard war darüber nicht besonders enttäuscht. Er fühlte sich jung und gesund und so sparte er die Beiträge, über die er sich in Stuttgart im Grunde nur geärgert hatte, da er während der ganzen Zeit kein einziges Mal krank gewesen war. Seine restlichen Ersparnisse hatte er bei der Heubacher Agentur der Oberamtskasse auf ein Konto eingezahlt, wo sein Geld mit derzeit vierdreiviertel Prozent verzinst wurde.

Während der Mittagspause blieb er auf dem Fabrikgelände, wo für die Arbeiter und Arbeiterinnen einige Bänke aufgestellt waren, und verzehrte dort sein mitgebrachtes Vesper. Gleich auf der anderen Straßenseite befand sich der »Ochsen«, wo der Wirt Jakob Landauer seit Neuestem für die Fabrikarbeiter von Montag bis Samstag ein einfaches und preiswertes Mittagessen anbot. Denen, die an allen sechs Arbeitstagen zum Essen kamen, gewährte er einen kleinen Nachlass. Auch Bernhards Schlafgäste Conrad Maier und Georg Kuhn nahmen dieses Angebot wahr, da ein warmes Essen im Schroth'schen Haus für sie nicht vorgesehen war. Alle anderen, die in der Fabrik beschäftigt waren, aßen mittags oder abends zuhause, je nachdem, ob sich der Weg in der Pause für sie lohnte. Für Bernhard wäre die Dreiviertelstunde zu kurz gewesen, um den weiten Weg hinaus aufs Bühl zu machen.

Außer den Korsettwebern beschäftigte Gottfried Schneider auch zwanzig Arbeiterinnen, die die gewebten Korsetts an langen Tischen spannten und in Form bügelten. Das sogenannte Fertigmachen wurde danach von Heimarbeiterinnen erledigt, die die obere und untere Kante der Korsetts mit Zäckchen im Festonstich versahen, das Brustteil mit bunten Blümchen bestickten, die neu eingeführten Metallstäbchen in die eingewebten Hohlräume einschoben und die Metallhaken für den Verschluss befestigten. Bezahlt wurden sie im Stücklohn. Die Heubacher Hausfrauen und Haustöchter schätzten sich glücklich, wenn sie diese begehrte Heimarbeit der Schneider'schen Korsettfabrik ergattern konnten.

Ebenfalls noch im Jahr 1863 ließ Gottfried Schneider Maschinen für die Herstellung von Korsettschließen und Metallfedern aufstellen. In der Korsettfertigung war man inzwischen dazu übergegangen, als Versteifungsmaterial feine, biegsame Stahlfederbänder anstelle von Fischbein-, Holz- und Hornstäben zu verwenden. Teures Fischbein wurde nur noch von den Korsettschneidern in feinen maßgeschneiderten Korsetts verarbeitet. Meister der neuen angegliederten Metallwarenfabrik wurde Franz Dangelmaier.

Bernhard arbeitete ungefähr seit drei Wochen in der Schneider'schen Fabrik, als er eines Abends seinen Vetter Johann bei seinem Vater zuhause am Küchentisch sitzend vorfand. Die Wiedersehensfreude war riesig.

»Johann!«, rief Bernhard völlig überrascht, als sein Vetter vom Tisch aufsprang: »Du bist ja noch gewachsen!«

Johann lachte laut. »Du aber auch, seit wir uns das letzte Mal gesehen haben!«

Sie schlossen sich stürmisch in die Arme. Dann musterten sie sich gegenseitig.

»Dir ist ja inzwischen ein Bart gewachsen!«, rief Johann und zupfte an den Spitzen von Bernhards dunklem, nach oben gezwirbeltem Schnurrbart.

»Dir aber auch«, konterte Bernhard, während er seinem Vetter über den buschigen, blonden Backenbart strich, der sich bis zum Kinn herunterzog und ihm einen verwegenen Ausdruck verlieh.

»Ich würde sagen, ihr seid inzwischen beide Männer geworden«, mischte sich Jakob Schroth ein. »Als ihr Heubach verlassen habt, wart ihr ja fast noch Buben, da ist es ganz normal, dass man sich noch entwickelt und zurechtwächst.«

Jakob stellte drei Teller auf den Tisch und schöpfte von der dampfenden Gemüsesuppe mit frisch gekochten Kartoffelschnitzen.

»Meine Mutter hat mir schon erzählt, dass du dich neuerdings zur Köchin und Hausfrau entwickelt hast«, neckte Johann, während er mit Appetit die schmackhafte Suppe löffelte.

Bernhard zwinkerte seinem Vater zu und grinste dann Johann an. »So ist es«, sagte er trocken, »du musst es ja nicht gleich überall herumerzählen.«

»Ach was«, winkte Johann ab. »Das weiß anscheinend sowieso schon jeder in Heubach.«

»Na ja, es gibt bestimmt Schlimmeres als das.« Bernhard ließ sich nicht beirren. »Ich bin sogar stolz darauf, dass Vater und ich uns so gut eingerichtet haben.«

Jakob lächelte seinem Sohn zustimmend zu.

»Wann bist du denn angekommen?«, fragte Bernhard und schob seinen leeren Teller von sich.

»Heute Nachmittag, und ich konnte es kaum erwarten, dich hier nach der Arbeit zu überraschen.« Johann lehnte sich auf seinem Stuhl zurück und schaute Bernhard an. Sein Gesicht wurde ernst. »Mit Vaters Weberei steht es nicht besonders gut, hat er mir vor Kurzem geschrieben«, sagte er dann. »Wir haben uns ja nicht allzu oft geschrieben in den letzten Jahren. Vater hat in seinen Briefen zwar manchmal anklingen lassen, dass das Geschäft besser gehen könnte – aber dass es so schlecht steht, hätte ich nicht gedacht. Gleich heute Nachmittag hat er mir reinen Wein eingeschenkt. Wenn wir es nicht schaffen, den Verdienst in den nächsten Monaten mindestens zu verdoppeln, sehe ich schwarz.«

Jakob sah seinen Neffen bestürzt an. »Großer Gott, Johann, steht es denn so schlimm um die Seidenweberei?« Er sah betreten auf seinen leeren Teller. »Ich hätte mehr mit Thomas reden sollen, aber mir ist es in letzter Zeit nicht gut gegangen und wenn ich ehrlich bin, war ich so mit mir selbst beschäftigt, dass ich von den Sorgen meines Bruders nichts bemerkt habe.«

»Und wie soll das gehen, den Verdienst zu verdoppeln?«, fragte Bernhard, dem nun ebenfalls erst die ganze Tragweite der finanziellen Misere seines Onkels Thomas aufging.

»Zuerst müssen wir mit dem Verleger in Gmünd sprechen. Der redet sich anscheinend jedesmal heraus, wenn Vater nachfragt, warum die Aufträge immer weniger werden. Der Krieg in Amerika trage seinen Teil dazu bei, dass der Absatz von Seidenerzeugnissen nicht mehr recht floriere. Und die Konkurrenz sei groß. Ein Argument, das ich in Krefeld oft zu hören bekam. Doch dort haben sich die Fabrikanten eben darauf eingestellt. Statt der schweren und kostbaren Seidenstoffe, die in Lyon hergestellt werden, hat man in Krefeld einfach leichtere Stoffe hergestellt, die ebenfalls ihre Abnehmer gefunden haben.« Johann räusperte sich, bevor er weitersprach. »Eine nicht unwesentliche Rolle spielt natürlich auch, dass sich die Seidenraupenzucht bei uns in Württemberg nicht bewährt hat. Unser Klima ist dafür einfach zu rau. Die Seide muss daher aus südlichen Ländern wie Italien teuer importiert werden, was sich dann wieder ungünstig auf den Verkaufspreis der fertigen Produkte auswirkt. Und wenn dort wieder einmal die Seidenraupenkrankheit ausbricht oder es witterungsbedingt zu Ausfällen kommt, erhöhen sich die Rohseidenpreise schlagartig. Es spielen zu viele Dinge eine Rolle, auf die wir im Verlagssystem keinen Einfluss nehmen können. Seit der Wirtschaftskrise 1857 ist es mit den Seidenwaren einfach rückwärts gegangen. Die Leute hatten weniger Geld und sind auf die billigeren Woll- und Baumwollstoffe ausgewichen. Vielleicht habt ihr ja auch in der Zeitung gelesen, dass in New York sogar sogenannte Kattunbälle veranstaltet wurden. Und in Berlin stand man dem nicht nach und hat Kaliko-Tanzveranstaltungen ausgerichtet, bei denen die Baumwolle bejubelt wurde. Ja, so sieht es aus«, sagte Johann niedergeschlagen. »Wie der Adolf Schickhardt und der David Rommel ihre Seidenwebereien noch immer betreiben können, ist mir ein Rätsel.«

»Ja, mir auch«, gab ihm Bernhard recht. »Aber zumindest der Rommel hat ja auch nur einen winzigen Betrieb.«

»Eine Konkurrenz sind sie trotzdem«, sagte Johann, den die Situation sehr bedrückte. »Meine Ersparnisse werde ich Vater natürlich zur Verfügung stellen.«

»Es ist wirklich schlimm, wenn der Verdienst fehlt«, stellte Jakob fest. »Es zieht einem den Boden unter den Füßen weg. Niemand weiß das besser als ich.«

Im Spätsommer machte sich Bernhard eines Sonntags auf den Weg nach Lauterburg. Er hatte den Besuch schon lange geplant, aber immer wieder verschoben. Er war zwiegespalten zwischen dem ersehnten Wiedersehen mit seinen Meistersleuten und der Befürchtung, womöglich Elisabeth zu begegnen. Er hatte schon länger nichts mehr von Meister Burkhardt gehört und wusste daher nicht, wie die Dinge standen. Bernhard legte die ganze Strecke zu Fuß zurück. Er sehnte sich nach ausgiebiger Bewegung und vor allem nach Ruhe. Der tägliche Lärm im Websaal machte ihm zu schaffen und verursachte unangenehme Geräusche in seinen Ohren, auch wenn er gar nicht in der Fabrik war.

Neun Jahre war es nun her, seit er das erste Mal hier heraufgewandert war. Sein Vater hatte recht behalten, dachte Bernhard, als er sich an sein trotziges Aufbegehren gegen die Lehrstelle in Lauterburg erinnerte. Viel lieber wäre er damals in die Seidenweberei seines Onkels eingetreten. Doch wer weiß, wie dann alles gekommen wäre, dachte er. Vielleicht wäre er jetzt ein arbeitsloser Seidenweber und hätte Elisabeth nicht kennengelernt – was vermutlich besser gewesen wäre. Wie hatte sie sich nur, kaum dass er weg war, mit einem anderen einlassen können? Es war nun auch schon wieder vier Jahre her, dass ihr das Kind aus dieser Verbindung gestorben war. Und warum konnte er Elisabeth einfach nicht vergessen?

Bernhard passierte gerade den Pfarrgarten und die Kirche in Lauterburg, als er bemerkte, dass er die Steige von Lautern herauf fast schlafwandlerisch zurückgelegt hatte. Es musste schon eine ganze Weile nieseln, denn er bemerkte erst jetzt, dass seine Haare nass waren und sein dunkelblauer Rock nasse, dunkle Flecken zeigte. Er beschleunigte seine Schritte und war ein wenig außer Atem, als er an die Haustür von Meister Burkhardt klopfte.

Es dauerte ein wenig, bis ihm Rosina öffnete. »Bernhard, ja, ist es möglich, so eine Freude!«, rief sie aus. »Schnell, komm herein, du bist ja ganz nass!«

Sie führte ihn in die Stube, wo Meister Burkhardt am Tisch saß und in einer Zeitung blätterte. Als er Bernhard erkannte, erhob er sich und schloss ihn fest in die Arme.

»Das ist recht, Bernhard, dass du deine alten Meistersleute besuchst. Das beste Wetter hast du dir dafür allerdings nicht ausgesucht.«

»Als ich in Heubach losgegangen bin, war es noch ganz trocken. Aber das Wetter ist nicht so wichtig wie euch endlich wiederzusehen. Es ist, wie wenn ich nie weg gewesen wäre«, stellte Bernhard fest, als er sich in der vertrauten Stube umsah.

Rosina war in der Küche verschwunden und kam bald mit einer Kanne Kaffee und einem mit Puderzucker überstäubten Gugelhupf zurück. Sie nahm drei der guten Tassen aus dem Glasschrank und deckte sorgsam den Tisch.

»Jetzt ist es wieder wie früher«, stellte sie fest, während sie Kaffee einschenkte und jedem ein dickes Stück Kuchen auf den Teller legte.

Bernhard musste ganz genau erzählen, wie es ihm seit dem letzten Briefwechsel ergangen war. Nachdem er ausführlich von seiner Rückkehr nach Heubach und seiner Arbeit in der Korsettfabrik von Gottfried Schneider erzählt hatte, hielt er auch mit den Schwierigkeiten nicht hinter dem Berg, die sein Onkel und sein Vetter mit ihrer Seidenweberei hatten.

»Ja, mit der vor ein paar Jahren so löblich geförderten Seidenweberei scheint es genauso den Bach hinunterzugehen wie mit der Handweberei. Gewerbefreiheit und freier Wettbewerb sind die Parolen der neuen Zeit. Da kann nicht mehr jeder mithalten. Welch ein Jammer«, bemerkte Meister Burkhardt. »Ich bin froh, dass ich schon so alt bin und die Handweberei uns gerade noch so über Wasser hält. Was mich wundert, ist, dass Gottfried Schneider sich mit seinen Miederwaren gerade jetzt vergrößert hat. Die ganze Korsettindustrie stöhnt doch über die Gewinneinbußen wegen des Krieges in Amerika. Die Zeitungen sind voll davon!«

»Arbeit haben wir Gott sei Dank genug«, sagte Bernhard. »Es wird ja viel gemunkelt, und so ganz genau wissen wir Korsettweber natürlich nicht, wie der Fabrikant Schneider seine Geschäfte betreibt. Aber Baumwolle zum Weben ist vorhanden und wie man hört, werden die fertigen Korsetts jetzt weniger nach Amerika, sondern vor allem nach Dänemark exportiert, und auch in Deutschland selbst sollen sich immer mehr Abnehmer für unsere Miederwaren finden. Gottfried Schneider ist ein tüchtiger und zielstrebiger Mann. Er hat in Heubach die Agentur und den Vertrieb der Firma Zoeppritz und Cantz geleitet. Als sich dann aber die Waren der Heubacher Weber immer schlechter absetzen ließen, hat er seine eigene Firma in Heubach gegründet. Es hat ihn nach langer Abwesenheit einfach wieder in die Heimat zurückgezogen, das hat er mir selbst erzählt. Ich bin zuversichtlich, dass er die Geschicke seiner Firma auch in Zukunft bestens leiten wird.«

Nachdem endlich sämtliche Themen besprochen waren und sich Bernhard überzeugt hatte, dass die Meistersleute wohlauf waren, fasste er den Mut und fragte nach dem Befinden der Geißler'schen Familie.

Burkhardt und Rosina sahen sich vielsagend an. »Ach, Bernhard, was soll man dazu sagen«, seufzte Rosina. »Der alte Geißler hat sich ganz dem Trunk ergeben und ist gesundheitlich schwer angeschlagen. Die Geißlerin zetert nach wie vor den ganzen Tag und ist mit allem unzufrieden, kein Wunder, wenn der Mann kein Geld mehr nach Hause bringt. Ein Glück, dass ihre Tochter Anna Barbara mit ihren sechzehn Jahren auch Geld verdient. Sie arbeitet wie Elisabeth in der Wollspinnerei in Aalen. Die beiden teilen sich dort ein kleines Zimmer, das ihnen der Löwenwirt vermietet, und schicken den Eltern jeden Monat einen Teil ihres Verdienstes.«

Bernhard wurde heiß und kalt, als der Name Elisabeth fiel. Aber sein Hals war wie zugeschnürt und er brachte kein Wort heraus.

»Zu allem Überfluss«, erzählte Rosina weiter, »hat Margret nun auch noch Schande über die Familie gebracht. Vor zwei Wochen hat sie ein Mädchen entbunden, es heißt Elisabeth wie ihre Schwester. Der Vater ist ein Gottfried Grapp aus Essingen, ein Taglöhner.«

»Margret ist schon seit einem Vierteljahr zu Hause, wo hätte sie auch hingehen sollen, nachdem sie ihre Stelle verloren hat«, schaltete sich nun Andreas Burkhardt in das Gespräch ein. Insgeheim beglückwünschte er sich, wie richtig er damals gehandelt hatte, als er Bernhards Besuche bei Elisabeth eingeschränkt hatte. »Bei Elisabeth war es damals ja genauso«, sagte er dann laut. »Ich verstehe nicht, wie die beiden Mädchen so leichtsinnig sein konnten.«

Bernhard fasste sich ein Herz: »Und wie geht es Elisabeth jetzt?«

»Wir sehen sie ja kaum«, erklärte Burkhardt, »aber es hat den Anschein, dass sie inzwischen einen anständigen Lebenswandel führt.«

Bernhard verzichtete auf einen Besuch im Nachbarhaus. Sicher lag Margret noch im Kindbett und was hätte er auch zu ihr sagen sollen? Und ihren betrunkenen Vater und die zeternde Stiefmutter wollte er sowieso nicht sehen. Also machte er sich nach der ausgiebigen Kaffeestunde und einem Glas Bier wieder auf den Heimweg.

Es nieselte noch immer, aber Bernhard war es egal. Er empfand die feine Nässe als Wohltat, denn sie kühlte seine vor Aufregung geröteten Wangen und seine im Kopf herumwirbelnden Gedanken.

Alle drei Wochen brachte Bernhard sonntags die Webwaren seines Vaters nach Gmünd zum Verleger Rettenmaier. Rettenmaier war alles andere als begeistert gewesen, als der junge Schroth ihn bat, die Webwaren seines Vaters am Sonntag abliefern zu dürfen. Nachdem Bernhard ihm aber erklärte, dass sein Vater nicht mehr in der Lage war, den weiten Weg zu machen, und er selbst die ganze Woche über in der Fabrik beschäftigt war, ließ er sich breitschlagen. Allerdings verlangte er, dass Bernhard jeweils vor dem Mittagessen die Waren bei ihm ablieferte, da er nach dem Mittagessen sein Schläfchen halte und danach, vor der Kaffeestunde, mit der Familie einen Sonntagsspaziergang unternehme. Von diesen liebgewordenen Gewohnheiten wolle er keinesfalls abrücken.

In seinem Pflichtgefühl und geplagt vom schlechten Gewissen, am Ruhetag des Herrn einer profanen Tätigkeit nachzugehen, besuchte Bernhard, bevor er sich auf den Weg machte, den Gottesdienst in der Ulrichskirche. Danach musste er sich sputen, um die zwei Stunden Weg bis Gmünd rechtzeitig zurückzulegen. Das Geld für die Postkutsche wollte er sich sparen. Gelegentlich begleitete ihn Johann, der diese Abwechslung trotz des anstrengenden Fußmarsches gerne mit seinem Vetter teilte. Bernhard freute sich, wenn Johann ihn begleitete, denn neben einer angenehmen Gesellschaft war ihm Johann auch eine Hilfe, denn er musste die Stoffbündel dann nicht alleine schultern. Hatten sie bei Rettenmaier die Stoffe abgeliefert, das Geld und das neue Garn in Empfang genommen, kehrten sie zum Mittagessen gerne ein. Meistens gingen sie in den »Schwanen« in der Vorderen Schmiedgasse und leisteten sich dort ein schönes Stück Sonntagsbraten mit Spätzle und reichlich Soße.

Johann und Bernhard hatten sich, seit sie beide wieder in Heubach waren, mittlerweile alles erzählt, was sich bei einem jeden in den Jahren der Abwesenheit, in denen der Briefwechsel nur spärlich war, zugetragen hatte. Gleich bei ihren ersten gemeinsamen Wegen nach Gmünd hatte Johann Bernhard etwas anvertraut. Bisher hatte sich noch keine Gelegenheit geboten, da sie bei ihren Treffen bisher nie allein gewesen waren. Und vor seinen Eltern oder seinem Onkel Jakob wollte Johann die Sache keinesfalls erwähnen. Im Gegenteil, seine von Sorgen geplagten Eltern sollten davon bis auf weiteres sowieso nichts wissen.

»In Heilbronn, der ersten Station, nachdem wir uns in Stuttgart getrennt haben, bin ich nicht lange alleine geblieben. Ich glaube, das habe ich dir damals noch geschrieben«, begann Johann seine Erzählung. »Ich habe dort Kathrin kennengelernt, ein immer gut gelauntes und lustiges Mädchen. Mit ihr habe ich Barbara am Ende völlig vergessen. Trotzdem bin ich nach einem halben Jahr weitergezogen. Ich hatte halt meinen Plan, den ich nicht wegen eines Mädchens aufgeben wollte. Der Abschied ist mir nicht leicht gefallen. Auch Kathrin hat zum Abschied fürchterlich geweint und mir sind auch fast die Tränen gekommen.«

»Hast du sie denn nicht heiraten wollen?«, fragte Bernhard, der sich nicht vorstellen konnte, ein Mädchen zu verlassen, das man liebte.

»Wie hätte das denn gehen sollen, ich war doch so gut wie mittellos und Kathrin war Kindermädchen und hatte kaum Ersparnisse. Nein, ich bin nach Krefeld weitergezogen, so wie ich es mir vorgenommen hatte. Es hat nur ein paar Wochen gedauert, da habe ich Lene kennengelernt. Sie ist Modistin im Hutsalon ihrer Mutter, einer Witwe. Ihr Vater ist schon lange tot. Auf meinem täglichen Weg zur Arbeit bin ich immer an dem Hutladen vorbeigekommen und manchmal habe ich Lene gesehen, wenn sie den Laden morgens auf- und abends wieder zugeschlossen hat. Sie ist bildhübsch. Für eine Frau ziemlich groß. Sogar eine Handbreit größer als ich, mit dunklen Haaren und dunklen Augen und einem vollen Mund, der zum Küssen einlädt. Sie ist schlank, hat aber einen großen Busen und einen strammen Hintern.« Johann unterbrach seine Erzählung und blickte für einen Augenblick verträumt in die Ferne. »Ich habe sie immer freundlich gegrüßt«, fuhr er dann fort, »und eines Abends habe ich sie angesprochen. Zuerst ist es bei kurzen Gesprächen vor dem Laden geblieben. Aber dann habe ich sie eines Sonntags auf einen Spaziergang und auf einen Kaffee eingeladen. Leicht war es nicht, sie zu erobern, aber dann hat sie doch nachgegeben. Es war im Sommer und ich habe den Spaziergang wie zufällig aus der Stadt hinausgelenkt, zu einem verschwiegenen Wäldchen mit weichen Moospolstern. Ach, Bernhard, was soll ich dir sagen – es war eine Wonne. Vielleicht auch deshalb, weil ich nicht ihr erster Liebhaber war. Seitdem waren wir unzertrennlich. Sie hat mich sogar ihrer Mutter vorgestellt und von da an wurde ich sonntags des Öfteren zum Mittagessen eingeladen. Von meinem Lohn konnte ich einiges zur Seite legen. Ich habe mich wirklich ernsthaft mit dem Gedanken getragen, Lene zu heiraten, sobald es meine Mittel erlaubten. Lene war so verrückt nach mir wie ich nach ihr. Jede Gelegenheit haben wir genutzt, um übereinander herzufallen. Diese Leidenschaft füreinander ist uns dann aber zum Verhängnis geworden. Lene wurde schwanger. Und zur gleichen Zeit, als Lene mir das eröffnet hat, ist der Brief meines Vaters eingetroffen, in dem er mich gebeten hat, nach Hause zu kommen, da es um die Seidenweberei schlecht stehe. Ich war in einer wahren Zwickmühle, das kannst du mir glauben. Mit einer schwangeren Braut bei den Eltern aufzutauchen schien mir keine gute Lösung zu sein. Aber wenigstens hat sich Lenes Mutter nach dem ersten Entsetzen über die Schwangerschaft ihrer Tochter als sehr verständig erwiesen. Lene ist ihr einziges Kind und dass sie mit mir von Krefeld weggehen könnte, war für sie unvorstellbar. Zusammen haben wir lange beratschlagt und sind dann zu dem Ergebnis gekommen, dass ich erst einmal nach Heubach reisen solle, um vor Ort die Situation selbst zu beurteilen. Dann würde man weitersehen. Wenn die Seidenweberei nicht mehr zu retten sei, könne ich nach Krefeld zurückkehren und Lene heiraten.«

»Und wenn sie noch zu retten ist?«, warf Bernhard ein.

»Dann weiß ich auch nicht.« Johann machte ein unglückliches Gesicht. »Auch ich bin das einzige Kind meiner Eltern, die sich auf mich verlassen. Ich könnte sie nicht so ohne weiteres alleine in Heubach zurücklassen. Lene müsste dann eben doch nach Heubach kommen. Eine andere Lösung sehe ich nicht. Und inzwischen ist ja auch mein Sohn geboren«, sagte er stolz. »Er heißt Johann wie ich. Dass ich ihn nicht sehen kann, bedrückt mich sehr.«

Bernhard war nahezu überwältigt vom Geständnis seines Vetters. »Da hast du wirklich keine leichte Entscheidung zu treffen«, sagte er mitfühlend. »Ich möchte nicht in deiner Haut stecken!«

Das Weihnachtsfest 1863 verlief ganz anders als in den Jahren zuvor. Bernhard und Jakob hatten sich überlegt, Thomas, Christine und Johann am ersten Weihnachtsfeiertag zu sich zum Mittagessen einzuladen, damit ihnen die Essenskosten erspart blieben. Bernhard holte sich bei Christine Rat, wie er das Festmahl zubereiten sollte. Einen Braten hatte Bernhard erst einmal gemacht. Mit Tante Christine verabredete er deshalb, dass er den Braten und die Kartoffeln aufsetzte und Christine dann eine Stunde vor dem Essen vorbeikommen sollte, um die Spätzle zu schaben und den Kartoffelsalat und die Soße abzuschmecken.

Punkt zwölf Uhr kamen dann Onkel Thomas und Johann. Jakob Schroth, der sich längst an die häuslichen Arbeiten gewöhnt hatte, deckte den Tisch. Einen Christbaum, wie ihn Christine all die Jahre liebevoll geschmückt hatte, gab es in der kleinen Schroth'schen Küche am Bühl nicht. Jakob hatte stattdessen zu jedem Teller einen kleinen duftenden Tannenzweig gelegt.

»Was für ein schöner Einfall, Jakob!«, rief Christine begeistert, der so ein Tischschmuck bisher noch nicht in den Sinn gekommen war.

Das Essen schmeckte allen vorzüglich.

Bei Tisch wurde das Thema Seidenweberei ausgespart, jedoch waren die tiefen Sorgenfalten auf Thomas Schroths Stirn nicht zu übersehen.

Christine schnitt erneut Bernhards Verheiratung an.

»Ich hätte gegen eine Schwiegertochter überhaupt nichts einzuwenden«, meldete sich Jakob zu Wort, dem die Vorstellung, eine Frau im Haus zu haben, sehr gut gefiel.

Bernhard versuchte sich herauszuwinden: »Da hättest du mich nicht so gut in der Haushaltsführung und im Kochen unterweisen dürfen«, konterte er geschickt und zwinkerte dabei seiner Tante zu. »Mir eilt es nicht, mir eine Frau zu suchen«, setzte er bestimmt hinzu, um dem Gespräch ein Ende zu machen.

Obwohl Johann sich sehr nach seiner kleinen Familie sehnte, ließ er sich mit der Schuhmacherstochter Ursula Ulmer ein. Bernhard erzählte er erst davon, als sich Ursula bereits in anderen Umständen befand.

»Wie konntest du nur!«, entfuhr es Bernhard vorwurfsvoll, als Johann ihn eines Abends Ende Januar an der Fabrik abholte und seine Verfehlung beichtete. »Ich dachte, du liebst deine Lene und euer Kind!«

»Das tue ich ja auch!«, beteuerte Johann verzweifelt. »Aber sie ist so weit weg. Schreiben können wir uns auch nicht oft, damit meine Eltern nicht misstrauisch werden. Vater hat sowieso schon gefragt, wer mir denn aus Krefeld schreibt.«

»Und jetzt?« Bernhard sah Johann ziemlich ungehalten an. Der Lärm der Webstühle brummte noch in seinem Kopf, und jetzt kam auch noch so ein unseliges Geständnis dazu.

»Ursula ist im zweiten Monat. Gestern Abend hat sie es mir gesagt«, ließ ihn Johann wissen. »Sie bedeutet mir nichts, sie hat mir halt schöne Augen gemacht und ich habe die Gelegenheit ausgenutzt.« Johann senkte beschämt den Kopf.

»Johann, ich verstehe dich nicht, wie kannst du dich nur so liederlich benehmen! Hast du nicht so schon genug Probleme? Musst du dir da auch noch eine weitere Frauengeschichte aufhalsen?«

Bernhards scharfe Worte schmerzten Johann sehr. So hatte sein Vetter noch nie mit ihm geredet. Schweigend stapften sie die verschneite Straße bis zum Marktplatz nebeneinander her.

»Solltest du nicht einmal offen mit deinen Eltern reden?«, fragte Bernhard, als sie an dem mit Brettern und Stroh verpackten Marktbrunnen ankamen.

»Vielleicht hast du recht«, sagte Johann kleinlaut. »Jetzt ist sowieso schon alles egal. Die Seidenweberei ist nicht mehr zu halten. Die Schulden häufen sich und womöglich kommt es schon bald zu einer Versteigerung.«

Bernhard war bestürzt. Obwohl ihm die schlechte wirtschaftliche Lage seines Onkels ja nicht unbekannt war, trafen ihn Johanns Worte tief. »Versteigerung? Ja, um Himmels willen! Kann man denn da gar nichts mehr machen?«

»Ich fürchte nein.«

Johann war nun völlig niedergeschlagen. Er hätte sich ohrfeigen können wegen seines Leichtsinns. Warum hatte er sich nicht einfach nur auf die Geschäfte und die Seidenweberei konzentrieren können? Warum musste er zu allem Übel auch noch einem Weiberrock hinterherrennen? Er scharrte mit seiner Stiefelspitze im Schnee.

Bernhard erfasste Mitleid mit Johann und er klopfte ihm ermutigend auf die Schulter: »Versuche reinen Tisch zu machen. Dafür ist es nie zu spät. Sprich mit deinen Eltern und der Ursula – auch wenn es dir schwerfällt.«

Johann atmete tief ein und mit einem leisen Seufzer wieder aus. Dann nickte er, sah Bernhard bedrückt an und verabschiedete sich wortlos mit einem freundschaftlichen Klaps auf den Arm.

Im späten Frühjahr 1864 wurde das schöne Haus von Thomas Schroth bei der Unteren Mühle mitsamt der Werkstatt und ihrem Inventar versteigert. Thomas hatte in den letzten Monaten vor Kummer stark an Gewicht verloren und seine Frau Christine kam aus dem Weinen nicht mehr heraus. Als ihr Sohn Johann sie auch noch davon in Kenntnis setzte, dass er die Tochter des Schuhmachers Ulmer geschwängert und in Krefeld bereits ein Kind mit einem anderen Mädchen hatte, war es um beider Fassung vollends geschehen. Eine Heimsuchung schien die andere zu jagen. Und als ob die Schande noch nicht groß genug gewesen wäre, zeigte Schuhmacher Ulmer Johann auch noch an, weil der von Ursula nichts mehr wissen wollte und bereits angekündigt hatte, er werde keinesfalls gestatten, dass das Kind, wenn es auf der Welt sei, seinen Namen führen dürfe. Das Oberamt Gmünd verurteilte Johann wegen Unzucht zu zwei Tagen Arrest. In letzter Minute gelang es ihm, die Strafe in eine Geldstrafe von fünf Gulden umwandeln zu lassen.

Jakob Schroth kam mit der Tatsache, dass sein jüngerer Bruder nun vor dem völligen Ruin stand, überhaupt nicht zurecht. Wenn er selbst in einen solchen Abgrund gestürzt wäre, hätte ihn das weniger verwundert. Es tröstete ihn überhaupt nicht, dass Thomas für sich und Christine auf dem Schloss der freiherrlichen Familie vom Holz in dem zwei Stunden nordöstlich von Gmünd liegenden Alfdorf über eine Zeitungsanzeige eine Anstellung gefunden hatte. Sein Bruder war schließlich Weber und kein Landmann, der sich um Felder und Fischteiche kümmerte. Aber genau das sollte dort seine Aufgabe sein.

Thomas versuchte seinen Bruder zu beruhigen: »Die Stelle ist wirklich gut, Jakob. Wir bekommen dort eine kleine Wohnung und Christine wird zudem im Haushalt beschäftigt. Wir werden also unser Auskommen haben. Ich kann mich glücklich schätzen, dass ich mit meinen dreiundfünfzig Jahren noch eine solche Stelle gefunden habe. Wenn Johann will, kann auch er dort arbeiten. Zu dem riesigen Anwesen gehört auch eine Brauerei, dort werden immer fleißige Hände gesucht.«

»Bierfässer rollen?«, brummelte Jakob.

»Ich glaube eher, dass Johann nach Krefeld zurückgeht und die Mutter seines Sohnes heiratet. Vielleicht kann er dort auch wieder in der Seidenwarenfabrik arbeiten, in der er schon vorher beschäftigt gewesen ist«, versuchte Thomas seinen Bruder zu beschwichtigen. »Auch wenn unsere Familie jetzt auseinandergerissen wird, wir müssen Gott danken, dass sich in dem ganzen Unglück alles noch zum Guten wendet.«

Jakob kämpfte mit den Tränen. »Du wirst mir fehlen – du und Christine und natürlich auch Johann. Ich kann mir gar nicht vorstellen, wie das ist, wenn ihr nicht mehr hier seid.«

Bernhard hatte in der Fabrik um einen freien Tag gebeten, damit er helfen konnte, den Hausrat der Familie auf das Fuhrwerk zu laden, das Onkel Thomas und seine Familie nach Alfdorf bringen sollte.

Für Bernhard und seinen Vater war es ein unbeschreiblich schmerzhaftes Gefühl, das Fuhrwerk die Straße hinunterrollen zu sehen. Onkel Bernhard stand mit bleichem, unbeweglichem Gesicht vor seinem Kramladen und sah ebenfalls seinen Verwandten hinterher. Was hatten ihm die Leute während der letzten Wochen für Löcher in den Bauch gefragt, wenn sie ihre Einkäufe getätigt hatten. Mitgefühl bis schlecht verhohlene Schadenfreude hatten sie gezeigt. Ständig war er auf die Versteigerung der Schroth'schen Seidenweberei angesprochen worden. Thomas Schroth hatte eben auch viele Neider gehabt. Und über das Unzuchtsvergehen seines Sohnes Johann würden sich die Leute noch geraume Zeit die Mäuler zerreißen. Ursula Ulmer würde mit ihrem schwellenden Leib noch eine ganze Weile daran erinnern, auch wenn Johann längst nach Krefeld abgereist war.

Kapitel X

Bernhard stürzte sich in die Arbeit, die sich für ihn bisher immer als die beste Medizin erwiesen hatte. Doch der Schreck über den finanziellen Niedergang seines Onkels saß tief. Bernhard fragte sich mehr als einmal, ob ihm so etwas auch passieren könnte. Er konnte es sich zwar nicht vorstellen, aber als Korsettweber konnte man auch schnell entlassen werden, wenn die Waren sich nicht absetzen ließen. Die Geschäfte der Schneider'schen Korsettfabrik gingen derzeit gut. Trotzdem konnte man nie wissen …

Lange überlegte Bernhard, wie er sich am besten gegen so ein Unheil, wie es seinem Onkel wiederfahren war, wappnen könnte. Als er im Herbst 1864 hörte, dass am Sand an der Halden, einem Hang jenseits des Klotzbaches und nicht allzu weit vom Bühl entfernt, zwei Äcker zum Verkauf standen, griff er zu.

Jakob Schroth stöhnte: »Bernhard, wer soll denn die beiden Äcker bestellen? Mir wird ja der Garten am Haus schon zu viel.«

»Überleg doch«, versuchte Bernhard seinen Vater zu überzeugen, »dort stehen auch Zwetschgen-, Äpfel- und Birnbäume und ein Walnussbaum. Wir werden genügend Gemüse und Obst haben. Man weiß nie, wie schlecht die Zeiten noch werden.«

Jakob schüttelte den Kopf. »Aber Conrad und Georg sind doch nur zum Schlafen hier, wir sind doch nur zu zweit, wer soll denn das alles essen? Oder trägst du dich mit dem Gedanken zu heiraten?«

Bernhard sah seinen Vater wie vom Donner gerührt an. Heiraten?

»Ja, ich werde heiraten«, sagte er dann. Ganz selbstverständlich waren ihm die Worte über die Lippen gekommen.

Sein Vater stutzte. Er hatte das doch nur so ins Blaue hinein gesagt. Nun war er von Bernhards Reaktion völlig überrascht.

»Ja, hast du denn ein Mädchen?«, wollte er wissen?

»Vielleicht! Vielleicht habe ich ein Mädchen! Lass dich überraschen, Vater. Mehr kann ich dir im Augenblick nicht dazu sagen.«

Die Frage seines Vaters hatte in Bernhards Herz eine Tür aufgestoßen. Der Groll gegen Elisabeth hatte sich auf einmal in Luft aufgelöst und er merkte, wie sehr er sich noch immer wünschte, sie zur Frau zu nehmen.

Gleich am nächsten Sonntag, einem sonnigen Herbsttag wie aus dem Bilderbuch, machte er sich auf den Weg nach Aalen. Alles schien ihm nun völlig klar zu sein. Er würde Elisabeth in ihrer Unterkunft im »Löwen« aufsuchen. Ihm war bewusst, dass die Begegnung nach so vielen Jahren auch entäuschend für ihn verlaufen konnte. Aber darauf wollte er es ankommen lassen. Er spürte eine unbändige Kraft in sich, die einer Entscheidung entgegendrängte. Wenn Elisabeth ihn zurückweisen würde oder wenn sie einen anderen hatte, würde er sie endgültig vergessen und sich ein anderes Mädchen suchen.

Eiligen Schrittes strebte er Unterböbingen zu, das mit dem Ausbau der Remsbahn eine Bahnstation erhalten hatte. Dort stieg er nach einer halben Stunde Wartezeit in den Zug ein, der ihn noch vor dem Mittagessen nach Aalen brachte. Vom Bahnhof bis zum »Löwen« war es nicht weit – die Straßen und Gassen der Stadt waren Bernhard so vertraut, wie wenn er erst gestern das letzte Mal hier gewesen wäre. Sein Herz klopfte inzwischen vor Aufregung und ein wenig erschrak er nun doch vor seiner eigenen Courage.

Die Bedienung in der Gaststube hatte alle Hände voll zu tun, denn die Tische waren voll besetzt – es war Frühschoppenzeit. Als er sich bei ihr nach Elisabeth und ihrer Schwester erkundigte, wies sie mit einer fahrigen Handbewegung ins Treppenhaus.

»Im zweiten Stock, das zweite Zimmer rechts«, ließ sie ihn wissen.

In dem innenliegenden Treppenhaus war es ziemlich dunkel und nur auf dem ersten Treppenabsatz fiel etwas Licht durch ein schmales Fenster, das lediglich ein paar Handbreit von der nächsten Hauswand entfernt war. Oben angekommen, klopfte er zweimal kräftig an die Tür des zweiten Zimmers auf der rechten Seite des breiten Hausganges.

Ein junges, dunkelhaariges Mädchen in einer hellen Bluse und einem weiten dunkelblauen Rock öffnete und sah Bernhard fragend an.

»Ich bin Bernhard Schroth und möchte zu Elisabeth.« Er zögerte kurz, weil ihm das Mädchen bekannt vorkam, dann fragte er: »Bist du Anna Barbara?«

Bevor das Mädchen jedoch antworten konnte, war Elisabeth herbeigestürzt und schob ihre Schwester zur Seite.

»Bernhard, ja ist das denn die Möglichkeit! Wo kommst du denn her?« Elisabeth streckte ihm ganz unbefangen die Hand entgegen. »Komm doch herein.«

So einfach und ungezwungen hatte sich Bernhard das Wiedersehen mit Elisabeth nicht im Entferntesten vorgestellt.

Er sah sich um. Das Zimmer war nicht übermäßig groß, machte aber einen gemütlichen Eindruck. Vor dem Fenster stand ein kleiner Tisch mit zwei Stühlen. Zwei Betten standen links und rechts an der Wand. Das restliche Mobiliar erschöpfte sich in einem schmalen Schrank und einer winzigen Waschkommode mit einer Porzellanschüssel und einem Wasserkrug darauf.

Elisabeth bat Bernhard Platz zu nehmen. Sie selbst setzte sich ihm gegenüber und Anna Barbara ließ sich auf einem der Betten nieder.

»Ich bin mit der Eisenbahn von Unterböbingen hergekommen«, begann Bernhard zögernd. »Seit letztem Jahr bin ich nämlich wieder in Heubach.«

»Seit letztem Jahr schon.«

Es war mehr eine Feststellung als eine Frage. Elisabeth räusperte sich und wusste plötzlich nicht mehr so recht, was sie sagen sollte.

»Wie geht es dir denn?«, half Bernhard ihr ein wenig auf die Sprünge.

»Oh, mir geht es eigentlich ganz gut«, sagte Elisabeth schnell und strich sich dabei über das glatt nach hinten frisierte blonde Haar, das im Nacken zu einem Knoten gedreht war. »Anna Barbara und ich arbeiten seit ein paar Jahren in der Wollspinnerei.«

»Das habe ich schon von Meister Burkhardt gehört, als ich ihn in Lauterburg besucht habe«, sagte Bernhard und sah Elisabeth dabei offen an.

Sie presste die Lippen ein wenig zusammen und fragte dann gedehnt: »Hast du da auch bei meinen Eltern vorbeigeschaut?«

»Ehrlich gesagt konnte ich mich dazu nicht überwinden. Margret hatte gerade erst ihr Kind bekommen, und wie mir die Meisterin berichtete, geht es eurem Vater gesundheitlich nicht besonders gut.«

»Eine schöne Umschreibung«, sagte Elisabeth bitter und warf ihrer Schwester dabei einen Blick zu.

»Ja, ich habe schon gehört, dass es bei euch daheim nicht zum Besten steht.«

Bernhard wollte nichts beschönigen und er war jetzt auch nicht mehr befangen. Das Gespräch sollte von Anfang an aufrichtig sein. Er wollte mit offenen Karten spielen und hoffte, dass Elisabeth es auch tun würde.

Sie war so hübsch, wie er sie in Erinnerung hatte. Ein paar Fältchen um die Augen und auf der Stirn waren zwar dazugekommen, verliehen ihr aber einen angenehmen und reiferen Eindruck. Ihre gesamte Erscheinung wirkte frisch und gepflegt. Sie trug eine cremefarbene Bluse zu einem weiten, leicht glänzenden grünen Rock, ganz wie es der Mode entsprach. Bernhard fragte sich unwillkürlich, ob sie wohl ein Korsett trug, das ihren Oberkörper und die Taille so schön formte. Ihrem Rock und auch dem ihrer Schwester gab auf jeden Fall eine Krinoline, ein mit Rosshaar verstärkter Unterrock oder womöglich schon ein neueres Modell aus Metallstreifen und -bändern die Weite – da war sich Bernhard ganz sicher. Schließlich kannte er sich ja längst von Berufs wegen mit der weiblichen Unterwäsche aus. Falls Elisabeth kein Korsett trug, so doch mindestens ein selbstgenähtes Schnürleibchen, vermutete er stark.

Als er merkte, dass seine Gedanken abschweiften, riss er sich zusammen. »Wir könnten zusammen zu Mittag essen«, schlug er vor, um der ganzen Situation mehr Leichtigkeit zu geben.

»Oh ja, gerne«, willigte Elisabeth sogleich ein.

Sie war froh, dass die häuslichen Verhältnisse in Lauterburg nicht weiter Gegenstand des Gesprächs waren.

»Wir essen sonst immer unten in der Wirtschaft«, erklärte Anna Barbara, »aber wir könnten doch auch einmal woanders hingehen, meinst du nicht auch, Elisabeth?«

»Wie wäre es mit dem ›Goldenen Lamm‹, da bin ich früher immer mit meinem Meister eingekehrt, wenn wir unsere Webwaren zum Verleger Bruker brachten«, schlug Bernhard vor.

Nach einem guten Mittagessen, während dessen alle drei munter miteinander plauderten, hatte Bernhard erfahren, dass Margret mit ihrem Töchterchen noch immer bei den Eltern in Lauterburg wohnte. Sie habe dort im »Lamm« Elisabeths Stellung angenommen, während ihre Stiefmutter wenig begeistert auf die kleine Elisabeth aufpasse. Bernhard fragte Anna Barbara, ob es ihr recht sei, wenn nur er und Elisabeth einen Spaziergang machen würden. Man habe sich einiges zu erzählen.

Anna Barbara verstand natürlich sofort. »Geht nur«, sagte sie betont fröhlich, »ich wollte sowieso noch an meiner neuen Bluse nähen.«

»Wir können uns ja nachher alle wieder zum Kaffeetrinken im ›Löwen‹ treffen«, bot Bernhard an.

Anna Barbara lächelte ihm erfreut zu und rief, bevor sie in entgegengesetzter Richtung davonging: »Na, dann bis nachher!«

Während sie durch die Gassen schlenderten, kam Bernhard ohne Umschweife auf seine Gefühle für Elisabeth zu sprechen – auf die alten und die neuen.

»Es hat mich damals schwer getroffen«, sagte er ruhig, »dass du auf meinen Brief aus Stuttgart nicht geantwortet hast. Ich habe gewartet und gewartet. Schließlich habe ich es nicht mehr ausgehalten und an Meister Burkhardt geschrieben. Von ihm habe ich erfahren, dass du ein Kind bekommen hast und dass es gestorben ist. Das tut mir aufrichtig leid, Elisabeth. Aber dass du dich, kaum dass ich weg war, mit einem anderen eingelassen hast, hat mich schwer enttäuscht – ich hatte lange Zeit sehr damit zu kämpfen.«

»Was damals geschehen ist, tut mir so leid, Bernhard. Ich war so dumm.« Elisabeth sah Bernhard von der Seite an. Als er jedoch ihren Blick vermied, fuhr sie fort: »Du warst noch so jung und so weit weg in Stuttgart. Ich konnte mir an einer Hand ausrechnen, dass du nicht so schnell wiederkommen würdest. Und dann kam dieser Christian Weiler. Er war von Degenfeld und hat mir das Blaue vom Himmel herunter versprochen.«

Bernhard hob abwehrend die Hand. »Bitte, Elisabeth, ich will das alles gar nicht so genau wissen. Meister Burkhardt hat geschrieben, dass der Mann sich von dir abgewendet hat, als das Kind gestorben ist.«

»Das stimmt nicht ganz.« Elisabeth liefen Tränen über die Wangen. »Schon vor der Geburt war zwischen uns alles zu Ende. Er hat sich einfach nicht mehr blicken lassen. Nur die Namensführung für das Kind hat er nach der Geburt noch gestattet.« Elisabeth zögerte. »Da ist noch mehr … Bernhard, ich habe mich schwer versündigt«, sagte sie stockend. »Als das Kind nach drei Wochen gestorben ist – war ich erleichtert. Ich schäme mich bis heute unendlich dafür, aber genauso war es. Ich denke oft, der kleine Jakob hat gespürt, dass ich ihn nicht haben wollte, und ist deshalb gestorben.«

Bernhard verschlug es für einen Augenblick den Atem. Welche Abgründe taten sich da vor ihm auf! Wie verzweifelt musste Elisabeth gewesen sein, wenn sie sich den Tod ihres Kindes gewünscht hatte! Er hatte schon von Fällen gehört, wo ledige Mütter ihre Kinder nach der Geburt aus Verzweiflung erstickt hatten. Verzweiflung! Mit einem solchen Geständnis hatte er nicht gerechnet und sein schöner Plan kam auf einmal beträchtlich ins Wanken.

Elisabeth wischte sich mit einem Taschentuch die Tränen aus dem Gesicht. »Ich weiß, es gibt keine Entschuldigung für solche Gedanken.«

»Du hättest es mir auch verschweigen können.« Bernhard blieb stehen und sah Elisabeth an. »Dass du es mir gesagt hast zeigt, dass du mir vertraust.«

Elisabeth fiel bei Bernhards Worten ein Stein vom Herzen. »Ja, es ist wirklich, weil ich dir vertraue. Du stehst mir immer noch nahe, auch wenn wir uns so lange nicht gesehen haben. Wenn ich das nur früher mehr zu schätzen gewusst hätte!«

Bernhard spürte, dass Elisabeths Bedauern echt war und sie ihm nichts vorspielte. »Elisabeth«, sagte er deshalb, »lass uns die alten Geschichten vergessen. Ich bin hergekommen, um dich zu fragen, ob du meine Frau werden willst.«

Elisabeth sah Bernhard ungläubig an. Doch dann breitete sich ein solches Strahlen über ihr Gesicht aus, dass Bernhard von ihrem Anblick ganz verzaubert war.

Bernhard ergriff Elisabeths Hände und strahlte ebenfalls. »Ja, willst du denn überhaupt meine Frau werden?«

»Ja, ja, das will ich!«, rief sie und fiel ihm mitten auf der Straße um den Hals.

Bernhard achtete nicht auf die Passanten, von denen einige amüsiert grinsten und einige den Kopf schüttelten. Das war seine Elisabeth, so wie er sie kannte. Voller Gefühl und ein wenig keck. Er fühlte sich unbeschreiblich gut. Eine Zukunft mit Elisabeth lag vor ihm, nichts anderes hatte er sich je gewünscht.

In den folgenden drei Monaten sahen sich Bernhard und Elisabeth öfter. Als Bernhard Elisabeth seinem Vater vorstellte, war Jakob ganz angetan von der hübschen, gutgelaunten jungen Frau, die ihm sein Sohn als Braut präsentierte. Dass sie mit ihren achtundzwanzig Jahren nicht mehr ganz jung und drei Jahre älter war als Bernhard, störte ihn nicht. Die Schroths hatten bekanntlich schon immer einen Hang zu älteren Frauen gehabt. Bernhards Mutter und Großmutter waren dafür das beste Beispiel.

Elisabeth half bei ihren Besuchen gerne mit, das Gemüse und die Früchte, die Bernhard und sein Vater auf den neuen Äckern geerntet hatten, zu verarbeiten. Nach einem gemeinsamen Mittagessen saßen sie an den Sonntagen zu dritt am Küchentisch und schnitten Kraut, um es in zwei Holzfässchen einzulegen. Oder sie bereiteten das Obst zum Dörren vor. Da der Platz im Backrohr des Ofens begrenzt war, wurden die Äpfel in Ringe geschnitten, auf Schnüre gezogen und in der Küche unter der Decke aufgehängt. Ein herrlicher Duft erfüllte dann den Raum.

Am 31. Januar 1865, einem Dienstag, traute Pfarrer Tritschler, der Nachfolger von Pfarrer Scholl, das Paar in aller Stille, denn Elisabeth war bereits im vierten Monat schwanger. Nach der Begegnung in Aalen und Bernhards Heiratsantrag waren sie so glücklich gewesen, dass sie sich in ihrem Überschwang bald darauf einander hingegeben hatten. Da Bernhard völlig unerfahren und in Liebesdingen längst nicht so bewandert war wie sein Vetter Johann, wurde Elisabeth sofort schwanger. Sie arbeitete noch bis Ende Januar, solange man ihr die Schwangerschaft nicht ansah, in der Wollspinnerei, denn sie wollte so lange wie möglich Geld verdienen, um ihre magere Aussteuer zu ergänzen. Ein großer Teil ihres Verdienstes war ja an die Eltern nach Lauterburg gegangen.

Johannes Geißler und seine Frau Dorothea waren wenig begeistert, als Elisabeth ihnen mitteilte, dass sie heiraten werde.

»Und von was sollen wir leben? Hast du daran auch einmal gedacht? Das bisschen, was Anna Barbara schicken kann, wird hinten und vorne nicht reichen«, zeterte die Stiefmutter.

Doch auch hierfür fand sich alsbald eine Lösung. Margret kündigte ihre Stelle im »Lamm« in Lauterburg und trat stattdessen in die Wollfabrik in Aalen ein, wo sie etwas mehr verdiente. Anstelle von Elisabeth teilte sie sich jetzt das Zimmer mit ihrer Halbschwester Anna Barbara. Die kleine Elisabeth ließ sie mit gemischten Gefühlen nun ganz in der Obhut ihrer Stiefmutter zurück. Es wird schon gehen, beschwichtigte sich Margret selbst. Dorothea hatte sich ja auch schon um das Kind gekümmert, als sie von morgens bis abends im »Lamm« beschäftigt war.

An die beiden Schlafgäste Conrad und Georg wurde weiterhin vermietet. Bernhard holte eines der alten Betten mitsamt einem Nachtkästchen vom Dachboden und polierte beides auf. Die Möbel ergänzten in seiner Kammer sein eigenes Bett perfekt zum Ehebett.

Elisabeth brachte keine eigenen Möbel mit, was nicht weiter schlimm war, da das Schroth'sche Häuschen bereits ausreichend möbliert war. Dafür nannte sie einiges an Kleidung ihr Eigen. Tatsächlich auch zwei selbstgenähte Schnürleibchen, wie sich Bernhard nun mit eigenen Augen überzeugen konnte, und eine moderne Krinoline aus Metallbändern – denn auf schöne Garderobe hatte Elisabeth in den letzten Jahren mehr Wert gelegt als auf Geschirr und Küchengerät. In den vergangenen Monaten jedoch hatte sie sich noch mit Bettzeug, Stoff für Bettbezüge und zwei weißen Tischtüchern eingedeckt.

Anna Barbara half ihr wochenlang beim Nähen, so dass sie wenigstens nicht ganz mit leeren Händen in ihr neues Heim einziehen musste. Außer ihrem Nähzeug und mehreren Ellen Stoff brachte sie zudem ein Sparkapital von 85 Gulden und 40 Kreuzern mit. Nicht allzu viel, aber immerhin besser als gar nichts.

Bernhard gewöhnte sich schnell an die Rolle des verheirateten Mannes. Freudig hatte er seine Hochzeit mit Elisabeth in einem Brief nach Alfdorf und einem nach Krefeld angezeigt – und umgehend die besten Glückwünsche erhalten. Bald konnte er sich überhaupt nicht mehr vorstellen, wie es war, ohne Elisabeth zu leben.

In der Fabrik hatte er für seine Frau gleich nach der Hochzeit um Heimarbeit nachgefragt. Da sie gerne nähte, wäre das Fertigmachen der Korsetts, die so schöne Namen trugen wie Martha, Lydia, Veronika und Margarethe, genau die richtige Arbeit für sie. Elisabeth wollte gerne ein paar Kreuzer zur Haushaltskasse beitragen. Aber die Heimarbeit war begehrt und daher im Augenblick nicht verfügbar. Elisabeths Name wurde auf eine Warteliste gesetzt.

Jakob Schroth war erleichtert, dass die Schwiegertochter nun den Haushalt führte. Das Essen, das sie zubereitete, war schmackhaft, aber dennoch hatte Jakob immer weniger Appetit. Egal was er aß, er bekam davon Magendrücken. Bald graute ihm, sich an den gedeckten Tisch zu setzen, und schon der Geruch der Speisen verursachte ihm Übelkeit. An den Webstuhl setzte er sich gar nicht mehr und bald war er so schwächlich, dass er sich tagsüber öfter aufs Bett legen musste. Auch die kalte Winterluft machte ihm zu schaffen. Kaum streckte er die Nase vor die Tür, überkam ihn ein beängstigendes, rasselndes Husten.

Elisabeth versorgte Jakob bestens und er hörte ihr gerne zu, wenn sie ihn mit Geschichten aus Lauterburg, als Bernhard dort noch Lehrling und ihr Nachbar gewesen war, von seinen Gebrechen ablenkte.

Innerhalb weniger Tage trafen zwei dicke Briefe ein. Onkel Thomas schrieb an Bernhards Vater, es gehe ihm und Christine in Alfdorf gut. Der Ort sei schön und habe fast schon ein städtisches Aussehen. Es gebe mehrere Mahl-, Öl- und Sägemühlen und neben anderen Handwerkern auch viele Weber. Die Tradition des Ortes liege jedoch seit jeher im Töpferhandwerk. Die Wohnung, in der er und Christine lebten, liege in einem Nebengebäude des Schlosses. Sie sei mit einer Wohnküche und einer Schlafkammer zwar klein, aber warm und trocken und für zwei Personen völlig ausreichend. Christine sei mit ihrer Arbeit zufrieden. Ihre erste Arbeit am frühen Morgen bestehe darin, die Öfen anzuheizen. Das Holz hierfür werde vom Hausburschen bereitgestellt, so dass sie wenigstens nicht schwer schleppen müsse. Danach obliege es ihr, zusammen mit einem weiteren Dienstmädchen die Räume der Herrschaft sauber zu halten, die man natürlich überhaupt nicht mit den Räumlichkeiten einfacher Leute vergleichen könne. Meterhohe schwere Vorhänge zierten die Fenster. Die Räume seien angefüllt mit Teppichen, Tischchen, gepolsterten Stühlen, Sesseln, Kommoden und Glasschränken mit kostbarem Geschirr und allerhand Zierrat, ganz zu schweigen von den Kronleuchtern an der Decke. *Das ist halt eine ganz andere Welt als die, die wir von Heubach kennen,* schrieb Thomas, und Jakob war, als würde er das Seufzen seines Bruders vernehmen, während er diese

Zeilen geschrieben hatte. Was ihn selbst betreffe, fuhr Thomas fort, so wolle er nicht jammern. *Ich war halt Seidenweber mit Leib und Seele. Stall- und Feldarbeit ist dagegen nicht so meine Sache. Aber wenn ich in Versuchung komme, den alten Zeiten nachzutrauern, halte ich mir immer vor Augen, wie gut wir es in unserem Unglück noch getroffen haben – immerhin ist uns der Gang ins Armenhaus erspart geblieben.*

Jakob war bedrückt, als er den Brief zusammenfaltete. Sich seinen Bruder als Knecht vorzustellen, fiel ihm schwer.

Wesentlich erfreulicher klangen die Zeilen, die Bernhard von seinem Vetter erhielt. Geradezu euphorisch schilderte Johann sein Leben in Krefeld. Lene und ihre Mutter hätten ihn mit offenen Armen empfangen und so sei einer Hochzeit nichts mehr im Wege gestanden. In dem Zimmer, das sich an den Hutsalon anschloss und das den beiden Frauen als Werkstatt diente, habe man eine Ecke freigeräumt und dort ein Laufställchen eingerichtet, in dem der kleine Johann unter den Augen seiner Mutter und Großmutter spielen und schlafen könne. Lene sei erneut schwanger und das Zusammenleben mit ihr und der Schwiegermutter gestalte sich äußerst angenehm. Dass er in Heubach die Ursula Ulmer geschwängert habe, habe er seiner Frau verschwiegen und so solle es auch in Zukunft bleiben. Bernhard möge aber doch in seinem nächsten Brief ein separates Zettelchen beilegen, in dem er ihm von Ursula und dem gemeinsamen Kind berichten solle. Gleich nach dem Lesen würde er den Zettel vernichten. Alles für den Fall, dass Lene Bernhards Brief lesen wolle. Was nun ihn selbst anbetreffe, so sei er bei der Firma Scheibler & Co., wo er schon vor seinem Weggang aus Krefeld gearbeitet habe, wieder mit Kusshand eingestellt worden. *Du kannst Dir nicht vorstellen*, schrieb Johann, *wie gut die Geschäfte hier laufen. Die Krefelder Seidenwaren werden fast in die ganze Welt exportiert. Wenn ich da an meinen armen Vater denke und daran, dass es uns einfach nicht gelungen ist, unsere Seidenweberei wieder in die Höhe zu bringen, bricht mir fast das Herz. Manchmal glaube ich, ich lebe hier in einer anderen Welt.*

Noch am gleichen Tag beantwortete Bernhard Johanns Brief. Er gratulierte ihm noch nachträglich zur Vermählung und teilte ihm, wie gewünscht auf einem extra Zettelchen, mit, dass Ursula Ulmer inzwischen einen Sohn namens Daniel geboren habe. Einmal habe er sie mit dem Kind, das schon laufen könne, auf der Straße gesehen. *Wenn man genau hinsieht, ist die Ähnlichkeit mit Dir, vor allem um Mund und Nase, unverkennbar. Das Haar Deines Sohnes ist allerdings rabenschwarz wie das seiner Mutter.* Ursula habe zwar seinen Gruß erwidert, sei jedoch nicht bei ihm stehen geblieben – offensichtlich wolle sie mit den Schroths nichts mehr zu tun haben.

Kapitel XI

Die beiden Äcker bestellte Bernhard im Frühjahr alleine. Sein Vater war zu gebrechlich und Elisabeth erwartete täglich die Geburt ihres ersten gemeinsamen Kindes. Bernhard nahm sich in der Fabrik einen Tag frei. Bereits im ersten Morgenlicht schaffte er die Saatkartoffeln in dem altersschwachen Leiterwagen, den die Schroths von jeher für Feldarbeiten nutzten, zur Halde hinüber. Als die Sonne im Mittag stand, waren auf einem Feld die Furchen gezogen, die Kartoffeln eingelegt und wieder mit Erde bedeckt. Nach einer kurzen Mittagspause nahm er sich den zweiten Acker vor und brachte den Krautsamen aus. Am späten Nachmittag, als auch das letzte Samenkorn mit Erde bedeckt war, richtete er seinen schmerzenden Rücken auf, stemmte die Arme in die Seiten und reckte sich. Zufrieden blickte er auf sein Tagwerk.

»Für dieses Jahr wäre es geschafft«, lobte er sich selbst.

Am 18. Mai kam Bernhards und Elisabeths Sohn Johann Bernhard zur Welt. Schon am nächsten Tag, einem Freitag, wurde ihre Freude jäh getrübt. Morgens kurz nach zehn Uhr drangen zu Elisabeth qualvolles Seufzen und seltsame Geräusche ins Schlafzimmer herauf, wo sie noch recht ermattet von der Geburt im Bett lag. Das Neugeborene lag friedlich schlafend neben ihr. Vorsichtig stieg sie aus dem Bett, um es nicht aufzuwecken. Nur in Hausschuhen, im Nachthemd und mit einem bunt gemusterten Schultertuch bekleidet, stieg sie die Treppe hinab. Alles war jetzt still, was sie aber keinesfalls beruhigte. Als sie das Zimmer ihres Schwiegervaters betrat, zuckte sie zusammen. Jakobs Oberkörper hing halb aus dem Bett. Er hatte seine Morgenmilch samt dem eingebrockten Schwarzbrot erbrochen. Offensichtlich wollte er sein Bett nicht beschmutzen und hatte sich herausgebeugt, als ihn der Tod ereilte.

Elisabeth wusste nicht, was sie tun sollte. Außer ihr und dem Kind war niemand im Haus. Sie stieg die Treppe zum Schlafzimmer wieder hinauf und zog sich an. Dann klopfte sie bei Schneider Hofele und bat ihn um Hilfe.

»Der Jakob! Tot?«, rief Hofele aufgeregt und folgte Elisabeth stehenden Fußes hinüber ins Schroth'sche Haus.

»Jemand muss Bernhard holen«, sagte Elisabeth und begann dabei vor Schwäche zu zittern.

»Leg dich hin«, sagte Hofele entschieden. »Ich helfe dir nach oben.«

Entschlossen ergriff er Elisabeths Ellenbogen und führte sie die Treppe hinauf. Das Kind schlummerte noch immer friedlich. Der Anblick des Kindes zauberte für einen kurzen Augenblick ein Lächeln auf Hofeles mageres Gesicht.

»Ich schicke dir meine Frau herüber und kümmere mich dann um alles«, sagte er. »Sei unbesorgt.«

Thomas und Christine Schroth schrieben aus Alfdorf und sprachen Bernhard ihr tiefes Mitgefühl aus. Für die Beerdigung entschuldigten sie sich. Bernhard vermutete, dass sie sich noch immer wegen ihres Bankrottes schämten und deshalb nicht kommen wollten. Trotzdem wurde es eine unerwartet große und feierliche Beerdigung. Die Weber der ehemaligen Zunft gaben Jakob das letzte Geleit. Wie aus einer vergangenen Zeit schienen sie wieder aufgetaucht zu sein, um einen der ihren zu Grabe zu tragen. Bernhard war sehr berührt, als er die alten in Schwarz gekleideten Männer mit ihren Zylindern dem Sarg folgen sah.

Der Tod holte Jakob Schroth im einundsechzigsten Lebensjahr.

Und er holte nicht nur ihn, sondern dreizehn Tage später auch seinen Enkel Johann Bernhard.

Elisabeth, der noch der Schrecken über den Tod des Schwiegervaters in den Knochen saß, brach weinend zusammen.

»Das ist die Strafe! Bernhard, Gott straft mich dafür, dass ich mein erstes Kind nicht haben wollte! Unser Kind ist genauso an Gichtern gestorben wie damals der kleine Jakob.«

Elisabeth schrie und weinte in einem fort. Bernhard war wie betäubt.

Zur Beerdigung stand Elisabeth nicht auf. »Ich kann es nicht, ich kann unser Kind nicht beerdigen. Ich kann es einfach nicht«, schluchzte sie.

Bernhard ging alleine. Außer Pfarrer Tritschler und ihm war nur seine Tante Catharina anwesend. Sie drückte Bernhard fest die Hand, nachdem der kleine Sarg im Grab verschwunden war, und begleitete ihn dann bis zur Fabrik, wo Bernhard gleich wieder seine Arbeit aufnahm.

»Ich weiß, was ihr jetzt durchmacht«, versuchte sie Bernhard zu trösten. »Dein Onkel und ich haben uns auch so sehr auf unser erstes Kind gefreut – und dann ist es tot geboren worden … und ein Jahr später ist unsere kleine Elisabeth mit noch nicht einmal einem Vierteljahr auch gestorben.«

Bernhard war noch immer wie betäubt, aber er dankte ihr für ihr Mitgefühl, und dass sie den Weg zum Friedhof mit ihm gemacht hatte, um ihm beizustehen.

»Wir sind doch eine Familie, da müssen wir doch zusammenhalten. Ich sehe jetzt gleich einmal nach Elisabeth«, sagte Tante Catharina schlicht.

Ein Kondolenzschreiben von Onkel Thomas und Tante Christine traf ein. Und auch ein Brief von Johann. Bernhard hatte ihn und seine Eltern nach dem Tod seines Vaters auch vom Tod seines Söhnchens in Kenntnis gesetzt.

Lieber Vetter Bernhard, liebe Elisabeth!

Die Schicksalsschläge, die euch innerhalb von nur zwei Wochen getroffen haben, sind so unermesslich, dass ich meine Trauer und mein Mitgefühl schier nicht in Worte fassen kann. Lene und meine Schwiegermutter sind bei der Nachricht vom Verlust eures Kindes in Tränen ausgebrochen. Es tut uns allen so leid.

Dass Onkel Jakob nicht mehr unter uns weilt, kann ich mir noch gar nicht richtig vorstellen. Es ist auch für mich schwer, einen Menschen zu verlieren, den man sein ganzes Leben lang gekannt hat. Und hier, so weit entfernt von Heubach, erscheint es mir besonders schwer. Wir wünschen euch für die nächste Zeit von ganzem Herzen viel Kraft.

Ich habe gottlob eine gute Arbeit, auch wenn die Zeiten nicht einfach sind. Seit dem Ende des amerikanischen Sezessionskrieges sind nämlich die Zölle unerhört angehoben worden. 60 Prozent des Warenwertes werden verlangt – sie nennen das Schutzzollpolitik. Na ja, irgendwie muss der amerikanische Staat die Verluste des Krieges ja wieder eintreiben. Stell Dir vor, Bernhard, die amerikanischen Zollbehörden schicken doch tatsächlich Spione nach Europa. Die schnüffeln alles aus, weil sie wissen wollen, ob der Wert der zu exportierenden Waren auch korrekt angegeben wird. Die Fabrikanten könnten den Wert ja wegen des hohen Zolls zu niedrig angeben. Aber die Firma Scheibler & Co., bei der ich noch immer beschäftigt bin, weiß sich zu helfen. Sie exportiert in mehrere Länder, nicht nur nach Amerika. Viele unserer Seidenwaren werden nach England geliefert, und außerdem stellen wir neuerdings neben hochwertigen, gemusterten Jacquardstoffen auch billigere Qualitäten wie Samte mit Baumwolle und andere Halbseidenstoffe her, so dass sich nicht nur die Bessergestellten Samt- und Seidenstoffe leisten können. Die Firma reagiert natürlich auch ständig auf neue Modeströmungen. Wie zurzeit, da die Krinolinen unmodern werden und man die Röcke mit Schleppen – natürlich aus Krefelder Samt – trägt. Andere Krefelder Seidenwebereien haben ihre Schwerpunkte auf die Herstellung von Krawatten, Paramenten- und Fahnenstoffen gelegt. Die Vereine schießen ja seit einiger Zeit wie die Pilze aus dem Boden und alle wollen sie eine schöne Vereinsfahne haben. Du siehst, lieber Bernhard, die Arbeit geht hier in Krefeld nicht aus. Bei der Arbeit muss man natürlich den Kopf zusammennehmen, denn wenn ein Webfehler entdeckt wird, gibt es eine Lohnkürzung. Einmal ist auch mir das schon passiert. Da ist der Werkmeister unerbittlich.

Nun habe ich aber genug von der Arbeit geschrieben. Inzwischen haben Lene und ich nach unserem Sohn Johann noch zwei Mädchen bekommen, Ella und Magda. Meine Schwiegermutter hat den Hutsalon inzwischen an Lene übergeben. Sie hilft aber noch mit, wo sie kann, und unterstützt Lene im Laden und mit den Kindern.

Für heute verbleibe ich mit den besten Wünschen und in großer Anteilnahme

euer Johann Schroth mit Familie
Krefeld, am 3. Juli 1865

Bernhard und Elisabeth taten Johanns Worte und die Anteilnahme seiner Familie gut. Seine Beschreibung der Krefelder Seidenproduktion entführte sie in eine andere Welt und lenkte sie für kurze Zeit von ihrem Schmerz ein wenig ab.

Still war es nun im Schroth'schen Häuschen am Bühl. Elisabeth erholte sich nur langsam vom Verlust ihres Söhnchens, auch ihr Schwiegervater fehlte ihr. Es war niemand mehr da, den sie umsorgen konnte. Als sie wieder bei Kräften war, ging sie auf die beiden Äcker hinüber und häufelte die Kartoffeln an. Als sie die Feldarbeiten beendet hatte, schlug sie Bernhard vor, ihr Schlafzimmer nach unten in Jakobs Stube neben der Werkstatt verlegen zu dürfen.

»Da ist es größer, heller und gemütlicher und im Winter können wir den Raum beheizen«, sagte sie.

Sie hoffte, dass der Wechsel ihr guttun würde und ihr in einem anderen Zimmer der Schmerz um den Verlust ihres Kindes leichter werden würde.

Bernhard war einverstanden.

Er staunte nicht schlecht, wie behaglich alles geworden war, nachdem Elisabeth den Raum und das Mobiliar einer gründlichen Reinigung unterzogen hatte und auf den massiven, aber altmodischen Ehebetten der vorigen Generationen Elisabeths Bettzeug mit der neuen Bettwäsche prangte. Das Fenster schmückten duftige, aber blickdichte weiße Musselinvorhänge.

Elisabeth fühlte sich tatsächlich besser. Und auch die Schlafgäste Conrad und Georg waren erleichtert, die Hausfrau nach den beiden Schicksalsschlägen wenigstens ab und zu wieder lächeln zu sehen. Auch einem Schwätzchen mit ihnen war sie nicht mehr abgeneigt. Morgens richtete Elisabeth die Kaffeesuppe, die sie zu viert am Küchentisch einnahmen. Abends saßen sie jetzt manchmal wieder in der Küche zusammen und unterhielten sich, wie es schon zu Jakobs Lebzeiten öfter der Fall gewesen war.

Conrad und Georg empfanden das Zusammenleben als angenehm, obwohl sie sich an den meisten Tagen beizeiten in ihre Kammer und in ihre Betten zurückzogen. In der wärmeren Jahreszeit, wenn es abends noch lange hell war, marschierten sie nach Feierabend am Samstag direkt von der Fabrik aus in ihre Heimatorte Weiler und Bartholomä. Im Winter machten sie sich entweder erst am Sonntagmorgen für einen kurzen Besuch dorthin auf oder sie blieben bei schlechtem Wetter ganz in Heubach. Elisabeth und Bernhard luden sie dann zu einem Nachmittagskaffee und einem Stück Kuchen ein.

Auch in der großen Politik hatte sich die Lage entspannt. Der amerikanische Sezessionskrieg war 1865 nach vier Jahren beendet. Bereits 1863 hatte Präsident Lincoln die Befreiung aller

Sklaven verkündet. Kurz nach Kriegsende wurde Lincoln von einem fanatischen Südstaatler ermordet. Die amerikanische Union blieb unter der Führung des Nordens zwar bestehen, der Süden jedoch war ruiniert. Die Sklavenfrage wurde zu einem Rassenproblem und die Baumwollproduktion verlagerte sich nach Indien und Ägypten. Aber in die siegreichen Nordstaaten floss neues Kapital und – der amerikanische Markt stand wieder offen. Für die württembergischen Korsettfabriken brachen goldene Zeiten an.

In der Schneider'schen Korsettfabrik lief die Produktion auf Hochtouren. Die Weber mussten täglich eine Stunde länger arbeiten, damit die Aufträge aus dem In- und Ausland fristgerecht ausgeliefert werden konnten. Selbstverständlich folgte man bei den Modellen der neuesten Mode. Waren die Korsetts bisher vorne unten abgerundet gewesen, liefen sie nun spitzer zu und die Taille verschob sich mehr nach oben. Um den modisch diktierten weiblichen Idealmaßen möglichst nahezukommen, wurde das Korsett hinten geschnürt und vorne zugehakt. In der Regel war es ohne Träger. Aber es wurden auch bequemere Modelle für ältere Damen und Modelle mit Trägern für junge Mädchen hergestellt. Die Korsetts bestanden zumeist aus Baumwolle oder glänzendem Satin, waren weiß oder farbig.

Elisabeth erhielt endlich die begehrte Heimarbeit. Bevor sie alle paar Tage ein Bündel der sorgfältig in weiße Baumwolltücher verpackten Korsetts in der Fabrik abholen durfte, musste sie zuerst ihre Fähigkeiten unter Beweis stellen. Als Vorlage bekam sie ein Musterkorsett und ein Korsett ausgehändigt, das sie zuhause »fertig machen« sollte. Nachdem sie diese Hürde bestens genommen hatte, gewöhnte sie sich an, bei der Arbeit systematisch und dadurch schnell vorzugehen. Jedes Korsett wurde in immer gleichen Arbeitsschritten vollendet. Zuerst festonierte sie die Kanten mit feinen Zäckchen, dann folgte die bunte Blümchenstickerei. Danach schob sie die Metallstäbe in die eingewebten Hohlräume ein und zuletzt nähte sie die Metallhaken an. Waren andere Modelle zu bearbeiten, erhielt sie wiederum ein Musterkorsett als Vorlage. Die Arbeit gefiel ihr – für Mode hatte sie schon immer eine Schwäche gehabt. Auch wenn der Stücklohn bescheiden war, kam doch Kreuzer zu Kreuzer hinzu. Zusammen mit der Zimmervermietung und Bernhards Lohn standen sie nicht schlecht da. Jeden Monat konnte Bernhard etwas auf sein Sparkonto bei der Oberamtskasse einzahlen.

Elisabeths und Bernhards anfängliche Leidenschaft füreinander hatte einer ruhigen und tiefen Zuneigung Platz gemacht. Am 18. Oktober 1866 wurde ihr Sohn Johann Georg geboren, benannt nach Elisabeths Vater. Johann Geißler war eine Woche vor der Geburt im Alter von 67 Jahren gestorben. Elisabeth hatte in ihrem Zustand den Weg nach Lauterburg hinauf nicht machen können, aber Bernhard hatte der Beerdigung beigewohnt.

Die Neuigkeiten, die er mit nach Hause brachte, waren nicht gerade gut. Margret hatte inzwischen noch ein lediges Kind bekommen, einen Bernhard. Sie hatte nun also ein Kind nach ihrer Schwester und einen Sohn nach ihrem Schwager benannt. Bernhard fand dies eher befremdlich als schmeichelhaft. Beide Kinder waren immerhin vom gleichen Vater, der jedoch keinerlei Anstalten machte, Margret zu heiraten. Dorothea Geißler hütete nun beide Kinder, während Margret wieder in der Wollspinnerei in Aalen arbeitete und sich das Zimmer im »Löwen« nach wie vor mit ihrer Schwester Anna Barbara teilte.

Wirklich gefreut hatte sich Bernhard darüber, dass er seine Meistersleute gesund angetroffen hatte. Meister Burkhardt bewege sich jetzt zwar mit Hilfe eines Stockes, berichtete er Elisabeth, ansonsten sei er aber noch gut beieinander und seine Frau Rosina habe sich, seit er sie das letzte Mal gesehen habe, kaum verändert.

Elisabeth nahm die Neuigkeiten gelassen entgegen. Lauterburg war ihr, seit sie mit Bernhard verheiratet war, fremd geworden. Natürlich stand ihr Margret immer noch nahe. Mit ihr war sie von klein an vertraut gewesen. Zusammen hatten sie die schweren Zeiten nach dem Tod ihrer Mutter durchgestanden, zusammen waren sie in Aalen in Dienst gegangen. Aber da hatte ja dann auch das Unheil in Gestalt von Christian Weiler seinen Lauf genommen. Heute verstand sie selbst nicht mehr, wie sie sich auf diesen windigen Burschen hatte einlassen können. Er hatte es eben gut verstanden, sich in einem guten Licht darzustellen und sie zu umgarnen. Nun ja, sie konnte nicht leugnen, dass es ihr geschmeichelt hatte, als der redegewandte Christian, der als Wollhändler in den Aalener Manufakturen aus- und einging, sich für sie interessierte. Das und die Aussicht, seine Frau zu werden und auf diesem Wege der Fabrikarbeit zu entkommen, hatten ihr gründlich das Gehirn vernebelt. Heute sah sie das klar.

Damals wirklich auf Bernhard zu warten, war ihr nicht ernst gewesen, obwohl er mit seinen dunkelbraunen Haaren und seinen schönen blauen Augen ihr schon von Anfang an gefallen hatte. Sein Wesen war so angenehm gewesen, und da er damals so jung und unerfahren war, hatte es sie gereizt, mit ihm zu kokettieren. Heute schätzte sie sich glücklich, in Bernhard einen so guten Ehemann gefunden zu haben. Und dass er ihr das liederliche Vorleben verziehen hatte, war für sie der größte Beweis seiner Zuneigung.

Der kleine Johann Georg gedieh prächtig. Er hatte die dunklen Haare und die tiefblauen Augen seines Vaters und das heitere und aufgeweckte Wesen seiner Mutter. Elisabeth genoss die früher so wenig geliebten kalten Wintertage, an denen sie jetzt abends gemütlich in der warmen Küche zusammensaßen. Wenn der Tisch vom Abendessen abgeräumt war, packte sie ihre Heimarbeit darauf. Bernhard setzte sich dann mit der Zeitung zu ihr, während das Kind in seinem Bettchen schlief, das man auf Rädchen leicht von einem Raum in den anderen schieben konnte.

Abends las Bernhard Elisabeth den einen oder anderen Artikel vor und Elisabeth hörte ihm gerne zu, wenn von der weiten Welt draußen die Rede war. Aufmerksam lauschte sie den Berichten über die zweite Pariser Weltausstellung, bei der die Dampfmaschine des Engländers Powell mit einer Goldmedaille ausgezeichnet wurde und die Essener Firma Krupp für eine Riesenkanone warb. Ferdinand de Lesseps stellte dort auf einer Konferenz die Pläne für den Bau des Suezkanals vor, der die Verbindung auf den Weltmeeren revolutionieren sollte. Elisabeth erfuhr von Diamantfunden in Südafrika und vom Bau der Pazifikbahn, die im – ihr unvorstellbar großen – Amerika seit 1869 das an der Ostküste gelegene New York mit San Francisco an der Westküste des Landes verband. Noch im selben Jahr erregte die Gründung der Sozialdemokratischen Arbeiterpartei durch Wilhelm Liebknecht und August Bebel Aufsehen.

Immer öfter las ihr Bernhard jedoch Berichte über das preußische Vormachtsstreben unter dem Ministerpräsidenten Otto von Bismarck vor, der vehement die Heeresreform König Wilhelms I. gegen das Abgeordnetenhaus verteidigte. Nach dem Krieg Preußens gegen Dänemark im Jahre 1864 folgte nun 1866 der Krieg gegen Österreich. Elisabeth verstand nicht so recht, warum Bernhard nach solcher Lektüre gedankenversunken die Stirn runzelte. Auch als mit der Gründung des Norddeutschen Bundes 1867 mit Bismarck die Vorherrschaft Preußens in Deutschland besiegelt war, machte sich Elisabeth darüber keine ernsthaften Gedanken. Eine andere Notiz in der Remszeitung, die ihr Bernhard eines Abends vorlas, erregte da schon mehr ihr Interesse: Apotheker Becher und seine Frau Margarethe hatten der Kirchengemeinde einen Leichenwagen gestiftet, um – wie sie erklärten – dem schon lange bestehenden Bedürfnis nachzukommen, an ihr langjähriges Wohnen und Wirken in Heubach zu erinnern. Aber auch wenn Elisabeth die Meldungen nicht immer interessierten, gefiel es ihr sehr, wenn Bernhard mit ruhiger Stimme aus der Zeitung vorlas.

Sie erwartete inzwischen wieder ein Kind und genoss die gemeinsamen abendlichen Stunden mit ihrem Mann. Ihre Schlafgäste Conrad und Georg leisteten ihnen nur noch selten Gesellschaft. Seit in der Schneider'schen Korsettfabrik eine

Stunde länger gearbeitet wurde, zogen sie sich entweder früh auf ihr Zimmer zurück oder sie hielten sich noch eine Weile im Freien auf. Sie wollten die Zweisamkeit des jungen Paares nicht über Gebühr stören.

Für große Aufregung sorgte kurz vor Weihnachten 1868 der Brand in der Heubacher Ziegelhütte. Die Remszeitung berichtete am 23. Dezember ausführlich darüber und Bernhard las den Bericht Elisabeth vor: »Gestern Nacht ertönte bei uns die Feuerglocke. Es brannte in der dem Adlerwirt Knaus gehörigen, hart an dessen Haus stoßenden Ziegelhütte, welche total niederbrannte. Den rastlosen Anstrengungen der braven Heubacher Feuerwehr, um deren Organisierung sich unser bewährter Herr Ratsschreiber Romets verdient gemacht hat, ist neben der eifrigen Mithilfe der Bürgerschaft die Rettung des Adlerwirtshauses zu verdanken. Es wird, da seit sieben Wochen in der Ziegelhütte nicht mehr gebrannt worden ist, Brandstiftung von dritter Hand vermutet. Weder die Ziegelhütte noch das darin vorhandene Mobiliar war versichert. Der Schaden, welchen Adlerwirt Knaus außerdem an seinem Hause und an versichertem Mobiliar erlitten hat, wird kaum minder bedeutend sein.«

Am ersten Weihnachtstag machten sich Bernhard und Elisabeth, die die Feuerglocke in der Brandnacht nicht gehört hatten, da der Wind das Geläut in die andere Richtung getragen hatte, auf den Weg an das andere Ende der Stadt, um den Schaden selbst zu sehen. Auch viele andere Heubacher hatten sich zum Brandplatz aufgemacht, der einen wahrhaft jämmerlichen Anblick bot. Noch immer hing starker Brandgeruch in der Luft. Elisabeth schauderte.

Sie nahm Bernhard an der Hand und bat: »Lass uns gehen. Mir wird ganz schlecht bei dem Anblick der verkohlten Überreste und dem Gestank.«

Trotz der Schwangerschaft ließen es sich Bernhard und Elisabeth nicht nehmen, mit ihrem inzwischen vierjährigen Sohn Johann Georg auch dieses Mal wieder am Kinderfest teilzunehmen. Nur alle drei Jahre wurde das Fest veranstaltet, an dem ganz Heubach auf den Beinen war. Das letzte Mal war Georg – wie er kurz gerufen wurde – mit einem Jahr noch zu klein gewesen, um zu begreifen, was da um ihn herum vorging. Aber diesmal verfolgte er alles mit großer Aufmerksamkeit. Gefeiert wurde wieder auf dem eigens dafür hergerichteten Kinderfestplatz, der auf dem Bergrücken des Rosensteins lag. Kinder mit frischen geschmückten Buchenzweigen in den Händen zogen zusammen mit den Erwachsenen singend zum Festplatz hinauf. Jung und alt war festlich gekleidet. Oben angekommen ließ man sich auf den eigens dafür heraufgekarrten Holzbänken unter den zahlreichen Buchen nieder. Die Schulkinder hüpften aufgeregt herum und konnten es kaum abwarten, mit den Spielen wie Sackhüpfen und Topfschlagen zu beginnen. Einige Buben versuchten sich am Kletterbaum, der in den oberen Zweigen mit Süßigkeiten lockte. Bernhard und Elisabeth tranken wie die meisten Festbesucher Bier.

Der kleine Georg verfolgte die Spiele der Schulkinder mit großem Interesse. Als er nach dem Bierglas seines Vaters griff und »Durst« sagte, ließ Bernhard ihn an seinem Glas nippen. Das Kind verzog gleich das Gesicht, wedelte heftig mit der Hand und rief: »Scharf!«

Bernhard lachte: »Bitter, Georg, Bier ist bitter, nicht scharf.«

Elisabeth nahm den Kleinen an die Hand und tröstete ihn schmunzelnd: »Komm, Georg, wir holen jetzt einen schönen süßen Holdersprudel für dich.«

Am späten Nachmittag klang der kurzweilige Tag mit dem Lied »Nun danket alle Gott« bei anhaltend schönem Wetter viel zu früh aus. Auf dem abendlichen Rückmarsch ins Tal kam so mancher Kinderfestbesucher nach zu viel Biergenuss ins Torkeln. Aber darüber sah man ausnahmsweise großzügig hinweg, denn das kam bei jedem Kinderfest vor.

Las Bernhard am Abend politische Berichte aus der Zeitung vor, so strich deren Inhalt inzwischen oft an Elisabeths Ohren vorbei. Manchmal war sie mit ihren Gedanken einfach ganz woanders. So war es im Juli 1870 auch nicht der bevorstehende Ausbruch des Deutsch-Französischen Krieges, der sie aufrüttelte und ihr beschauliches Leben erschütterte. Es war ihr Sohn Georg, der sie eines frühen Morgens mit einem bellenden Husten und pfeifendem Luftholen aus dem Schlaf riss. Erschrocken sprang sie aus dem Bett und stürzte zu Georgs Bettchen hinüber, das in einer Ecke der Schlafstube stand. Das Kind lag fiebrig, mit geschwollenem Hals und um Luft ringend auf dem Rücken. Elisabeth riss Georg sofort hoch und klopfte ihm auf den Rücken. Sie hoffte, damit die Luftnot zu mildern.

Bernhard hatte sich inzwischen im Bett aufgesetzt und fragte schlaftrunken: »Was ist denn los?«

»Bernhard!«, rief Elisabeth aufgeregt, »Du musst sofort Doktor Märklin holen, ich glaube, Georg hat die Halsbräune!«

Mit einem Satz sprang Bernhard aus dem Bett und fuhr in seine Hose. Der Ernst der Lage war ihm sofort bewusst. Sein Sohn würde ersticken, wenn der Hals weiter zuschwoll.

Elisabeth kam die Zeit endlos vor, bis Bernhard mit dem Doktor zurückkam. Doktor Märklin verlor keine Zeit. Er hieß Elisabeth, das röchelnde Kind in der Küche auf den Tisch zu legen. Dann führte er gekonnt einen Luftröhrenschnitt durch und setzte eine kleine Kanüle, durch deren Öffnung Georg Luft holen konnte.

Elisabeths Knie zitterten so sehr, dass sie sich auf einen Küchenstuhl setzen musste. Als Georg endlich wieder ruhig atmete, brach sie in erleichtertes Schluchzen aus. Auch Bernhard war der Schrecken gehörig in die Glieder gefahren. Alles Blut schien aus seinem Gesicht gewichen zu sein, als er den Doktor fragend anblickte.

Der sagte: »Die Öffnung muss so lange offen gehalten werden, bis die Schwellung des Halses abgeklungen ist. Die Aussicht auf Heilung ist recht gut. Euer Sohn ist schon das dritte Kind, das an der Halsbräune erkrankt ist. Ich vermute, dass sie sich die Krankheit auf dem Kinderfest eingefangen haben.«

Elisabeth schluckte. Die Halsbräune kam bei Kindern immer wieder vor, das wusste sie. Aber sie wusste auch, dass schon manches Kind daran gestorben war. Ihr eigener Hals schnürte sich vor lauter Angst zu.

Der kleine Georg genas jedoch recht schnell und schon nach wenigen Tagen konnte Doktor Märklin ihm die Kanüle entfernen. Doch obwohl er inzwischen fieberfrei war, blieb Georg matt. Der Doktor wurde erneut geholt. Nachdem er das Kind noch einmal gründlich untersucht und abgehört hatte, sah er die Eltern ernst an.

»Es könnte eine Komplikation in Form einer Herzschwäche entstanden sein«, erklärte er, »das kommt manchmal vor. Wir müssen hoffen, dass der Körper die Nachwirkung der Krankheit verarbeiten kann.«

Aber Georgs Herz wurde immer schwächer und nach zehn Tagen, am 15. Juli 1870, hörte es ganz auf zu schlagen.

Der Tod ihres Kindes hätte Bernhard und Elisabeth nicht tiefer treffen können. Der Schmerz verschlug ihnen tagelang die Sprache.

Was war dagegen der Ausbruch des Deutsch-Französischen Krieges nur vier Tage nach dem Tod ihres kleinen Sohnes! Bernhard saß abends am Küchentisch und las halbherzig die Berichte in der Zeitung. Die Kraft, sie Elisabeth laut vorzulesen, fand er nicht. Die Kandidatur des Prinzen Leopold von Hohenzollern-Sigmaringen für den spanischen Thron und der nachfolgende Streit darüber wäre ihr auch völlig gleichgültig gewesen. Jedenfalls, so die Berichte, fürchtete Frankreich dadurch von zwei von den Hohenzollern regierten Staaten eingegrenzt zu werden. Dass die Kandidatur zurückgezogen wurde, genügte den Franzosen aber nicht. Sie verlangten auch noch eine Entschuldigung und die Zusicherung, dass die Hohenzollern nie mehr für den spanischen Thron kandidieren würden.

Bernhard folgte der Berichterstattung bald nur noch flüchtig und so verstand er auch nicht recht, warum die sogenannte »Emser Depesche« von den Franzosen als Beleidigung aufgefasst wurde und Napoleon III. Deutschland den Krieg erklärte.

Auch von Heubach zogen fünfzehn junge Männer in den Krieg, da neben Bayern und Baden auch Württemberg an die Seite des Norddeutschen Bundes getreten war.

Während Bernhard seine Trauer stumm im Herzen bewegte, suchte Elisabeth gleich nach dem Tod ihres Sohnes Trost bei Catharina Schroth, die sich redlich bemühte, der jüngeren Verwandten Mut zuzusprechen. Aber die gutgemeinten Worte halfen Elisabeth nicht. Sie stürzte sich in die Arbeit. Es war Sommer und auf den beiden Feldern gab es genügend zu tun. Zur Erntezeit sah man sie jeden Tag mit dem Leiterwagen zur Halde hinüberziehen. Kartoffeln, Obst und Kraut wurden nach Hause geschafft und eingelagert, gedörrt oder für Sauerkraut gehobelt und eingesalzen. Schneider Hofeles Frau kam herüber und half. Elisabeth bedachte sie dafür reichlich mit Obst und Gemüse.

Die beiden Schneidersleute hatten wie ihre drei Kinder kein Gramm zu viel auf den Rippen und waren dankbar für die Naturalien, da sie außer dem schmalen Gärtchen am Haus keinen eigenen Acker besaßen. Die Gesellschaft von Frau Hofele war für Elisabeth allerdings zwiespältig. Einerseits tat ihr die Gesellschaft gut, andererseits empfand sie die ausgeprägte Klatschsucht der Nachbarin als äußerst anstrengend. Ganz Heubach wurde bei der Gelegenheit von ihr durchgehechelt. Natürlich kam auch das ledige Kind von Johann Schroth und Ursula Ulmer zur Sprache.

»Jetzt ist die Ulmers Ursula doch tatsächlich schon wieder in anderen Umständen. Der Vater ist ja wirklich geschlagen mit so einer liederlichen Tochter. Die Mutter ist ja schon lange gestorben. Vielleicht liegt es auch daran, dass das Mädchen so geworden ist. Jetzt hat sie sich mit einem Bierkutscher eingelassen. Aber ob der sie heiratet, da habe ich so meine Zweifel. Der soll in Bartholomä droben bereits verlobt sein.«

Das einzig Gute an der Klatschsucht der Schneidersfrau war, dass Elisabeth bei der Gelegenheit die Heubacher besser kennenlernte.

Elisabeth versorgte auch den Gemüse- und Kräutergarten und die Hühner. Sie gönnte sich keine ruhige Minute, um ja dem Schmerz keine Gelegenheit zu geben, sich wieder an die Oberfläche zu drängen. Dass sie bald wieder ein Kind haben würde, war für sie kein Trost.

Als die Arbeit im Herbst erledigt war, kam Elisabeth auf die Idee, sich ein Korsett zu nähen. Schließlich waren die französischen Korsetts urspünglich alle geschneidert und nicht gewebt gewesen. Aus Zeitungspapier nahm sie von einem der Korsetts ihrer Heimarbeit vorsichtig den Schnitt ab. Eigentlich, fand sie, war es doch viel einfacher, so ein Mieder zu nähen, als es zu weben. Sie nahm den weißen Baumwollstoff doppelt, um eine gewisse Festigkeit zu erreichen, und versah ihn dann mit feinen Stichen mit mehreren Abnähern, bis die Taille und das Büstenteil zu ihrer Zufriedenheit fest modelliert waren. Da sie keine Haken und Ösen zur Verfügung hatte, festonierte sie die Löcher für die hintere Schnürung mit weißem Garn und brachte am Vorderteil in kleinen Abständen sieben weiße Knöpfchen und Knopflöcher an.

»Hm«, überlegte sie laut, »wenn ich schon kein buntes Garn für eine Blümchenstickerei übrig habe, verziere ich den oberen Rand einfach mit kleinen Rüschen.«

Elisabeth war vom Ergebnis ihrer Arbeit begeistert. Obwohl die Metallstäbe fehlten, war das Mieder einem Korsett doch wesentlich ähnlicher als ihre bisherigen selbstgenähten Schnürleibchen.

Bernhard staunte nicht schlecht, als Elisabeth ihm eines Abends voller Stolz ihr Werk zeigte. Er betrachtete das schöne Stück von allen Seiten.

»Ich muss schon sagen, das hast du wirklich gut hinbekommen.« Überraschung und unverhohlene Anerkennung schwangen in seiner Stimme mit. »Aber tragen kannst du es ja nicht so schnell«, schmunzelte er mit einem Blick auf ihren gewölbten Leib.

»Ach, ich wollte einfach einmal ausprobieren, ob ich ein richtiges Korsett nähen kann. Und … ich konnte dabei meinen Kummer ein wenig vergessen.«

Als die Tage kürzer wurden und der Winter die Stadt und das Land sanft und lautlos mit Schnee bedeckte, kehrten auch in Bernhards und Elisabeths Herzen wieder Frieden ein. Allabendlich saßen sie nun wieder in der Küche zusammen. Bernhard las wie früher aus der Zeitung vor und Elisabeth schaffte an ihrer Heimarbeit. Die Schwangerschaft war jetzt weit fortgeschritten und obwohl sie sich in den vergangenen Monaten nicht geschont hatte, ging es ihr gut. Das Kind schien von sanftem Wesen zu sein, denn es strampelte in ihrem Leib gerade nur so viel, um ihr zu zeigen, dass es wohlauf war.

Am 23. Januar 1871 wurde Wilhelm geboren. Weder in Bernhards noch in Elisabeths Familie hatte es je einen Wilhelm gegeben. Sie hatten sich von der allgemeinen Begeisterung für den König anstecken lassen und ihr Kind nach ihm benannt. Der kleine Wilhelm war ein zartes, stilles Kind. Er hatte Elisabeths blondes Haar, wenngleich es auch nur in Form eines weichen Flaumes sein Köpfchen bedeckte.

Elisabeth ließ das Kind nicht aus den Augen. Es durfte ihm einfach nichts geschehen. Als die Nachbarin Hofele mit einem Laib Brot herüberkam, um den neuen Erdenbürger zu begrüßen und den Eltern zu gratulieren, sah Elisabeth es nur ungern, dass die Nachbarin das Kind im Bettchen tätschelte und sich Wilhelms Händchen dabei um ihren dürren Zeigefinger schloss.

Bernhard war glücklich. Er hoffte von Herzen, dass sich alles zum Guten wenden und er seinen dritten Sohn aufwachsen sehen würde.

Aber Bernhard und Elisabeth war das Elternglück nur sechs Monate und eine Woche vergönnt. Am 30. Juli 1871 verschied Wilhelm wie vor sechs Jahren schon sein älterer Bruder nach starken Gichtern.

Deutschland war aus dem Deutsch-Französischen Krieg siegreich hervorgegangen. Bismarck nützte nun die allgemeine Begeisterung darüber zur Gründung des deutschen Kaiserreiches. Er erreichte den Zusammenschluss des Süddeutschen mit dem Norddeutschen Bund und am 18. Januar 1871 wurde Wilhelm I. im Spiegelsaal von Versailles zum deutschen Kaiser ausgerufen. Bismarck selbst wurde Reichskanzler. Die nationale Bewegung, die schon Jakob Schroth und seine Generation umgetrieben hatte, fand nun ihre Vollendung. Die deutsche Kleinstaaterei war zu Ende. Das Strafgesetz wurde in einem Gesetzbuch, das in Verbrechen, Vergehen und Übertretungen gegliedert war, für das ganze Deutsche Reich festgeschrieben. Das französische Dezimalsystem wurde eingeführt, indem man die Währungseinheit des deutschen Reiches schrittweise in zwei Reichsmünzgesetzen vereinheitlichte. Ab jetzt bezahlte man mit Mark und Pfennig. Gulden und Taler gehörten bald ebenso der Vergangenheit an wie die alten Längenmaße. Statt in Elle und Fuß wurde nun in Metern und Zentimetern gemessen und anstelle von Meilen und Wegstunden berechnete man Wegstrecken in Metern und Kilometern.

Bernhard nahm die großen politischen Veränderungen und die nach und nach den Alltag durchdringenden Neuerungen nach dem Tod seines Kindes nur mit verhaltenem Interesse zur Kenntnis. Die einzige Medizin war wie bei Elisabeth auch für ihn wieder einmal die Arbeit.

So abwechslungsreich, wie sein Vetter Johann seine Arbeit in der Krefelder Seidenfabrik beschrieben hatte, erschien Bernhard das Korsettweben allerdings nicht. Die Stoffe waren immer die gleichen, meist Baumwolle, seltener Seide. Natürlich musste er konzentriert arbeiten. Auch nach jahrelanger Erfahrung konnten sich Fehler einschleichen. Sie würden ihm ebenso vom Lohn abgezogen werden wie den Seidenwebern in Krefeld. Ein Korsett mit einem Webfehler wurde selbstverständlich nicht weggeworfen, sondern billiger, direkt ab der Fabrik, verkauft. Manche Heubacherin leistete sich den kleinen Luxus. Zuhause wurde das Mieder dann nach eigenem Geschmack verziert und bestickt.

Der Lärm der Webstühle machte Bernhard nach wie vor zu schaffen. Seit einiger Zeit klingelte und pfiff es in seinen Ohren wieder besonders stark. Am schlimmsten war es, wenn die Außengeräusche verstummten und alles um ihn herum ruhig war. Wenn er abends im Bett lag, erschwerte ihm das Pfeifkonzert in seinem Kopf das Einschlafen. Er lag dann auf dem Rücken und wartete, bis ihn die Müdigkeit irgendwann gnädig übermannte. Manchmal zog er sich in die ehemalige Werkstatt seines Vaters zurück und setzte sich dort an den Webstuhl, der mit seinem leeren Kett- und Warenbaum merkwürdig nackt aussah.

»Wie schön wäre es, hier zu arbeiten in aller Ruhe und mit Blick auf den Hochberg«, seufzte Bernhard mehr als einmal. »Aber die Zeiten sind vorbei, ein für allemal«, rief er sich zur Ordnung. »Alles ist laut und schnell geworden und alles wird immer noch schneller und noch lauter werden, zumindest kommt es mir so vor.«

Seine Gedanken schweiften oft hierhin und dahin, am liebsten fort aus der Gegenwart. Einmal beschäftigte ihn Elisabeths selbstgenähtes Korsett. Schon seit einigen Jahren waren auch mit Maschinen genähte Korsetts auf dem Markt. Noch keine wirkliche Konkurrenz für die gewebten, aber wer wusste schon, wo die Entwicklung noch hinlief. Vor allem jetzt, wo die verbesserten Nähmaschinen immer mehr von sich reden machten. Bei solchen Gedanken kroch die alte Angst wieder in Bernhard hoch. Die Angst zu scheitern, die Arbeit zu verlieren, seine Familie nicht ernähren zu können. Familie, dachte er bitter. Das sind ja nur ich und Elisabeth. Keiner unserer Söhne ist uns geblieben.

»Ja, wenn wir Kinder hätten, dann wüsste ich wenigstens, wofür ich mich jeden Tag schinde – dann gäbe es eine Hoffnung«, murmelte er vor sich hin. Aber wie ein Sonnenstrahl, der plötzlich durchs Fenster fällt, keimte jedesmal wieder Hoffnung auf. »Wir sind noch jung genug, um Kinder zu bekommen!«, sagte er laut zu sich selbst.

Bernhard schrieb einen Brief an Johann. Er vermisste seinen Vetter sehr. Seit Johanns Weggang gab es außer Elisabeth niemanden mehr, mit dem er seine Sorgen und Bedenken offen besprechen konnte. Seine Frau, selbst niedergeschlagen durch den Tod ihrer Kinder, schien ihm nicht die Richtige zu sein, um nun auch noch Existenzfragen zu erörtern.

Lieber Vetter Johann,

es scheint mir höchste Zeit zu sein, Dir wieder einmal zu schreiben. Ich hoffe, Dir und Deiner Familie geht es gut und ihr seid alle wohlauf. Bei uns steht es leider nicht zum Besten. Letzten Sommer haben wir unseren dritten Sohn, den kleinen Wilhelm, mit nur einem halben Jahr verloren. Es fällt mir schwer, Gottes Ratschluss anzunehmen.

Finanziell kann ich nicht klagen. Ich arbeite nach wie vor in der Korsettfabrik von Gottfried Schneider, Elisabeth ist von dort mit Heimarbeit versorgt und zudem haben wir eine der oberen Kammern an zwei Schlafgäste vermietet, ebenfalls Korsettweber bei Schneider. Ich könnte also zufrieden sein. Dennoch sehe ich mit Sorge in die Zukunft. In der D'Ambly'schen Korsettfabrik in Stuttgart hat es ja immerhin eine gewisse Absicherung für die Arbeiter und deren Familien im Falle von Krankheit, Unfall oder gar Tod gegeben. In der Schneider'schen Fabrik gibt es nichts dergleichen. Wir bekommen Geld, wenn wir arbeiten, und im Krankheitsfall gibt es eben nichts. Arbeiten darf man von frühmorgens bis spätabends. Wenn viel Arbeit da ist, noch mehr, und wenn wenig Arbeit da ist, wird man halt nach Hause geschickt. Die Entlohnung könnte auch besser sein. Wir Korsettweber müssen uns in alles fügen. Bei euch in Krefeld wird es nicht viel anders sein. Oder kannst Du Besseres berichten? Wie man lesen kann, will sich die Sozialdemokratische Arbeiterpartei für bessere Ar-

beitsbedingungen für uns Fabrikarbeiter einsetzen. Ob sie da wirklich etwas erreichen können? Zu wünschen wäre es.

In Deinem letzten Brief hast du erwähnt, dass die Krinoline unmodern geworden ist. Die Krinolinenhersteller haben jetzt schnell auf die Korsettweberei umgeschwenkt, was natürlich neue Konkurrenz für die bestehenden Korsettfabriken bedeutet. Überhaupt sehe ich die derzeitige überhitzte Gründungslust der Unternehmer, die ja meist nur auf großzügig vergebenen Krediten aufbauen, eher skeptisch. Was ist, wenn die Geschäfte schlechter gehen und nicht mehr zurückgezahlt werden kann? Ich will mir gar nicht ausmalen, wie viele Arbeiter dann auf der Straße stehen. Manchmal bin ich sehr bedrückt, wenn ich an die Zukunft denke, aber vielleicht sehe ich auch alles viel zu schwarz und sollte einfach nicht so viel Zeitung lesen. Du und Dein unbeschwertes Wesen fehlen mir.

Für heute grüßt Dich und Deine Familie
Dein Freund und Vetter Bernhard
Heubach, am 18. Januar 1871

Im Oktober 1871 kam Elisabeths und Bernhards Sohn Johann Georg zur Welt. Ein zartes Kindchen, das bereits nach sechzehn Tagen seine Eltern wieder verließ.

»Gott nimmt alle unsere Kinder wieder zu sich«, sagte Elisabeth seltsam gefasst, nachdem sie auch diesen Sohn beerdigt hatten. »Es ist die Strafe Gottes dafür, dass ich mein erstes Kind nicht haben wollte«, beharrte sie.

»Elisabeth, das darfst du nicht einmal denken«, beschwichtigte Bernhard, wie jedes Mal, wenn er versuchte, ihr die alten Schuldgefühle auszureden. »Du bist erst fünfunddreißig Jahre alt – wir werden wieder ein Kind haben.«

»Ach, Bernhard!« Elisabeth kämpfte nun doch mit den Tränen. »Ich kenne niemanden in Heubach, der fünf Söhne verloren hat, ohne dass wenigstens ein Kind dazwischen am Leben geblieben wäre.«

Bernhard wusste nicht, was er darauf antworten sollte. In seinem Inneren war alles gefühllos geworden. Diese Feststellung erschreckte und erleichterte ihn zugleich. Den Verlust nicht mehr fühlen zu müssen – die vielen Verluste nicht mehr fühlen zu müssen, den Herzschmerz nicht mehr fühlen zu müssen – was für eine Wohltat. Stille, Stille im Inneren – wenn nur das Krachen und Pfeifen in den Ohren nicht wäre!

Bernhard und Elisabeth lebten nach dem Tod von Johann Georg wie Bruder und Schwester zusammen. Beide fürchteten, die eheliche Umarmung würde wieder in eine Schwangerschaft münden. Ein weiteres Kind zu verlieren ging über ihre Kräfte.

Das folgende tägliche Einerlei aus Fabrik- und Heimarbeit, Haus-, Garten- und Feldarbeit wurde von der Ankunft eines Eilboten unterbrochen, der Elisabeth einen Brief von Tante Christine aushändigte.

Elisabeth eilte mit dem Brief umgehend zur Schneider'schen Fabrik. Der Brief konnte nur etwas Wichtiges entalten, das keinen Aufschub duldete. In der Nacht war reichlich Schnee gefallen und als Elisabeth sich auf den Weg machte, schneite es noch immer heftig. Schon beim Rathaus waren die Spitzen ihrer Stiefel durchnässt. Als sie endlich an der Fabrik ankam, war der Werkmeister von Elisabeths Ansinnen, ihren Mann sprechen zu wollen, wenig begeistert. Nachdem er seine Stirn eine Weile gerunzelt und die Mundwinkel in die Breite gezogen hatte, gestattete er ihr aber dann doch, zu Bernhard in den Websaal zu gehen.

Bernhard hatte ein ungutes Gefühl, als er den Absender seiner Tante erkannte, und hieß Elisabeth, den Brief zu öffnen und ihn vorzulesen. Er wollte seine Arbeit möglichst nicht unterbrechen.

Elisabeth musste beim Vorlesen fast schreien, um das Getöse der Webstühle zu übertönen.

»Lieber Bernhard,

zu meinem schmerzlichen Bedauern muss ich Dir mitteilen, dass Dein Onkel Thomas heute Nacht gestorben ist. Für mich ist es noch ganz unfasslich. Dennoch will ich seinem letzten Wunsch nachkommen. Er wollte, wenn seine Stunde gekommen ist, in Heubach im Kreise seiner Lieben zur Ruhe gebettet werden.

Johann habe ich ebenfalls geschrieben und ich gehe davon aus, dass er die Kosten für die Überführung bezahlen wird. Ich habe leider nicht mehr so viel Geld, nachdem ich dem Schreiner den Sarg bezahlt habe. Von unserem Verdienst konnten wir nur wenig zur Seite legen. Ob Johann zur Beerdigung kommen kann, weiß ich nicht. Ich möchte Dich nun herzlich bitten, das Geld für das Fuhrwerk auszulegen, das die Herrschaft zwar günstig, aber nicht ganz umsonst für den Transport bereitstellt, bis Johann die Summe schickt oder Dir hoffentlich persönlich übergeben kann. Ich werde den Sarg begleiten und morgen bei euch eintreffen. Ich hoffe, Du bist damit einverstanden, dass wir Deinen Onkel bis zur Beerdigung bei euch in der Werkstatt aufbahren. Bitte würdest Du auch dem Pfarrer Bescheid sagen und alles für die Beerdigung in die Wege leiten. Ich danke Dir von Herzen.

Es grüßt Dich und Deine liebe Frau
Deine Tante Christine
Alfdorf, am 29. Februar 1872«

Bernhard war blass geworden und nahm die Hände vom Webstuhl.

Er sah Elisabeth lange an und sagte schließlich: »Dann kann Tante Christine ja schon jeden Augenblick da sein!«

Der Werkmeister kam neugierig näher, um zu erfahren, was denn so wichtig war, dass es keinen Aufschub bis zum Abend duldete. »Ein Todesfall – der Thomas Schroth«, brummelte er mit einem Anflug von Mitgefühl, nachdem ihn Bernhard aufgeklärt hatte. »Na, dann geh halt meinetwegen.«

Bernhard und Elisabeth eilten zum Pfarrhaus beim Marktplatz und sprachen bei Pfarrer Tritschler vor.

»Der Thomas Schroth, das ist dein Onkel, nicht wahr?«, fragte der Pfarrer Bernhard. »Mein Beileid.« Er öffnete die Tür zu seinem Arbeitszimmer, das gleich im unteren Hausgang lag, und bat beide herein. »Ich erinnere mich noch gut daran, als die Seidenweberei von Thomas Schroth ein Jahr nach meinem Dienstantritt in Heubach versteigert worden ist.«

Der Pfarrer setzte sich hinter seinen Schreibtisch und machte sich Notizen. Er erklärte sich damit einverstanden, die Beerdigung einen Tag später als üblich auf Samstag, den 2. März, anzusetzen, um dem Sohn des Verstorbenen die Gelegenheit zu geben, aus Krefeld anzureisen. »Die Beerdigung wird um 14 Uhr sein«, bestimmte er. Mit schwungvoller Handschrift datierte er das Geschriebene mit Donnerstag, den 29. Februar 1872. »Am besten geht ihr auch gleich zu Bauer Klotzbücher hinunter«, legte er Bernhard und Elisabeth nahe, »und bestellt seinen Rappen für den Leichenwagen. Und Doktor Märklin müsst ihr auch noch verständigen, es muss ja noch die zweite Leichenschau vorgenommen werden.«

Bernhard und Elisabeth waren noch nicht lange zuhause am Bühl angekommen, als auch schon das Pferdefuhrwerk mit dem Sarg und Tante Christine vorfuhr. Bernhard entlohnte den Mann, nachdem er ihm ohne große Worte geholfen hatte, den Sarg abzuladen und in der Werkstatt auf zwei hastig von Elisabeth herbeigeschobene Stühle zu stellen.

Zu dritt standen sie schweigend vor dem geschlossenen Sarg aus Eichenholz, dem die Beschläge aus silberfarbener Pappe ein teures und würdiges Aussehen verliehen.

»Kommt«, ergriff Bernhard nach einer Weile das Wort, »wir gehen jetzt erst einmal in die Küche und trinken einen Kaffee.« Er legte Tante Christine den Arm um die Schultern und führte sie aus der Werkstatt.

Elisabeth legte im Herd ein paar Holzscheite nach, worauf schon bald das Wasser im Topf sprudelte und sie den Kaffee aufbrühen konnte. Hastig bereitete sie ein paar Marmeladenbrote und stellte sie zusammen mit den Kaffeetassen auf den Tisch.

Tante Christine rannen die Tränen über die Wangen, als sie berichtete, wie sie in der Nacht aufgewacht war, nachdem sie ihr Mann Thomas am Arm gerüttelt habe. »Mir ist so schlecht«, habe er gesagt und noch bevor sie etwas darauf habe antworten können, sei ihm schon der Kopf zu Seite gefallen. Sie presste sich weinend ein weißes Taschentuch vor Mund und Nase und schneuzte sich dann kräftig.

Bernhard sah seine Tante mitfühlend an. Schmal war sie geworden, seit er sie das letzte Mal gesehen hatte, und ihr Gesicht, das er von jeher rundlich und frisch in Erinnerung hatte, war jetzt faltig. Wie alt sie inzwischen wohl war? Sie musste 61 Jahre alt sein, so alt wie Onkel Thomas, beide waren 1811 geboren, fiel es Bernhard wieder ein.

»Einundsechzig«, sagte da Tante Christine, wie wenn sie seine Gedanken gelesen hätte, »Thomas ist genau wie dein Vater mit einundsechzig Jahren gestorben.« Sie schüttelte betrübt den Kopf, griff aber dann beherzt nach einem der Brote und trank einen Schluck Kaffee.

»Greif ruhig zu, Tante Christine«, ermunterte Elisabeth und fragte dann: »Hast du denn heute überhaupt schon etwas gegessen?«

»Ach, Kind, dazu war doch gar keine Zeit. Zuerst habe ich in aller Frühe der Herrschaft Bescheid gesagt. Die gnädige Frau hat dann gleich nach dem Doktor schicken lassen. Und als der dann festgestellt hat, dass mein Thomas an einem Herzschlag gestorben ist, musste ich ja gleich wegen dem Sarg ins Dorf zum Schreiner. Bis der eingetroffen ist, habe ich Thomas gewaschen und ihm seine guten Sachen angezogen. Ach, es hat sich alles überstürzt. Aber ich wollte unbedingt Thomas' letzten Wunsch erfüllen – nämlich in Heubach beerdigt zu werden.« Sie holte tief Luft, senkte den Kopf und sagte dann leise: »Wir haben immer so Heimweh gehabt in Alfdorf.«

Elisabeth traten Tränen in die Augen und auch Bernhard hatte Mühe seine aufsteigenden Tränen zu unterdrücken.

Als es klopfte, sprang er erleichtert auf und rief: »Das wird Doktor Märklin sein!«

Zusammen mit dem Doktor hob Bernhard den Deckel vom Sarg. Thomas Schroth lag friedlich da, den Kopf auf ein weißes Kissen gebettet. Der Sarg war mit einem blumigen

Muster in dunkelblau und hellgrau austapeziert, was dem Ganzen etwas fast Gemütliches verlieh. Wären die blau verfärbten Lippen des Toten nicht gewesen, hätte man denken können, er habe sich zu einem Schläfchen niedergelegt.

Tante Christine begann beim Anblick ihres Mannes erneut zu weinen. »Habt Ihr eine Bestätigung der ersten Totenschau bei Euch?«, fragte Doktor Märklin leise und mit einfühlsamer Stimme.

Christine nickte und beförderte das gewünschte, leicht zerdrückte Dokument aus ihrer Tasche, das der Doktor sofort entfaltete.

In fünf Rubriken aufgeteilt stand da: »Thomas Schroth, Seidenweber und Knecht; natürlicher Tod in Folge Herzschlag; Todeszeitpunkt: Mittwoch, den 28. Februar 1872 gegen halb zwölf Uhr nachts; Todesmerkmale: ohne Puls und Atem, spitze Nase; herbeigezogener Arzt: Dr. Fester, Alfdorf.«

Doktor Märklin nahm nun den Toten ebenfalls genau in Augenschein und ergänzte das Formular wie folgt: »Zweite Leichenschau am Donnerstag, den 29. Februar 1872; Todesmerkmale: blass und starr; zur Beerdigung freigegeben ab Freitag, den 1. März; Bemerkung: Die Beerdigung erfolgt auf Wunsch der Angehörigen erst am Samstag, den 2. März, um 14 Uhr.«

Schließlich verabschiedete er sich von den trauernden Angehörigen.

Als am nächsten Nachmittag ein völlig durchnässter Johann im Häuschen am Bühl eintraf, war die Wiedersehensfreude trotz des traurigen Anlasses groß. Johann hatte, als der Brief seiner Mutter eintraf, noch am gleichen Tag ein Billett gelöst und war mit der Eisenbahn, nach mehrmaligem Umsteigen und einigen Aufenthalten, von Krefeld bis Unterböbingen gefahren. Von dort war er zu Fuß im Eilschritt hergekommen, ungeachtet des starken Schneefalls.

Als die erste Wiedersehensfreude verklungen war und Johann seine nassen Kleider gegen trockene getauscht hatte, ging er in die Werkstatt und hielt bis zum Abend die Totenwache. Er hatte darum gebeten, für einige Zeit mit dem Vater allein gelassen zu werden.

Am Abend versammelte sich dann auch der Rest der Familie vor dem Sarg, Bernhard und Catharina Schroth mit ihren Kindern waren ebenfalls gekommen.

Die Beerdigung am nächsten Nachmittag hätte nicht würdiger sein können. Bauer Klotzbücher fuhr mit dem von seinem Rappen gezogenen Leichenwagen vor. Das Tier war mit schwarzem Zaumzeug und Stirnfransen geschmückt. Auf den sechs gedrechselten Säulen des schwarz glänzenden Gefährts thronte ein ebenfalls schwarzer, überhängender Stoffhimmel, der mit silbernen Borten, Troddeln und Fransen verziert war. Der Sarg wurde aufgeladen und der Wagen setzte sich im Schritttempo in Bewegung, so dass sich die Trauernden auf dem langen Weg bis zum Friedhof an der Straße nach Lautern ohne Hast anschließen konnten.

Bernhard und Catharina Schroth luden die Verwandten nach der Beerdigung auf einen Kaffee mit Kuchen zu sich nach Hause ein. In der geräumigen Wohnstube fand die Trauergesellschaft mühelos Platz. Der Raum war schlicht, aber behaglich eingerichtet. Der Tisch mit der polierten Platte war bereits eingedeckt. Ein weiß überzuckerter Gugelhupf und ein Apfelkuchen verströmten einen angenehmen Duft. Die beiden, von schweren Samtvorhängen umrahmten Fenster der Stube gingen zur Straße hinaus und gaben den Blick auf den gegenüber liegenden verschneiten Pfarrgarten und das Pfarrhaus frei.

Es dauerte nicht lange, bis sich die Stimmung etwas hob.

Onkel Bernhard stellte als Erster die Frage, die wohl alle am meisten bewegte: »Was wirst du denn jetzt machen, Christine?«

»Wenn ich das nur wüsste«, antwortete sie ratlos und stieß dabei einen kleinen Seufzer aus. »Sicher könnte ich meine Stellung behalten. Aber aus der Wohnung müsste ich bestimmt ausziehen, die ist für zwei Personen ausgerichtet. Im Dachgeschoss des Schlosses befinden sich einige Gesindekammern, dort würde ich dann sicher einquartiert werden.

Sehr wahrscheinlich müsste ich mir das Zimmer mit einer anderen Magd teilen.«

»Mein Gott, Mutter«, sagte Johann betroffen. »›Magd‹, wie sich das anhört! Ich habe nie darüber nachgedacht, dass du dort eine Magd sein könntest. Vater und du, ihr habt die Anstellung bei der freiherrlichen Familie vom Holz in euren Briefen immer so vorteilhaft geschildert!«

»Das war es ja auch«, bekräftigte Christine. »Immerhin sind wir nach der Versteigerung der Seidenweberei vor dem Nichts gestanden und waren froh und dankbar, dass uns die Herrschaft in Lohn und Brot genommen hat. Aber bei aller Dankbarkeit waren wir alles andere als glücklich dort. Das Heimweh wollte und wollte nicht weichen. Alfdorf ist ein schönes Dorf mit einem fast städtischen Aussehen, man kann sich dort bestimmt wohlfühlen – nur Thomas und mir ist es eben nicht gelungen. Ich glaube, dein Vater ist vor Kummer gestorben«, sagte sie und sah Johann dabei bedrückt an.

»Selbstverständlich kommst du zu uns nach Krefeld. In der Wohnung über dem Laden findet sich auch für dich noch ein Plätzchen«, sagte Johann entschieden.

»Wieder an einen neuen Ort, den ich nicht kenne?« Christine unterdrückte ein Schluchzen.

Bernhard warf Elisabeth einen kurzen Blick zu, sie nickte ihm fast unmerklich zu.

»Tante Christine könnte natürlich auch zu uns kommen«, schlug Bernhard vor. »Unsere Schlafkammer steht leer, seit Elisabeth und ich nach unten in Vaters ehemalige Wohn- und Schlafstube gezogen sind. Man kann den Raum zwar nicht heizen, aber tagsüber könntest du dich unten in der Küche aufhalten.«

»Zudem könntest du dann vielleicht auch Heimarbeit für die Schneider'sche Korsettfabrik machen«, fügte Elisabeth hinzu, als sie einen Hoffnungsschimmer in Tante Christines Augen aufblitzen sah.

»Also, ich weiß nicht«, brummte Johann wenig begeistert. »Ich höre schon das Gerede der Leute. Die Witwe des vormaligen Seidenfabrikanten Schroth ist jetzt bei ihrem Neffen untergeschlüpft. Ist das der Dank ihres Stiefsohnes, den sie aufgezogen hat wie ein eigenes Kind – die Mutter nun einfach im Stich zu lassen? Hat der nicht den Anstand, sie zu sich zu nehmen?« Johann hatte seiner Stimme, während er die Einwände vorbrachte, einen vorwurfsvollen Ton verliehen.

Die Erwachsenen nickten ernst, während die achtzehnjährige Maria Elisabeth und ihr drei Jahre jüngerer Bruder Friedrich Bernhard sich darauf beschränkten, das Gespräch aufmerksam zu verfolgen.

Onkel Bernhard, für den der Klatsch und Tratsch seiner Kunden bei ihrem Einkauf in seinem Kramladen gang und gäbe war, beschwichtigte Johann: »Reg dich nicht auf, geredet wird immer, so oder so, im Guten wie im Schlechten. Die Leute sind halt so. Danach würde ich mich bei einer Entscheidung nicht richten. Außerdem würdest du in Krefeld die Lästermäuler sowieso nicht hören«, fügte er mit einem Lächeln hinzu.

»Aber ihr alle müsstet euch das Gerede anhören«, beharrte Johann. »Willst vor allem du dir denn so etwas antun, Mutter?«

»Wir könnten es doch wenigstens ausprobieren«, antwortete Christine schnell, der die Aussicht, wieder in Heubach leben zu können, wie ein Geschenk des Himmels vorkam. »Und wenn es gar nicht geht, kann ich ja immer noch zu dir kommen.«

»Hm, ja.« Johann zuckte mit den Schultern. »Vielleicht hast du recht, ausprobieren können wir es ja.«

Kapitel XII

Eine Woche später, am 8. März 1872, zog Christine Schroth bei ihrem Neffen Bernhard und seiner Frau Elisabeth im Häuschen am Bühl ein. Natürlich zerrissen sich die Leute ein paar

Tage lang die Mäuler – was sich aber, wie Onkel Bernhard vorausgesagt hatte, auch bald wieder legte.

»Ja, wenn ihr euch das leisten könnt, eine Verwandte aufzunehmen«, kommentierte die Nachbarin Hofele den Einzug von Christine Schroth spitz, »dann tut ihr ja direkt ein gutes Werk.«

Tante Christine im Haus zu haben, empfand vor allem Elisabeth als eine große Bereicherung, denn bis jetzt hatte sie in Heubach noch keinen rechten Anschluss gefunden. Die alten Heubacher blieben am liebsten unter sich, »Reigschmeckte« tolerierte man zwar notgedrungen, aber anfreunden musste man sich ja nicht unbedingt mit ihnen.

Auch Bernhard empfand die neue Hausgemeinschaft als angenehm. Christine war schon von jeher gutmütig und liebenswert gewesen, er kannte seine Tante gar nicht anders. Zu ihrer großen Erleichterung hatte sie ohne Schwierigkeiten in der Korsettfabrik von Gottfried Schneider Heimarbeit erhalten. Auf der Tasche liegen wollte sie Bernhard und Elisabeth auf gar keinen Fall. Außerdem schickte Johann zu ihrer großen Beruhigung jeden Monat einen kleinen Geldbetrag, den sie im Ganzen jedesmal sogleich Bernhard übergab.

Das Leben im Häuschen am Bühl schien auf einmal leichter geworden zu sein – nicht nur weil Christine in Haus und Garten und auf den beiden Feldern mit anpackte. Auch als Elisabeth Ende des Jahres feststellte, dass sie erneut schwanger war, war es Tante Christine, die Elisabeths Angst, sie könne auch dieses Kind wieder verlieren, mit vielen guten Worten vertrieb.

Mit der Korsettindustrie war es seit dem Ende des Deutsch-Französischen Krieges ständig aufwärtsgegangen. Vor allem in Amerika fanden die Korsetts aus Württemberg begeisterte Abnehmerinnen. Preiswerte Webkorsetts waren dort beliebt und wurden in allen sozialen Schichten gekauft, da das amerikanische Durchschnittseinkommen um einiges höher war als das deutsche. Demnach konnte sich dort auch eine Arbeiterin mindestens ein Korsett leisten.

Bernhard betrachtete das kommende Jahr 1873 dennoch mit sehr gemischten Gefühlen. Mit großer Besorgnis verfolgte er die Neuigkeiten in der Remszeitung, die nun laufend über die überhitzte Investitionstätigkeit der Nachkriegsjahre und deren schlagartigen Einbruch berichtete und dass sich Industrie und Gewerbetreibende nun damit abfinden müssten, dass die Zeit der großzügig vergebenen Kredite vorbei sei.

In Bernhard machte sich erneut die fast vergessene Existenzangst breit, als sich im Februar das Gerücht verbreitete, mit der Pariser Börse stimme etwas nicht. Die österreichische Kreditanstalt reagierte zuerst darauf und verkaufte Wertpapiere im Wert von zwanzig Millionen Gulden. Die Absicht Österreichs, seine Hauptstadt bei der am ersten Mai eröffneten Weltausstellung im wunderschön gelegenen Erholungsgebiet des Wiener Praters der Weltöffentlichkeit mit neuen Prachtbauten, Straßen, Straßenbahnlinien und Brücken zu präsentieren, hatte mit einem riesigen finanziellen Defizit geendet. Doch trotz des Börsenkrachs, der Banken, Unternehmen und Gesellschaften in den Konkurs trieb, einem Unwetter, das die Gebäude auf dem Ausstellungsgelände beschädigte, und einer Choleraepidemie, der in Wien fast 3000 Menschen erlagen, konnte man in Wien bis Oktober mehr als eine Million Besucher zählen.

Wehmut stieg in Bernhard auf, als er sich daran erinnerte, wie sein Meister Burkhardt ihm damals von den ersten Weltausstellungen in London und Paris vorgelesen hatte und wie ausführlich sie die spektakulären Begebenheiten dort besprochen hatten. Die aktuelle Wiener Weltausstellung von 1873 stand offensichtlich unter keinem so guten Stern wie die vorigen.

Auf den Wiener Börsenkrach folgten einige Wochen später die Börsen in New York, London und Berlin. Hungerlöhne und Verlust der Kaufkraft waren die unausweichliche Folge.

Unter den Webern der Korsettfabrik von Gottfried Schneider wurde gemunkelt und spekuliert. Wie würde sich die Wirtschaftskrise auf die Fabrik und ihre Arbeiter auswirken? In der Tat dauerte es nicht lange, bis sich die ersten Veränderungen ergaben. Nachdem die vorbestellten Aufträge ausgeliefert waren, ging vor allem der Export nach Amerika zurück, wo sich inzwischen auf Grund der starken Nachfrage nach Korsetts eine eigene, von deutschen Auswanderern aufgebaute Korsettindustrie etablierte. Zum Wohle dieser eigenen Korsettindustrie versuchte man daher zunehmend, die europäische Konkurrenz vom heimischen Markt zu verdrängen.

Die Bewohner des Häuschens am Bühl fühlten sich in dieser Zeit wie auf einem Pulverfass – lebten sie doch samt und sonders von Gottfried Schneiders Korsettfabrik. Der Erste, der die Auswirkungen zu spüren bekam, war der Schlafgast Georg Kuhn aus Bartholomä. Er wurde von einem Tag auf den anderen als Korsettweber entlassen. Aber er hatte noch Glück im Unglück, denn ihm wurde Arbeit an einer der Maschinen für die Korsettschließenfertigung zugewiesen. Weiß wie die Wand saß er am Abend zusammengesunken auf einem der Küchenstühle und berichtete, dass er die Stelle auch nur deshalb bekommen habe, weil Albert Stegmaier, der die Maschine vorher bediente, sich am Tag zuvor während der Arbeit die Hand so stark gequetscht habe, dass er sie vermutlich nie mehr wieder richtig gebrauchen könne.

»Das ist doch bei Gott kein gutes Zeichen«, stöhnte er. »Ich bin doch Weber! Und jetzt soll ich Schließen machen und Haken biegen!« Georgs Mund verzog sich, wie wenn er gleich in Tränen ausbrechen wollte. Im letzten Moment konnte er sich gerade noch zusammenreißen.

Bernhard und sein anderer Schlafgast Conrad Maier, Elisabeth und Christine standen völlig betroffen um Georg Kuhn herum.

Bernhard fand als Erster Worte: »Mensch, Georg, du solltest froh sein, dass du überhaupt noch Arbeit hast. Wer weiß, was uns erwartet, wenn wir morgen früh in die Fabrik kommen!« Er fühlte sich plötzlich, als ob es ihm den Boden unter den Füßen wegrisse – er setzte sich nun ebenfalls.

Elisabeth legte ihm die Hand auf die Schulter, unfähig etwas zu sagen, denn in ihrem Kopf reihte sich eine Folge grauenhafter Bilder aneinander. Was, wenn sie alle ihre Arbeit verlieren würden? Keine Arbeit – keine Schlafgäste – keine Heimarbeit – kein Geld – wie sollten sie dann mit einem kleinen Kind überleben?

Gottfried Schneider war gezwungen, fünf Weber zu entlassen. Bernhard und Conrad waren zwar nicht darunter, aber die täglichen Arbeitsstunden wurden von zehn auf sieben Stunden herabgesetzt. Entsprechend weniger wurde natürlich auch an Heimarbeit ausgegeben. Trotzdem waren sie alle froh, noch einmal mit einem blauen Auge davongekommen zu sein.

Bernhard versuchte seinem wachsenden Unbehagen Herr zu werden. Wer konnte schon wissen, ob bei einer noch rückläufigeren Auftragslage nicht auch er entlassen werden würde? In seiner freien Zeit half er jetzt Tante Christine bei der Feldarbeit. Elisabeth sollte sich schonen, denn die Geburt stand schon bald bevor.

Bernhard schrieb wieder einmal einen Brief an Johann, in dem er ihm seine Sorgen und Elisabeths bevorstehende Niederkunft mitteilte.

Kaum zwei Wochen später hielt er die Antwort in Händen.

Lieber Vetter Bernhard,

bei euch gehen die schlechten Nachrichten aber auch gar nicht aus. Natürlich sind der Börsenkrach und die Wirtschaftskrise auch hier in Krefeld in aller Munde. Am eigenen Leib bekomme ich sie aber Gott sei Dank nicht zu spüren. Den Krefelder Seidenfabrikanten, von denen 1862 auf der Londoner Weltausstellung immerhin acht eine Preismedaille und sieben eine ehrenvolle Erwähnung erhielten, gelingt es immer wieder recht gut, auf den schwankenden Markt zu reagieren. So auch der Firma Scheibler & Co., wo ich arbeite. Immer wieder wird das Produktionsprogramm variiert und der Marktnachfrage angepasst.

Was ebenfalls ein Faktor sein mag, weshalb die Geschäfte gut laufen, ist, dass das Eisenbahnnetz jetzt ständig ausgebaut wird und die Fabrikanten zunehmend Reisende einsetzen, die mit Musterkoffern ausgestattet die Kunden aufsuchen und Aufträge hereinholen. Dass die württembergische Korsettindustrie immer wieder solche Rückschläge und Einbußen einstecken muss, kann einen schon bedenklich stimmen. Ich kann Deine Befürchtungen diesbezüglich sehr gut verstehen. Trotzdem solltest Du nicht den Mut verlieren und zuversichtlich in die Zukunft schauen, vor allem jetzt, wo ihr wieder ein Kind erwartet.

Bei uns steht so weit alles zum Besten. Die Kinder gedeihen und Lenes Hutsalon könnte nicht besser laufen. Von der Fabrik bringe ich ab und zu Samtreste mit, die ich zu einem günstigen Preis kaufen kann und aus denen Lene Hüte nach der neuesten Mode herstellt. Sie hat da eine glückliche Hand und viel Geschick. In der Fabrik werden auch viele Stoffe gestohlen, was für mich aber nicht in Frage kommt. Meinen Arbeitsplatz will ich wegen so etwas nicht riskieren. Aber es gibt schon so manchen armen Teufel, der darauf angewiesen ist, sich auf diesem Wege ein kleines Nebeneinkommen zu verschaffen. So gut wie die Lage der Fabrikanten ist die von uns Fabrikarbeitern noch lange nicht. Es gibt viele, die nicht wissen, wie sie die Mäuler ihrer Kinder stopfen sollen. Die sozialdemokratische Arbeiterpartei kommt bezüglich der Verbesserungen für die Arbeiter ja nicht so recht voran. Mich selbst zu engagieren, fehlt mir der Mut. Die Fabrikanten wollen keine Parteigenossen beschäftigen und meine Stelle will ich dafür nicht aufs Spiel setzen. Ich kann mich glücklich schätzen, dass meine Frau einen gut gehenden Laden hat und wir dank dem Haus der Schwiegermutter keine Geldsorgen haben. Ich lege Dir wieder etwas Geld für Mutter bei. Bestelle ihr und Elisabeth viele Grüße von mir.

Für heute grüßt Dich von Herzen
Dein Vetter Johann
Krefeld, 27. Juli 1873

Am 15. August, einem Freitag, brachte Elisabeth während eines heftigen Gewitters nachmittags um halb drei Uhr wieder einen Buben zur Welt. Sie setzte durch, dass er am nächsten Tag auf den Namen Johannes getauft wurde. Bernhard mochte ihr den Wunsch nicht abschlagen, obwohl er nicht recht verstand, warum es ihr so wichtig war, auch diesem Sohn den Namen ihres Vaters zu geben, eines Vaters, der sich zeit ihres Lebens nie besonders um sie gekümmert hatte.

Johannes war ein herziges Kindchen und Tante Christine konnte sich vor Freude nicht lassen.

»Sieh doch nur, Bernhard«, sagte sie, als sie mit ihm vor dem Bettchen des Neugeborenen stand, »wie viele blonde Haare das Bübchen hat. Ganz wie seine Mutter.«

Der kleine Johannes war wie ein Sonnenschein in das Leben seiner Eltern und in das von Tante Christine getreten.

Die wirtschaftliche Lage war jedoch noch immer ungewiss. Württemberg konnte seine Miederwaren in Amerika kaum noch absetzen. Mit engeren Renditen und besserer Qualität versuchten die Korsettfabriken nun, sich neue Märkte zu erkämpfen und vermehrt Miederwaren im eigenen Land abzusetzen. In der Korsettfabrik von Gottfried Schneider arbeiteten die Weber aber nach wie vor nur sieben Stunden am Tag. Von den ursprünglich zwanzig Arbeiterinnen, die in der Fabrik mit Nähen, Spannen und Formbügeln beschäftigt waren, hatte Schneider ebenfalls fünf entlassen müssen. Die Heimarbeiterinnen erhielten zwar noch immer alle Arbeit, jedoch in stark reduziertem Umfang. Gottfried Schneider versuchte auch in diesen schweren Zeiten Fürsorge für seine Arbeiterinnen und Arbeiter walten zu lassen, soweit es in seiner Macht stand.

Tante Christine schränkte sich ein, wo sie nur konnte. Viel brauchte sie sowieso nicht für sich, aber jetzt gönnte sie sich praktisch gar nichts mehr. Lediglich neue Absätze für die Schuhe leistete sie sich in diesem Sommer. Sie bemühte sich dazu extra zu Schuhmacher Braun am Götzenbach hinunter. Zu Schuhmacher Ulmer, der seine Werkstatt gleich bei der

Oberen Mühle, also in nächster Nachbarschaft, betrieb, wäre es zwar nur ein Katzensprung gewesen, aber sie wollte auf keinen Fall mit dem Großvater von Johanns ledigem Sohn Daniel zusammentreffen. In Bernhard Schroths Kramladen kaufte sie auf dem Rückweg eine kleine Dose mit Schuhfett der Marke »Büffelhaut« zum Preis von zwanzig Pfennig. Auf gute Schuhpflege legte Christine großen Wert. Denn ihre Schuhe mit Schweinefett einzureiben kam für sie nicht in Frage. Das Leder wurde davon schon vor der Zeit hart und brüchig und verkürzte so die Lebensdauer des Schuhwerks.

Bernhard erntete mit Tante Christine die beiden Felder ab und auch Conrad und Georg halfen. Sie pflügten nach der Ernte den Boden und erhielten dafür zwei Wochen lang abends eine warme Mahlzeit, was sich auf ihren schmalen Geldbeutel günstig auswirkte, denn das tägliche Essen im Ochsen schlug bei dem verringerten Lohn ordentlich zu Buche. Die Hilfe der Nachbarin Hofele war in diesem Herbst angesichts der vielen fleißigen Hände nicht vonnöten. Elisabeth brachte ihr aber dennoch einen großen Korb mit Kartoffeln, Gemüse und Obst hinüber, den die Schneidersfrau mit einem schiefen Lächeln gerne annahm.

Der kleine Johannes gedieh prächtig und am Heiligen Abend konnte er bereits frei auf Elisabeths Schoß sitzen. Angesichts der duftenden Bratäpfel fuchtelte er aufgeregt mit den Ärmchen und spitzte sein Mündchen.

»Was für ein goldiges Bübchen!«, bescheinigte Tante Christine zum wiederholten Male voller Entzücken.

Und goldig schien in der Tat alles an Johannes zu sein. Der blonde Haarschopf genauso wie sein sonniges Wesen. Mit seinem Lächeln konnte er den Erwachsenen die Sorgenfalten von der Stirn und ein Lächeln in ihr Gesicht zaubern.

Das Entsetzen aller hätte nicht größer sein können, als Johannes am 19. Januar 1874 morgens tot in seinem Bettchen lag. Bernhard und Elisabeth begruben mit versteinerten Gesichtern ihren Sohn neben seinen Brüdern.

»Dieser Friedhof füllt sich mit meinen Verwandten und Kindern und das Haus am Bühl bleibt leer«, sagte Bernhard bitter, als er mit der kleinen Trauergesellschaft die Friedhofstreppen hinunterstieg. »Ich habe kein Glück. Alles wollte ich richtig machen in meinem Leben, ich habe mich wirklich bemüht, so viel schien möglich zu sein. Arbeiten, genügend Geld verdienen und mit Elisabeth eine Familie gründen. War das denn zu viel verlangt?«

Die ohnmächtigen Gedanken zerrissen ihm schier die Brust. Vielleicht war es auch falsch gewesen, das Kind Johannes zu taufen, nachdem schon vier seiner Brüder mit diesem Namen gestorben waren, grübelte er, während er neben Elisabeth, Tante Christine, Tante Catharina und der Nachbarin Hofele mit gesenktem Kopf herging.

Elisabeth hatte seit Johannes' Tod etwas Verbissenes. Sie konnte und wollte sich nicht damit abfinden, dass keines ihrer Kinder überleben sollte. Eine Woche nach der Beerdigung schmiegte sie sich abends im Bett an Bernhard und flüsterte ihm ins Ohr: »Ich will ein Kind, bitte, Bernhard, lass es uns noch einmal versuchen.«

Bernhard war überwältigt und zu seinem großen Erstaunen flammte durch Elisabeths Worte mitten durch den Schmerz um den Verlust seines Sohnes ein Funken Hoffnung auf. Ein Hoffnungsschimmer, der sein Herz unendlich erwärmte, als er Elisabeth in seine Arme zog.

Das Jahr 1874 hatte mit dem Tod des kleinen Johannes einen traurigen Anfang genommen. Es hielt auch sonst noch so manche Veränderung bereit. Am 23. Januar wurde im nunmehr drei Jahre alten Deutschen Reich die Zivilehe eingeführt. Durch die katholische Kirche ging ein Aufschrei. War doch nach ihrer Lehre die Ehe ein Sakrament, das durchaus nicht allen Paaren offenstand, die nun ohne Weiteres eine staatliche Ehe eingehen konnten. Ein erbitterter Kampf zwischen dem Deutschen Reich unter Reichskanzler Otto von Bismarck und der katholischen Kirche begann. Der sogenannte Kulturkampf sollte noch Jahre andauern und er ging weit über die Konflikte um die Zivilehe hinaus. Bismarck strebte eine Trennung von Kirche und Staat an, wogegen sich die religiösen Kräfte vehement stemmten. Bernhard berührten diese Auseinandersetzungen nicht besonders, dennoch behielt er sie bei der Zeitungslektüre im Auge und teilte sie am Abendbrottisch auch Elisabeth und Christine mit. Die beiden Frauen nahmen Neuigkeiten immer gerne zur Kenntnis, schenkten ihnen aber keine große Beachtung, wenn sie sich nicht unmittelbar auf ihr persönliches Leben auswirkten.

Ein Brief Johanns, der Ende Februar eintraf, rüttelte sie jedoch alle auf. Johann teilte den überraschenden Tod seiner Schwiegermutter mit und bat seine Mutter, doch eine Übersiedelung zu ihm und seiner Familie nach Krefeld in Betracht zu ziehen.

Wir könnten Dich hier so dringend brauchen, schrieb Johann. *Lene ist den ganzen Tag in ihrer Werkstatt und im Laden beschäftigt. Ihre Mutter hat sich in all den Jahren um die Kinder gekümmert und sie fehlt uns jetzt natürlich an allen Ecken und Enden. Auch ist Lene wieder in anderen Umständen und ganz verzweifelt, weil sie sich nicht vorstellen kann, wie in Zukunft alles ohne die Oma gehen soll. Liebe Mutter, wir würden uns so sehr wünschen, dass Du kommst. Johann, Ella und Madga sind brave Kinder. Du würdest sie bestimmt gleich in Dein Herz schließen. Bitte gib uns doch bald eine Antwort.*

Tante Christine sah Bernhard völlig entgeistert an, während er die Passage laut vorlas.

»Nach Krefeld!«, rief sie, als Bernhard geendet hatte. Ihre Augen füllten sich mit Tränen.

Elisabeth sah Tante Christine unverwandt an, die Hand fest auf den Mund gepresst.

»Ich glaube, es ist meine Pflicht«, sagte Christine nach einer Weile. »Johann hat mich, seit ich bei euch bin, finanziell unterstützt, jetzt ist es an mir, ihn zu unterstützen. Aber ich kann mir gar nicht vorstellen, von hier wegzugehen!« Sie brach in ungehemmtes Schluchzen aus.

Nachdem sie sich wieder gefangen hatte, sagte Bernhard: »Es ist bestimmt richtig, wenn du gehst, Tante Christine – auch wenn es dir im Augenblick schwer vorkommt und wir dich schrecklich vermissen werden.«

Nun schluchzte auch Elisabeth.

Am folgenden Sonntag nahmen sie die Personenpost von Heubach nach Unterböbingen, wo sie Tante Christine mitsamt ihrem Gepäck zum Bahnhof brachten. Christine Schroth zitterte vor Aufregung und zupfte unablässig an ihrem schwarzen Kapotthütchen, das sie zu ihrem besten Kleid und der warmen Jacke trug.

Als der Zug einfuhr, sagte sie angstvoll: »Mein Gott, ich bin doch noch nie mit der Eisenbahn gefahren! Und das Umsteigen! Was ist, wenn ich in einen falschen Zug einsteige?«

»Wir haben doch alles ganz genau aufgeschrieben, Tante Christine«, versuchte Bernhard sie zu beruhigen. »Und den Schaffner kannst du auch jederzeit fragen. Es geht ganz bestimmt alles gut und du kommst bald wohlbehalten in Krefeld an. Genieße einfach die Fahrt. Eisenbahnfahren ist ein richtiges Erlebnis – du wirst sehen. Wenn ich da an meine erste Fahrt zusammen mit Johann von Feuerbach nach Stuttgart denke …«

Den Heimweg machten Bernhard und Elisabeth zu Fuß – die vierzig Pfennig Fahrgeld pro Person für die Beförderung mit dem Wagen der Personenpost wollten sie sich sparen.

Das Haus kam ihnen menschenleer und verlassen vor, obwohl von der Kammer im Obergeschoss die Stimmen von Conrad und Georg leise zu ihnen herunterdrangen.

Elisabeth ließ sich auf einen der Küchenstühle fallen.

Als Bernhard sich ebenfalls setzte, nahm sie seine Hand und sagte: »Wir werden wieder ein Kind haben.«

Bernhard sah sie lange an, dann legte er seinen Kopf an ihre Schulter. Elisabeth sah nicht die Tränen, die ihm über die Wangen liefen.

Bereits im September 1873 war der allseits beliebte Doktor Märklin an einem Herzleiden gestorben. In Heubach praktizierte nun neben Wundarzt Knauß noch eine Zeitlang Doktor Wolfshofer, der auch die Getränkevisitationen durchführte. Allen Bemühungen des Stadtrats zum Trotz wollte sich langfristig kein geeigneter Arzt mehr finden. Doktor Closs hatte nach zwei Jahren eine Werksarztstelle in Wasseralfingen bevorzugt, wo er erheblich mehr verdiente als in Heubach, und sein Nachfolger, der frühere Stabsarzt Doktor Auberle, verschwand nach nur einem halben Jahr ohne jegliche Entschuldigung. An Doktor Märklins Beliebtheit und sein medizinisches Können hatte jedoch bei weitem keiner von ihnen herangereicht. Mancher Heubacher zog es daher vor, einen Arzt der benachbarten Orte zu konsultieren. Die anderen suchten den einmal in der Woche in der Stadt praktizierenden Doktor Ötlinger auf.

Elisabeth hoffte, dass sie wie auch bei den vorausgegangenen Geburten auch dieses Mal keinen ärztlichen Beistand brauchte und mit Hilfe der Hebamme zurechtkäme. Bernhard hoffte dasselbe, sprach seine Bedenken aber nicht aus, sondern ärgerte sich still, dass gerade jetzt die medizinische Versorgung in Heubach so durcheinandergeraten war.

Bernhard schickte einen kurzen Brief nach Krefeld, in dem er mitteilte, dass er und Elisabeth bald wieder Nachwuchs erwarteten, und in dem er Johann bat, doch bald zu schreiben, damit man wisse, wie es Tante Christine in der neuen Heimat ergehe.

Ende Mai wurde in Heubach eine Wetterbeobachtungsstation eingerichtet, in der auch Beobachtungen aus dem Tier- und Pflanzenreich vorgenommen wurden. Die Remszeitung berichtete bald darauf: »Blühende Trauben waren in hiesigen Gärten vom 23. Juni an zu sehen und versprechen einen ergiebigen Herbst.« Die Prognose traf tatsächlich ein, obwohl die Durchschnittstemperatur im August lediglich bei 9,6 Grad Celsius lag.

Endlich traf auch der langersehnte Brief aus Krefeld ein. Seitdem Tante Christine im Februar in Unterböbingen in den Zug gestiegen war, hatten Bernhard und Elisabeth nichts mehr von ihr gehört.

Lieber Bernhard, liebe Elisabeth!

Jetzt ist es wirklich allerhöchste Zeit, an euch zu schreiben. Ich freue mich, dass ihr wieder Nachwuchs erwartet, und hoffe, ihr seid beide wohlauf und könnt mir mein langes Schweigen verzeihen. Mutter ist gut bei uns angekommen und sie hat sich auch schon einigermaßen gut eingelebt – die Kinder machen es ihr leicht, denn sie haben die Oma gleich ins Herz geschlossen. Am Anfang hat Mutter vor lauter Heimweh nach Heubach ein paar Mal geweint. Aber seit der Geburt unserer Tochter Martha vor einer Woche ist es besser mit ihr geworden. Das Kind ist gesund und auch Lene erholt sich gut. Mit Mutter versteht sie sich prima, wenngleich die eine hochdeutsch und die andere schwäbisch spricht. Ich selbst habe das Schwäbische ja auch schon ein bisschen verloren, was ganz normal ist, wenn alle um einen herum anders reden, da passt man sich halt an. Mutter findet das allerdings seltsam.

Dieses Jahr ist die Seidenraupenernte wegen einer großen Hitzeperiode mager ausgefallen. Das hat den Preis in die Höhe getrieben und die Fabrikanten zum Jammern gebracht. So etwas passiert eben immer wieder. Vor ein paar Jahren war es die Seidenraupenkrankheit, die sich ungünstig auf die Preise niederschlug. Wir weben nach wie vor viele der billigeren Samte. Der Flor wird dabei mit dem günstigeren Schappeseidengarn statt mit teurer Rohseide gewoben. Durch den gröberen Faden wird der Flor sogar dichter. Bei Scheibler & Co. werden laufend neue Muster entworfen, neuerdings sind viele Pressmuster für die preisgünstigeren Kollektionen darunter. Samt ist nach wie vor allgemein sehr beliebt und auch der Export nach England hat sich ausgeweitet. Mir soll alles recht sein, solange ich Arbeit habe.

Füre heute alles Gute und viele Grüße
von Eurem Vetter Johann mit Familie

Auch von mir viele Grüße. Es geht mir gut. Ich hoffe von ganzem Herzen, dass die Geburt gut vorübergeht und das Kindchen gesund ist.

Eure Tante Christine Schroth

Krefeld, den 17. September 1874

Trotz der instabilen Wirtschaftslage ließ sich 1874 ein Korsettfabrikant Kunzelmann aus Göppingen in Heubach nieder. Er hoffte wohl auf billige und gute Arbeitskräfte und dementsprechend auf lukrative Geschäfte. Als Bernhard davon hörte, schöpfte er sogleich Hoffnung. So schlecht konnte doch die Lage nicht sein, wenn sich ein fremder Fabrikant in der Stadt niederließ. Doch wie schon vor ihm ein gewisser Kaspar Barth erfolglos versucht hatte, eine weitere Korsettfabrik in Heubach zu etablieren, zog auch Kunzelmann alsbald wieder ab.

Bernhard und Elisabeth saßen seit Tante Christines Wegzug abends wieder alleine in der Küche. Neuerdings waren sie dazu übergangen, sich an wärmeren Sommerabenden ins Freie zu setzen. Dazu hatten sie die Holzbank aus der Werkstatt in den kleinen Garten hinausgeschafft und an die Hauswand gestellt, die die Wärme bis in den Abend hinein speicherte und ein angenehmes Sitzen ermöglichte.

»Etwas Gutes hat die kürzere Arbeitszeit schon«, stellte Bernhard fest.

Die Ohrgeräusche, die ihn seit Jahren plagten, waren fast verschwunden. Nur noch selten suchten ihn unangenehmes Klingeln, Pfeifen oder Rauschen heim. Bernhard nahm an den geruhsamen Abenden im Garten gerne die Zeitung mit hinaus und las Elisabeth wieder wie früher den einen oder anderen Artikel vor.

Ein Bericht bewegte Bernhard ganz besonders. Ein Jacob Roller aus Reutlingen organisierte in Magstadt neuerdings zusammen mit Sozialdemokraten aus Stuttgart Versammlungen. In Magstadt gab es vier Korsettfabriken, wovon auch eine Charles D'Ambly gehörte, in dessen Stuttgarter Fabrik Bernhard damals das Korsettweben erlernt hatte. In Vorträgen prangerte Roller die rechtlose Situation der Fabrikarbeiter an und warb gleichzeitig für die Errichtung gewerkschaftlicher Organisationen. Es gehe nicht an, argumentierte er, dass ein Korsettweber einen Arbeitstag von zwölf bis vierzehn Stunden habe und das sechs Tage in der Woche.

Bernhard ließ die Zeitung sinken und blickte Elisabeth empört an. »Ja, wo lebt der Mann denn? Zwölf bis vierzehn Stunden? Haben die in Magstadt denn geheime Abnehmer für ihre Korsetts? Wir in Heubach wären schon froh, wenn wir wieder zehn Stunden am Tag Arbeit hätten.« Unruhig scharrte er mit der rechten Schuhspitze im Kies unter der Gartenbank. Versöhnlicher fügte er dann hinzu: »Grundsätzlich hat dieser Roller ja recht. Wir Fabrikarbeiter werden ausgenutzt und geben unsere Gesundheit für die Fabrikanten ohne die geringste Absicherung. Wenn einer krank wird, ist das sein Problem. Werden weniger Stunden gearbeitet, muss er sehen, wie er mit einem geringeren Lohn zurechtkommt, und wenn er entlassen wird, kann er überhaupt sehen, wo er bleibt. Kein Wunder, dass noch immer Leute nach Amerika auswandern. Die bauen ja dort längst ihre eigene Korsettindustrie auf und scheren sich einen Dreck darum, wie es in der alten Heimat weitergeht.«

In diesem Jahr bestellte Bernhard die beiden Felder mit Hilfe von Conrad und Georg. Tante Christine fehlte hinten und vorne. Elisabeth begleitete die drei Männer zwar zur Halde hinüber, viel arbeiten durfte sie aber nicht, denn Bernhard hatte Angst, dass sie sich in ihrem Zustand mit der Feldarbeit übernahm.

Am 7. Oktober 1874 kam Anna Maria zur Welt.

»Ein Mädchen!«, rief Elisabeth überglücklich. »Bernhard, wir haben ein Mädchen! Es wird bei uns bleiben, ganz bestimmt, ich spüre es!« Elisabeth lag strahlend in den Kissen ihres Bettes und hielt ihre Tochter im Arm.

Bernhard setzte sich zu ihr und betrachtete das kleine Wesen aufmerksam. Ein Schopf dunkler Haare und ein von der Geburt noch ein wenig verschwollenes rotes Gesichtchen lugte aus der weißen Windel hervor, in die die Hebamme das Neugeborene gewickelt hatte. Vorsichtig und gerührt streichelte Bernhard seiner Tochter über die Wange.

»Du bleibst bei uns, gell«, sagte er und fühlte dabei die gleiche Gewissheit wie Elisabeth.

Bernhard schrieb sogleich einen Brief nach Krefeld und teilte voller Stolz die Geburt seiner Tochter mit. Elisabeth schrieb nach jahrelangem Schweigen ihrer Stiefmutter Dorothea Geißler nach Lauterburg. Sie zeigte die Geburt ihrer Tochter an und bat Dorothea, doch Grüße an ihre Schwestern auszurichten.

Schon in der Woche darauf traf ein Brief von Margret ein. Elisabeth schnitt ihn eilig mit einem Messer auf und faltete den groben Briefbogen gespannt auseinander.

Liebe Elisabeth!

Zur Geburt eurer Tochter Anna Maria sende ich Dir und Bernhard die besten Glückwünsche. Leider haben wir uns ja ganz aus den Augen verloren. Vielleicht wird sich das in Zukunft ändern und wir schreiben uns ab und zu oder besuchen uns womöglich auch einmal.

Mein Leben ist nicht gerade ein Zuckerschlecken. Ich glaube, da hast Du es besser getroffen. Noch bis vor ein paar Jahren habe ich in der Wollspinnerei in Aalen gearbeitet und zusammen mit unserer Halbschwester Anna Barbara das kleine Zimmer im »Löwen« bewohnt. Man kann sagen, ich habe nach Deiner Heirat praktisch Deine Stelle und Dein Bett eingenommen. Wie Du weißt, habe auch ich ein lediges Kind bekommen, die Elisabeth, und zwei Jahre später 1865 noch eins, den Bernhard. Ich habe die Kinder nach euch benannt, weil ich mich so gerne an unsere schönen Zeiten zu dritt erinnert habe. Der Vater der Kinder ist Gottfried Grapp aus Essingen, der jüngste von vier

Bauernsöhnen, der von dem kleinen Hof seiner Eltern so gut wie nichts zu erwarten hat. Er verdient sein Geld als Taglöhner oder eben dort, wo es gerade etwas zu schaffen gibt. Er ist zwei Jahre jünger als ich. Erst kurz bevor unser Bernhard in die Schule gekommen ist, hat er seine Verantwortung begriffen und mich endlich vor drei Jahren geheiratet. Seither wohnen wir zusammen in Essingen in einem kleinen Häuschen neben dem Hof seiner Eltern. Wir haben dort eine schöne Küche und zwei kleine Kammern, die man beide heizen kann. Am Geld fehlt es oft und ich würde am liebsten wieder nach Aalen in die Spinnerei gehen, um etwas dazuzuverdienen, die Kinder sind ja nicht mehr so klein, aber Gottfried will es nicht.

Was unsere Stiefmutter betrifft, so hat sie vor meiner Heirat auf die Kinder aufgepasst. Ein gutes Gefühl hatte ich dabei nie, wenn ich die ganze Woche über in Aalen war. Aber trotz ihrem ständigen Gekeife hat sie die Kinder gut versorgt. Ich habe ihr natürlich dafür Geld gegeben, auf das sie ja auch angewiesen war. Jetzt, nachdem sie alleine ist, jammert sie natürlich in einem fort, dass es ihr hinten und vorne nicht zum Leben reicht. 1869 hat Anna Barbara nach Lautern geheiratet. Ihr Mann heißt Wilhelm Doppstädt und er hat dort einen kleinen Bauernhof. Anna Barbara bringt ihrer Mutter regelmäßig Kartoffeln und Gemüse und was sie halt sonst noch anbauen und ein bisschen Geld. Allzu viel kann sie auch nicht erübrigen, weil sie inzwischen auch schon drei Kinder hat. Ich kann unsere Stiefmutter beim besten Willen nicht mehr unterstützen. Wir müssen froh sein, wenn es für uns selber reicht.

So, liebe Elisabeth, jetzt weißt Du, wie es mir und den anderen ergangen ist, seitdem wir das letzte Mal etwas voneinander gehört haben. Schreibe mir doch bald einmal wieder.

Es grüßt Dich
Deine Schwester Margret
Essingen, am 5. November 1874

Anna Maria war ein zartes Kind, aber sie gedieh gut. Wann immer dunkle Gedanken Elisabeth heimsuchten, wies sie sie entschieden von sich. Die erste Hürde war genommen, als Anna Maria ihren fünfzehnten und sechzehnten Lebenstag überschritten hatte. Ihre Eltern atmeten auf, denn ihre Söhne Johann Bernhard und Johann Georg waren in diesem Alter gestorben.

Als sich Anna Maria dem Alter von fünf Monaten näherte, wurden ihre Eltern erneut unruhig. Elisabeths Schlaf wurde noch leichter, aus lauter Angst, sie könne ihre Tochter wie erst im Januar des letzten Jahres ihren Sohn Johannes tot im Bett finden.

Auch den sechsten Monat, in dem ihr Sohn Wilhelm gestorben war, überlebte ihr Töchterchen putzmunter. Elisabeth selbst hatte sich gut von der Geburt erholt, obwohl sie mit achtunddreißig Jahren nicht mehr die Jüngste war. Der kleinen Anna Maria schien nichts ferner zu liegen, als die Welt wieder zu verlassen, die ihr mit jedem neuen Lebenstag interessanter erschien. Sie war aufgeweckt, saß früh, machte bereits mit neun Monaten ihre ersten Schrittchen an der Hand ihrer Mutter und lief mit einem Jahr ohne jegliche Hilfe.

Elisabeth sprach viel mit dem Kind, benannte die Gegenstände im Haus und die Pflanzen im Garten. Die Hühner nannte Anna Maria »Bibi«, so wie ihre Mutter es ihr vorsagte. Sie hatte die dunklen Haare und die tiefblauen Augen ihres Vaters. Elisabeth nähte Kinderkleidchen und kleine Schürzen und flocht Anna Marias Haare zu kleinen Zöpfen.

Sich selbst frisierte Elisabeth nicht weniger sorgfältig. Hatte sie ihre dicken blonden Haare in den letzten Jahren meist schnell zu einem Knoten am Hinterkopf zusammengedreht, befestigte sie sie nun der Mode entsprechend sorgfältig am Oberkopf, schlang sie zu einem lockeren Zopf und steckte ihn dann im Nacken zusammen. Eine gute Lösung, wie sie fand, denn modische Locken und Löckchen wären bei ihrem festen, geraden Haar ohne Brennschere nicht möglich gewesen. Statt der veralteten Krinoline band sich Elisabeth nun mit Bändern ein selbstgenähtes Rosshaarpolster um die Taille, über dem sich am Gesäß ihr Rock vorne schmal und hinten modisch zusammengerafft als Turnüre bauschte.

Manchmal nahm Elisabeth ihr Töchterchen an die Hand und besuchte mit ihr den Wochenmarkt. Danach statteten sie oft Onkel Bernhard Schroth in seinem Kramladen am Marktplatz und Tante Catharina einen kleinen Besuch ab. Oder sie legte das Abliefern und Abholen neuer Heimarbeit so, dass sie Bernhard nach Feierabend von der Fabrik abholen konnte. Elisabeth genoss es, sich mit ihrem Kind in Heubach zu zeigen. Sie durchschritt dabei den Ort vom Bühl bis hinaus zur Korsettfabrik auf einem kleinen Umweg fast ganz und verzichtete bei diesen Gelegenheiten auf die Abkürzung am alten Woellwarth'schen Schloss vorbei und den Hundsgraben hinunter, wo man, vorbei am Haus des Feldschützen Bass, direkt vor der Fabrik ankam.

Bernhard strahlte jedes Mal, wenn er Frau und Kind vor der Fabrik erblickte.

»Nicht mehr und nicht weniger wollte ich immer vom Leben«, sagte er zu Elisabeth einmal auf dem Heimweg. »Ein rechtschaffenes Leben mit meiner Familie.«

Kapitel XIII

Die wirtschaftliche Lage verbesserte sich. Die Arbeitszeit in der Schneider'schen Korsettfabrik wurde von sieben zuerst auf neun, dann auf zehn und schließlich auf zwölf Stunden täglich angehoben. Der Absatz der Miederwaren in Deutschland hatte deutlich zugenommen, da sich jetzt auch hier nicht nur elegante Damen ein Korsett leisten konnten, sondern auch Hausangestellte und Arbeiterinnen. Das Korsett war auf dem Weg, Massenware zu werden. Anstelle von Amerika, wo der Export 1875 um vierzig Prozent eingebrochen war, exportierte man nun Korsetts verstärkt nach England und in die skandinavischen Länder. Gottfried Schneider hatte sich mit seiner Korsettfabrik wieder gut etabliert.

Georg Kuhn durfte von der Maschine in der Korsettschließenfabrikation wieder an seinen Webstuhl wechseln. Tagelang lief er mit einem breiten Grinsen durch die Gegend, bis er dann nach mehreren langen Arbeitstagen abends wieder so erschöpft in sein Bett sank wie vordem. Sein Kollege und Schlafgenosse Conrad Maier heiratete angesichts des höheren Verdienstes ein Mädchen aus seinem Heimatdorf Weiler. Die Eltern der Bäckerstochter hatten dem jungen Paar ein geräumiges Zimmer in ihrem Haus eingerichtet, das nun an den Wochenenden als eheliche Wohnung diente.

Bernhard fiel angesichts der günstigen Wirtschaftslage ein Stein vom Herzen. Er zahlte nun wieder regelmäßig Geld auf sein Konto bei der Oberamtskasse ein. Trotz äußerst sparsamer Lebensführung war sein Sparkonto in den letzten Jahren stark zusammengeschmolzen. Immer wieder hatte er etwas abheben müssen, um die Kosten zu decken. Wenn sich nicht doch noch alles zum Guten gewendet hätte, wäre der Verkauf seiner beiden Felder an der Halde unausweichlich gewesen. Die dunkle Wolke der Existenzangst, die ihn jahrelang begleitet hatte, löste sich zwar nicht in Luft, aber doch in einen hellen Nebel auf, mit dem sich ganz gut leben ließ.

1877 nahm der Heubacher Stadtrat, nachdem die Stelle des Stadtarztes ein halbes Jahr verwaist war, die Frage einer geregelten ärztlichen Versorgung wieder in Angriff und schrieb die Stelle erneut aus. Das kleine Häuschen mit den niedrigen Decken, in dem vormals Doktor Märklin seine gutgehende Praxis hinter der Kirche betrieben hatte, war auch wieder für den neuen Stadtarzt vorgesehen.

Drei Bewerber meldeten sich. Nachdem sie sich alle drei vorgestellt hatten, fiel die Wahl auf den fünfundzwanzigjährigen Doktor Franz Keller aus Reutlingen. Einen Doktor aus dem Badischen, der ein persönliches Erscheinen nicht für nötig gehalten hatte, lehnten die Stadträte von vornherein ab. Der Kandidat aus Bayern disqualifizierte sich auf andere Weise: Er besah sich die Wohnung und erklärte kurzerhand, in so ein Vogelhäuschen ziehe er nicht ein. Zur Bekräftigung seiner Worte warf er seinen Zylinder auf den Tisch, dass der Staub nur so in die Höhe flog.

Mit seinem Verhalten hatte er die Entscheidung des Stadtrats für den Bewerber Keller sehr erleichtert.

Doktor Keller, der in Tübingen, München und Freiburg studiert hatte, schrieb später über seine Ankunft in Heubach: »Der allgemeine Eindruck war ein höchst niederdrückender. Ich ging zur Ruhe mit dem Wunsch: Sie werden mich doch um Himmels willen nicht hier als Arzt wählen, stand morgens ganz früh auf und wandelte der Bahn zu auf den ersten Zug.«

Entgegen seinem ersten Eindruck lebte sich Doktor Keller in Heubach jedoch bald recht gut ein. Nicht lange nach seinem Amtsantritt gab Adolf Schickhardt seine Seidenwarenfabrikation auf und bot sein Haus zum Verkauf an. Doktor Keller ergriff diese Gelegenheit beim Schopf und erwarb das geräumige Gebäude an der Staig, mit Blick auf den Rosenstein. Den Garten seines neuen Heimes gestaltete er zusammen mit seiner Frau Sophie nach und nach zu einem kleinen Paradies mit exotischen Pflanzen um. Die Wege zu seinen Patienten, die ihn nun als Distriktsarzt oft bis in die Dörfer auf der Alb hinaufführten, legte er zu Pferd zurück.

Doktor Keller war ein vielseitig interessierter, musischer Mensch. Er fertigte Zeichnungen und Aquarelle an, vor allem von Heubach, dem Rosenstein und der Umgebung. Aber er interessierte sich auch leidenschaftlich für Geschichte. Angeregt durch die Entdeckung eines Alemannenfriedhofes in Oberböbingen und nachdem ihm der Erwerb einiger der ausgegrabenen Funde möglich war, fasste er nun, angestachelt von Entdeckerdurst, den Rosenstein ins Auge, dessen Anblick ihn schon beim morgendlichen Aufstehen erquickte. Es dauerte nicht lange, bis er die ersten Wanderungen hinauf zur Burgruine, die voller Geröll und Gestrüpp war, unternahm. Das alte

Gemäuer stand isoliert auf einem Felsen und war durch einen tiefen Felsengraben vom restlichen Berg getrennt, der so wie der Hochberg zum Albuch gehörte. Früher hatte sich hier sicher eine Brücke befunden. Stundenlang durchquerte Doktor Keller die Laubwälder des Berges, der von Felsen, Gängen und Höhlen durchzogen war. Sein archäologisches Interesse entzündete sich bei jeder Wanderung aufs Neue. Der Versuchung, an verschiedenen Stellen nach Überresten zu graben, widerstand er jedoch zunächst. Ohne wissenschaftliche Grundlage und Vorbildung wollte er keine im wahrsten Sinne des Wortes tiefgreifenden Forschungen vornehmen. Dennoch hielt er jedesmal die Augen offen – vielleicht lag ja irgendwo auf dem Boden ein Relikt der Vorzeit, das man aufsammeln konnte.

Doktor Kellers ärztliche Kunst reichte jedoch nicht an die des verstorbenen Doktors Märklin heran. Dennoch verstand er es, das Vertrauen seiner Patienten, denen er gerne eine Fleischbrühe mit Ei verordnete, zu gewinnen und aus seiner Praxis eine Goldgrube zu machen. Mit dem tröstenden Satz »Wenn die Schmerzen nachlassen, wird es schon besser werden« stellte er seinen Patienten gerne auf einfache Art und Weise die ersehnte Heilung in Aussicht.

Wie fast alle Heubacher freuten sich Bernhard und Elisabeth seit Wochen auf das Turnfest, das die zwölf Vereine des Hohenstaufengaues am Sonntag, den 15. Juli 1877, in Heubach abhielten. Der Heubacher Turnerbund bestand seit 1858. Vorausgegangen war der 1847 gegründete Männerturnverein, der im Revolutionsjahr 1848 wegen der nationalen Gesinnung seiner Mitglieder gleich wieder verboten worden war.

Der Kirchplatz war anlässlich des Turnfestes zum Turnplatz mit allerhand Turngeräten umgestaltet worden. Bereits am frühen Morgen machten sich Bernhard und Elisabeth mit Anna Maria auf den Weg in die Stadt, wo von allen Seiten die Mitglieder der verschiedenen Turnvereine mit lautem Gesang zusammenströmten. Anna Maria kam aus dem Staunen nicht heraus.

Angesichts der vielen fröhlichen, singenden Menschen bekam sie große Augen und mit ausgestrecktem Ärmchen zeigte sie einmal auf die eine und dann wieder auf die andere Turnerschar. Mit ihrem zarten Kinderstimmchen versuchte sie beim Gesang der Turner mitzuhalten, was ihre Eltern und die umstehenden Erwachsenen zu einem milden Lächeln veranlasste. Bernhard setzte sich seine Tochter auf die Schultern, damit sie die Turnvorführungen besser sehen konnte. Dreiunddreißig Bewerber nahmen am Preisturnen teil, das bis um zwei Uhr mittags andauerte. Zur Mittagspause verteilten sich die Teilnehmer dann auf die verschiedenen Wirtshäuser, wo ihnen ein gutes und reichliches Mittagessen serviert wurde.

Bernhard und Elisabeth nahmen die Einladung von Onkel Bernhard und Tante Catharina an, die sich ebenfalls unter die Zuschauer gemischt hatten.

»Wenn ihr mit einer Flädlessuppe zufrieden seid, könnt ihr euch den Weg zum Bühl und wieder zurück sparen«, hatte Tante Catharina vorgeschlagen. »In einer Stunde geht es ja schon wieder mit dem Festzug weiter.«

Tatsächlich reichte die Zeit gerade aus, um sich ins Schroth'sche Haus am Markt zu begeben und die Suppe zu löffeln.

Das Haus war wie sämtliche Häuser mit Girlanden, Kränzen, Blumen und Fahnen geschmückt. Zwei der oberen Fenster waren geöffnet. Bernhard und Elisabeth grüßten mit einem Kopfnicken zu Catharinas Eltern, Johann Michael Hüttelmaier und seiner Frau Elisabeth hinauf, die dort ihre Ellenbogen bequem auf Sofakissen gebettet hatten und so das Treiben auf der Straße verfolgten. Die beiden waren, nachdem sie ihre Bäckerei in Göppingen aufgegeben hatten, vor einiger Zeit in das Haus ihres Schwiegersohnes eingezogen, wo sie nun von ihrem Wohnrecht Gebrauch machten. Vor allem Catharinas Mutter hatte ihre Vorliebe dafür entdeckt, täglich bequem am Fenster auf ein Sofakissen gestützt alles zu beobachten, was unten auf der Straße vor sich ging. Wer zum Beispiel wann und wie gekleidet dort vorbeikam oder wer nebenan einen Wirtshausbesuch im »Rössle« machte oder schräg gegenüber im »Lamm«. Elisabeth Hüttelmaier wusste auch bald genau, wann der Rössleswirt Dölker seine Pferde einzuspannen pflegte und wie viele Fässer Bier er jedesmal auflud. Sie beobachtete, wie viele Kunden täglich den Kramladen ihres Schwiegersohnes aufsuchten, und natürlich auch, wer im Pfarrhaus auf der anderen Straßenseite aus- und einging. Die beiden Haushalte der Schroths und Hüttelmaiers wurden getrennt geführt, darauf bestand Catharinas Mutter. Es reiche noch, wenn sie einmal alt und gebrechlich seien, dass Catharina sich um sie kümmere.

Gerade als die Schroths sich nach dem Essen wieder auf der Straße unter die Zuschauer gemischt hatten, ging ein heftiger Regenschauer nieder, der im Nu alle durchnässte.

»Jetzt, wo wir sowieso schon nass sind, können wir genausogut hierbleiben«, sagte Bernhard, dem das bunte Treiben so gut gefiel, dass er sich vom Wetter nicht abschrecken lassen wollte.

Elisabeth war wenig begeistert. »Nicht dass Anna Maria sich noch erkältet«, erwiderte sie mit einem besorgten Blick auf das Kind, das sie fest an sich gedrückt hielt.

Onkel Bernhard schüttelte sich den Regen von den Kleidern und schlug vor: »Kommt, lasst uns wieder hineingehen. Von unserer Stube aus kann man den Festzug auch sehen.«

»Geht ihr nur!«, rief Bernhard, der den Zug, an dem außer den Turnern auch der Heubacher Gesang- und Veteranenverein teilnahm, bis zum Festplatz im Ochsengarten begleiten wollte.

Dort angekommen wurde zuerst wieder ein Lied gesungen. Danach betrat der Stadtschultheiß Jakob Wiedenhöfer die Tribüne und hielt im strömenden Regen seine Rede. Er lobte die Teilnehmer und die Zuschauer, dass sie dem unbarmherzigen Regen standhielten und würdigte die segensreichen Auswirkungen, die das Turnen für die menschliche Gesellschaft habe. Sogleich nach der Rede flüchtete jedoch alles unter Dach und Fach. Erst zur Preisverleihung traf man sich etwas später wieder auf dem Festplatz. Der Sohn von Schuhmacher Ulmer erhielt den 12. Preis mit Kranz und von den Turnzöglingen errang der junge Wiedenhöfer mit dem 18. Platz einen Gabenpreis.

Bernhard machte sich schließlich durchnässt und fröstelnd auf den Heimweg – enttäuscht, dass das Riegen- und Massenturnen wegen des Regens ausfallen musste. Die Turner begaben sich indessen in die verschiedenen Quartiere, wo sie bei Musik und Gesang fröhlich beisammen saßen und die Heubacher noch lange ihren prämierten Turnerbund feierten.

Am folgenden Montag wachte Bernhard mit Kopfweh und verstopfter Nase auf. Stöhnend quälte er sich aus dem Bett, fest entschlossen zur Arbeit zu gehen. Einen Lohnausfall wollte er sich wegen einer Erkältung nicht leisten.

»Was musstest du auch gestern im Regen herumlaufen«, sagte Elisabeth vorwurfsvoll, als sie die Schüssel mit der heißen Kaffeesuppe und den Brotbrocken vor ihm auf den Tisch stellte.

Seine Kollegen Conrad und Georg grinsten. Und Conrad spottete sogar: »Da hast du wohl gestern beim Turnfest über die Stränge geschlagen, Bernhard!«

»Ach was, es hat halt geregnet. Und nicht nur ich bin nass geworden.«

Elisabeth verdrehte die Augen und sagte: »Jetzt hast du auf jeden Fall die Rechnung dafür bekommen.«

»Ja, ja«, brummte Bernhard, »ich gehe vor der Arbeit gleich noch bei Apotheker Plicksburg vorbei und lass mir was geben.«

Insgeheim ärgerte er sich über seine gestrige Unvernunft, die ihn nun auch noch Geld für eine Arznei kosten würde. Aber es war eben so selten, dass sich in Heubach eine Abwechslung vom täglichen Einerlei bot. Gelegentlich einmal ein Krämer- oder Jahrmarkt oder ein Besuch im »Lamm« waren schon das höchste der Gefühle. Und er mischte sich nun einmal gerne zwanglos unter die Leute, ohne gleich mit jemandem groß reden zu müssen. Er war zurückhaltend. Man musste sich genau überlegen, was und zu wem man etwas sagte. Im Handumdrehen wurde es herumerzählt und auf Klatsch und Tratsch hinter seinem Rücken war er ganz und gar nicht erpicht.

Die über und über mit Efeu bewachsene Apotheke lag gleich neben dem Rathaus und direkt auf dem Weg zur Fabrik. Bernhard eilte die breite steinerne Treppe zur Eingangstür hinauf. Der Apotheker, ein Frühaufsteher, war längst auf den Beinen. Seinen weißen Kittel trug er wie immer vorne offen, so dass die Kundschaft seine tadellosen Anzüge, die er darunter trug, auch gebührend bewundern konnte. Er empfahl Bernhard eine Kräutermischung in Alkohol gelöst und verschwand für ein paar Minuten im Hinterzimmer, um die Arznei zuzubereiten. Dann erschien er wieder mit einem braunen verkorkten Fläschchen. Auf das weiße, mit dünnen blauen Streifen umrahmte Etikett schrieb er: »3 mal täglich 20 Tropfen.«

»Das macht dann fünfundachtzig Pfennig, Herr Schroth«, sagte Plicksburg und wünschte eine gute Besserung.

Bernhard setzte die Arbeit während der kommenden Woche trotz der Arznei schwer zu. Sein Kopf dröhnte, seine Nase lief und zu allem Überfluss bekam er noch einen Husten. Die längst wiedergekehrten altvertrauten und entnervenden Ohrgeräusche setzten noch eins obendrauf.

Den folgenden Sonntag verbrachte er im Bett. Elisabeth setzte eine Hühnerbrühe auf und schlug, ganz nach den Empfehlungen Doktor Kellers, die in Heubach bereits die Runde machten, ein Ei hinein und reichte sie Bernhard. Danach bereitete sie ihm eine heiße Bettflasche, kochte einen Topf Kamillentee, den Bernhard heiß und schluckweise trinken musste, und häufte auf sein dickes Federbett noch ihr eigenes auf ihn, damit er die Erkältung vollends herausschwitzen konnte.

Am Montagmorgen fühlte er sich deutlich besser. Der Kopf war bis auf das Klingeln in seinen Ohren wieder frei und der Husten begann sich zu lösen.

Wie er die vergangene Woche in der Fabrik herumgebracht hatte, wusste er gar nicht mehr genau. Nur dass ihn die schlimme Vorstellung eines Lohnausfalles jeden Tag fiebrig an seinen Webstuhl getrieben hatte.

Elisabeth stellte fest, dass sie wieder ein Kind erwartete. Doch obwohl sie sich über die neue Schwangerschaft freute, konnte sie sie nicht so recht von ihren Ängsten ablenken, die vier Wochen vor der Niederkunft um ihre Tochter Anna Maria kreisten. Im Juli 1878 war das Kind drei Jahre und neun Monate alt geworden. Genauso alt wie ihr Sohn Johann Georg, als er an den Folgen der Halsbräune gestorben war.

Als sie Bernhard ihre Befürchtungen mitteilte, nickte er nur. »Ich habe in letzter Zeit selbst oft daran gedacht«, gab er zu. »Wir dürfen uns jetzt aber nicht selbst verrückt machen – Anna Maria geht es doch gut.«

Elisabeth strich die blaue Schürze, die ihren gewölbten Leib bedeckte, glatt und sagte: »Ja, wir können froh sein, wenngleich sie mir manchmal sehr schmal und schmächtig vorkommt.«

»Du hättest mich einmal als Kind sehen sollen«, versuchte Bernhard seine Frau aufzuheitern. »Ich war ja noch mit vierzehn, als ich in die Lehre kam, ein richtiger Hänfling. Den schmalen Körperbau hat sie wohl von mir geerbt. Vielleicht solltest du ihr zur Kräftigung Lebertran geben. Der ist gut für die Knochen – und überhaupt.«

Gleich am nächsten Tag nahm Elisabeth Anna Maria an die Hand und ging mit ihr zur Apotheke.

»Es gibt nichts Besseres für Kinder als Lebertran. Der beugt Rachitis vor und stärkt auch sonst die Entwicklung«, bestätigte Apotheker Plicksburg der besorgten Mutter, als sie ein Fläschchen Lebertran verlangte. »Auch werdenden Müttern schadet ein Löffel hin und wieder nicht«, fügte er mit einem Blick auf Elisabeths Leib hinzu. »Na, möchtest du vielleicht etwas Süßes?«, fragte er mit einem Lächeln, nachdem Elisabeth bezahlt hatte, und hielt Anna Maria ein Glas mit Bonbons hin.

Anna Maria nickte begeistert und griff beherzt ein rosarotes »Himbeerchen« heraus.

»Und, wie sagt man jetzt zum Herrn Apotheker?«, drängte Elisabeth.

»Danke«, sagte Anna Maria artig und steckte sich die Köstlichkeit schnell in den Mund.

Am 24. August 1878 kam Lina zur Welt. Die Geburt verlief ohne Komplikationen und die glücklichen Eltern betrachteten ihr neues Töchterchen voller Entzücken. Schon bei der Taufe eine Woche später war deutlich zu sehen, dass dieses Kind mit seinem hellblonden Flaum auf dem Köpfchen und den blauen Augen seiner Mutter wie aus dem Gesicht geschnitten war.

»Die Augenfarbe kann sich mit der Zeit noch ändern«, flüsterte Tante Catharina, die als Taufpatin das Kind in den Armen hielt.

»Ganz egal, welche Farbe Linas Augen einmal haben werden«, flüsterte Bernhard zurück, »wir sind froh, dass sie gesund ist.«

Nach dreizehn Jahren Ehe hatten Bernhard und Elisabeth zum ersten Mal zwei gesunde und lebhafte Kinder um sich. Sie waren stolz, eine Familie zu sein.

Elisabeth erholte sich dieses Mal allerdings langsamer von der Geburt. »Ich bin halt doch schon zweiundvierzig Jahre alt«, stellte sie mit einem entschuldigenden Lächeln fest, wenn sie des Abends gleich mit den Kindern ins Bett ging.

Es dauerte ein gutes Vierteljahr, bis Lina einigermaßen durchschlief und ihre Eltern wenigstens wieder ein paar Stunden Schlaf am Stück fanden. Elisabeth nahm seit der Geburt regelmäßig täglich einen Esslöffel Lebertran und schwor darauf, dass sie dem fischig riechenden, öligen Wunderelixier die Kräftigung zu verdanken hatte, die sie zwar langsam, aber stetig an sich feststellte.

Mit ihrer Schwester Margret pflegte Elisabeth inzwischen einen lockeren Briefwechsel. Sich gegenseitig einmal zu besuchen, hatten sie beide bisher noch nicht geschafft. Jetzt, nach der Geburt von Lina, war ein Besuch von Elisabeths Seite aus wieder in weite Ferne gerückt. Und auch Margret hatte einen Besuch in Heubach bisher von einem Jahr zum anderen verschoben.

Die Ernte im Herbst und die Verarbeitung des Gemüses und der Früchte ging Elisabeth nicht mehr so leicht von der Hand wie bisher. Kinder, Haushalt, Garten, Felder und die Heimarbeit unter einen Hut zu bringen verlangte ihr alles ab. Mit Hilfe der Nachbarin Hofele, die sich glücklich schätzte, nun, da die Männer wieder vollauf in der Fabrik beschäftigt waren, erneut gefragt zu sein, bewerkstelligte Elisabeth jedoch das ganze Pensum. Schneider Hofele kränkelte seit einiger Zeit und die Arbeit fiel ihm schwer, was sich wiederum in einem schmäleren Verdienst niederschlug. Die Naturalien von den Schroth'schen Feldern, die seine Frau für ihre Hilfe erhielt, kamen da gerade recht.

»Wenigstens schickt unser Ältester jeden Monat ein paar Mark«, erzählte die Nachbarin Elisabeth. »Der ist recht zufrieden mit seiner Anstellung im königlichen Hüttenwerk in Wasseralfingen. Dort befördern sie jetzt das Erz mit einer Zahnradbahn aus dem Boden in die Hütte hinauf. Oh, was würden wir auch ohne unseren Buben tun!«

Im folgenden Winter starb Schneider Hofele mit sechsundfünfzig Jahren an Auszehrung. Seine Witwe war untröstlich. Sie war nun auf die Versorgung ihrer Kinder angewiesen, von denen nur der Älteste einen guten Verdienst hatte. Die ältere Tochter war in Gmünd im Haushalt in Stellung und die Jüngste kam im Frühjahr erst aus der Schule. Jedesmal wenn sie Bernhard sah, bekniete sie ihn, bei Gottfried Schneider ein gutes Wort für ihr »Mädle« einzulegen, damit er ihr nach der Schule eine Anstellung gab. Bernhard versprach nachzufragen, konnte der Witwe aber keine günstigere Auskunft geben, als dass man Anna auf die Warteliste setzen könne, so wie schon einige andere Bewerberinnen vor ihr.

Und noch zwei Todesnachrichten trafen kurz hintereinander ein. Meister Burkhardt und seine Frau waren innerhalb von zwei Monaten gestorben.

Die Mutter hat ohne den Vater wohl nicht mehr weiterleben wollen, schrieb die älteste Tochter, die mit ihrer Familie inzwischen von Essingen in das elterliche Haus gezogen war, da die Mutter nicht alleine bleiben sollte. Ihre jüngere Schwester war zwar in Lauterburg verheiratet, hatte aber nicht die Möglichkeit, die Mutter zu sich zu nehmen, und die täglichen Besuche hatten für eine anständige Versorgung nicht ausgereicht.

Bernhard war zu Meister Burkhardts Beerdigung nach Lauterburg gekommen. Er hatte bei dieser Gelegenheit mit beiden Töchtern gesprochen und ihre Entscheidung gut gefunden. Natürlich spielte es auch eine Rolle, dass die ältere Tochter aus ihren bisherigen beengten Wohnverhältnissen heraus gerne in das elterliche Haus eingezogen war. Wie die Erbschaft nun, nach dem Tod der Mutter, unter den Schwestern aufgeteilt werden würde, wusste Bernhard natürlich nicht.

Die Erinnerungen an seine Lehrzeit in Lauterburg stiegen noch einmal vor ihm auf. Dankbar dachte er daran, wie viel er bei Meister Burkhardt gelernt und wie er ihm die Ereignisse der weiten Welt durch die regelmäßige Zeitungslektüre verständlich gemacht hatte. Die Sonntagabende, die er zusammen mit der Dorfjugend singend in der Schlossruine verbracht hatte. Die Heubacher Oma, die er so gerne besucht hatte, um mit ihr von Heubach zu sprechen. Der Tod der Mutter, der ihn krank vor Schmerz ins Bett gezwungen hatte. Die freundlichen Meistersleute, die sich danach so rührend um ihn kümmerten. Und natürlich dachte er an Elisabeth, der er dort zum ersten Mal begegnet war. Es waren gute Erinnerungen, die er mit seiner Lehrzeit und mit Lauterburg verband und die nun unwiderruflich der Vergangenheit angehörten.

Kapitel XIV

Bernhard war abends jetzt immer rechtschaffen müde. Die Arbeit in der Fabrik füllte ihn ganz und gar aus. Zwar nahm er nach dem warmen Abendessen noch immer die Zeitung zur Hand. Aber oft genug überflog er sie nur noch, da ihm der Schlaf hinter den Augen brannte und das Krachen und Pfeifen in seinen Ohren ihn mürbe machten.

Gewebte Korsetts waren nun vollends zur billigen Massenware geworden. Egal ob die Röcke weiter oder schmaler waren, die Turnüre größer oder kleiner oder ob sie eine Zeitlang sogar ganz verschwand, egal ob die Kleider mehr aus Wolle, Seide, Baumwolle oder einem Mischgewebe waren, egal ob die Farben kräftig oder gedeckt waren, das Korsett, das zu einer schmalen Taille verhalf, blieb ein modisches Muss. In Zeitungen und Zeitschriften erschienen illustrierte Anzeigen und warben für die neuesten Miederwaren. Die besser gestellten Damen der Gesellschaft allerdings trugen nach wie vor teure geschneiderte Korsetts, die sie bei französischen oder deutschen Corsetières bestellten.

Weber und Arbeiterinnen der Schneider'schen Korsettfabrik hatten alle Hände voll zu tun. Viele ihrer Kinder kamen nach der Schule in die Fabrik und leisteten Hilfsdienste. Für ein paar Pfennige kehrten sie den Arbeitsplatz der Eltern, knüpften gerissene Fäden zusammen oder verrichteten kleine Näharbeiten. Auch Gottfried Schneiders Frau Friederike, sein Sohn Julius und seine Tochter Auguste halfen tatkräftig im Betrieb mit. Schon mit fünfzehn Jahren führte Julius völlig selbständig die Buchführung der Fabrik. Gottfried Schneider selbst kränkelte stark und sah sich gezwungen, seinen Sohn Julius mit gerade einmal sechzehn Jahren auf Reisen zu schicken. Mit derselben Zähigkeit des Vaters und dessen vorgelebtem Fleiß erledigte der junge Mann seine Aufgaben mit Bravour, wenngleich die Lage mit einer ständig auf und ab schwankenden Konjunktur besonders im Korsettgeschäft auch für ihn im Verkauf nicht einfach war. Die Schutzzollpolitik des Deutschen Reiches zum Schutz der Wirtschaft verteuerte seit 1878 auch die Einfuhr von Baumwolle, Seide und dem Zubehör für die Korsettfabrikation wie Ösen und Stahl.

Es war eine Zeit des Umbruchs, der Auf- und der Abschwünge. Bismarcks Kulturkampf zwischen dem Staat und der katholischen Kirche dauerte noch immer an. Dazu kam, dass Bismarck dem Zusammenschluss der sozialdemokratischen Arbeiterpartei mit dem Allgemeinen Deutschen Arbeiterverein zur Sozialistischen Arbeiterpartei Deutschlands außerordentlich ablehnend gegenüberstand. Geschickt hatte er zwei erfolglose Attentate auf Kaiser Wilhelm I. 1878 zum Anlass genommen, um mit den noch im gleichen Jahr verabschiedeten Sozialistengesetzen gegen die Arbeiterschaft durchzugreifen.

Ein herber Rückschlag, stellte Bernhard bedauernd fest, denn insgeheim hatte er gehofft, dass sich die Arbeits- und Lebensbedingungen für die Arbeiterschaft auch ohne sein persönliches Zutun verbessern würden. Vom revolutionären Wesen seines Vaters, der sich heutzutage bestimmt den Sozialisten angeschlossen hätte, hatte Bernhard nichts geerbt. Seine Arbeit am vollmechanisierten Webstuhl, die langen Arbeitszeiten, der ständige Lärm und der bescheidene Lohn – der nun zwar in Mark statt in Gulden ausbezahlt wurde, aber seit seiner Anfangszeit als Korsettweber in Stuttgart nicht gestiegen, sondern umgerechnet auf 400 Mark im Monat gesunken war – ermüdeten und zermürbten ihn. Manchmal wünschte er sich nichts mehr, als einmal eine ganze Woche lang nur schlafen zu dürfen. Eines Tages hatte er sich bei einem Friedhofsbesuch sogar dabei ertappt, wie er die Toten darum beneidete, dass sie sich dem Lebenskampf nicht mehr stellen mussten.

Aber wenn ihn dann seine beiden Töchter abends freudig begrüßten und sich die inzwischen sechsjährige Anna Maria und die zweijährige Lina darum stritten, wer nach dem Abendessen zuerst auf Vaters Schoß sitzen durfte, wenn er Elisabeth sah, die noch immer hübsch war, alles in Ordnung hielt und ihrem gemeinsamen Heim Behaglichkeit verlieh, dann wusste er wieder, warum er sich abmühte.

Es blieb ihm aber durchaus nicht verborgen, dass auch Elisabeth schwer arbeitete. In jeder freien Minute machte sie Heimarbeit. Anna Maria musste nach der Schule mithelfen. Sie sortierte die bunten Bändchen und Stickgarne nach Farben, sie fädelte die Nadeln ein, damit ihre Mutter schneller mit dem Nähen beginnen konnte, sorgte für Ordnung auf dem Küchentisch und beschäftigte sich mit der kleinen Schwester, wenn sie zu quengeln begann.

»Nein, Lina, du kannst der Mutter noch nicht helfen, du bist noch zu klein«, sagte sie oft und genoss es, die Ältere zu sein, die sich bereits nützlich machen konnte.

Nach einigen Überlegungen entschloss sich Bernhard, eines der Felder zu verkaufen.

»Ich habe mich nicht getraut, dir das vorzuschlagen«, sagte Elisabeth erleichtert zu Bernhard.

»Ich sehe doch, wie viel Arbeit du hast«, sagte Bernhard liebevoll. »Und mit der Ernte eines Feldes müssten wir doch auch noch ganz gut hinkommen. Oder was denkst du, Elisabeth?«

»Ich denke schon. Zwei Felder, von dem ein jedes über fünf Ar groß ist, waren für uns schon immer reichlich bemessen. Für mich wäre es eine große Erleichterung, in Zukunft nur noch ein Feld bestellen zu müssen.«

»Ich werde das Stück verkaufen, das an Jakob Brauns Acker angrenzt. Auf dem anderen, das an Johannes Stegmaiers grenzt, steht der Walnussbaum – den sollten wir behalten. An den Überfahrtsrechten von Braun und Stegmaier ändert sich durch einen Verkauf ja nichts.«

In Johannes Bühr, der sich schon länger nach einem Acker umsah, war schnell ein Käufer gefunden. Bernhard zahlte den Verkaufserlös sofort auf sein Konto bei der Oberamtskasse ein.

Die politischen Entwicklungen beobachtete Bernhard ebenso skeptisch wie die wirtschaftlichen. Die Arbeiter sollten kleingehalten werden, daran bestand für ihn kein Zweifel – Verbesserungen rückten wieder in weite Ferne. 1880 stieg die Produktion württembergischer Korsetts auf 1,2 Millionen an – trotzdem sanken die Gewinne pro Korsett.

Nichtsdestotrotz nahm Bernhards Nachbar, der Buchbinder Julius Alberth, die Produktionssteigerung zum Anlass, um noch im selben Jahr ein Kartonagengeschäft zu gründen. Sein Hauptabnehmer war die Schneider'sche Korsettfabrik, die für den Versand ihrer Miederwaren täglich eine Vielzahl an Kartonagen in den verschiedensten Größen benötigte. Aber auch der seit 1870 in Lautern ansässige Korsettbetrieb von Johannes Rohleder, der immerhin 65 Arbeiterinnen und Arbeiter beschäftigte, kaufte bei Alberth seine Kartonagen.

Das Gerücht, es sei nur noch eine Frage der Zeit, bis die industriell gewebten Korsetts von den auf Nähmaschinen genähten Modellen verdrängt würden, hielt sich allerdings hartnäckig. Manchmal wurde es Bernhard himmelangst. Er wollte sich gar nicht ausmalen, was es für ihn und seine Familie bedeuten würde, wenn es tatsächlich so weit kommen sollte. Die Sorgen schlugen ihm auf den Magen. In der Apotheke holte er sich »Meyers Lebenstropfen«, die Apotheker Plicksburg wärmstens empfahl. Sie seien wohltuend und schmerzlindernd bei Magen- und Verdauungsbeschwerden und ein gutes Hausmittel für die ganze Familie. Das Glas kostete eine Mark.

Elisabeth versuchte Bernhard zu beruhigen, nachdem er ihr seine Befürchtungen eines Abends mitteilte. »Genähte Korsetts?« Sie runzelte nachdenklich die Stirn, während sie an ihrer Heimarbeit stichelte.

Anna Maria saß bei ihnen am Tisch und ging wie üblich der Mutter zur Hand. Lina stand wippend in ihrem Bettchen, das Elisabeth an den Küchentisch herangerollt hatte, und verfolgte aufmerksam, wie die Mutter mit einem gelben Faden ein winziges Blümchen auf ein Korsett stickte.

»So ganz abwegig scheint mir die Vorstellung von genähten Korsetts nicht zu sein«, überlegte Elisabeth laut. »Ich habe mir inzwischen ja auch schon zwei genäht – von Hand. Mit einer Nähmaschine ginge das natürlich bedeutend schneller.«

Bernhard sah Elisabeth völlig entsetzt an. »Du kannst dir das also vorstellen? Auch dass in den Korsettfabriken dann statt der Webstühle Nähmaschinen stehen?«

Er schob seinen Stuhl zurück und ging in der Küche auf und ab. In seinen Ohren krachte und pfiff es und sein Magen drückte. Er nahm »Meyers Lebenstropfen« aus dem Küchenschrank und nahm einen Esslöffel davon. Eine wohlige Wärme verbreitete sich in seinem Magen und vertrieb schon bald den schmerzenden Druck.

Elisabeth sah ihn beunruhigt an. Alt war er geworden, stellte sie fest. Das dunkle Haar und der an den Spitzen nach oben gezwirbelte Schnurrbart waren von unzähligen silbernen Fäden durchzogen. Bald würde er ganz ergraut sein. Er war noch so schlank wie bei ihrer Hochzeit, aber in sein schmales Gesicht hatten sich zwischen den Augenbrauen und an den Wangen tiefe Falten eingegraben und seine schönen blauen Augen waren ohne Glanz.

»Mein Gott«, dachte sie, »vor lauter Schaffen habe ich gar nicht bemerkt, wie schlecht Bernhard aussieht.«

Elisabeth bekam ein schlechtes Gewissen. Sie selbst hatte in den letzten Jahren zugenommen. Nein, dick war sie ganz bestimmt nicht. Fraulich eben. Die mädchenhafte Figur gehörte nach acht Geburten längst der Vergangenheit an. Nun ja, sie waren eben beide nicht mehr jung. Auch wenn sie noch kleine Kinder hatten, waren ihre Altersgenossen doch meistens schon Großeltern.

Es klopfte an der Küchentür und gleich darauf trat Conrad Maier ein. Er druckste ein wenig herum und sagte dann: »Bernhard, ich muss dir etwas sagen.«

Bernhard sah Conrad abwartend an.

»Ich werde beim Schneider aufhören«, platzte es da auch schon aus Conrad heraus.

»Aufhören?«, riefen Benhard und Elisabeth fast gleichzeitig.

»Ja! Der jüngere Bruder meiner Frau, der ja eigentlich die Bäckerei meines Schwiegervaters übernehmen sollte, ist tödlich verunglückt.«

»Ja, um Himmels willen, wann ist denn das passiert?«, fragte Elisabeth bestürzt.

»Ach, schon vor zwei Wochen.«

»Warum hast du uns denn gar nichts gesagt, Conrad?« Elisabeth schüttelte den Kopf.

»Er ist unter ein Fuhrwerk gekommen«, erklärte Conrad, ohne auf Elisabeths Frage einzugehen. »Noch am Tag der Beerdigung hat mein Schwiegervater zu mir gesagt, ich solle mir überlegen, ob ich nicht Bäcker werden will – jetzt, wo er keinen Nachfolger mehr habe. Eigentlich war das gar keine Frage, sondern eine Aufforderung. Ich habe Zeit zum Überlegen gebraucht und wollte erst mit euch sprechen, wenn ich eine Entscheidung getroffen habe. Meine Frau ist natürlich ganz auf der Seite ihres Vaters. Sie möchte nichts lieber, als dass ich jeden Tag zu Hause bin, vor allem wegen der Zwillinge, die angefangen haben zu fremdeln, wenn sie mich nur sonntags sehen.«

»Setz dich doch, Conrad«, forderte ihn Bernhard auf.

»Eigentlich«, sagte Conrad, während er sich umständlich auf den noch verbliebenen freien Küchenstuhl setzte und Anna Maria ein Lächeln schenkte, »habe ich gar keine andere Wahl, wenn ich den Hausfrieden nicht aufs Spiel setzen will.«

»Wann willst du denn aufhören?«, fragte Bernhard.

»Morgen sage ich in der Fabrik Bescheid. Länger als zwei Wochen werde ich wahrscheinlich nicht bleiben müssen. Weber, die sich über eine freie Stelle freuen, gibt es ja genügend.« Conrad strich sich mehrmals gedankenverloren über seinen blonden Kinnbart.

»Vielleicht ist es gar nicht das Schlechteste, was dir da passiert«, sagte Bernhard.

»Ja, wie meinst du denn das?« Conrad sah Bernhard verblüfft an.

»Gerade bevor du gekommen bist, haben wir darüber gesprochen, dass die Webstühle in den Korsettfabriken schon bald gegen Nähmaschinen ausgetauscht werden könnten.«

»Nähmaschinen?« In Conrads Blick lag weiterhin Unverständnis. »Ach so«, sagte er dann, als ihm klar wurde, worauf Bernhard hinauswollte. »Weil man immer wieder hört, dass die Nähmaschine auf dem Vormarsch ist und Korsetts darauf schneller genäht werden könnten als auf dem Webstuhl gewoben.«

»Ganz genau.« Bernhard sah Conrad ernst an. »Dass der mechanische Webstuhl den Handwebern einmal die Arbeit wegfressen würde, hat man auch lange nicht geglaubt.«

Conrad sagte skeptisch: »Es wird nichts so heiß gegessen, wie es gekocht wird. Bisher gibt es doch keinerlei Anzeichen, dass der Schneider in der Fabrik etwas ändern will.«

»Du hast sicher recht, Conrad«, suchte Bernhard das bedrückende Gespräch zu beenden. »Es tut mir auf jeden Fall leid, dich als Kollegen und Schlafgast zu verlieren.«

»Es müssen ziemlich genau fünfzehn Jahre sein, dass wir zusammen unter einem Dach wohnen«, rechnete Elisabeth nach.

»Ja, das kommt ungefähr hin«, stimmte Conrad zu und erhob sich.

Conrads Nachfolger in der Fabrik war Simon Hitzler. Da er als alter Heubacher an der Steige wohnte, benötigte er natürlich keinen Schlafplatz. Georg Kuhn bewohnte das Zimmer im Obergeschoss nun allein. Eine Weile fühlte er sich recht verlassen dort, bemerkte dann aber, dass es gar nicht so schlecht war, ein Zimmer für sich alleine zu haben. Auf Bernhards Aushang in der Fabrik hatte sich niemand wegen des freien Schlafplatzes gemeldet. Die Weber wohnten entweder in

Heubach oder hatten seit Jahren ihre festen Schlafplätze. Als sich dann doch noch eine junge Büglerin aus Bargau meldete, sagte ihr Bernhard ab. Zu Georg konnte er sie unmöglich ins Zimmer legen. Und im anderen, unbeheizbaren Zimmer, in dem Tante Christina eine Zeitlang gewohnt hatte, schliefen nun Anna Maria und Lina, die dem elterlichen Schlafzimmer entwachsen waren.

Conrads Mietzins fehlte insofern, als dass ihn Bernhard nun nicht mehr auf sein Sparkassenkonto einzahlen konnte. Nach wie vor sparte er eisern, denn die Angst, eines Tages nicht mehr genügend Geld zu haben, verließ ihn nicht. Seine Kleidung trug er, bis Elisabeth sie beim besten Willen nicht mehr flicken konnte.

»In der Fabrik tun es auch die alten Hosen und Hemden«, beharrte er, wenn Elisabeth ihm nahelegte, sich doch das eine oder andere neue Kleidungsstück zuzulegen. »Und für den Sonntag habe ich meinen guten Anzug, das reicht völlig aus.«

Elisabeth wirtschaftete sparsam. Fleisch gab es nur am Sonntag. Ansonsten ernährte sie die Familie bis auf das Brot, das sie abwechselnd bei den Bäckern Bauder und Knauß am Markt kaufte, von den Früchten des Gartens und des Ackers. Ein Segen waren die eigenen Eier ihrer Hühner, von denen die alten nach einiger Zeit in der Suppe endeten und die jungen wieder fleißig legen durften. Ihre und die Kleidung der Mädchen nähte Elisabeth selbst. Darin war sie von jeher geschickt und mit ein paar Borten oder Rüschen verzierte sie die Kleider so, dass sie zudem einen gewissen modischen Chic aufwiesen.

In den frühen 1880er Jahren lebten die Handelsbeziehungen der Korsettindustrie mit Amerika noch einmal leicht auf, um sich dann ab 1885 wieder deutlich zu verschlechtern. Bereits 1883 hatte der Korsettbetrieb von Johannes Rohleder in Lautern wegen der hohen Zölle im Amerikahandel schließen müssen. Der Export ging aber auch allgemein zurück, dafür nahm der Import von Fertigteilen für Korsetts zu. Die Folge war, dass ein Viertel der württembergischen Korsettweber ihre Arbeit verlor und die Löhne derer, die noch eine Beschäftigung hatten, gedrückt wurden. Da war auch die 1883 von Bismarck gesetzlich eingeführte Krankenversicherung für Arbeiter keine Hilfe. Wer keine Arbeit mehr hatte, kam auch nicht in den Genuss der Krankenversicherung.

Auch Gottfried Schneider war gezwungen, Entlassungen auszusprechen und die Löhne zu kürzen. Bernhard erhielt zwar keine Kündigung, aber Georg Kuhn verlor seine Arbeit. Die Angst, dass auch er den Arbeitsplatz verlieren könnte, begleitete Bernhard unablässig. Nachts lag er stundenlang wach. Ein zwanghaftes Gedankenkarussell raubte ihm den Schlaf.

»Wie soll ich mit dem gekürzten Lohn noch zurechtkommen? Was ist, wenn ich meine Arbeit ganz verliere? Soll ich mit meinen sechsundvierzig Jahren noch Knecht werden, wie seinerzeit Onkel Thomas? Finde ich überhaupt noch eine Arbeit? Was ist, wenn Elisabeth ihre Heimarbeit verliert – jetzt, wo der Mietzins von Georg weggefallen ist?«

In seinen Ohren klingelte und pfiff es, während er ausrechnete, wie lange seine Ersparnisse die Familie über Wasser halten konnten. Aber so sehr er auch hin und her rechnete, kamen dabei selbst bei äußerst sparsamer Lebensführung unter dem Strich nie mehr als drei Jahre heraus.

Die Bedrängnis der Korsettweber führte zum ersten Streik in der Geschichte der württembergischen Korsettindustrie. Landesweit, aber auch in Magstadt, wo die Forderungen des Korsettwebers Jacob Roller nach besseren sozialen Bedingungen für die Arbeiter auf besonders fruchtbaren Boden gefallen waren, streikten 1886 sechshundert Weber und erzwangen so die öffentliche Aufmerksamkeit. Die folgende Streikschlichtung, bei der eine Schiedskommission die Lohnkürzungen wieder zurücknahm, war allerdings nur von kurzer Dauer. Die Produktion in den Korsettfabriken brach weiter ein. Wieder wurden Arbeiter entlassen und die Löhne fielen erneut.

In der Schneider'schen Korsettfabrik arbeiteten jetzt an vier Tagen in der Woche nur noch zwanzig der ursprünglichen fünfunddreißig Weber. Dem gesundheitlich angeschlagenen Gottfried Schneider und seinem Sohn Julius fielen die Entlassungen ihrer langjährigen Mitarbeiter schwer. Sie hatten gute Arbeit geleistet und maßgeblich zum Erfolg der Firma beigetragen. Die meisten Weber hatten vielköpfige Familien. Wen also sollte man entlassen? Nach langen Diskussionen innerhalb der Familie entschied man sich schweren Herzens, zuerst die auswärtigen Arbeiter und Arbeiterinnen zu entlassen.

Mitten in diesen Wirrnissen der Korsettindustrie und den daraus folgenden menschlichen Tragödien machten Neuigkeiten in Heubach die Runde. Der zweiunddreißigjährige Johann Gottfried Spießhofer und der erst zwanzigjährige Michael Braun beabsichtigten, im elterlichen Haus von Gottfried Spießhofer an der Steige eine Korsettmanufaktur zu eröffnen.

Bernhard war außer sich angesichts dieser bevorstehenden Firmengründung.

»Das gibt es doch nicht«, sagte er immer wieder zu Elisabeth. »Wenn das Onkel Thomas noch erleben würde! Das hätte er sich nicht einmal im Traum denken können, dass der Sohn seines alten Nachbarn einmal eine Korsettfabrik gründen würde.«

»Ehemaliger Nachbar?«, fragte Elisabeth, die ja nur das Haus mit der Seidenweberei von Onkel Thomas und Tante Christine bei der unteren Mühle kannte.

»Ja, Onkel Thomas gehörte von dem zweistöckigen Haus an der Steige, in dem Spießhofer wohnt, die andere Hälfte, bevor er sie 1858 an den Weber Michael Wahl verkauft hat. Wahl hat dann einige Jahre später an den Weber Michael Schörner verkauft, das muss so um 1869 gewesen sein«, überlegte Bernhard und runzelte die Stirn. »Jede Haushälfte hatte einen eigenen Stall und Holzstall und die Tenne gehörte damals beiden gemeinschaftlich. Ich erinnere mich ganz genau. Schließlich bin ich dort früher ein- und ausgegangen. Gottfried Spießhofers Vater ist vor Jahren von Bartholomä zugezogen. Die Familie soll aber ursprünglich aus dem Salzburger Land kommen. Der alte Spießhofer hat in Heubach das Bürgerrecht erworben und wurde Mitglied in der Heubacher Weberzunft.«

Bernhard schüttelte den Kopf, als er sich an die alten Zeiten und die spätere Auflösung der Zunft 1862 erinnerte. Damals hatte er sich noch in Stuttgart aufgehalten und von einem künftigen guten Leben geträumt, in dem noch alles möglich zu sein schien.

»Aber dem Spießhofer gehört doch das ganze Haus und seit ein paar Jahren betreibt er doch dort einen Gemischtwarenladen in der ausgebauten Tenne!« Elisabeth war verwirrt.

»Genau«, sagte Bernhard. »Er hat Schörner seine Haushälfte abgekauft und dann den Laden eingerichtet. Onkel Bernhard war damals wenig begeistert über die Konkurrenz. Aber mit Spießhofers Spezereien und Konditorwaren konnte er sowieso nicht mithalten. Inzwischen hat ja aber jeder seine Kundschaft.«

»Aber warum will der gerade jetzt seinen Laden aufgeben und eine Korsettfabrik gründen, wo die Zeiten dafür doch so ungut sind?«

Bernhard schwieg und starrte vor sich hin. »Der Gottfried Spießhofer ist ja eigentlich Weber«, sagte er dann. »Der hat in Heidenheim die Weberei erlernt. Danach hat er sich zum Industriewebmeister hochgearbeitet und war in der mechanischen Baumwollweberei in Heidenheim beschäftigt. Außerdem hat er noch die Handelsschule in Kirchheim unter Teck besucht. Warum er dann wieder nach Heubach zurückgekommen ist und einen Gemischtwarenladen aufgemacht hat, weiß ich nicht, obwohl ja in Heubach eigentlich jeder alles vom anderen weiß.«

»Ja, und der Michael Braun?«, bohrte Elisabeth weiter. »Den kenne ich gar nicht.«

»Ja, der!«, sagte Bernhard bitter. »Das ist noch ein ganz junger Kerl. Nach dem Tod seines Vaters ist er mit sieben Jahren nach Stuttgart ins Waisenhaus gekommen. Aber nachdem er mit der Schule fertig war, kam er wieder nach Heubach zurück, um in der Schneider'schen Fabrik eine kaufmännische Lehre zu machen. Danach hat ihn Gottfried Schneider wie seinen Sohn Julius auf Reisen geschickt – wie man hört, besitzt auch Braun ein besonders ausgeprägtes Verkaufstalent. Kein Wunder, er hatte mit Julius Schneider ja ein gutes Vorbild. Die Brauns sind eine alteingesessene Heubacher Weberfamilie. Sein verstorbener Vater Hans Braun war Korsettwebermeister und Wegwart.« Bernhard räusperte sich, bevor er fortfuhr: »Nach seiner Rekrutierung hatte der junge Braun das Glück, dass er trotz seiner bescheinigten Tauglichkeit vom Militärdienst befreit wurde. Unter den tauglichen jungen Männern wird nämlich am Tag nach der Rekrutierung in Gmünd eine Ziehung veranstaltet, bei der Braun anscheinend die höchste Nummer gezogen hat und deshalb vom Militärdienst freigestellt wurde. Aber statt dass er wieder zu seinem alten Arbeitgeber zurückgekehrt wäre, macht er ihm jetzt aus Dank Konkurrenz.« In Bernhards Stimme schwang beißender Spott mit, den Elisabeth so gar nicht an ihm kannte.

»Bernhard«, sagte sie deshalb, »jetzt reg dich doch nicht so auf. Warte erst einmal ab, was die beiden wirklich machen und ob sie damit überhaupt Erfolg haben.«

Als sich abzeichnete, welcher Art die neue Korsettfabrik werden würde, schrieb Bernhard einen empörten Brief an seinen Vetter.

Lieber Johann!

Du glaubst nicht, was sich dieses Jahr in Heubach ereignet. Euer einstiger Nachbar Johann Gottfried Spießhofer hat zusammen mit dem jungen Michael Braun, der in der Schneider'schen Fabrik das Kaufmännische und den Verkauf als Reisender erlernt hat, eine Korsettfabrik eröffnet. Ich könnte mir vorstellen, dass der Michael Braun der Kundschaft von Gottfried Schneider bald seine eigenen Korsetts anbietet. Eine Zeitlang wusste man nichts Genaues und in Heubach hat die Gerüchteküche gebrodelt. Aber jetzt ist es heraus. Am 1. Mai haben sie angefangen. Mit zwölftausend Mark!! Jeder hat tausend Mark in die neue

Firma eingelegt und die Gmünder Bank Gutmann & Co. hat ihnen noch einen Kredit von weiteren zehntausend Mark gewährt. Wenn Du aber glaubst, sie haben davon Webstühle gekauft und in Spießhofers umgebauter Scheuer untergebracht, hast Du weit gefehlt. Nein! Nähmaschinen haben sie aufgestellt! Sechs Stück! Und im ebenfalls umgebauten Stall stehen jetzt Kupferbüsten, auf denen die Korsetts gedämpft und gespannt werden. Genähte Korsetts!!! Als Näherinnen haben sie Sybille Grimminger, Kathrine, Rosine und Pauline Bühner und Kathrine und Marie Braun eingestellt. Ein paar von denen kennst Du ja bestimmt noch. Die nähen jetzt auf den modernen, mit einem Schwungrad angetriebenen Nähmaschinen die Zuschnitte zusammen. Außerdem sind noch ein paar Hilfskräfte beschäftigt. Die nachfolgenden Arbeiten wie Versäubern der Nähte, Einstecken der Korsettstäbe und so weiter werden aber in Heimarbeit vergeben – genauso, wie das Fertigmachen auch bei uns in der Fabrik gehandhabt wird.

Zehn Weber haben Gottfried Schneider und sein Sohn Julius aufgrund der schlechten Absatzlage kürzlich entlassen müssen. Allesamt von auswärts. Ich hatte also noch einmal Glück. Um die württembergische Korsettindustrie ist es nicht gut bestellt. Genähte Korsetts scheinen tatsächlich auf dem Vormarsch zu sein – da bin ich einmal gespannt, wie man in der Schneider'schen Fabrik mit der neuen Entwicklung umgeht. Vielleicht braucht man bald gar keine Weber mehr. Ich fürchte, da können auch die Streiks der württembergischen Korsettweber nicht mehr viel ausrichten.

Ach Johann, entschuldige bitte, dass ich mir das alles so von der Seele schreibe, ohne zuerst einmal nachzufragen, wie es denn euch in Krefeld geht. Ich hoffe, ihr seid gesund und habt euer Auskommen. Unsere Lina geht nun auch schon seit zwei Jahren in die Schule. Sie ist genauso aufgeweckt wie Anna Maria. Beide kommen beim Unterricht gut mit und auch sonst sind sie brav. Deine Jüngste ist ja so alt wie Anna Maria – zwölf Jahre – mein Gott, wie die Zeit vergeht! So lange ist es auch schon wieder her, dass Tante Christine bei euch ist. Wie geht es ihr? Hat sie nicht im August ihren fünfundsiebzigsten Geburtstag? Ich denke oft an die alten Zeiten, als wir beide noch in die Schule gegangen sind und oft auf dem Rosenstein oben herumgeschweift sind. Doktor Keller, der nun auch schon wieder neun Jahre Arzt hier in Heubach ist, interessiert sich übrigens sehr für die alte Ruine und den ganzen Bergrücken mit seinen vielen Höhlen. In der »kleinen Scheuer« hat er einen Tonwirtel, einen Bärenzahn und einen bearbeiteten Feuerstein gefunden. Der Sage nach soll sich die Höhle ja durch den ganzen Rosenstein ziehen. Bis zur Ostseite des Berges hin, wo die »große Scheuer« liegt. Doktor Keller erforscht in seiner Freizeit jedenfalls unermüdlich unseren alten Rosenstein mit seinen Wällen und Gräben, um noch mehr über seine Geschichte herauszufinden. Er hat ja ein gutes Einkommen und muss sich nicht wie ich um seine Existenz sorgen. Da kann er sich getrost seinem Steckenpferd hingeben.

Es grüßt Dich und Deine Familie und ganz besonders Tante Christine von Herzen

Dein Vetter Bernhard mit Elisabeth und den Kindern
Heubach, am 8. Mai 1886

Es war nicht nur Verbitterung, die Bernhard erfüllte. Es waren auch Missgunst und Neid mit dabei. Ein Gefühl, von dem er bisher nicht gewusst hatte, dass es in ihm schlummerte.

»Habe ich nicht versucht, mein ganzes Leben wie ein guter Christenmensch zu leben?«, fragte er Elisabeth, als sie abends noch zusammensaßen. »Es ist so ungerecht, ich arbeite, seit ich vierzehn Jahre alt bin. Ich habe immer versucht, etwas aus meinem Leben zu machen, vor allem, als abzusehen war, dass die Handweberei keine Zukunft mehr hat. Weißt du, was mein Vater damals zu mir gesagt hat, als ich lieber bei Onkel Thomas die Seidenweberei erlernen wollte?« Bernhard schaute Elisabeth grimmig an. »Er wisse nicht so recht, ob die Seidenweberei eine Zukunft habe. Das hat er gesagt. Wenn er wüsste, dass Johann als Arbeiter in der Seidenweberei jetzt weniger Zukunftssorgen hat als ich! Gott sei Dank muss er das nicht mehr erleben. Und Mutter auch nicht.«

»Aber Onkel Thomas hat mit der Seidenweberei doch auch kein Glück gehabt und der Seidenweber Rommel musste seine kleine Fabrik auch längst aufgeben«, versuchte Elisabeth Bernhard zu besänftigen. »Du solltest dich nicht so aufregen. Immerhin hast du deine Arbeit noch. Und mit ein wenig Gottvertrauen wird sich schon alles finden.«

Bernhard schwieg. Elisabeths Worte versetzten ihm einen Stich. Sie verstand ihn nicht wirklich, sie verstand den Ernst der Lage nicht und sie sah nicht den Abgrund, den er sah und an dessen Rand sie alle miteinander wandelten, stellte er bitter fest.

Ebenso wie Bernhard Schroth hatten auch Johann Gottfried Spießhofer und Michael Braun die Zeichen der Zeit erkannt. Aber im Gegensatz zu Bernhard waren die beiden noch jung und mit dem nötigen Unternehmergeist ausgestattet. Und sie verstanden es, die neuen Entwicklungen für sich zu nutzen.

Spießhofer hatte schon vor Jahren den Mut gehabt, seine Anstellung in Heidenheim aufzugeben, als er sah, dass er in der Baumwollweberei beruflich nichts mehr erreichen konnte. Sich in eine ganz andersartige Tätigkeit einzufinden und in Heubach einen Gemischtwarenladen aufzubauen und umzutreiben gefiel ihm – zumindest eine Zeitlang. Dass er inzwischen Familienvater war, hielt ihn nicht davon ab, weitere Pläne zu schmieden. Er wollte vorankommen. Da unterschied er sich gewiss nicht von Gottfried Schneider. Als vielseitig und besonders auch technisch sehr interessiertem Menschen entgingen ihm natürlich die Möglichkeiten der im Laufe der Jahre stark verbesserten und längst in Serie hergestellten Nähmaschine nicht. Warum sollte er sie nicht für die Korsettherstellung einsetzen?

Wirklich neu war der Gedanke allerdings nicht. Bereits in den 1860er Jahren hatte sein Onkel J.J. Unfried, ein gebürtiger Heubacher und der Bruder seiner Mutter, als einer der ersten Korsettfabrikanten in Göppingen seine Produktion auf genähte Korsetts umgestellt. In Heubach allerdings, wo gewebte Korsetts in der Fabrik von Gottfried Schneider hergestellt wurden, war das sehr wohl noch neu. Spießhofers Bedenken, ob er in Konkurrenz zu Gottfried Schneider treten sollte, zerstreuten sich bald. Schließlich gab es viele Korsettfabriken und selbst in Heubach hatte sich der eine oder andere Fabrikant auf Drängen der Stadtväter oder aus eigenem Antrieb, wie zum Beispiel schon 1870 Kaufmann Groß, damit versucht.

Seinen Vetter, den jungen Michael Braun, dessen Mutter ebenfalls eine Schwester des Korsettfabrikanten Unfried war, für seinen Plan zu gewinnen, war nicht besonders schwer. Als erfolgreicher Reisender hatte er – zumeist in Bayern – für die Schneider'sche Korsettfabrik die Aufträge hereingeholt und verfügte daher über Verkaufserfahrung und die entsprechenden Kontakte. Sich etwas Eigenes aufzubauen und dabei sein Verkaufstalent spielen zu lassen, reizte den jungen Mann sehr.

In der Tat ließen sich die Geschäfte des neuen Unternehmens gut an. Michael Brauns Verkaufsreisen bis ins Rheinland, nach Westfalen und nach Skandinavien bescherten der Firma große Erfolge. Die genähten Korsetts passten sich nicht nur geschmeidiger dem Frauenkörper an als die gewebten, sie waren auch deutlich billiger. Kaum hatte Braun bei der Kundschaft seinen Musterkoffer geöffnet und die vielfältige Auswahl an Korsetts ausgebreitet, konnte er auch schon die ersten Aufträge schreiben. Gemäß der Mode – die Turnüre war wieder angesagt –, hatten sich die Korsetts mit der sogenannten Küraßtaille wieder verkürzt. Die Hüften wurden nun nicht mehr ganz so stark modelliert wie bei der engen Mode, bei der das Kleid hinten lediglich mit einer Stoffraffung versehen war. Von schlichten weißen Korsetts, deren einzige Verzierungen aus eng aneinander genähten Biesen und einem gebogten Festonabschluss bestanden, wurden auch Modelle mit feinen Baumwollwebspitzen, Rüschen, farbigen Durchzugsbändern, Schleifen und Stickereien angeboten. Es war wahrlich eine bunte Vielfalt, die Michael Braun jedesmal aus seinen Musterkoffern hervorzauberte und die selbstverständlich auch das weniger feste Korsett für die ältere Dame, die werdende Mutter und das junge Mädchen nicht vermissen ließ.

Aber nicht nur *Spießhofer & Braun* nutzten in Heubach neue Entwicklungen für ein persönliches Fortkommen und die Schaffung von Arbeitsplätzen. Noch im gleichen Jahr bauten Gottlieb Fuchs und Jakob Ulmer, ein Verwandter des Schuhmachers, mit finanzieller Unterstützung der Stadt – die immerhin 16 000 Mark vorstreckte – in der Adlerstraße beim Klotzbach eine Fabrik für gewebte Teppiche und Matten aus Kokosfasern. Das strapazierfähige, fremdländische Material, das von der Frucht der Kokospalme stammte, war mit vielen anderen Kolonialwaren auf die Weltmärkte und letztendlich auch bis nach Heubach gelangt. Das Wasser des Klotzbachs war zum Erstaunen der Heubacher von nun an vom Abwasser der Fabrik an manchen Tagen rot oder andersfarbig gefärbt, je nachdem, welche Farbe für die Kokosmatten und Teppiche gerade bevorzugt wurde.

Bernhards Ersparnisse schrumpften schneller, als ihm lieb war. Die verkürzten Arbeitszeiten in der Fabrik wurden beibehalten und dementsprechend geringer fiel auch der Inhalt der Lohntüte aus. Elisabeths Heimarbeit hatte sich halbiert. Anna Maria und Lina hätten sich eigentlich darüber freuen können, denn je schneller sie bei der Heimarbeit fertig waren, desto schneller konnten sie hinaus zum Spielen mit den anderen Kindern. Dass sie mithalfen, war ganz normal – denn auch für ihre Spielkameradinnen war es eine ungeliebte Selbstverständlichkeit. Die bedrückte Stimmung der Eltern schmälerte jedoch ihren Spaß an der zusätzlichen freien Zeit. Um den Eltern eine Freude zu bereiten, halfen sie ganz besonders fleißig bei der Bestellung des Feldes mit. Auch im Haus und im Garten gingen sie der Mutter zur Hand. Beide Mädchen konnten inzwischen kochen, putzen und waschen, was für Elisabeth eine große Erleichterung bedeutete, da sie sich jetzt oft sehr müde und abgespannt fühlte. Bernhards ständige Niedergeschlagenheit und Verbitterung raubten ihr die Kraft.

Eheliche Umarmungen gab es gar nicht mehr. Seit den Entlassungen in der Fabrik hatte Bernhard jegliches Interesse an körperlicher Nähe verloren. Auf seltsame Weise schien er mit sich allein in einer anderen Welt zu leben, in der sie ihn nur noch schwer erreichte. Abends, wenn er wie früher die Zeitung aufschlug, hoffte Elisabeth jedesmal, er würde ihr wieder einmal etwas vorlesen. Einmal hatte sie ihn sogar dazu aufgefordert.

»Ach, da steht sowieso nichts Gescheites drin«, hatte er nur gesagt, ohne sie dabei anzusehen.

Elisabeth versuchte noch sparsamer zu wirtschaften. Beim Mehlhändler Jakob Grupp aus der Paradiesgasse erstand sie günstig ein zwanzig Pfund schweres Säckchen Mehl. Nun bereitete sie daraus bis zur nächsten Kartoffelernte Mehlspeisen, süße mit Kompott und herzhafte mit Gemüse oder Salat. Sie tat ihr Bestes, um davon abzulenken, dass sie sich kein Fleisch mehr leisten konnten. Gelegentlich ein paar Suppenknochen waren das Höchste. Bernhard schien es gar nicht zu bemerken.

Eines Tages im August 1887, als er von der Arbeit nach Hause kam, trat er vor Elisabeth hin, die sich am Herd zu schaffen machte, während die beiden Mädchen den Tisch deckten und sagte: »Bei *Schneider & Sohn* werden ab nächsten Monat die Korsetts auch genäht werden.«

Elisabeth war wie vom Donner gerührt. Ein plötzlicher Schwindel zwang sie auf einen Küchenstuhl. Alle Farbe war aus ihrem Gesicht gewichen.

»Das kann doch nicht sein«, sagte sie tonlos und schaute Bernhard entsetzt an, der sich mit hängenden Schultern ebenfalls auf einen Stuhl fallen ließ.

»Julius Schneider hat es uns heute gesagt. Sein Vater war verhindert, weil er krank im Bett liegt. ›Wir sehen uns gezwungen, mit der Zeit zu gehen‹, hat er gesagt. ›Mein Vater und ich bedauern zutiefst, dass wir diese Entscheidung zur Rettung der Firma treffen müssen.‹ Es hat ihm wirklich leidgetan, das war nicht zu übersehen. Aber das hilft uns auch nicht weiter. Der Saal mit den Arbeiterinnen soll ohne große Veränderungen bestehen bleiben. Dort wird auch niemand entlassen. Aber der Saal mit den Webstühlen wird ausgeräumt und dafür werden Nähmaschinen aufgestellt. Dabei dürfen wir gegen Lohn noch helfen, aber danach werden alle Weber ohne Arbeit sein.« Bernhards Schultern sanken noch weiter nach unten. »Vielleicht behalten sie noch einen oder zwei für die Zuschnitte. Für mich habe ich da aber wenig Hoffnung.«

Anna Maria und Lina sahen sich an.

»Was machen wir denn jetzt?«, fragte Elisabeth, nachdem sie sich einigermaßen gefasst hatte.

»Ich weiß es nicht.« Bernhard schüttelte den Kopf. »Jeder wird natürlich versuchen, so schnell wie möglich eine Arbeit zu finden – als Waldarbeiter, Knecht oder Taglöhner –, was weiß ich, viele Möglichkeiten gibt es in Heubach ja nicht.«

»Vielleicht kannst du doch Zuschneider werden und weiter in der Fabrik bleiben«, sagte Elisabeth hoffnungsvoll.

»Ich werde mich natürlich darum bewerben, auch für die Korsettschließenfabrikation.«

»Aber meine Heimarbeit werde ich doch behalten können?« Elisabeth war den Tränen nahe.

»Ich glaube schon«, sagte Bernhard. »Auch die genähten Korsetts müssen nach wie vor fertig gemacht werden. *Spießhofer & Braun* vergeben diese Arbeiten ja auch in Heimarbeit.«

Elisabeth war ratlos und sehr bedrückt. Bernhard plötzlich schlurfend und mit hängenden Schultern zu sehen wie einen alten Mann schnitt ihr unsäglich ins Herz.

Sie schüttelte die Blechdose mit dem Haushaltsgeld und nahm ein paar Münzen heraus. Beim Stöffelesmetzger kaufte sie eine dicke Scheibe fetten Schweinebauch und kochte ihn am folgenden Sonntag im Kraut. Sie hoffte, die deftige Speise würde Bernhard wieder aufrichten und ihrer aller Gemüter beruhigen.

Im September 1887 schnitt der Weber Georg Jaudaß in der Schneider'schen Korsettfabrik das letzte Webstück von seinem Webstuhl. Die mechanischen Webstühle der Fabrik standen ab sofort zum Verkauf. Gottfried Schneider inserierte in mehreren Zeitungen. Von überall her, sogar bis von Oelsnitz in Sachsen kamen die Kauflustigen und luden die günstig erkauften Webstühle auf ihre Fuhrwerke. Es war eine bittere Pille, die die Korsettweber zu schlucken hatten, als es galt, die Webstühle, an denen sie fast zwanzig Jahre lang gearbeitet hatten, zu zerlegen und auf die Wagen zu laden.

Eine neue Ära begann. Nun war es an den Frauen, im Nähsaal der Korsettfabrik von Gottfried Schneider als Näherinnen den Lebensunterhalt für ihre Familien zu verdienen. Zuschneider war Georg Jaudaß geworden. In der Korsettschließenfabrik wurde kein neuer Arbeiter benötigt. Bernhard musste also auch diese Hoffnung begraben. Elisabeths Bewerbung als Näherin wurde abschlägig beschieden. Man nahm lieber jüngere Mädchen und Frauen, die danach möglichst lange bleiben sollten, damit sich die Einarbeitung auch rechnete. Die jüngste Tochter der Witwe Hofele hatte das Glück. Elisabeth neidete es ihr und ihrer Mutter nicht. Sie hatten es seit dem Tod des Ehemannes und Vaters schwer genug gehabt.

Angespornt durch die Einstellung des Nachbarmädchens, sprach Bernhard bei Julius Schneider vor. Er nahm Anna Maria mit, die im nächsten Frühjahr aus der Schule kommen würde, und fragte um eine Stelle für sie nach. Julius Schneider, ein gut gekleideter junger Mann mit Schnauz- und Kinnbart, war guter Dinge und stellte Anna Maria eine Anstellung als Büglerin in Aussicht. Sie solle nächste Woche noch einmal vorbeikommen und ihr letztes Zeugnis mitbringen. Dann könne man ihr auch den künftigen Arbeitsplatz zeigen.

»Wenn du dich geschickt anstellst, kannst du es später einmal bis zur Näherin bringen«, sagte Schneider und schüttelte Vater und Tochter zum Abschied die Hand.

Bernhard war unsäglich erleichtert. Anna Maria nach der Schule in Lohn und Brot zu wissen war wie ein Geschenk des Himmels.

Ein breites Lächeln lag auf Anna Marias Gesicht. »Meine Schulnoten sind gut, da wird der Herr Schneider nichts daran aussetzen können«, erklärte sie ihrem Vater auf dem Rückweg, »und in Betragen habe ich sogar ein ›Sehr gut‹.«

»Ich weiß.« Bernhard legte ihr die Hand auf die Schulter. »Du bist ein gescheites und braves Mädchen.«

Eine Woche später erhielt Anna Maria von Julius Schneider eine Zusage. Sie war glücklich und stolz darauf, bald Geld verdienen und Vater und Mutter damit unterstützen zu können.

Der Verkauf der genähten Korsetts lief auch bei *Schneider & Sohn* bestens an. Frauen machten nun den größten Teil der Beschäftigten aus. Aber nicht nur in Heubach mussten junge Mädchen infolge der ständigen wirtschaftlichen Auf- und Abbewegungen einen Beruf ergreifen.

In der Folge geriet auch bald das Korsett in die Kritik, das bei der täglichen Arbeit einengte. Es bildeten sich Frauenvereine zur Verbesserung der weiblichen Kleidung. Einen langen Arbeitstag ungesund eingeschnürt und in unpraktisch aufgebauschten Röcken wollten vor allem die berufstätigen Frauen nicht mehr so ohne weiteres hinnehmen. In den beiden Heubacher Korsettfabriken behielt man bei der Produktion die Entwicklung im Auge und schenkte den neuen weiblichen Bedürfnissen durchaus Aufmerksamkeit. Am Puls der Zeit zu bleiben war für einen guten Geschäftsgang unerlässlich. Neben den stramm geschnürten und mit Metallstäben und -federn verstärkten Korsetts, die den Damen eine »vorzügliche Figur« verliehen, wie es in der Werbung hieß, stellte man vermehrt auch weichere Modelle her, die mehr Bewegungsfreiheit zuließen und weniger auf die inneren Organe drückten.

Die Erntearbeiten auf dem Feld waren beendet und auch die letzten Kartoffeln, Äpfel und das Kraut eingelagert, gedörrt und eingesalzen.

Nach seiner Entlassung aus der Fabrik waren Bernhards Versuche, eine Arbeit zu finden, kläglich gescheitert. Wie die anderen entlassenen Korsettweber hatte er bei Bauern, Handwerkern und sogar auf dem Rathaus nach einer Beschäftigung nachgefragt. Aber entweder gab es keine Arbeit oder sie war gerade kurz vorher an jemand anderen vergeben worden, so wie die Stelle des Amtsdieners. Der einzige Lichtblick war, dass sich zwei Mädchen aus Bartholomä, die als Näherinnen bei *Schneider & Sohn* eingestellt worden waren, auf Empfehlung von Georg Kuhn wegen einer Unterkunft meldeten. Elisabeth und Bernhard atmeten auf. Wenigstens war jetzt neben Elisabeths Heimarbeit noch eine zweite regelmäßige Einnahmequelle vorhanden. Theres und Bärbel, die eine zierlich und blond, die andere stämmig und dunkelhaarig, waren beide erst siebzehn und froh, dass sie im Schroth'schen Haushalt ein sauberes heizbares Zimmer und während der Woche nach der Fabrikarbeit ein wenig Familienanschluss fanden.

Für zwei Wochen fand Bernhard nach der Zeit der Getreideernte Arbeit in der Oberen Mühle, wo er Kornsäcke und Mehlsäcke schleppen durfte. Am Abend des ersten Tages spürte er jeden einzelnen Knochen und am Abend des zweiten Tages schmerzten auch seine Muskeln so, dass er sich fast nicht mehr rühren konnte.

»So eine Knochenarbeit bin ich einfach nicht gewohnt«, stöhnte er, als er sich zum Abendessen umständlich und schmerzgeplagt am Küchentisch niederließ. »Wenigstens verdiene ich ein paar Mark«, sagte er und mühte sich dabei ein Lächeln ab, als er sah, dass Anna Maria und Lina ihn betroffen anschauten.

Im Dezember konnte Bernhard drei Wochen lang bei den Holzmachern mitarbeiten. Danach fand sich keine wie auch immer geartete Arbeit mehr. Bernhard räumte mit den Mädchen die Küche aus und versah den Raum mit einem neuen Kalkanstrich. Danach saß er zuhause herum, hackte Holz in der Tenne und ging Elisabeth im Haushalt zur Hand, was

Anna Maria und Lina sehr befremdlich fanden. Sie wussten ja nicht, dass ihr Vater vor seiner Verheiratung von Tante Christine das Kochen und Putzen gelernt hatte. Wenn es das Wetter erlaubte, verschaffte sich Bernhard Bewegung an der frischen Luft. Er wanderte an den Hängen des Hochbergs und des Scheuelbergs entlang, stets darauf bedacht, möglichst niemandem zu begegnen. Er konnte sich die Bemerkungen hinter seinem Rücken lebhaft vorstellen: »Der Schroth stiehlt dem lieben Herrgott jetzt auch nur noch den Tag.«

Ihre Wohnschlafstube, in der früher der Ofen seine Wärme verströmte, wenn sich Elisabeth dort an den Tisch setzte und die Wäsche flickte oder sonstige Arbeiten erledigte, heizten sie diesen Winter nicht, um Brennholz zu sparen. Das tägliche Leben spielte sich jetzt ausschließlich in der Küche ab.

Bernhard befiel eine eine tiefe Melancholie. »Ich bin zu nichts mehr nutze«, sagte er zu Elisabeth eines Abends, nachdem sie zu Bett gegangen waren und bevor sie sich wegen der Kälte alle beide die Zudecke bis zur Nasenspitze hochzogen.

»Das darfst du nicht sagen, Bernhard«, nuschelte Elisabeth durch ihr Federbett.

»Unsere Ersparnisse reichen gerade noch für zwei Jahre – ich weiß nicht, wie es weitergehen soll, wenn ich keine Arbeit mehr finde.« Bernhard richtete seinen Blick starr zur Decke.

»Bernhard, ich weiß doch auch keinen Rat«, seufzte Elisabeth und kroch zu Bernhard unter die Zudecke, sehr darauf bedacht, dabei keine Lücken zwischen den beiden Decken entstehen zu lassen.

Eng umschlungen und stumm lagen sie beieinander, bis Elisabeth Bernhard ins Ohr flüsterte: »Es kommen bestimmt wieder bessere Zeiten. Wenn Anna Maria im Frühjahr konfirmiert wird und aus der Schule kommt, kann sie doch bei *Schneider & Sohn* anfangen und uns von ihrem Lohn etwas abgeben. Es wird schon irgendwie weitergehen.«

Im März 1888 konnte Bernhard Bauer Weiler ein paar Tage beim Mistaufladen und -ausbringen helfen. Er bekam dafür zehn Mark und drei Liter Milch. Vor Elisabeth und den Kindern verheimlichte er, wie sehr ihn die schwere Arbeit und der magere Verdienst kränkten. Vom Gestank in Kleidern und Haaren ganz zu schweigen.

Am neunten März, einem Freitag, starb in Berlin Kaiser Wilhelm I. Sein Sohn Friedrich Wilhelm folgte ihm als Friedrich III. Aber nach nur 99 Tagen Regentschaft verstarb der neue Kaiser mit sechsundfünfzig Jahren an Kehlkopfkrebs. Noch am selben Tag wurde sein ältester Sohn Friedrich Wilhelm als Wilhelm II. deutscher Kaiser und König von Preußen. Der jahrelang andauernde »Kulturkampf«, den Reichskanzler Bismarck mit der katholischen Kirche ausgefochten hatte, war ein Jahr zuvor auf diplomatischem Wege beigelegt worden. Aber zwischen dem neuen ehrgeizigen Kaiser und Bismarck, der unter anderem am Kampf gegen die Sozialisten noch immer festhielt, zeichneten sich schon bald tiefgreifende Differenzen ab.

Bernhard, der politische und wirtschaftliche Entwicklungen früher stets aufmerksam verfolgt hatte, interessierten diese Dinge nur noch am Rande. Was ging ihn das »Dreikaiserjahr« an, wie man dieses Jahr bald nannte. Es war, wie wenn die Welt, in der er lebte, nicht mehr die seine war. Fremde kamen nach Heubach, angezogen von den neuen Arbeitsplätzen in den Korsettfabriken.

Als Apotheker Plicksburg in Heubach einen Verschönerungsverein gründete, der es sich zur Aufgabe machte, den Fremdenverkehr in einem verschönerten Heubach zu heben, wurde Bernhard deutlich vor Augen geführt, dass es ein Leben jenseits seiner Sorgen und der drohenden Armut gab. Der neue Verein, dem sich dreiundsechzig Bürger aus Heubach und einige Auswärtige angeschlossen hatten, stürzte sich mit Begeisterung in die Arbeit und widmete sich zunächst der Anlage von Wanderwegen rund um Heubach. Der Innenhof der Ruine auf dem Rosenstein wurde gesäubert und der Bergrücken mit seinen Felsen und Höhlen mit neu angelegten Wegen bequem begehbar gemacht. Sich dem Verein anzuschließen und seine Arbeitskraft in dessen Dienst zu stellen, kam Bernhard gar nicht erst in den Sinn. Wer war er schon? Nichts als ein arbeitsloser Weber, auf den ein Herr Apotheker Plicksburg und ein Herr Doktor Keller seiner Ansicht nach gewiss nicht warteten.

Ebenfalls 1888 wurde Julius Schneider Teilhaber der väterlichen Korsettfabrik, die nun in die *o.H.G. Schneider & Sohn* umgewandelt wurde. Noch im gleichen Jahr wurde eine Fabrikkrankenkasse ins Leben gerufen. Bismarcks Sozialgesetze, mit denen er den Nöten der Arbeiter entgegenwirken und gleichzeitig der sozialistischen Bewegung den Wind aus den Segeln nehmen wollte, waren ja schon seit ein paar Jahren zum Tragen gekommen. Seit 1883 gab es die gesetzliche Krankenversicherung und seit 1884 die Unfallversicherung für Arbeiter.

Bernhard begrüßte die Veränderungen, wenngleich es ihm einen Stich versetzte. Jetzt, wo er nicht mehr zur Firma gehörte, wurde eine eigene Fabrikkrankenkasse eingerichtet. Es wurde ihm schmerzhaft bewusst, wie sehr er darunter litt, dass er kein Teil der Firma mehr war. Aber wenigstens würde seine Tochter in den Genuss der Neuerung kommen, tröstete er sich.

Die Vorstellung, im kommenden Winter wieder genauso untätig daheim herumzusitzen wie im letzten, war Bernhard unerträglich. Ein paar Wochen hatte er auch dieses Jahr wieder als Holzmacher arbeiten können. Danach sägte und hackte er noch das Holz für den eigenen Bedarf. Der Obermüller beschäftigte ihn zum Säckeschleppen mit Unterbrechungen zwölf Tage lang und dann gab es wieder nichts – nicht die Spur einer bezahlten Arbeit.

Anna Maria hatte sich in der Fabrik inzwischen gut eingearbeitet. Ihre Aufgabe bestand darin, die Korsetts zum Spannen und Dämpfen auf die Kupferbüsten zu ziehen. Sie arbeitete schnell und sorgfältig, stets darauf bedacht, sich dabei auch ja nicht die Finger zu verbrennen. Die Arbeit war anstrengend und nicht ganz ungefährlich. Aber Anna Maria war stolz darauf, bei *Schneider & Sohn* zu arbeiten und mit ihrem Lohn ihre Eltern unterstützen zu können.

»Ich werde ein wenig Garn kaufen und Stoff für Anna Marias Aussteuer weben«, eröffnete Bernhard seiner Familie eines Morgens Ende Oktober beim Frühstück. »Jetzt, wo du schon ins Erwachsenenleben eingetreten bist, ist es nicht zu früh, auch an deine Aussteuer zu denken, damit du gut ausgestattet bist, wenn du einmal heiratest.«

»Au ja, Vater!«, rief Anna Maria hocherfreut. »Stoff für ein schönes Tischtuch oder für Bettwäsche!«

»Und ich?«, fragte Lina beleidigt.

»Du bekommst natürlich auch etwas für die Aussteuer, wenn du erst älter bist«, besänftigte Elisabeth ihre Jüngste. »Ich finde, das ist ein guter Einfall, Bernhard.«

Gleich am nächsten Tag beschaffte sich Bernhard Baumwollgarn. Das war am billigsten und würde für den Anfang genügen. Weiß und blau kariert sollte der Stoff für die erste Bettwäsche seiner Tochter sein. Wie früher richtete er den Webstuhl ein. Beim Überführen der Kette vom Schärrahmen auf den Webstuhl und beim anschließenden Aufbäumen durfte ihm Lina zur Hand gehen. Da bei diesem Arbeitsgang die Kette straff gespannt werden musste, brauchte man dafür zwei Personen.

Bernhard hatte sich erlaubt, ein kleines Feuer in dem kleinen Kanonenofen anzuzünden, so dass die alte Werkstatt seines Vaters angenehm überschlagen war. Er vergaß bei der altvertrauten Arbeit alles andere. Sorgen und Ängste traten in den Hintergrund. Holz zu sparen, das Geld zusammenzuhalten, das schien nicht mehr wichtig zu sein. Wichtig war, am Webstuhl zu sitzen und zu weben, damit es ein Stück gab. Es war, wie wenn sich die schlechten Zeiten wundersam auflösten, aufgingen in einer unbeschwerten Gegenwart. Bernhard fühlte sich mit jedem Musterkaro, das er webte, unbeschwerter.

Bei den Mahlzeiten war er heiter und ab und zu, angeregt durch die gelöste Stimmung, lachte er sogar manchmal mit den Kindern. Elisabeth war erleichtert, Bernhard so guten Mutes zu sehen. Der Druck um die ungewisse Zukunft ließ nach. Lina saß nun manchmal mucksmäuschenstill in der Werkstatt und beobachtete den Vater bei der Arbeit am Webstuhl. Bernhards Hörgeräusche dämpften sich. Das Klingeln, Pfeifen und Krachen verschwand manchmal sogar für kurze Zeit ganz. Dann fühlte er sich wie im Himmel, was für eine Wohltat, nur die dumpfen Geräusche des Schlagbaums und der Tritte des Webstuhls zu hören, die um so vieles angenehmer klangen als vormals die Geräusche im Websaal der Fabrik.

Nach Neujahr befiel Bernhard eine gewisse Unruhe. Er war mit seiner Arbeit schon weit fortgeschritten und das Ende war absehbar. Er begann längere Pausen zu machen, um das Ende der Webarbeiten hinauszuzögern. Seine Frau und seine Töchter waren begeistert von dem schön gemusterten Stoff, der sich auf dem Webstuhl spannte und schon in mehreren Lagen auf dem Warenbaum aufgewickelt war. »Nähen musst du deine Bettwäsche später natürlich selbst«, sagte Bernhard zu Anna Maria, als sie mit der Hand sachte über das Webstück strich.

»Oh Vater, das werde ich. Vielleicht kann ich mir von meinem Verdienst sogar einmal eine Nähmaschine zusammensparen.«

Als sie sah, wie die Mundwinkel ihres Vaters nach unten sanken, fügte sie schnell hinzu: »Ach, das war nur so ein Gedanke. So eine Maschine ist bestimmt sehr teuer. Ich kann meine Bettwäsche genausogut mit der Hand nähen.«

»Du hast ja noch ein paar Jahre dazu Zeit, bis du einmal heiratest«, antwortete Bernhard, für den die Nähmaschine fast so etwas wie ein persönlicher Feind geworden war.

Ende Januar schnitt Bernhard den Stoff vom Webstuhl. Er war mit dem Ergebnis sehr zufrieden. Beim Aufräumen der Werkstatt ließ er sich Zeit. Als schließlich alles getan war, setzte er sich auf die alte Holzbank, die den Winter über wieder ihren angestammten Platz in die Werkstatt gefunden hatte. Langsam und unaufhaltsam machte sich eine unendliche Leere in ihm breit. Sein Blick ging durch das Fenster zum Hochberg hinüber, der mit einer dünnen Schneedecke wie überzuckert aussah. Die alte Sage kam ihm in den Sinn, nach der die Hexen Mittwoch- und Freitagnacht auf ihren Besen zu einer Ebene des Berges hinaufritten und dort oben zusammen tanzten.

»Ich könnte noch weitere Stoffe für Anna Marias Aussteuer weben«, überlegte er nach einer Weile. »Aber dafür müsste ich erst einmal wieder ein paar Mark verdienen, um neues Garn kaufen zu können. Von den zusammengeschmolzenen Ersparnissen darf ich nichts nehmen. Sicher – wir werden nicht verhungern. Wir haben den Garten und das Feld. Wir haben die Miete unserer beiden Schlafgäste. Elisabeth hat ihre Heimarbeit und Anna Maria ihre Arbeit in der Fabrik. Aber ich jedenfalls werde es nicht sein, der in Zukunft für den Unterhalt der Familie sorgt. Nur ein überflüssiger Esser bin ich noch.« Bernhard hatte plötzlich einen bitteren Geschmack im Mund.

In der folgenden Nacht schreckte Bernhard aus dem Schlaf. Läutete da nicht die Feuerglocke? Er rüttelte Elisabeth wach. »Ich glaube, es brennt!«

Elisabeth war sogleich hellwach. »Bei uns?«

»Nein, nein, es muss weiter weg sein.«

Sie zogen sich beide hastig an und traten auf die Straße hinaus. Von der Kirche her war ein heller Feuerschein am Himmel zu sehen.

»Um Himmels willen, die Kirche brennt!«, rief Elisabeth.

Inzwischen waren sämtliche Nachbarn auf der Straße. Bernhard rannte zusammen mit Buchbinder Alberth und Bauer Weiler die Paradiesgasse zum Marktplatz hinunter –

vielleicht konnte man helfen! Als sie am Marktbrunnen ankamen, sahen sie, dass es nicht die Kirche war, die brannte, sondern die hinter der Ulrichskirche gelegene Untere Mühle. Das Gebäude stand in hellen Flammen. Die Heubacher Feuerwehr war mit dem Spritzenwagen bereits vor Ort und löschte, was das Zeug hielt.

Einige Heubacher Bürger scharten sich um Bäcker Knauß, Bauer Bauder und Bauer Grupp, um aus ihren Händen Wassereimer, in denen sie aus dem Wasser schöpften, das das Mühlrad antrieb, in Empfang zu nehmen und zum Löschen weiterzureichen. Bernhard und seine Nachbarn hatten sich gerade in die Menschenkette eingereiht, als die Wehren von Lautern und Mögglingen unter lautem Gebimmel eintrafen. Der in Heubach 1885 eingerichtete Telegrafenanschluss erwies sich in so einem Notfall als Segen. Die Wasserspritzen wurden nun vereint schnell auf die umliegenden Häuser gerichtet, um Übergriffe der Flammen zu verhindern.

Als Bernhard sah, dass es für ihn hier nichts mehr zu helfen gab, machte er sich auf den Heimweg. »Nichts hat ewig Bestand«, murmelte er vor sich hin.

Die Mühle war bestimmt schon über dreihundert Jahre alt. Sie hatte früher einmal den Herren von Woellwarth gehört. Davon zeugte das Woellwarth'sche Wappen mit der Jahreszahl 1608 über dem Portal.

»Wieder eine Existenz vernichtet. Nun ja, vielleicht war der Untermüller auch gut versichert«, dachte Bernhard und war froh, dass der Feuerteufel nicht sein Haus ausgewählt hatte.

Am folgenden Samstag schickte Bernhard Lina zu Onkel Bernhard in den Kramladen, um die Remszeitung zu holen. Vielleicht stand schon etwas über den Brand darin, der, wie man hörte, doch nicht so vernichtend ausgefallen war, wie es in der Brandnacht den Anschein gehabt hatte. Selbst ging Bernhard nicht mehr gerne in die Stadt. Er schämte sich auch so schon genug, da brauchte er nicht auch noch die mitleidigen Blicke oder den fragwürdigen Zuspruch der Heubacher. Die Remszeitung kaufte er sich längst nicht mehr regelmäßig – immerhin kostete sie eine Mark und dreißig Pfennige. Lina hüpfte nach ihrem kleinen Ausflug in die Stadt mit wippenden Zöpfen in die Küche und legte die Zeitung vom heutigen Samstag, den 2. Februar 1889, schwungvoll vor ihren Vater auf den Küchentisch.

»Ich gehe in die Stube hinüber, dann bin ich euch beim Kochen aus dem Weg«, sagte Bernhard zu Elisabeth, die zusammen mit Anna Maria und Lina anfing, mit dem Schneidbrett und den Töpfen zu hantieren.

»Der Kronprinz Rudolf von Österreich hat sich erschossen!«, rief Lina ihrem Vater hinterher. »Onkel Bernhard und ein paar Männer haben im Laden darüber gesprochen.«

Bernhard sah zuerst Lina und dann die Zeitung neugierig an. In der kalten Stube setzte er sich an den Tisch und breitete sie aus. Er trug seine dicke Winterjacke und die gefütterten Lederstiefel. So konnte man es in dem ungeheizten Raum, auch wenn man ruhig am Tisch saß, eine Weile gut aushalten.

Gleich auf der ersten Seite der Zeitung stand fett gedruckt: »Kronprinz Rudolf von Österreich nicht in Folge eines Schlaganfalles gestorben!« Und weiter unten war zu lesen: »Wien, 1. Febr. Die Wiener Amtl. Zeitung meldet, die Leichenschau habe ergeben, dass der Kronprinz sich durch einen Schuss in den Kopf selbst getötet habe. Man vermutet, dass die Ursache der Tat eine Sinnes-Verwirrung war. – Auf Wunsch des Kaisers Franz Joseph soll die am Dienstag stattfindende Leichenfeier einen Privatcharakter annehmen.« Es folgte in einem weiteren Artikel ein Kommentar zum einzigen Sohn und Erben Seiner Majestät des Kaisers Franz Joseph von Österreich. Demnach hatte der verstorbene Kronprinz »an eine ihm eng befreundete Persönlichkeit seit Monaten, speziell aber in den letzten Wochen, Briefe voll tiefer Melancholie, in denen fort und fort von Krankheit, nicht länger leben zu können und Tod die Rede war« Briefe gerichtet.

Bernhard hob versonnen den Blick von der Zeitung.

»Warum erschießt sich ein Kronprinz?«, fragte er sich. »So einer hat doch alles.«

Er blätterte zur nächsten Seite, war aber mit den Gedanken noch immer bei dem gerade Gelesenen, das ihn merkwürdig tief berührt hatte.

Erst eine Schlagzeile auf der dritten Seite erregte wieder seine Aufmerksamkeit. »Der Wedel verursacht große Aufregung in Heidenheim.« Darunter stand zu lesen: »Der sogenannte Wedel, das Schneewasser vom Windthal und Stubenthal, strömte ab gestern Abend sechs Uhr nach raschem Tauwetter stromweise in einem eigens hierzu vorhandenen Bett auf die Stadt zu und durch selbe hindurch. Die Geschäfte ruhten am Vormittag. Die Notbrücke wurde vom reißenden Wasser weggerissen. Der Verkehr zwischen der unteren Stadt und dem neueren Stadtteil war unterbrochen. Ein großer Teil der Straßen stand unter Wasser. Haustüren konnten nicht mehr geöffnet werden. Ab zehn Uhr nahm das Wasser wieder ab. Einen Wedel in solcher Größe hatte man nur 1876 und 1849 erlebt.«

Und noch eine weitere Meldung fiel Bernhard ins Auge: »Heubach, Danksagung. Der hiesigen Feuerwehr und den auswärtigen Feuerwehren, wie allen, welche bei dem Brandunglück in der Unteren Mühle hilfreich tätig waren und uns Beistand leisteten, sagen den herzlichen Dank. J. Fuchs, Hafners Witwe, G. Pfister, G. Schneider, E. Schwab.«

Bernhard kam sich wieder unnütz vor, weil seine Hilfe bei dem Brandunglück nicht gefragt war.

»Aber ich wollte ja helfen«, seufzte er und faltete die Zeitung zusammen.

Er nahm sie mit in die Küche, wo er sie neben den Herd legte. Zum Anfeuern würde sie noch gute Dienste leisten.

Elisabeth zog den Topf mit dem Gemüseeintopf vom Herd und sagte: »Du kommst gerade recht, Bernhard, das Essen ist fertig.«

Bernhard schlief nicht gut in der folgenden Nacht. Am Sonntagmorgen, gegen fünf Uhr, wachte er aus unruhigen Träumen auf. Ein hoher pulsierender Ton schrillte in seinen Ohren und ein entsetzlich bedrückendes Gefühl erfüllte seine Brust. Es schien ihm, als stünde er vor einer riesigen Wand, die er überwinden sollte, und gleichzeitig wusste er ganz genau, dass er es nicht schaffen konnte. Er drehte sich auf den Rücken und lauschte Elisabeths leisen Atemzügen.

»Ich kann keine Säcke mehr schleppen, keinen Mist mehr aufladen. Ich kann nicht mehr in Untätigkeit versinken und meine Frau und meine Tochter für mich arbeiten lassen. Ich kann das alles nicht mehr und ich will es auch nicht mehr. Ich will mich nicht weiter so unnütz fühlen und ich will für meine Familie kein überflüssiger Esser mehr sein. Ich bin so unendlich müde vom Leben …«

Er erinnerte sich, wie er vor Jahren auf dem Friedhof gestanden und die Toten um ihre Ruhe beneidet hatte. Ja, genau so fühlte er nun wieder.

»Wenn sogar ein Kronprinz sich für den Freitod entscheidet«, überlegte er, »warum sollte dann ich es nicht auch können?«

Aber was würde dann aus Elisabeth und den Kindern werden? Der Gedanke bedrückte ihn sehr – aber er fand keine Antwort. Eine große Leere breitete sich in seinem Kopf aus, während sein Herz noch schwerer wurde.

Schließlich formte sich ein Gedanke in seinem Gehirn. Bernhard stand entschlossen auf und schlüpfte in seine Hausschuhe. In langen Unterhosen und Nachthemd ging er in die Tenne hinaus. Mitten in dem hohen kalten Raum blieb er stehen und zögerte einen Augenblick.

»Ich könnte auch nur auf den Abort gehen und mich dann wieder ins Bett legen … die düsteren Gedanken einfach zur Seite schieben …«

Aber noch während er das dachte, spürte er mit jeder Faser seines Körpers, dass ihm das nicht mehr gelingen würde.

»Nein«, dachte er, während er bereits den Strick über einen der Tennenbalken warf, »ich schaffe es nicht mehr …«

Anmerkungen

Bernhard Schroth war mein Ururgroßvater. Außer den Einträgen zu Geburt, Heirat und Tod mit Angabe der Todesursache in den Familienregistern, in denen er als Bürger und Weber geführt wurde, konnte ich bei meinen Recherchen nur wenige Spuren seines Lebens ausmachen.

Da er weder als Lehrling noch als Geselle und Meister in den Büchern der Heubacher Zunft geführt wurde, nehme ich an, dass er auswärts gelernt hat und später, wie viele andere Weber, sich als sogenannter Gehilfe oder Arbeiter seinen Lebensunterhalt verdient hat. Dass er Korsettweber gewesen sein könnte, liegt im Bereich des Möglichen. Ich habe ihn deshalb zum Protagonisten meines Romans gemacht, um an seinem Beispiel die Umbrüche im Weberhandwerk zu Zeiten der Industrialisierung und während des Entstehens der württembergischen Korsettindustrie im 19. Jahrhundert zu beschreiben.

Elisabeth Schroth überlebte ihren Mann Bernhard um viele Jahre. Am 29. März 1909 starb sie im Alter von 72 Jahren an den Folgen einer Lungenentzündung. Ihre Stiefmutter, Dorothea Geißler, erfror am 23. Dezember 1894. Die näheren Umstände ihres Todes sind mir nicht bekannt.

Anna Maria hat 1900 meinen Urgroßvater, Malermeister Paul Vogelmann, geheiratet. Ihre Schwester Lina heiratete 1902 den Silberarbeiter Wilhelm Beck.

Die Seidenweberei von Thomas Schroth wurde 1864 tatsächlich versteigert. Die Familie ist danach nach Alfdorf gezogen. Dass Thomas Schroth und seine Frau Christina dort bei den Freiherren vom Holz in Stellung waren, entspringt meiner

Fantasie. Ebenso, dass ihr Sohn Johann Schroth nach Krefeld gezogen ist. Sein fiktives Leben dort ermöglichte mir, Einblicke in die Samt- und Seidenweberindustrie Krefelds zu geben.

Gottfried Schneiders Tochter Auguste heiratete nach dem Tod ihres Mannes, des Rössleswirts Dölker, 1893 Friedrich Bernhard Schroth, den Sohn von Bernhards Onkel Bernhard, dessen Haus am Marktplatz neben dem »Rössle« lag.

Das Firmenarchiv der Firma Gottfried Schneider, seit 1888 Schneider & Sohn (von 1922 bis 1948 Schneider & Sohn AG, heute SUSA) ist vor Jahren ebenso einem Brand zum Opfer gefallen wie das der Firma Spießhofer & Braun (seit Firmengründung 1886, seit 1902 Triumph, heute Triumph International). Ich habe im Roman deshalb das, was die Zeit der Wirtschaftskrise 1873 und die Jahre danach betrifft, anhand der Literatur konstruiert. Wie schwierig die Zeiten für Gottfried Schneider und seine Korsettfabrik damals wirklich waren und wie sie sich auf die Arbeiter und Arbeiterinnen im Einzelnen ausgewirkt haben, konnte ich aus obigen Gründen nicht recherchieren. Die Geschichte um Bernhard Schroth soll stellvertretend für die Umbrüche der Zeit und die betroffenen Korsettweber stehen.

Den Wortlaut für die Umwandlung der d'Ambly'schen Korsettfabrik in eine Aktiengesellschaft, den Meister Burkhardt Bernhard aus der Zeitung vorliest, habe ich Akten des Hauptstaatsarchivs in Stuttgart entnommen und im Roman in einem Zeitungsbericht wiedergegeben.

Der aus Heubach stammende Johannes Ziegler (1842 bis 1907) war Lehrer und übernahm 1873 von seinem Schwiegervater Friedrich Oßwald die Leitung der Wilhelmsdorfer Anstalten (Zieglersche Anstalten e.V.).

Die Straße nach Oberböbingen in Heubach wurde von der Einmündung Torstraße (heute Helmut-Hörmann-Straße) bis zum Postplatz um 1900 in Hauptstraße umbenannt. Auch die Steige hieß nun Hauptstraße.

Bei den Straßennamen in Aalen hab ich mich an einen Stadtplan aus dem 19. Jahrhundert gehalten, da sich inzwischen viele geändert haben.

Glossar

Aufbäumen/ Aufzetteln/Zetteln	*Kettfäden auf den Kettbaum des Webstuhls aufwinden*
Barchent	*Mischgewebe aus Leinen und Baumwolle*
Barège	*Mischgewebe aus Baumwolle und Seide*
Bettziechen	*Bettbezüge*
Bindungen	*Muster, die durch das Verflechten der Längs- und Querfäden entstehen, z. B. Leinwand-, Köper-/Drell- oder Atlasbindung*
Büttel	*Gerichtsdiener, Häscher*
Butzele	*schwäbisch für Baby*
Faktor	*vertrat bzw. führte die Geschäfte einer Firma*
Festonstich	*Schlingstich zum Versäubern von Stoffkanten*
halbwollen	*Mischung aus Baumwolle und Wolle*
Gichter	*Krampfanfälle*
greinen	*weinen*
Grenadine	*Halbseidenstoff in Leinwand-, Woll- oder Baumwollbindung*
Halsbräune	*Diphterie*
Hänfling	*Finkenart*
Heimatschein	*Ausweispapier*
Kaliko	*Baumwollgewebe*
Kanonenofen	*kleiner eiserner Zimmerofen*
kardieren	*aufrauen*
Kette/Kettfäden	*mehrere parallel laufende Fäden auf dem Webstuhl*
Neusilber	*Kupfer-Zink-Nickel-Legierung*

Rohseide *die vom Kokon abgehaspelte Seide*

Satin *Gewebe aus Baumwolle, Seide oder anderen Garnen. Die glänzende Oberfläche entsteht beim Weben durch die Atlasbindung*

Schappeseide *aus den kurzen Fadenenden des Kokons gesponnene Seide*

Schärrahmen/Zettelgestell *für die Aufnahme der aufgespulten Garne zur Kette*

Schussfaden *wird mit dem Weberschiffchen durch die in einem Fach geöffneten Kettfäden geführt/geschossen*

Taft *Seidengewebe in Taftbindung (Leinenbindung)*

Verlagssystem *Vertriebssystem, bei dem der Weber die Garne vom Verleger vorgeschossen bekam*

Wirtel *Antriebsscheibe der Handspindel*

Zego *Kartenspiel aus der Tarock-Familie*

Zeug/Zeuglen *historische/schwäbische Bezeichnung für Webwaren, hauptsächlich aus Baumwolle*

Handwebstuhl Schemazeichnung

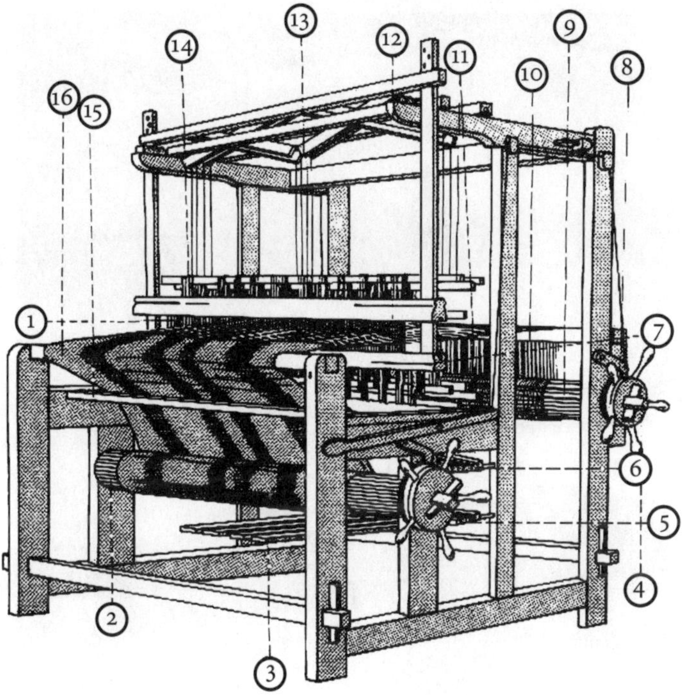

1 Blatt
2 Warenbaum
3 Tritt
4 Sperrrad
5 lange Quertritte
6 kurze Quertritte
7 (Kamm-)Lade
8 Klinke, Sperrfalle
9 Kettbaum
10 Streichbaum
11 Schaftleisten
12 Litzen
13 Wippen, Kontermarschhebel
14 Schäfte
15 Kniebaum
16 Brustbaum

»Sanduhr-Korsett«

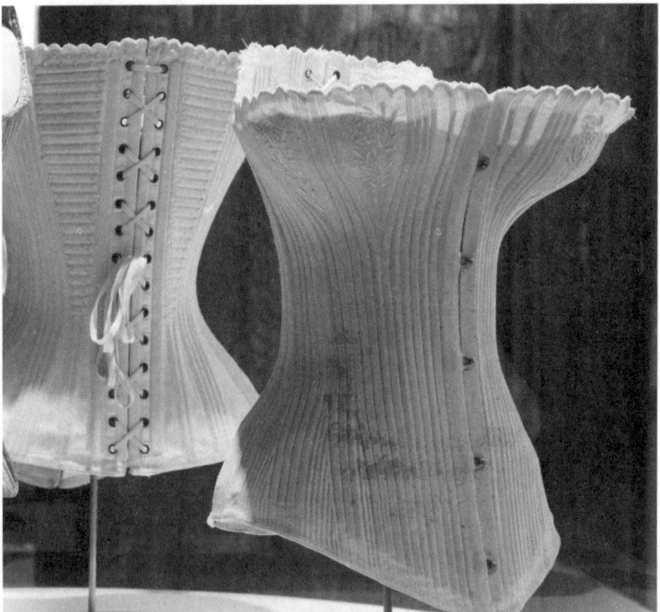

Links: In Form gewebtes Korsett, aus Baumwolle, mit Holzstäbchen verstärkt, um 1860. Aus dem Miedermuseum Heubach. Rechts: In Form gewebtes Korsett, aus Baumwolle, mit Metallhakenverschluss, um 1870. Aus dem Archiv Susa Creation. (Foto: Miedermuseum Heubach)

Die Kombination von Schnürung und Hakenverschluss ermöglichte den Frauen, sich ohne fremde Hilfe anzukleiden. Hatte das Korsett nur eine Schnürung auf dem Rücken, so musste jemand beim An- und Ausziehen behilflich sein.

Quellen

Stadtarchiv Heubach;
Pfarrarchiv Heubach;
Pfarrarchiv Lauterburg;
Stadtarchiv Schwäbisch Gmünd;
Stadtarchiv Aalen;
Hauptstaatsarchiv Stuttgart

Literaturauswahl

Beschreibung des Oberamts Aalen. Stuttgart 1854.

Curt Braun, Doris Binger, Annette Gilles: Vom Mieder zum Dessous: Eine Kultur- und Produktionsgeschichte der Miederwaren in Deutschland. Frankfurt am Main 2007.

DAMALS – Das aktuelle Magazin für Geschichte und Kultur. 30. Jahrgang, Stuttgart 1998.

Der Bote vom Remstal: Amts- und Intelligenzblatt für die Oberämter Gmünd und Welzheim, 19. Jh.

Hartmut Ellrich: Das historische Stuttgart. Petersberg 2009.

Essingen: Geschichte einer Gemeinde zwischen Albuch, Rems und Welland. Essingen 2008.

Franz Keller: Rosensteins Urgeschichte. Faksimiledruck, 3. Auflage. Heidenheim 1982.

Gerhard M. Kolb: Verschiedene Beiträge in: Heubach und die Burg Rosenstein. Schwäbisch Gmünd 1984.

Ders.: Heubach in alten Ansichten. Zaltbommel 1990.

Ders.: Das frühe Medizinalwesen im Gmünder Unteramtsbezirk Heubach in: Einhorn-Jahrbuch Schwäbisch Gmünd 1996.
Ders.: Heubach: Geschichte in Bildern. Heubach 2000.
Ders.: Ein Gang durch Alt-Heubach: Häuser erzählen aus ihrer Geschichte. Heubach 2010.
M. Lutz: Anatomisch-geometrisches Meisterschafts-System für das Schneidergewerbe. Zürich o. J.
Jubiläumsschrift: 75 Jahre Schneider & Sohn AG. Heubach 1934.
Jubiläumsschriften: 125 und 150 Jahre Susa. Heubach 1984 und 2009.
Jubiläumsschrift: 50 Jahre Spießhofer & Braun. Heubach 1936.
Laila Lundell: Das große Webbuch. Bern, Stuttgart 1978.
Susanne Müller: Marktsituation und Absatzpolitik der Krefelder Samt- und Seidenindustrie in der Zeit von Ende des 17. bis zum Ende des 19. Jahrhunderts. Köln 1987.
Felix R. Paturi: Chronik der Technik. Augsburg 1997.
Klaus Philippscheck: Vortrag: Magstadts Korsettfabriken – die wilde Konjunktur der frühen Industrialisierung, 2010.
Remszeitung: Nr. 11 vom 29.1.1851; Nr. 79 vom 15.8.1856; Nr. 43 vom 16.4.1859; Nr. 250 vom 23.12.1868; Nr. 152 vom 4.7.1874; Nr. 208 vom 9.9.1874; Nr. 163 vom 17.7.1877; Nr. 27 vom 1.2.1889.
Revolution im Südwesten: Stätten der Demokratiebewegung 1848/49 in Baden-Württemberg. Karlsruhe 1997.
Fritz Wiedermann: »Bubenbad« und »Affenwerner«: Wirtshäuser im alten Stuttgart. Stuttgart 1987.
Horst Wormser: Essingen in alten Ansichten. Aalen 1990.
400 Jahre Evangelische Kirche Lauterburg 1607–2007: Festschrift, hrsg. v.: Ev. Kirchengemeinde Lauterburg, Bäckergasse 7, 73457 Essingen-Lauterburg.

Danksagung

Mein besonderer Dank geht an Herrn Gerhard M. Kolb für die freundliche Einweisung im Stadtarchiv Heubach. Seine zahlreichen Publikationen über die Geschichte Heubachs waren für mich während meiner Recherchen zum Roman ebenfalls eine wahre Goldgrube.

Ganz besonders bedanke ich mich auch bei Herrn Andreas Lackner von der Firma SUSA, vormals Schneider & Sohn, und Frau Doris Conrad von der Firma Triumph International, vormals Spießhofer & Braun, für die Überlassung der Firmengeschichten und die ausführlichen Gespräche.

Sollte ich etwas falsch wiedergegeben haben, so liegt das einzig und alleine in meiner Verantwortung.

Zu guter Letzt bedanke ich mich wie immer bei meiner Lektorin Bettina Kimpel für die bewährt gute Zusammenarbeit.

Ein spannender Kriminalroman

In Ihrer Buchhandlung

Ines Ebert

Sinnentaumel

Historischer Kriminalroman

Rätselhafte Todesfälle im idyllischen Allgäu des 18. Jahrhunderts: Es ist eine illustre Gesellschaft, die sich im Sommer des Jahres 1745 in der malerisch gelegenen Badwirtschaft bei Leutkirch zu einer Trink- und Badekur einfindet. Die Idylle wird jedoch jäh gestört, als der Wirt Franz Graf bei einem seiner morgendlichen Kontrollgänge im Ufergebüsch eines Weihers die schaurig schöne, aufrecht im Wasser stehende Leiche der jungen Theresie Baumann entdeckt. Ein bedauerlicher Unfall? Die Kurgäste ergehen sich aufgeregt in wilden Spekulationen und gegenseitigen Verdächtigungen. Sie vermuten ein Verbrechen. Und tatsächlich: Bereits zwei Tage später ereilt den Nächsten aus ihren Reihen der Tod …

160 Seiten.
ISBN 978-3-8425-1212-2

Silberburg-Verlag

www.silberburg.de